DE POSTBEZORGSTER VAN PARIJS

EERDER VERSCHENEN VAN MEG WAITE CLAYTON

De laatste trein naar vrijheid

MEG WAITE CLAYTON

DE POSTBEZORGSTER VAN PARIJS

Vertaling Karin de Haas

HarperCollins

MIX
Paper from responsible sources
FSC® C021394

Voor het papieren boek is papier gebruikt dat onafhankelijk is gecertificeerd door FSC®
om verantwoord bosbeheer te waarborgen.
Kijk voor meer informatie op www.harpercollins.co.uk/green.

HarperCollins is een imprint van Uitgeverij HarperCollins Holland, Amsterdam.

Oorspronkelijke titel: *The Postmistress of Paris*

Vertaling: Karin de Haas
Omslagontwerp: Studio Jan de Boer
Omslagbeeld: © Collaboration JS / Trevillion Images
Foto auteur: Adrienne Defendi
Zetwerk: Mat-Zet B.V., Huizen
Druk: ScanBook UAB, Lithuania, met gebruik van 100% groene stroom

ISBN 978 94 027 0942 1
ISBN 978 94 027 6423 9 (e-book)
NUR 302
Eerste druk april 2022

Originele uitgave verschenen bij HarperCollins Publishers LLC, New York, U.S.A.
Deze uitgave is uitgegeven in samenwerking met HarperCollins Publishers LLC.
HarperCollins Holland is een divisie van Harlequin Enterprises ULC.

www.harpercollins.nl

VOOR ANNA TYLER WAITE,

die niet als erfgename werd geboren, maar op haar eigen manier
ook een fortuin heeft opgebouwd

'Hoop' is dat ding met veren
Dat neerstrijkt in de ziel.
– *Emily Dickinson*

Ik heb door vele landen gereisd en geleerd
om mijn gedachten in vele talen te verbergen.
– *Hans Sahl*

DEEL I

JANUARI 1938

Eenmaal terug in Parijs ontdekte ik dat de meeste Amerikanen zich naar huis spoedden. Ik besloot te blijven. Ik woonde al acht jaar in Frankrijk en voelde me er thuis. Ik was van de inwoners gaan houden, van de geschiedenis, de landschappen en de oude stenen. Als de Fransen het aankonden, dan kon ik dat ook. Bovendien stonden er veel te veel buitengewone dingen te gebeuren en daar wilde ik niets van missen.

– Mary Jayne Gold, *Crossroads Marseille, 1940*

We hadden Frankrijk moeten verlaten toen Max de eerste keer was gearresteerd, maar we konden ons geen andere wereld dan Parijs voorstellen.

– Leonora Carrington, *Villa Air-Bel*
door Rosemary Sullivan

Maandag 17 januari 1938

IN DE LUCHT BOVEN PARIJS

De hemel buiten het glazen dak van haar Vega Gull was net zo dieprood als het toestel zelf. Achter de voorruit en de grijze werveling van de propeller tekende tienduizend ton ijzer zich scherp af tegen de ondergaande zon. '*La Dame de Fer à son Meilleur Niveau* – dat is het soort kunst waar ík van hou!' riep Nanée boven het gebrul van de Gypsy Six-motor naar Dagobert, haar enige passagier, die met zijn ongetrimde poedelstaart kwispelde terwijl ze rond de Eiffeltoren cirkelden. De ijzeren dame op haar best.

Ze vloog boven de kronkelende Seine terug naar Parijs voor de Exposition Internationale du Surréalisme: driehonderd kunstwerken met gigantische insecten, bizarre zwevende hoofden en verminkte lichamen die ongetwijfeld bedoeld waren om je aan het denken te zetten, maar die Nanée altijd het gevoel gaven dat ze weinig ontwikkeld en veel te Amerikaans was. Een simpel meisje uit het Midden-Westen. Niet eens uit Chicago, maar uit Evanston. Ze maakte de witte zijden sjaal rond haar hals wat losser en begon aan de beheerste afdaling van duizend voet naar achthonderd, laag scherend over haar lege appartement op de Avenue Foch. Ze was dol op Parijs, maar de winteravonden waren er wel erg lang wanneer je achtentwintig was en je helemaal alleen in een appartementje woonde.

Ze ging langzamer vliegen, klapte de kleppen uit boven het Bois de Boulogne en naderde op tweehonderd voet het meer van het park, de kleine waterval en de charmante Kiosque de l'Empereur. Hier boven in de lucht was er geen gemopper over premier Chautemps die de socialisten uitsloot van de Franse regering, geen broedermoord in Barcelona, geen Hitler die beweerde dat hij vrede voor ogen had terwijl heel Europa trilde. Ze liet een van de vleugels zakken om een beter uitzicht te krijgen, om het water over de rotsen en het bevroren meer te zien klateren, en...

Lieve hemel! Breed gespreide zwarte vleugels met witte puntjes op tien uur. Een rode snavel die zich opende in een waarschuwingskreet, die werd overstemd door het lawaai van de motor. Ze zwenkte scherp naar rechts en liet het vliegtuig klimmen om te voorkomen dat ze de zwarte zwaan zou verpletteren die al in duikvlucht was om zichzelf te redden.

De neus van het vliegtuig steeg echter te snel. Verticale snelheid vijftienhonderd voet per minuut. Door de voorruit: enkel hemel.

De snelheidsmeter die veel te vlug omhoogschoot.

De vleugels die zwoegden om het vliegtuig in de lucht te houden.

Het alarm dat begon te blèren.

Ze duwde de stuurknuppel naar voren en liet de neus omlaagduiken in een poging te herstellen van de overtrek.

Dagobert tuimelde naar voren toen de hoogtemeter terugschoot en het vliegtuig in een duikvlucht kwam. Het uitzicht bestond nu louter uit propeller en een bevroren meer.

Het ijs!

Zo weinig ruimte om te manoeuvreren.

Het janken van de arme Dagobert.

De snelheidsmeter op vijfenveertig knopen.

Vingers die pijn deden van het omklemmen van de stuurknuppel.

'Niets aan de hand, Daggs.'

Haar hele lichaam gespannen, op het punt om te knappen.

Vijftig knopen.

Vijfenvijftig.

In gedachten dwong ze de snelheidsmeter om sneller te bewegen, zodat ze weer veilig op kon trekken voordat ze op het ijs zou storten.

Sneller, verdorie!

Zestig.

Vijfenzestig!

De stuurknuppel naar zich toe.

De neus van het vliegtuig omhoog.

De hoogtemeter die aangaf dat ze weer recht vloog.

Zo laag dat ze het bevroren meer bijna raakte.

Haar knokkels zagen wit van haar stevige greep, maar het was haar gelukt om de overtrek te stoppen. Ze vloog weer recht.

De snelheidsmeter gaf nu zeventig knopen aan.

Ze trok een paar van de kleppen in en het vliegtuig zakte iets, samen met haar maag. Ze haalde de stuurknuppel naar zich toe.

Dagobert keek geschrokken op van de vloer.

Nog een set kleppen. De stuurknuppel nog iets dichter naar zich toe. Het begin van de klim.

Vierhonderd voet. Vijfhonderd. De laatste kleppen werden ingetrokken en ze klommen stabiel naar zeshonderd. Als er nu nog iets mis zou gaan, zou ze de tijd hebben om te herstellen.

Op duizend voet beschreef ze een cirkel en wachtte tot haar verdraaide hart zou stoppen met zijn pogingen om aan haar borst te ontsnappen. De Seine maakte een geruststellende bocht van het westen naar het zuiden en verder naar het oosten, naar een nieuw uitzicht op de Eiffeltoren, nu verder weg.

Het bevroren meer dat haar koude graf had kunnen zijn, en dat van Dagobert en de zwaan, kwam weer in zicht.

'Goed,' zei ze tegen Dagobert, die nog steeds op de vloer in elkaar gedoken zat, net zo van slag als haar eigen zenuwen.

Ze daalde weer af richting het meer, deze keer tot een minder riskante vijfhonderd voet, en vloog over het water, langs de waterval en aan de linkerkant langs het eiland en de Kiosque met zijn hoopvolle blauwe koepeltje.

En daar zat hij, op het meest noordelijke puntje van het meer: de zwarte zwaan, veilig geland op het ijs.

Ze had niet zo laag moeten vliegen, maar het gaf haar een kick: de hoge open hemel, ja, maar ook de aarde die haar tegemoet stormde.

Die dochter van jou is liever wild dan getemd. Ben je niet bang dat ze in haar eentje zal eindigen?

'Maar ik ben niet alleen, toch, Daggs?' Ze klopte op het kuipstoeltje naast zich, haar vaders woorden van zich afschuddend. 'Ik heb jou.'

Met enige tegenzin sprong Dagobert weer op het stoeltje en legde zijn kop op zijn voorpoten. Ze trok aan een van zijn fluwelen oren en hij schudde zijn kop zoals hij dat altijd deed wanneer ze aan zijn oren zat.

'Ik wilde je niet laten schrikken, maar ik kon het niet verdragen om hem iets aan te doen,' zei ze terwijl ze in oostelijke richting stuurde, naar de landingsbaan op Le Bourget. 'En dit is zijn wereld. Hij hoort hier boven thuis.'

Ze bracht het vliegtuig op de landingsbaan tot stilstand en klom vanuit de cockpit op de vleugel, terwijl ze ondertussen haar vliegeniersbril en leren helm afzette en haar haren losschudde. Ze tilde Dagobert uit het vliegtuig en kuste de arme hond, die nog steeds trilde, op zijn koude zwarte neus. Voorzichtig zette ze hem op de vleugel en ze pakte haar kleine reiskoffertje. Pas toen waagde ze een blik op de klok op de koepel van de verkeerstoren. Ze was veel te laat.

Ze liet zich op de landingsbaan glijden en legde het koffertje op de vleugel, naast Dagobert. Hij keek aandachtig toe terwijl ze het koffertje openklapte zodat ze in de spiegel aan de binnenkant kon kijken. Ze verwisselde haar vliegeniersjack voor een vestje van paarse wol met vergulde kralen en knopen en schoof haar met bont afgezette armband om. Verdorie, het was koud, maar in elk geval was er niemand die haar zag. Na een blik in de spiegel trok ze het vest weer uit, deed de armband af en legde die samen met het vest op de vleugel. Daarna viste ze een overal bij passende oude zwarte jurk van Chanel uit de koffer, schoof die over haar hoofd, trok haar blouse eronder uit en liet de zijde over haar leren vliegeniersbroek glijden. Beter. Niet warmer, maar beter. Ze trok haar vliegeniersjack eroverheen aan, tegen de kou. Kon ze de leren broek en de laarzen niet gewoon samen met de jurk dragen? Tenslotte was het een surrealistische tentoonstelling.

Dagobert kwam wat tot rust en legde zijn kop op zijn poten terwijl ze haar wollen kousen voor zijden exemplaren verwisselde. Ze trok schoenen met hakken aan. Voegde een parelketting toe. Nog eentje. En nog eentje. Ze maakte de snoeren met een grote broche aan elkaar vast, zilver met een accent van rood bakeliet, en vouwde toen een verkreukeld hoopje stof uit tot een elegante hoed. Ze depte wat parfum achter haar oren en op haar polsen en knoopte de witte sjaal weer rond haar hals. Niet beter, wel warmer. Ze schoof de bontarmband weer om haar pols, de koperen onderkant koud op haar huid. Ten slotte deed ze wat lippenstift op en omvatte de kop van Dagobert.

'Ik heb ook geen zin om te gaan, maar het is voor Danny.' Danny Bénédite, haar Franse broer. Toen ze jaren geleden naar Parijs was gekomen om aan de Sorbonne te studeren, had ze bij zijn familie gewoond. Danny deed zoveel goeds voor zoveel mensen.

Ze kuste Dagobert op beide wangen, rode lippenstift op zijn snuit achterlatend. 'Goed dan,' zei ze toegeeflijk. 'Ik zal jou eerst naar het appartement brengen.'

Dagobert likte aan het bont van haar armband.

'Dat is Schiaparelli, Daggs.'

De blik van Dagobert: ze kon de hond om haar pols wikkelen wanneer ze maar wilde en dat voor een fractie van het bedrag dat de armband gekost had.

Ze tilde hem van de vleugel en zette hem op de landingsbaan. 'Je bent inderdaad ongelooflijk zacht en mooi,' zei ze, 'maar je zou nooit stil blijven zitten om mijn pols.'

Op de binnenplaats van de Galerie des Beaux-Arts bekeek Nanée Salvador Dali's *Rainy Taxi*, een met klimplanten overdekte Rolls Royce met een mannelijke paspopchauffeur met een haaienkop en een zwembril op achter het stuur, en op de achterbank een doorweekte vrouwelijke paspop in een japon die bedekt was met levende slakken. Een suppoost gaf haar een zaklamp en opende de deur met traliewerk naar een 'surrealistische straat' vol vrouwelijke paspoppen die gekleed waren – of vooral niét gekleed waren – volgens de fetisjen van toonaangevende kunstenaars: een fluwelen lint waarmee de mond werd gesnoerd, een vogelkooi over een hoofd. Ongemakkelijk gelach galmde door de grote hal, een schemerige, stoffige, grotachtige ruimte met honderden kolenzakken aan het plafond, een tweepersoonsbed in elke hoek en een vloer die op de een of andere manier een vijver en blaadjes en mos voorstelde zonder dat hij nat was. Ze ontdekte dat de bron van het gelach een grammofoonspeler was die de benen van paspoppen verslond, een kunstwerk met de titel *Jamais*. Nooit. Nanée was geneigd zich daarbij aan te sluiten.

Een groep mensen dromde rond een verzameling foto's die midden in de schemerige ruimte aan losstaande draaideuren hing. En daar was Danny, met zijn haar glad en glimmend naar achteren gekamd, een ronde zwarte bril op zijn lange neus en een keurig snorretje boven de smalle kin met het kuiltje. Naast hem stond T, nog kleiner dan haar echtgenoot, eerder knap dan mooi, met haar jongensachtige korte zwarte haar en haar enorme bruine ogen.

Nanée sloeg haar armen om T heen en wisselde een vluchtige kus met haar. *La bise.*

‘Wat zie jij er chic uit,’ merkte T op.

Nanée, die was vergeten om het vliegeniersjack uit te trekken en de sjaal af te doen, vroeg: ‘Vind je het wat? Ik noem deze look de Aero-Chanel.’ Ze glimlachte droogjes. ‘Sorry dat ik zo laat ben. Het weer was nogal onbestendig.’

‘Is het weer in jouw leven niet altijd onbestendig?’ vroeg Danny plagend.

De Franse schrijver André Breton stond handenwringend voor de foto’s op de draaideur terwijl hij zijn inleiding afrondde en iedereen vroeg om Edouard Moss welkom te heten.

‘Edouard Moss!’ Nanée kende zijn foto’s uit kranten en tijdschriften: een schattig meisje met vlechtjes dat enthousiast een saluut brengt aan Hitler; een man van wie de neus met een metalen schuifmaat werd gemeten; een zoon met een gladde kin die de schaar in de baard van zijn orthodox-joodse vader zet, de vader met een rauwe, hartverscheurend vergevingsgezinde uitdrukking op het gezicht. Edouard Moss had Hitler zowel met zijn fotojournalistiek als met zijn kunst tegen zich in het harnas gejaagd, waardoor hij gedwongen was geweest het Reich te ontvluchten.

‘Ik dacht wel dat je het geweldig zou vinden om Edouard te zien,’ zei Danny.

‘“Edouard”? Is dat niet erg familiair?’ vroeg Nanée plagend. Danny hechtte veel waarde aan zijn vriendschappen met de gevluchte kunstenaars, die hij stiekem via zijn functie bij de Franse politie aan een verblijfsvergunning hielp.

T streek de flap van een van de zakken op Nanées vliegeniersjack glad. ‘Ik ben degene die dacht dat je het geweldig zou vinden om Edouard te zien,’ zei ze, Danny corrigerend.

Edouard Moss stapte naar voren, met zijn donkere haar charmant door de war en een stropdas die scheef zat. Een vierkant gezicht. Een moedervlek aan het uiteinde van zijn linkerwenkbrauw. Dunne lijntjes op zijn voorhoofd en rond zijn mond. Hij hield de hand vast van een twee- of driejarig meisje met zorgvuldig gevlochten karamelkleurig haar en een enigszins versleten pluchen kangoeroe onder haar armpje. Nanée werd echter vooral getroffen door de groene ogen van de fotograaf, die ondanks de vermoeide blik toch zo doordringend rondkeken, dat ze de stellige indruk kreeg dat het in zijn aard lag om altijd alert te zijn, oplettend, zorgvuldig.

Hij fronste zijn voorhoofd toen hij een van de foto's op de draaideur zag – niet de grote foto in het midden, een draaimolenpaard dat vanuit een beangstigende hoek was gefotografeerd, vervormd en boos, maar een kleinere afdruk, misschien de achterkant van een naakte man die een push-up deed. Nanée vond het vaak moeilijk te zeggen wat surrealistische kunst precies voorstelde, behalve wanneer de kunstenaar duidelijk wilde maken dat hij bijvoorbeeld het lichaam van een vrouw in tweeën had gehakt. De onvoorstelbaar tedere foto bezorgde haar een gevoel dat op schaamte leek, of medelijden, of wroeging. Verdriet, zou ze zelfs zeggen als dat niet zo belachelijk zou klinken. De aanblik van al die huid, de schaduw die het achterste van de man maskeerde... Het voelde zo persoonlijk, als de achterkant van een minnaar die zich liet zakken om zijn kwetsbare lichaam naast het hare te vlijen.

Edouard Moss zei iets tegen André Breton, zo zacht dat niemand anders hem kon horen, maar met een dringende uitdrukking op zijn gezicht. Toen Breton antwoord begon te geven, kapte Moss hem af en zat er voor Breton weinig anders op dan naar een assistent te gebaren dat hij de foto van de naakte man moest verwijderen.

Toen het rustiger werd in de galerie fluisterde Nanée tegen Danny: 'Ik heb champagne, als je je vrienden na afloop mee wilt brengen voor een feestje.' Ze had geen idee waarom ze hem uitnodigde; eigenlijk was ze van plan geweest om alleen even haar gezicht te laten zien en vroeg terug te keren naar haar appartement om in haar pyjama op de bank te duiken. Champagne had ze echter altijd in huis.

Ze richtte haar aandacht weer op Edouard Moss.

'*Mutti!*' riep het kleine meisje aan zijn hand, en haar gezicht lichtte op van verrassing en verrukking.

Nanée keek om zich heen; de moeder van het meisje stond kennelijk vlak naast haar.

Ze keerde zich weer naar Edouard Moss, die haar zo lang aanstaarde dat de mensen om hen heen ook allemaal naar haar keken.

Hij glimlachte ongemakkelijk en verontschuldigend – naar de mensen die stonden te wachten, of misschien gewoon naar haar – en toen hurkte hij voor het meisje neer en omvatte haar gezichtje met zijn handen.

Die simpele beweging trof Nanée diep, een vader die zich klein maakte om zijn dochter in de ogen te kijken. Maar misschien waren ze wel helemaal geen vader en dochter. Misschien was het meisje zijn nichtje, of zelfs het kind van een vriend. Zoveel ouders die Duitsland zelf niet konden of wilden verlaten, stuurden hun kinderen naar familie in het buitenland.

'Non, ma chérie,' zei hij tegen het meisje. Zijn stem was een cello-bariton met een heel licht Duits accent. *'Souviens-toi, maman est avec les anges.'*

Mama is bij de engelen, weet je nog?

'Mutti ist bei den Engeln,' herhaalde hij in het Duits.

Maandag 17 januari 1938

GALERIE DES BEAUX-ARTS, PARIS

Luki klemde Pemmy tegen zich aan, getroost door de ruwe stof van de kangoeroekop van Professor Ellie-Muis en haar wollig-warme geur. Ze wilde naar de Mutti-engel toe, vragen waar ze was geweest, maar papa's handen voelden warm aan op haar gezicht. Papa glimlachte naar de Mutti-engel, maar hij ging ook niet naar haar toe. Was de engel hetzelfde als die in de verhalenboeken? Zou ze verdwijnen als je haar aanraakte? Luki wilde niet dat ze zou verdwijnen. Pemmy ook niet.

De engel leek op Mutti, maar ze was ook anders, misschien omdat ze nu bij de andere engelen woonde. Net zoals ze de oude woorden spraken toen ze nog met Mutti in hun oude huis waren, maar ze nu alleen nog de nieuwe woorden spraken, behalve wanneer papa zeker wilde weten dat ze het begreep. Meestal begreep Luki het wel, maar ze vond het fijn om de oude woorden te horen, de woorden van Mutti.

'Maman est avec les anges, Moppelchen,' herhaalde papa. *'Mutti ist bei den Engeln.'*

'Maar Mutti kan hiernaartoe komen met de engelen, papa, om je foto's te bekijken,' zei Luki. 'De engelen kunnen met ons mee naar huis. Ze mogen mijn bed hebben. Ik kan bij Mutti en jou slapen.'

Dinsdag 18 januari 1938, vijf uur 's ochtends
HET APPARTEMENT VAN NANÉE, PARIJS

Buiten de boogramen van het elegante appartement liep de nacht ten einde, en toch moest Edouard nog moeite doen om zich verstaanbaar te maken boven de knallende champagnekurken en de kakofonie van stemmen in het Frans, Duits en Engels. 'Mag ik?' vroeg hij aan Nanée, gebarend naar de met bont afgezette armband van Meret Oppenheim die André Breton haar net teruggaf. Hoe had die man het in zijn hoofd gehaald om *Verlossing* op te nemen in de expositie en het *Voorovergebogen naakt* te noemen, zo'n prozaïsche titel. Op het moment dat de foto werd verwijderd, had Edouard zich omgedraaid en Nanée naar hem op zien kijken, als de geest van Elza. Geen wonder dat Luki in de war was geweest.

Hij nam de armband van Nanée aan en haar warme vingers streken langs de zijne, haar geur ging over in zijn handen. Zonder te bedenken dat het wellicht ongepast zou zijn, hield hij het bont even tegen Luki's wangen.

'Volgens Meret was het een grapje van Picasso over deze armband dat haar inspireerde om haar theekop met bont te ontwerpen,' zei hij tegen Nanée.

'Door die kop heb ik maandenlang niet van mijn thee kunnen genieten,' zei T. 'Zelfs nu stel ik me nog voor dat ik in bont hap wanneer ik uit een perfect porseleinen kopje drink.'

'En T is vreselijk chagrijnig wanneer ze niet van haar earl grey kan genieten,' zei Nanée plagend.

In het fellere licht, en zonder de hoed die ze naar de galerie had gedragen, leek ze minder op Elza – ze was blonder en ze had een lichtere huid. Ze had echter dezelfde wenkbrauwenvorm, hetzelfde charmante kleine neusje, dezelfde licht ondeugende mond, dezelfde directe blik, waarmee ze hem opnam terwijl hij haar opnam, hetzelfde gebrek aan bewustzijn van haar eigen charme.

'Toch is Meret er beroemd mee geworden,' zei hij. 'Het feit dat jij die theekop niet meer kunt vergeten –'

'Surrealisme is bedoeld om te provoceren,' onderbrak André hem, haar aandacht trekkend, zoals hij de hele nacht al deed. De man was getrouwd met een beeldschone en getalenteerde kunstschilder, Jacqueline Lamba, zijn tweede vrouw, en hij had een dochtertje dat nog jonger was dan Luki, maar het huwelijk vormde geen barrière voor een surrealist. Aan monogamie werd weinig waarde gehecht door de beweging waar André zelf de regels voor bepaalde.

Edouard zei: 'Ons doel is het omverwerpen van de beperkingen van de maatschappij –'

'Om het wonderbaarlijke in de wereld te vinden,' onderbrak André hem opnieuw. 'Alleen het wonderbaarlijke heeft schoonheid. En schoonheid is tumultueus. Schoonheid schokt en desoriënteert en zet de zintuigen op zijn kop. Het moet gesluierd-erotisch zijn, gefixeerd-explosief, magisch-indirect, en anders kan het niet bestaan.'

Nanée glimlachte, traag en warm en toch uitdagend. 'Ik zou er wellicht positiever tegenover staan,' zei ze tegen André, 'als iemand me kon uitleggen waarom het "wonderbaarlijke" moet bestaan uit naakte vrouwen met afgehakte ledematen of een kooi over hun hoofd, terwijl de mannen steevast intact en gekleed zijn.'

André, die zich dichter naar haar toe boog, zei: 'O, ik denk echt dat we je moeten voorstellen aan onze vriend Toyen, die haar naam veranderde omdat in Tjechië, waar zij vandaan komt, de voornaam aangeeft of iemand een man of een vrouw is en zij eenvoudigweg schilder wil zijn, en niet speciaal een vrouwelijke.'

'Je geeft geen antwoord op mijn vraag,' zei Nanée. 'Waarom zijn de vrouwen naakt en in stukken verdeeld, terwijl de mannen intact en volledig gekleed zijn.'

'Uiteraard is het antwoord,' antwoordde Edouard voordat André iets kon zeggen, 'dat we mannen zijn.'

Zelfs André lachte, maar Nanée zei alleen 'Pffft', zoals Franse vrouwen dat doen. Ze was Amerikaans en ook weer niet, net als hij Duits was en ook weer niet.

'Jij vindt dat geen antwoord, dat we mannen zijn,' zei Edouard. 'Maar het is gewoon niet het antwoord dat je wilt horen. Net als Freud willen wij verkennen, zonder oordeel, obsessie, angst of zelfs fetisj.'

Ze schoof ongemakkelijk heen en weer – precies het gevoel dat hij als ware surrealist had willen opwekken.

André gaf Edouard een groot vel tekenpapier en stelde voor dat hij de eerste beurt voor zijn rekening zou nemen in een rondje Voortreffelijk Lijk. Bij dit door André zelf bedachte spel tekenden drie deelnemers los van elkaar een hoofd, een lichaam en benen of een staart, zonder te zien wat de anderen hadden bijgedragen, zodat er een bizar samengesteld schepsel ontstond. André rechtvaardigde al zijn surrealistische spelletjes als manieren om creatieve geesten te ontsluiten, maar Edouard vermoedde dat zijn vriend dit als excuus gebruikte om de schaamte van anderen uit te lokken en aan de wereld te tonen. Toch gaf hij Nanée de bontarmband terug en nam de Waterman-vulpen aan, van mosgroen agaat met een gouden clip, een smal gouden bandje om een afgekauwde dop. Hij ging direct op zoek naar iets om te kopiëren, iets wat hem in staat zou stellen om Andrés spel mee te spelen zonder zichzelf bloot te geven. Op het Louis XV-bureau bij het raam zag hij twee foto's staan, de ene van een jonge Nanée op een schietbaan, met een trofee en een geweer in haar hand, met haar trotse vader naast haar, en de andere was een recenter kiekje van Nanée in haar vlieguitrusting. Hij haalde de dop van de pen, zette de punt op het bovenste deel van het papier en begon aan de lange lijn van de hals die hij zich voorstelde onder de sjaal op de tweede foto. Het was geen beste tekening, maar als excuus kon hij aanvoeren dat Luki op zijn schoot lag te slapen.

'Volgens mij hebben jullie allebei een punt,' zei Nanée terwijl hij haar oogkassen tekende en een licht skeletachtig effect creëerde met de zwarte inkt. 'Volgens mij is het antwoord dat jullie mannen jullie eigen tekortkomingen niet naast het ideaal geplaatst willen zien.'

'Het ideaal is een vrouwenlichaam?' vroeg hij.

'Het ideaal is het perfecte lichaam van een man, dat net zo "wonderbaarlijk" is als dat van een vrouw,' zei ze. 'Angst, zoals je zegt.'

Iedereen lachte, en de aandacht van alle aanwezigen richtte zich nu op hun gesprek. Ondertussen tekende Edouard haar jukbeenderen, haar onopvallende kin. Luki verroerde zich, niet door het lawaai, maar door de spanning in Edouards spieren.

Hij voegde een vogelkooi van filigreinwerk aan zijn tekening toe, zodat het skeletachtige gezicht van Nanée door het geopende deurtje van de kooi keek – inspelend op de heersende rage van vogelkooien onder de liefhebbers van het surrealisme, maar ook provocerend door Nanées hoofd los in een vogelkooi te laten zweven, bevrijd van haar sterfelijke lichaam.

'Maar als je je eigen woorden onderzoekt, Nanée,' zei hij, 'zul je zien dat jouw argument mijn antwoord ondersteunt, dat we mannen zijn.'

'Je bent dus echt een surrealist? Ik heb geen losse vrouwelijke geslachtsorganen op je foto's gezien.'

Edouard stelde zijn oordeel over haar bij – een vrouw die zonder schaamte het woord 'geslachtsorganen' uitsprak? – terwijl hij ondertussen de hals van zijn gekooide papieren skelet wikkelde in een sjaal zoals Nanée op de foto droeg, wapperend alsof het hevig waaide. Het soort foto's waar ze op doelde, interesseerde hem gewoon niet. Wat hem boeide, of had geboeid toen hij nog foto's maakte, was nooit de zonde, erfzonde of anderszins. Het was zelfs niet de centrale macht, de tragedie, de ramp of het geweld. Het waren de toeschouwers, degenen die aan de zijlijn stonden en geen idee hadden dat ze erbij betrokken waren.

Hij vouwde het vel, scherpte de vouw aan en klapte het papier weer open. Tot zijn verbijstering waren het niet Nanées skeletogen die hem vanaf de pagina opnamen, maar die van Elza. Elza's neus. Elza's jukbeenderen. Elza, zijn vrouw, van wie iedereen zei dat hij haar was kwijtgeraakt, alsof ze ergens anders aangetroffen zou kunnen worden dan in een graf. Ze keek naar hem op zoals ze in zijn dromen deed, dwingend vragend waarom hij hun kind had laten sterven. Haar eigen dood of zelfs die van haar zus nam ze hem niet kwalijk, maar ze rouwde om haar ongeboren baby, het broertje of zusje dat Luki nu nooit zou hebben.

Hij pakte de pen, schetste vlug een vliegeniersbril over de ogen, vouwde het papier weer op en gaf het aan André, die er blindelings een lichaam aan toe begon te voegen.

'Nu ik erbij stilsta,' zei Nanée, 'ik heb helemaal geen naakte lichamen op je foto's gezien, Edouard.'

'*Voorovergebogen naakt*,' zei André zonder op te kijken.

Edouard was opnieuw verontwaardigd over deze titel voor *Verlossing*, maar als hij André zou corrigeren, zou hij juist de aandacht richten op de foto die hij aan niemand had willen laten zien.

'Geen naakte vróúwenlichamen,' zei Nanée.

Nu keek André op. 'Wat zag jij op die foto, Nanée?' vroeg hij, dezelfde vraag stellend die ook door Edouards hoofd speelde.

'Nou ja, het is... de achterkant van een man die zich vooroverbuigt? Ik dacht dat hij misschien een push-up deed.'

'Soms ziet de kijker niet alles wat de kunst bevat,' zei Edouard, André het zwijgen opleggend. 'Soms ziet de kunstenaar het zelf niet eens.'

'Dat is het mooiste van kunst,' zei André, 'het onbewerkte onderbewustzijn dat tot uitdrukking komt.' Hij vouwde het vel papier op en gaf het aan Nanée. 'Zullen we eens kijken wat jij over jezelf verbergt? Bij deze variant tekenen we *les petits personnages*. Denk er niet bij na. Teken gewoon wat in je mooie hoofd opkomt.'

Nanée, die de bontarmband weer om haar bleke pols had geschoven, aarzelde en pakte toen de pen.

Elders in de kamer klonk een fragment van een gesprek: 'Openbaring van de ziel van het Joodse ras.' Er viel een stilte, en zelfs Nanées hond, die zich stilletjes onder de bank verschool, keerde zich naar de stem toe. 'We hebben het over Hitlers strijd tegen "ontaarde kunst",' verklaarde de man. Grappend. Alsof hij zich niet kon voorstellen dat deze krankzinnigheid van de nazi's zou kunnen oversteken naar Frankrijk.

OPENBARING VAN DE ZIEL VAN HET JOODSE RAS. De zin stond in grote letters op een van de muren van de nazitentoonstelling Entartete Kunst, Ontaarde Kunst, een stuk of zeshonderd moderne en abstracte werken die enkel werden vertoond zodat bezoekers ze belachelijk konden maken. De meeste waren weggehaald van de muren van Duitse musea, met het excuus dat ze de Duitse gevoelens beledigden of de openbare zeden ondermijnden of simpelweg artistieke waarde ontbeerden. Edouard had geen idee waar ze de twee foto's van hem vandaan hadden die waren opgenomen in de 'tentoonstelling' in München, eentje onder de titel 'Natuur door de ogen van zieke geesten', de andere met het bijschrift 'Een belediging van de Duitse vrouwelijkheid'.

'Al die kunst zal worden vernietigd nu de tentoonstelling is afgelopen,' zei Danny.

'De werken zullen stilletjes buiten Duitsland worden verkocht om Hitlers schatkist te vullen,' zei Nanée. 'Het zijn de kunstenaars zelf die de nazi's willen vernietigen.'

'En daarom zijn jullie zo slim geweest om het Reich te ontvluchten,' zei André. Ze lachten allemaal; de waarheid was zoveel makkelijker onder ogen te zien wanneer je erom lachte. Zeker de helft van de kunstenaars in het appartement bestond uit Duitse vluchtelingen.

Edouard, die Nanée het opgevouwen tekenpapier terug zag geven aan André, merkte op: 'Je kauwt niet op je pen.'

'Op mijn pen kauwen?'

Hij nam de pen van haar over en draaide hem om, zodat ze de tandafdrukken kon zien.

'O!' Ze lachte. 'Hij was van mijn vader. Toen ik klein was, bespiedde ik hem altijd wanneer hij in de bibliotheek aan zijn bureau zat. Hij kauwde inderdaad op zijn pen. Dat was ik vergeten.'

'Bespiedde jij je vader?' vroeg André.

Nanée sloot haar hand om de pen alsof ze hem wilde verbergen. 'Is dat zo raar?'

'Bespiedde je ook nog andere mensen?' vroeg André. Zonder op haar antwoord te wachten vouwde hij het tekenvel open en liet iedereen het bizarre driedelige schepsel zien: Edouards skelethoofd met de vliegeniersbril en de vogelkooi en de sjaal van Nanée om haar hals; Andrés octopuslichaam met tentakels die zwaaiden met schilderkwasten, pistolen, hakenkruizen en een afgehakte Hitlerkop waar het bloed vanaf droop; en Nanées cartoonachtige heupen, benen en knobbelknieën, lendenen die slechts waren bedekt met een vijgenblad, schoenen die op die van Edouard leken, maar dan met gestrikte veters, en op de grond naast het schepsel een speelgoedkangoeroe.

Terwijl Edouard de schok over die kleine kangoeroe probeerde te verwerken, zei André grappend: 'Aha, ik geloof dat ik ergens middenin beland ben.'

Iedereen lachte en bleef lachen terwijl André een verhaal hield over het hoofd dat van Nanée leek te zijn en de onderkant van Edouard met zijn eigen vele armen ertussenin. Door het lawaai werd Luki half wakker en glimlachte slaperig.

'Mutti, wil je voor me zingen?' vroeg ze aan Nanée.

Edouard was blij met het lawaaiige gelach in de kamer, blij dat alleen Nanée het kind gehoord kon hebben. Hij streelde Luki's haar tot ze weer in slaap viel, dit kind dat zo op haar moeder leek en helemaal niet op hem, het enige wat nog over was van Elza.

Hij stond op om te vertrekken en zei tegen Nanée: 'Het spijt me. Je lijkt zo op Elza. Ze raakt ervan in de war.' Hij staarde naar Nanée. Hij wist dat het onbeleefd was, maar het lukte hem niet om zijn blik af te wenden. Hij raakte er ook van in de war. 'We moeten gaan,' zei hij. 'Dank je wel.'

Bij de deur hield Edouard de slapende Luki vast terwijl Nanée hem hielp het kind in haar favoriete rode jas te wikkelen en vervolgens zijn eigen jas voor hem omhooghield. Ze gaf hem de hoed waar Elza zo van had gehouden, met zijn initialen op de rand, alsof hij de hoed was en de hoed hem.

'Ze heeft geen jonkie,' merkte Nanée op. 'De kangoeroe. Haar buidel is leeg.'

Luki's arme pluchen kangoeroe werd zelfs in haar slaap geplet in haar arm. Het jonkie – dat Luki Joey had gedoopt omdat kangoeroejongen zo werden genoemd in Australië, het land waar ze vandaan kwamen – was ergens tussen Wenen en Parijs zoekgeraakt, en ze hadden het nergens meer kunnen vinden. Luki was ontroostbaar geweest – 'Is Joey ook naar de engelen toe?' – en Edouard was van zijn stuk gebracht door het beangstigende voorteken van het kwijtgeraakte kangoeroekind. Luki was haar moeder echter al kwijt; kon haar nog iets ergers te wachten staan?

'Dag,' zei hij tegen Nanée.

Nanée nam hem vragend op: wilde hij het niet over het kangoeroejong hebben, of kon hij dat niet?

'In Frankrijk zeggen we *au revoir*,' zei ze, met een stem die milder was dan hij zich had kunnen voorstellen. Niet alleen zacht, maar mild.

Dinsdag 18 januari 1938, zes uur 's ochtends

HET APPARTEMENT VAN NANÉE, PARIJS

Met het feestgedruis in haar rug keek Nanée Edouard na terwijl hij over de stoep de Avenue Foch in liep, met zijn dochter in zijn armen. Vanaf haar plekje achter het raam zag ze zijn rug, het hoofd van het kind op zijn schouder, de grijze vilten gleufhoed. Een hoed die haar vader had kunnen dragen, afgezet met het bijpassende Petersham-lint en de verfijnde leren zweetband met zijn initialen erin, ELM – olm – zoals de prachtige robuuste boom waar ze als kind altijd in klom.

T kwam naast haar staan bij het raam en fluisterde: 'Ik wist wel dat je hem leuk zou vinden.'

'Doe niet zo raar,' zei ze, terwijl ze Edouard nog steeds nakeek. 'Ik mag mezelf dan vaak "in de liefde saboteren", zoals jij het graag noemt, maar ik ben niet zo dom om te vallen voor een man die zojuist zijn vrouw heeft verloren.' Ze legde haar vingers tegen het glas. Het voelde koel aan, in tegenstelling tot Edouards huid die langs de hare was gestreken toen hij haar de bontarmband terug had gegeven.

'Je gaat tegen me in,' zei T. 'Als een man je niet interesseert, ga je niet tegen me in.'

'Pffft.'

'Je duwt de goede mannen weg. Je begrijpt niet hoe kwetsbaar het ego van mannen is.'

'Hoe heb ik hem precies weggeduwd?' Nu Edouard en zijn dochter om de hoek waren verdwenen, richting de metro, keerde ze zich naar T toe.

T wierp haar een nadrukkelijke blik toe.

'Hoe?' herhaalde Nanée.

T pakte de driedelige tekening die tussen de champagneflessen en de glazen was blijven liggen: het hoofd – Nanées eigen hoofd? – in de vogelkooi; het lijf van de octopus; de heupen met het vijgenblad en de knokige knieën die zij had getekend.

'Edouard heeft mijn hoofd in een vogelkooi getekend, nota bene!' protesteerde Nanée, maar ze deed het stilletjes, om geen aandacht te trekken. Dat was iets wat ze al vroeg had geleerd: wanneer je de aandacht op jezelf moest richten, en wanneer je dat juist moest vermijden. De regels van Evanston.

Natuurlijk golden de regels van Evanston niet alleen in Evanston. Ze golden ook in de Marigold Lodge, hun in prairiestijl gebouwde zomerhuis in Michigan, met vierendertig kamers, schoorstenen en dakvensters van rode baksteen, twee eetkamers, een bibliotheek en verschillende zonneveranda's. Ze golden in New York City. En ze golden in Miramar, de villa in Newport die was gebouwd door een vriendin van haar moeder die de ramp met de Titanic had overleefd terwijl haar man en haar zoon waren omgekomen. Daar had Nanée haar laatste maanden in Amerika doorgebracht.

In het societykatern van de kranten werd verslag gedaan van de komst van haar familie naar New York in juni 1927, 'deze keer niet op weg naar Michigan, maar naar Rhode Island om daar de zomer door te brengen'. De vakantie in Miramar was echter het excuus geweest, en New York City het werkelijke doel van de reis. Daar gingen ze een specialist raadplegen over de vraag waarom Nanée niet meer ongesteld werd.

Ze had nog geen intieme omgang gehad met een man en het schokte haar dat haar ouders dachten van wel, dat ze de familie wilden beschermen tegen het gerucht dat hun enige dochter wellicht zwanger was. Ja, ze weigerde een korset te dragen, maar korsetten hoorden net zozeer bij de generatie van haar ouders als het idee dat een vrouw niet zou mogen stemmen en dat ze als ze dat wel deed daarbij haar man diende te volgen. Papa had haar onafhankelijkheid altijd aangemoedigd en ze had haar best gedaan om haar grote broer Dickey in alles voorbij te streven: zeilen, paardrijden, schieten. Ze las de verhalen over koning Arthur en de ridders van de ronde tafel omdat Dickey dat deed, hoewel zij de enige was die probeerde een harnas in elkaar te knutselen van karton, lijm en een buitensporige hoeveelheid zilverfolie die almaar bleef kreukelen, hoe hard ze ook haar best deed om het glad te strijken. Ze ging net als Dickey roken. Ze proefde net als Dickey van papa's bourbon (die verboden was tijdens de drooglegging, maar wat goed was voor de arbeiders, was niet per se goed voor de baas). En net als Dickey glipte ze 's avonds stiekem door haar slaapkamerraam naar buiten. Natuurlijk wist ze dat haar moeder het niet goed zou keuren, maar de auto waar ze in reed, was een cadeau van papa, en ze stapte nooit uit. Ze reed gewoon over de donkere wegen en bleef soms een poosje staan op de parkeerplaats van een jazztent om te luisteren naar de soepele tonen van saxofoons en klarinetten. Muziek die haar bijna net zo'n groot gevoel van vrijheid gaf als het vliegen in de Vega Gull.

De discrete arts in New York City had papa en moeder verzekerd dat ze nog 'intact' was. Hij wist niet waarom ze niet meer ongesteld werd, en ook niet of ze kinderen zou kunnen krijgen. Ze had er stilletjes bij gezeten terwijl hij de vragen van haar ouders beantwoordde en ze had zich een toekomst voorgesteld waarin haar intiemste lichaamsdelen eindeloos door koud metaal en koude handen werden geopend en onderzocht. In haar hoofd hoorde ze papa in hun privéwagon op weg van New York naar Newport nog zeggen 'Wat ik bedoel is, als Nanée misschien niet in staat is om een man een erfgenaam te geven...', en moeders reactie: 'Een debutantenbal is verdorie geen zakelijke transactie. Je dochters onvermogen om kinderen te krijgen, áls het zover zou komen, zal je reputatie voor het leveren van betrouwbare goederen heus niet ruïneren.'

Toch had papa binnen een paar dagen geregeld dat ze naar het Collegio Gazzolo gestuurd zou worden, een etiquetteschool in Italië die bestierd werd door een *contessa* die ze kenden. Nanée had een goed stel hersens; ze had naar Radcliffe gekund, of Wellesley of Smith, maar ze mocht niet zelf kiezen. Ze werd naar Europa verscheept om te leren hoe ze een baljapon moest dragen en een menu moest samenstellen, aangevuld met de verfijnde kunst van het voeren van volstrekt betekenisloze gesprekken waarmee ze het juiste soort man het gevoel kon geven dat hij belangrijk was, zodat hij wellicht met haar zou willen trouwen. 'Zo kunnen we die wildheid van haar in een discrete omgeving uitbannen,' drong papa bij moeder aan. Waarschijnlijk dacht hij dat Nanées verbanning naar een land waar de familie minder bekend was hem voor schande zou behoeden.

'Die dochter van jou is liever wild dan getemd,' had hij eraan toegevoegd. 'Ben je niet bang dat ze alleen zal eindigen?'

Nanée bleek de minst wilde van de meisjes van de contessa te zijn, de enige die nooit werkelijk grenzen had overschreden, behalve in haar verbeelding. Ondanks de invloed van de andere leerlingen gedroeg ze zich zo goed dat haar vader haar aan het eind van het jaar naar huis wilde laten komen. Ze had echter bedacht dat ze naar Parijs wilde verhuizen – simpelweg om hem dwars te zitten, zei hij. Hoe dacht ze zichzelf te kunnen bedruipen daar?

Uiteindelijk stemde hij echter in met een jaar aan de Sorbonne, op voorwaarde dat ze bij Danny's familie zou gaan wonen. Daar verbleef ze toen papa voor een kleine operatie naar het ziekenhuis ging en niet meer terugkwam, op 3 november 1928.

In die tijd was er nog geen Pan Am Clipper, en ze zou alleen naar huis kunnen door de lange zeereis naar New York te ondernemen en vervolgens op de trein naar Chicago te stappen. Moeder liet haar weten dat ze niet hoefde te komen, dat papa al begraven zou zijn voordat zij halverwege de Atlantische oceaan zou zijn. Inmiddels begreep Nanée dat haar moeder zich voor het eerst sinds haar trouwdag vrij had gevoeld en dat ze niet had gewild dat haar dochter die waarheid zou ontdekken, verscholen achter haar rouwsluier. Misschien had ze wel gedacht dat Nanée datzelfde ongepaste gevoel van vrijheid ervaarde. Misschien was dat ergens ook wel zo geweest en was dat deels waarom ze zich niet naar huis had gespoed.

In plaats daarvan kwam haar moeder naar Parijs. Ze huurde kamers in Hôtel Meurice en Nanée trok bij haar in. Aanvankelijk beviel het haar goed. 's Avonds kleedde ze zich mooi aan, hing ze juwelen om en bezocht ze plekken als Bricktop's of Le Boeuf sur le Toit, waar de maître d' altijd een tafeltje voor hen beschikbaar had. Maar tegen de tijd dat haar broers langskwamen om de kerst met hen door te brengen, had ze er wel genoeg van. Of misschien had ze genoeg van Misha, een berooide Wit-Russische graaf die op zoek was naar een rijke Amerikaanse erfgename en met wie haar moeder graag clubs bezocht, dronken werd en ruziemaakte.

Ze gingen skiën in Sankt Moritz, en tot haar verbazing was Nanée meteen enthousiast over deze sport waarvoor ze de hele dag buiten in de kou moest doorbrengen. Ze bleef tot de lente, lang nadat haar moeder samen met haar Wit-Rus was teruggekeerd naar Amerika. De graaf, afkomstig uit een land waar de adel verbannen was, werd in de Amerikaanse society verwelkomd met een bal, georganiseerd door vrienden. In die tijd had Nanée zelf haar eerste minnaar, na de tweede bruiloft van haar moeder. Ook voor de trouwdag was ze niet teruggekeerd naar Amerika. Ze bleef al die tijd in de

Zwitserse Alpen terwijl haar moeder en Misha zich settelden in het comfortabele leventje dat papa had gecreëerd, en ze klom in bed met een kerel van wie ze zich verbeeldde te houden. Haar smaak in mannen was echter net zo slecht als die van haar moeder, maar bij Nanée ontbrak het gezonde verstand waarmee haar moeder zich had gebonden aan een man die van adel was en daardoor geen schandaal zou veroorzaken, zoals Nanée zou doen wanneer ze met iemand zou trouwen die niet uit de juiste kringen kwam, uit Evanston of Newport of New York. Maar de regels van Evanston waren minder streng voor de tweede liefde van een rijke oudere weduwe dan voor een dochter die nog een goede partij moest zien te huwen.

T legde de tekening van het driedelige schepsel op het bureau van Nanée, naast de foto van Nanée in haar vliegeniersuitrusting. Was het inderdaad haar hoofd dat Edouard had getekend? De vliegeniersbril en de sjaal, ja. Een kunstenaar met zoveel talent had echter makkelijk een hoofd kunnen tekenen dat onmiskenbaar dat van Nanée was als hij dat wilde. Niet dat ze had geweten wat hij had getekend voordat ze zelf, met het papier over zijn deel van het schepsel gevouwen, Edouards duidelijk herkenbare naakte onderste helft had geschetst.

'Hij heeft mijn hoofd in een vogelkooi getekend,' herhaalde ze, en in haar hoofd hoorde ze zijn stem weer: *obsessie, angst of zelfs fetisj*. En toch had ze zich bij het zien van de schets op een vreemde manier begrepen gevoeld. Alsof hij kon zien hoe ze zich vaak voelde, kijkend naar de wereld vanuit een vergulde kooi waarvan ze het deurtje open had weten te krijgen, maar waar ze op de een of andere manier niet uit kon ontsnappen.

'Hoe dan ook,' zei ze, 'als je een man laat blijken dat je je tot hem aangetrokken voelt, krijg je hem nooit.' Het was de waarschuwing van de contessa – *non puoi procurarti un uomo facendogli credere che sei attratta da lui.* Daarbij had ze de meisjes altijd op het hart gedrukt om in hun 'eigen klasse' te trouwen. Alleen bij rijke, sociaal geschikte mannen kon je er immers op rekenen dat ze uit liefde met je trouwden en niet om je geld.

'Ik schreef Danny elke dag vanuit Londen,' zei T.

'Dat is iets anders. Dat is het voordeel van liefde op afstand.' Nanée herinnerde zich dat Danny zich elke dag naar huis had gehaast in de hoop dat er een envelop uit Engeland op het blauwe schaaltje bij de deur lag te wachten. 'Hij wil bij je zijn, maar dat kan niet. Dat is ideaal. Dan laat je hem verlangen naar iets wat net buiten zijn bereik ligt.'

'Neem vooral niet het risico op levenslang geluk als er misschien nog ergens een afschuwelijke vent voor je rondloopt die als enige pluspunt heeft dat hij geen schandaal zal veroorzaken in Evanston.'

'Ik ben niet de snob waar je me voor aanziet,' protesteerde Nanée.

'Natuurlijk wel,' zei T, maar vol genegenheid.

Ze schoof de tekening wat dichter naar Nanée toe, terwijl achter hen de zoveelste kurk knalde. De knokige knieën zouden haar misschien wel worden vergeven, maar de kangoeroe... Ze zag nu hoe wreed het overkwam, ook al had ze het niet zo bedoeld.

'Hij deed me aan papa denken.' De bekentenis leek haarzelf meer te verrassen dan T. 'Zoals Edouard hurkte om zijn dochter in de ogen te kunnen kijken. De zachtheid in zijn stem.'

'Dat is wel een heel idealistische manier om naar je vader te kijken. Zelfs je moeder zag hem niet zo.'

'Zo was hij wel in de Marigold Lodge,' zei Nanée, terugdenkend aan het perfect onderhouden gazon met de treurwilgen eromheen, op het schiereiland dat zich uitstrekte tot de wateren van Pine Creek Bay en Lake Macatawa. *Voor mijn dappere meisje*, had haar vader in zijn testament geschreven, waarin hij het zomerhuis van de familie tot ieders verrassing aan Nanée had nagelaten. 'In Michigan was papa een ander mens.'

'Dat kan wel zijn, Nan, maar je moet toch stoppen met zoeken naar een man die je vader goedgekeurd zou hebben.'

'Dat doe ik helemaal niet.'

'Dat doe je wel. Je bent steeds zo druk bezig om je niet te laten inpalmen door een van die 'geweldige pummels' van je, dat je helemaal de tijd niet neemt om te bedenken wat voor man jóú gelukkig zou maken.'

Nanée bestudeerde het hoofd met de vogelkooi nog eens, de knokige knieën en de kangoeroe die ze zelf had getekend, het geliefde knuffeldier achtergelaten op de grond, omdat ze niet wilde dat haar behoefte aan liefde haar vader in een kwaad daglicht zou stellen. 'Die foto van de voorovergebogen man... waarom denk je dat hij die weg liet halen?' Ze bedacht dat ze ernaar kon informeren bij de galerie, dat ze de foto misschien zou kunnen kopen. Ook de foto gaf haar het gevoel dat ze begrepen werd, op een manier die ze onmogelijk onder woorden kon brengen.

'Morgen vertrekt hij naar Sanary-sur-Mer,' zei T zacht. 'Edouard.'

Ze keken allebei uit het raam naar de brede lege avenue en de lichter wordende hemel.

Nanée vouwde de tekening weer in drieën, en nog een keer, en omsloot hem toen met haar hand.

'Later vandaag,' verbeterde T zichzelf. 'Vanavond. Met de nachttrein.'

'Sanary-sur-Mer,' herhaalde Nanée. Het was een van de zonnigste plekken in heel Frankrijk.

Woensdag 19 januari 1938
SANARY-SUR-MER

De trein volgde een bocht en daar, in het licht van de zonsopgang, strekte de zee zich eindeloos blauw en schuimend wit uit. Edouard opende het raampje en snoof de geur op van de kolen van de trein met daaronder de zilte zee en de prikkelende lucht van de dennenbomen, met een vleugje wilde tijm. Hij voelde aan zijn Rollei-camera terwijl de treinconducteur riep: 'Gare d'Ollioules, Sanary-sur-Mer.' Het kleine vissersdorp in de Provence was een verzamelplek voor schrijvers en kunstenaars. Aldous Huxley had hier *A Brave New World* geschreven, in gezelschap van D.H. Lawrence en Edith Wharton, en gevluchte schrijvers en kunstenaars hadden zich er de afgelopen jaren zo enthousiast op gestort dat het inmiddels 'de nieuwe hoofdstad van de Duitse literatuur en kunst' werd genoemd. André Breton had hier een huisje geregeld voor Luki en Edouard, aan de Middellandse Zee, met de belofte dat de verkoop van de tentoonstelling de aankoopprijs zou dekken. Misschien zou Edouard in het gezelschap van andere kunstenaars weer gaan fotograferen.

'We zijn er, Luki,' zei hij, haar wakker schuddend toen de trein een piepklein stationnetje binnenreed, waar een streekbus stond te wachten om hen en hun bagage naar het huisje te brengen.

Luki keek naar hem op met een slaperige glimlach die zo op die van Elza leek dat hij even iets moest wegslikken.

'Waar is Mutti?' vroeg ze.

Hij pakte zijn Rollei, ging staan, tilde Luki op en schoof samen met haar in het kleine rijtje passagiers dat klaarstond om uit te stappen. Het gewicht van haar verdriet drukte zwaar op zijn schouders. Hoe kon je een kind laten begrijpen dat de moeder die haar had leren dansen voor ze kon lopen nooit meer met haar zou dansen? Hoe kon je een kind duidelijk maken dat het verlies niet haar schuld was, dat ze niets verkeerd had gedaan en dat ze haar moeder niet terug kon laten komen door zich beter te gedragen?

'Mutti houdt meer van jou dan van wie ook,' zei hij, 'maar ze moet bij de engelen blijven. Ze heeft mij gevraagd om voor jou te zorgen. We gaan naar ons nieuwe huis, weet je nog?'

'En dan ga ik voor jou zorgen?' zei Luki.

Edouard knipperde zijn tranen weg. 'Ruik je dat, Luki? Dat is de geur van wilde tijm.'

Chanel N°5. De geur van de bontarmband. De geur die Elza had gedragen, maar goed, er waren zoveel vrouwen die dat parfum gebruikten.

'Maar hoe weten ze waar ze ons moeten vinden?' vroeg Luki.

Edouard bestudeerde haar verwachtingsvolle gezichtje in een poging te begrijpen wat ze vroeg. 'De engelen?'

'Ja. Hoe weten ze waar we zijn, zodat ze Mutti naar ons nieuwe huis kunnen brengen?'

Iemand op het perron riep de naam van Edouard. Hé, was dat Lion Feuchtwanger?

'Ik ben hiernaartoe gekomen om jullie naar het huisje te brengen omdat de houten bankjes in die rotbus je zoveel blauwe plekken bezorgen dat je niet meer naar Chez Schwob kunt komen om iets met ons te drinken,' verklaarde de Duitse romanschrijver.

'Maar… hoe wist je dat we vandaag aankwamen?'

'Tja, iedereen weet alles in Sanary, tenzij ze het niet willen weten.'

'Dit is Professor Ellie-Muis,' zei Luki.

'Hoe maakt u het, professor?' vroeg Feuchtwanger. 'Voor een muis lijkt u wel erg op een kangoeroe.'

'Ze is ook een kangoeroe! Ze heeft een jonkie, maar dat zijn we kwijt. Hij was maar twee centimeter groot toen hij werd geboren, maar nu is hij groter en kan hij zingen. Hij heet Joey. In Australië, dat heel anders is dan Oostenrijk, waar wij vandaan komen, zouden Pemmy en Joey in een groep van vijftig kangoeroes leven. Als je lelijk tegen ze doet, stampen ze met hun grote voeten op de grond en dan schoppen en bijten ze je.'

Feuchtwanger keek gespeeld bang. 'In dat geval zal ik mijn uiterste best doen om de professor niet te beledigen.'

Ze laadden hun bagage in de auto van Feuchtwanger en reden in de richting van de baai van Sanary. Onderweg stak Luki haar hoofd uit het raampje om de smalle straatjes met de pastelkleurige winkeltjes en de met kralengordijnen behangen deuropeningen te kunnen zien: slagers en groenteboeren, *laiteries* waar je verse melk en boter kon kopen, een schoenmaker, een doe-het-zelfwinkel, *bonneteries* die kousen en garen verkochten, strandhoeden en espadrilles.

'Papa, mag ik in de zee spelen?' vroeg Luki.

'Als ik je heb leren zwemmen,' zei Edouard.

'En Pemmy. Kangoeroes kunnen zwemmen. Ze gebruiken hun staart.'

Edouard, die de pluchen kangoeroe in gedachten al naar de bodem van de Middellandse Zee zag zinken, zei: 'We zullen zien.'

Op een groot plein tegenover de haven en de met palmen omzoomde boulevard stond een gekromde oude man voor een gemeentehuis van roze stucwerk, omringd door kratten vol olijven, appels en peren, sinaasappels en mandarijnen, kolen en wortels en aardappels en witlof. 'Twintig centimes, twintig centimes,' riep hij met nasale stem, de waren aanprijzend die net als de vis op de veiling werden verkocht om verscheept te worden naar Parijs of Brussel of Londen. Hier zou Edouard verse vis en groenten en brood kopen. Hij zou weer gaan fotograferen, en Luki zou hier op een dag naar school gaan, en ze zouden vrienden maken en gezond en vrij en veilig zijn.

Feuchtwanger reed langzaam langs de terrasjes aan de waterkant, Café du Port en Hôtel de la Tour, waar mensen aan hun eerste kopje koffie zaten en waar al kaartspelletjes werden gespeeld. Zo nu en dan gaf hij uitleg of antwoorden: Sanary had geen echte bibliotheek, maar bij Au Grand Tube hadden ze fatsoenlijk gevulde boekenplanken en kunst- en fotografiemateriaal van goede kwaliteit. Edouard moest beslist de gruyère bij Chez Benech proberen, maar voor vandaag had zijn vrouw een *poulet à la crème* voor Edouard en Luki gemaakt.

'Is er een bioscoop?' vroeg Edouard. Elza was gek geweest op de film; waarom had hij haar niet vaker meegenomen?

'Er is een verbouwde garage waar ze op zondagavond films vertonen, maar als je iets van de laatste tien jaar wilt zien, dan moet je naar Toulon.'

Bij een landtong met een rotsachtig strand dat was afgezet met een palissade sloegen ze af en reden langs steile kliffen tot ze bij de punt waren. Vervolgens sloegen ze links af een smal laantje in. Tegenover het twee verdiepingen hoge witgestucte huis van Thomas Mann, de Villa la Tranquille, leidde een oprit naar een okergeel huisje met verschoten blauwe luiken en een bord op het smeedijzeren hek: ATELIER-SUR-MER.

Edouard pakte Luki's koffer uit in de kamer die uitzicht bood op de zee in de verte, omlijst door een grote dennenboom en de overblijfselen van een andere omgevallen boom ernaast, al lange tijd dood en ontdaan van zijn takken. Op het nachtkastje zette hij een foto van hun drieën, samen met een ingelijste bladzijde met wiskundige vergelijkingen in het keurige handschrift van Elza, die Luki graag had willen bewaren. Hij bereidde een lunch van de poulet à la crème, en daarna liet hij Luki spelen terwijl hij zijn eigen spullen in de andere slaapkamer uitpakte – zijn camera's, afdrukken en negatieven. *Verlossing*, nog steeds in de lijst van de tentoonstelling, zette hij op het bureau, en toen ging hij op het bed liggen en deed heel even zijn ogen dicht en gunde zichzelf een kijkje in zijn pijnlijke herinneringen.

Hoelang had hij liggen slapen? Het was griezelig stil; hij hoorde slechts het gezang van de avondvogels in de roodgouden gloed van de ondergaande zon en het ritmische klotsen van de zee tegen de rotsen. Zou hij met zoveel stilte kunnen leven? En Luki?

'Luki?' riep hij, plotseling ongerust.

Het was veel te stil. Zijn dochter was vast ook in slaap gevallen.

'Luki?' herhaalde hij. Hij sprak wat zachter om haar niet wakker te maken, maar haastte zich ondertussen naar haar kamer. In de trein had ze geslapen, terwijl hijzelf vrijwel de hele nacht wakker had gelegen uit angst dat ze het compartiment zou verlaten.

Ze was niet in haar kamer.

Hij riep haar naam steeds opnieuw, achter elkaar, luid, terwijl hij het huis uit vloog en richting de palissade rende.

Allemachtig, hoe had hij het in zijn hoofd gehaald om een huis te kopen op een klif aan zee met een kind dat nog geen drie jaar oud was?

Hij struikelde over een boomwortel. Kwam languit op de grond terecht. Krabbelde overeind en holde verder, zo luid mogelijk haar naam roepend.

En daar was ze. Godzijdank, daar was ze, en ze draaide zich naar hem om.

Hij haastte zich naar haar toe en tilde haar op van de omgevallen boomstam. Even klemde hij haar stevig tegen zich aan en toen ging hij met haar op schoot op de stam zitten.

'Moppelchen,' zei hij, zo rustig mogelijk, om haar niet bang te maken. Ze was helemaal niet in de buurt geweest van de steile afgrond naar de rotsen en de zee. 'Moppelchen,' herhaalde hij, Elza's koosnaampje voor haar mollige baby, haar kleine dikzakje. Hij trok haar dicht tegen zich aan, begroef zijn kin in haar zachte haren en fluisterde: 'Wat deed je hier helemaal in je eentje?'

'Ik hoorde ze zingen. Heb jij ze ook gehoord?'

'Zingen,' herhaalde hij, zich afvragend of hij een ander huis kon vinden, wat verder bij de zee vandaan. 'Ja, dat is het geluid van de vogels en de zee. Prachtig, hè?'

'De vogels en de zee, en ook de engelen.'

Hij hield haar hoofd een beetje naar achteren om beter het voorhoofd te kunnen zien dat zo op dat van haar moeder leek, haar piepkleine neus, haar roze lippen. 'Zingende engelen?' vroeg hij, in de hoop haar met een plagerijtje weg te lokken van alweer een gesprek over de vraag waar Elza naartoe was. 'Moppelchen, ben je aan het slaapwandelen?'

'Luister. Ze zingen allemaal samen met Mutti.'

Toen begon ze te zingen, het liedje dat Elza elke avond bij het slapengaan voor haar had gezongen. Hij trok haar nog wat dichter naar zich toe. 'Moppelchen, Moppelchen,' prevelde hij, overweldigd door gedachten die hem tegelijk overspoelden met het geraas van de zee en de roodgouden gloed van de avondhemel, het zachte staalblauw van het water in het late middaglicht, de zoete doordringende geur van Luki's haar dat tegen zijn gezicht gedrukt werd. Hij klemde haar steviger vast en zong zachtjes met haar mee: *'Wie ist die Welt so stille / Und in der Dämmrung Hülle / So traulich und so hold.'* Zo staat de wereld stil, in de sluier van de schemering, zo intiem en zoet.

Ja, ze zouden hier blijven, waar de wereld misschien stil zou staan. Hij zou een hek rond het huis bouwen. Hij zou het meteen de volgende ochtend regelen, en dan zouden ze hier veilig zijn, luisterend naar Elza en de engelen die samen met de vogels en de zee zongen terwijl ze op deze droomboomstam zaten.

Twintig maanden later: dinsdag 5 september 1939

GARE DU NORD, PARIJS

Het was zover. Duitsland was Polen binnengevallen en had Frankrijk en Groot-Brittannië geprovoceerd tot een oorlogsverklaring. Het wonder waar Nanée en alle anderen in Frankrijk op hadden gehoopt, het wonder dat hen zou redden, was niet gekomen. In plaats daarvan waren de posters met de oproep aan Franse mannen om dienst te nemen – posters die na de crisis van München een jaar eerder waren weggehaald – weer opgehangen. Deze keer was het menens.

Nanée keek naar Danny, die onhandig knielde in zijn nieuwe soldatenuniform om een kus op de blonde lokken van zijn tweejarige zoon te drukken, terwijl de rest van zijn regiment al bezig was in de trein te stappen. Peterkin hield zijn hoofd naar achteren en keek vanonder zijn lange wimpers omhoog, zijn manier om zijn ongenoegen te laten blijken. Hij liet zijn nieuwe pluchen konijn met de flaporen op het vieze perron vallen en trok twee speelgoedpistolen uit hun holsters.

'Ik heb twee pistolen, papa,' zei hij. 'Eentje voor mij en eentje voor Bunnykins.'

Nanée pakte T's hand, een gebaar dat Danny niet ontging.

'Je bent meer familie dan mijn eigen familie,' had hij tegen haar gezegd toen hij haar had gevraagd met hen mee te gaan naar het station. 'T zal je troost nodig hebben na het afscheid.'

'Ik wilde dat je met me mee kon, kerel,' zei hij tegen zijn zoon. 'Je zou een betere Franse tolk zijn dan ik, maar laten we dat maar niet aan het Britse leger verklappen.'

Het gaf T enige troost, en Nanée ook: dat het enige wapen waarmee Danny in deze oorlog zou zwaaien, zijn beheersing van de talen was.

'Je bent zo'n dappere jongen,' zei Danny tegen zijn zoon.

Wat een dapper meisje ben je, had Nanées vader ooit tegen haar gezegd. Ze was toen zeventien geweest, oud genoeg om het zich te herinneren, wat niet gold voor Peterkin.

Danny omhelsde Peterkin en T nog een laatste keer.

‘Nanée,’ zei hij, ‘ik vertrouw erop dat jij zorgt dat ik deze twee straks net zo gezond aantref als ik ze nu achterlaat.’

T, die een traan wegveegde, probeerde dezelfde humoristische, hoopvolle toon aan te slaan. ‘Maar wie zorgt er voor Nanée terwijl zij voor ons zorgt?’

‘Nanée kan prima voor zichzelf zorgen,’ zei hij. Hij pakte de tas met zijn uitrusting en gaf T en Peterkin een laatste kus.

Nanée zag hem instappen en door het vieze raampje van de trein naar hen kijken. Toen de trein in zijn eigen stoom verdween en het geratel van de wielen vervaagde in het geroezemoes van het station, bukte ze om Bunnykins op te rapen en sloeg ze haar armen om T en Peterkin heen, precies zoals Danny had gedaan.

‘Jij moet ook gaan, Nanée,’ fluisterde T met hartverscheurend verdriet in haar stem. ‘Je moet naar huis gaan.’

Nanée keek haar vriendin aan. ‘Pffft,’ zei ze. ‘Omdat de commandant het me opdraagt?’ Toen, op zachtere toon: ‘Ik laat je niet alleen, T.’

‘Als ik een thuis in Amerika had waar ik naar terug kon gaan, dan zou ik dat doen.’

Nanée trok aan de oren van het pluchen konijn en drukte het tegen Peterkins gezichtje. Ondertussen probeerde ze zich voor te stellen hoe het zou zijn om weer in Evanston te wonen, of zelfs in de Marigold Lodge.

‘Als ik een thuis had in Amerika, T,’ zei ze, ‘zou ik dat misschien ook wel doen.’

Zaterdag 14 oktober 1939
SANARY-SUR-MER

'Bent u Edouard Moss?'

Edouard, die vanaf het kleine perronnetje toekeek terwijl zijn vriendin Berthe met haar dochter en Luki in de trein ging zitten, draaide zich om en zag twee politiemannen staan.

'U gaat met ons mee.'

'Met jullie? Nee, mijn papieren zijn in orde.' Hij haalde ze uit de zak van zijn jasje. 'Sorry, de trein vertrekt bijna. Geef me even de tijd om Luki te zien vertrekken.'

In de wagon liet Luki trots haar nieuwe jojo aan haar kleine vriendinnetje zien, babbelend in perfect Frans. Ze was nu vier en kende alleen het leven in Sanary-sur-Mer. De enige herinneringen aan Wenen of Berlijn waren de foto's die Edouard haar had laten zien, en de verhalen die hij haar op hun droomboomstam had verteld. Nu nam Berthe haar alvast mee naar Parijs, zodat hij het huis verder leeg kon ruimen en het klaar kon maken voor de verkoop.

'U gaat met ons mee,' herhaalde de man.

Edouard, die zijn schrik niet langer kon verbergen, stamelde: 'Ik begrijp het niet.'

Hij riep naar Berthe: 'De kangoeroe heet Professor Ellie-Muis. Ze geeft wiskundeles, zoals alle goede pluchen kangoeroes.' Hij deed zijn best om zijn stem luchtig te laten klinken, zijn beheersing te bewaren. Nog één dag. Meer had hij niet nodig. In Parijs zouden Luki en hij veiliger zijn. Een grote stad. Anoniem. Geen achterdochtige buren. Niemand die zou denken dat het feit dat hij 's avonds laat het licht nog aan had, er wellicht op duidde dat hij een signaal zond naar een schip van de nazi's. Licht dat nog brandde omdat hij een oude filmrol bekeek om te zien of er iets bij zat wat hij kon ontwikkelen en verkopen, zodat hij eten voor zichzelf en voor Luki kon kopen. Een proces dat er steevast in uitmondde dat hij steeds nieuwe afdrukken maakte van *Verlossing*, alsof het vinden van de juiste sluitertijd, belichten, doordrukken en tegenhouden, het creëren van die ene perfecte foto, hen zou kunnen redden. Afdrukken die geen boodschappengeld opleverden, die hij niet eens probeerde te verkopen.

Hij riep naar Berthe: 'Luki is gek op getallen.' Net als Elza. 'Als ze boos op me is...' Hemel, ze zou buiten zichzelf zijn als hij de volgende dag niet zoals beloofd zou komen opdagen. '...laat haar dan de tafels opzeggen, daar wordt ze rustig van.' Als hij bleef praten, zou Berthe misschien beseffen wat er gebeurde, en dan kon ze het aan Luki uitleggen als hij vertraging opliep. 'Ze houdt ook van getallen tot de tweede en de derde macht.'

'Edouard?' zei Berthe vragend.

'Een getal dat je vermenigvuldigt met zichzelf, en dan nog een keer.' Hij knikte zo onopvallend mogelijk naar de eerste politieman, en toen naar de tweede.

Berthe trok wit weg toen ze de agenten zag.

Hij zei tegen de agenten: 'Mijn Luki –'

'We willen alleen een paar vragen stellen.'

De trein stond er nog, aan het perron. Hij kon Luki eruit halen. Hij kon haar bij zich houden. Die ene dag kon hij het nog wel volhouden door een paar mensen om te kopen, toch?

Hij richtte zijn aandacht op de politieagenten en probeerde kalm te blijven. Dit was Frankrijk. Dit was niet Duitsland.

'Wilt u dat het kind u vergezelt?' vroeg een van de agenten.

Berthe had Luki opgetild en hield haar voor het open raam. 'Zwaai naar je papa. Zwaai naar hem, liefje.'

Edouard riep naar de trein: 'Luki, ik hou van je! Ik hou van je!'

Luki hief een klein handje op.

Luki hield haar jojo stevig vast, wensend dat Pemmy niet in de koffer zat, gewikkeld in een handdoek. Tante Berthe had haar handen om haar middel geklemd en hield haar omhoog voor het raam. Ze zwaaide naar papa. Ze probeerde niet te huilen. Ze bofte, want ze zou papa morgen weer zien. Haar vriendin Brigitte kon haar papa helemaal niet zien, want haar papa was soldaat. En Pemmy hád niet eens een papa, hoewel papa een soort papa voor haar was, ook al was hij geen kangoeroe.

Ze zwaaide weer naar papa toen hij terugzwaaide.

'Tante Berthe,' zei ze, 'zijn die mannen papa's vrienden?'

Tante Berthe gaf geen antwoord.

De mannen keken boos. Luki wilde tegen hen zeggen dat ze aardig moesten doen tegen papa, die nooit boos werd, zelfs niet wanneer Pemmy bij haar in bad klom om te zwemmen en water op zijn foto's knoeide. Hij zei altijd dat het maar foto's waren en dat Pemmy er water op mocht knoeien wanneer ze maar wilde, maar dat ze haar zo goed mogelijk moesten drogen omdat het niet fijn was om haar te knuffelen wanneer ze doorweekt was, en ook dat één keer zwemmen misschien wel genoeg was in het leven van een kangoeroe.

Papa riep weer dat hij van haar hield. Toen begon de trein te rijden. De trein haalde haar bij hem weg. Papa werd kleiner en kleiner. Hij werd piepklein. Toen verdween hij.

Terwijl de politieagenten buiten wachtten, stopte Edouard een paar spullen in een koffer die van Elza was geweest. Pyjama's. Schone kleren voor morgen. Zo'n groot deel van zijn leven was al in de kisten gepakt die om hem heen stonden. Waarom had hij niet gewoon de laatste spullen uit zijn tot donkere kamer omgebouwde badkamer in een laatste kist gegooid en was hij samen met Luki in de trein gestapt? Hij had de sleutel kunnen achterlaten bij een van de buren en de verkoop van het huisje vanuit Parijs kunnen regelen. De Fransen hadden vluchtelingen echter zo lang zo goed behandeld. Ze hadden er een miljoen opgevangen toen Spanje in handen viel van Franco, en zelfs na Daladiers decreet, dat de opsluiting van 'onwenselijke individuen' onder het mom van nationale veiligheid autoriseerde, was er geen enkel interneringskamp opgericht. Ja, op 30 augustus was er een oproep gedaan om in geval van oorlog mannen op te pakken uit 'de oude territoria die aan de vijand toebehoren', en Frankrijk had Duitsland inmiddels de oorlog verklaard, maar hij was Joods, hij was nota bene gevlucht voor Hitlers wreedheid. Hoe kon iemand hem in vredesnaam aanzien voor een spion van het Reich?

Hij haalde zijn Leica uit een kist, legde de camera in zijn koffer en zocht naar film, alsof dit moment zijn blokkade zou opheffen en hem de vrijheid zou geven om weer te fotograferen. Hij zocht al het geld bij elkaar dat hij had, wensend dat hij Luki meer had meegegeven. Daarna pakte hij een pen en de doos met briefpapier die hij had gekocht om een bedankje te schrijven aan Nanée Gold, na dat feestje in Parijs zo lang geleden. Hij legde de half geschreven brief opzij, de woorden die hij nooit af had kunnen maken, en pakte een leeg vel.

Dit zou allemaal zijn geregeld voordat zijn trein morgen vertrok. Hij zou in Parijs zijn voordat Luki de kans had gekregen om hem te missen. Toch krabbelde hij vlug een paar woorden:

Mijn Luki, ik hoop dat ik al bij je ben voordat deze brief arriveert. Maar voor het geval mijn trein vertraging oploopt, of ikzelf, wil ik je laten weten hoe vreselijk veel ik van je hou.
Papa

Hij stopte het briefje in een envelop en adresseerde die aan Berthe op haar adres aan de Quai d'Anjou op Îles Saint-Louis. De doos met briefpapier en de pen stopte hij in de koffer. Toen pakte hij de foto naast zijn bed – Elza en Luki en hij in het appartement in Wenen, een eeuwigheid geleden – en de deken die hij van de agenten mee moest nemen. Hij deed de deur op slot, legde de sleutel onder de geraniumpot en voegde zich bij de wachtende agenten.

Zondag 15 oktober 1939
CAMP DES MILLES

Met zijn koffer en zijn deken klauterde Edouard uit de veewagon en voegde zich in een rij die door Franse soldaten naar een vijf verdiepingen hoge tegelfabriek even buiten Aix-en-Provence werd gedreven, met industriële schoorstenen die scherp afstaken tegen een onmogelijk blauwe hemel. Hij en de anderen werden door een hek geduwd dat niet breder was dan een auto, langs een opzichtershuisje naar een fabrieksterrein waar zo'n dikke laag steengruis lag dat zijn voeten een rode mist omhoogschopten. Hij draaide zich om en zag een puntig ijzeren hek met prikkeldraad. Daarachter een klein Frans dorpje en glooiende velden, olijfboomgaarden, wijngaarden die goud kleurden in de herfst, en in de verte een aquaduct dat wellicht naar Marseille zou leiden, veertig kilometer verderop. Het was ruim vijfenzeventig kilometer naar Sanary-sur-Mer, en een paar honderd naar Parijs en Luki.

Het hek sloeg kletterend dicht.

Zijn trein was niet de eerste die arriveerde. Over het hek hing wasgoed te drogen, en aan de andere kant van het fabrieksterrein stond een ezel met daarachter een man die, ongelooflijk maar waar, zat te schilderen. Bij de latrines stonden lange rijen te wachten. Een stukje verderop werden nieuwkomers ingeschreven aan tafeltjes tussen twee vlaggenmasten waaraan de driekleurige vlag van de Franse Republiek wapperde, blauw en wit en rood.

Pas na uren wachten in de hete zon, toen de schilder zijn ezel allang had ingeklapt, bereikte Edouard de vlaggenmast, de tafels en iemand bij wie hij zijn zaak kon bepleiten.

'Mijn Luki –' begon hij.

'Geld?' vroeg de bewaker.

'Ik kan hier niet blijven. Luki. Ze is alleen. Ze is pas vier. Haar moeder is dood.' Hij dacht aan Luki op de droomboomstam, Luki die vroeg waarom ze weg moesten gaan.

'Geld,' herhaalde de bewaker.

Edouard gaf zijn geld aan de man, die vervolgens nonchalant zijn koffer doorzocht.

'Ik kan hier niet blijven,' herhaalde Edouard op dringende toon. 'Luki is in Parijs bij een vriendin die –'

'Je bent nummer honderdtweeëndertig. Volgende!'

'Maar u begrijpt het niet. Ik –'

Vanuit zijn ooghoeken zag hij een goedbewapende bewaker die dreigend op hem afstapte. Hij was geen gevangene. Hij kon geen gevangene zijn. Hij vormde geen gevaar voor Frankrijk. Het was één grote vergissing.

Hij pakte zijn spullen en volgde de rij naar binnen, het fabrieksgebouw in. Hij bleef even staan om zijn ogen aan het schemerige licht te laten wennen. Stof kriebelde nu al in zijn keel en prikte in zijn ogen. Hij stak een vloer over waar zo'n dikke laag aangekoekt steengruis op lag dat de ondergrond hobbelig was. Bij de achtermuur leidde een donkere houten trap naar de binnenste krochten van de verlaten fabriek.

Het kamp zat vol met mannen die Edouard van reputatie of zelfs persoonlijk kende: kunstenaars en intellectuelen uit Duitsland die waren neergestreken in Sanary-sur-Mer en Arles en elders in de Provence. Het was Max Ernst die op het fabrieksterrein had staan schilderen met spullen die zijn kunstenares-minnares hem had gebracht. Collega-fotograaf Hans Bellmer was er. Nobelprijswinnaar Otto Meyerhof. Lion Feuchtwanger, die in Sanary-sur-Mer moest zijn opgepakt terwijl Edouard te druk was geweest met inpakken om zich bij zijn vrienden in het café te voegen. Verspreid over de lange hal waar ooit de reusachtige ovens de stenen hadden gebakken, probeerden honderden mannen een of andere vorm van kunst te creëren.

'Werk leidt af van de honger en de woede,' zei Hans Bellmer.

Max Ernst voegde eraan toe: 'Zodat we niet zelf in steengruis veranderen.'

De twee werkten samen aan een vreemde muurschildering: twee vrouwen die over twee dode mannen gebogen stonden, gevat in een geschilderde lijst waar de arm van een van de mannen uit bungelde en de enkel van een surrealistisch reuzenskelet vastgreep dat helemaal uit bekkens en benen bestond, in een poging te ontsnappen aan een laars met een hoge hak die twee keer zo groot was als de rest van de schildering. Misschien was kunst een spiegel waarin de realiteit te zien was, of misschien was het een hamer waarmee je de realiteit kon vormen, Edouard wist het niet zeker. Hij dacht dat kunst elk doel kon dienen en dat die op zijn best de waarheid van onze eigen individuele harten onthulde. Op dit moment zou hij echter het liefst zijn vingers om het handvat van een hamer klemmen, welke hamer dan ook, artistiek of niet, en er alle kanten mee op zwaaien, niet om deze realiteit vorm te geven, maar om die aan gruzelementen te slaan.

Als anderen al dezelfde woede voelden, lieten ze dat niet blijken. In een half afgesloten ruimte repeteerden acteurs toneelstukken en zelfs een opera, terwijl om hen heen schrijvers in dagboeken krabbelden, in piepkleine lettertjes om zo weinig mogelijk papier te verbruiken. Dichters. Toneelschrijvers. Vertalers. Er waren ook beeldhouwers en architecten. Filmregisseurs. Dirigenten. Liedjesschrijvers en componisten. Pianisten en zangers en allerhande musici. Universitair docenten boden lessen en lezingen aan. Komieken deelden grappen, hoewel inmiddels iedereen een komiek was, en veel van de kunst die ze creëerden was ironisch. Kunst en intellect en humor... ze verdreven de verveling, hielpen de moed erin te houden en verleenden de gevangenen iets van waardigheid. Slechts een paar van de aanwezigen waren niet bezig met het scheppen van een of andere kunstvorm, en zelfs zij zaten ontspannen op stapels stenen, opgaand in een potje schaak dat werd gespeeld met stukken die uit losse stukjes hout waren gesneden, op borden die in de vloer waren gekrast. Anderen waren in een verhitte discussie verwikkeld in een enorme oven met een bordje waarop DIE KATAKOMBE stond, een knipoog naar het Berlijnse cabaret, dat een broeinest van politieke denkbeelden was geweest tot Joseph Goebbels het had gesloten.

Die avond, nadat Max en Hans hun kwasten hadden weggelegd, trok iedereen zijn mooiste kleren aan, alsof ze naar het theater gingen, en verzamelde zich in de hangar van het kamp. Daar, midden in de stenenbakkerij, waren een geïmproviseerd toneel, een orkestbak en pseudostoeltjes gecreëerd. Zelfs het kamppersoneel kwam kijken.

Adolf Sieberth, die op zijn vierentwintigste al hoofd van Radio Wenen was geweest, wachtte tot hij ieders aandacht had. 'Moed,' kondigde hij aan. Hij keerde zich naar de musici toe, met zijn rug naar het publiek, en begon zijn vluchtelingenorkest te dirigeren met een waardigheid alsof hij zich in een echte concerthal bevond.

'Hou moed en ploeg voorwaarts,' speelden en zongen ze, het begin van een voorstelling die overal ter wereld lovende kritieken zou hebben ontvangen. Komedie. Parodie. Theater. De man aan wie de voorstelling was opgedragen, kampcommandant Charles Goruchon, gaf de gevangenen zoveel ruimte als hij kon. Belijdende joden hadden een plek toegewezen gekregen om te bidden. Gevangenen mochten brieven en pakjes ontvangen. Ze kochten spullen in het kleine kampwinkeltje en ontvingen bezoek. Ze brachten hele avonden door met creëren en delen, en dan stelden ze zich een paar uur lang voor dat kristallen kroonluchters hun kunst verlichtten in een heel andere wereld dan dit Franse interneringskamp, omringd door een met prikkeldraad afgezet ijzeren hek.

Toen die eerste avond het hoornsignaal klonk omdat de dag ten einde was, stelde Max Ernst voor dat Edouard naast hem zou komen liggen. Omdat iedereen Max bewonderde, verschoven de mannen hun stromatrassen op de harde fabrieksvloer – een hele verdieping van het gebouw was bestemd voor eindeloze rijen van strooien slaapmatten. Sommigen droegen beetjes van hun eigen stro bij om een mat te maken waarop Edouard de deken kon uitspreiden die hij had meegebracht. Hij opende zijn koffer, met zijn pyjama keurig opgevouwen bovenop. Zijn dagkleren waren vies, maar warmer. Híj was vies; zelfs zijn poriën zaten vol met steengruis.

'Hou zoveel mogelijk je oude routine aan,' zei Max. 'Het helpt om te onthouden dat je een mens bent. Gebruik je koffer om iets van privacy te behouden.'

Edouard haalde de ingelijste foto uit de zak van het jasje dat hij had gedragen sinds hij in Sanary was opgepakt – Elza's ondeugende mond en directe blik, Luki nog maar zes maanden oud, en zijn eigen gezicht dat daarboven in de camera staarde. Op het moment dat de foto was genomen, was het al meer dan een jaar geleden dat het Duitse leger zonder ingrijpen had toegekeken terwijl Hitler met zijn Röhm-Putsch militaire leiders en de voormalige kanselier had vermoord, samen met tientallen of misschien zelfs honderden niet-nazigezinde journalisten. Binnen een paar weken had het leger onvoorwaardelijke gehoorzaamheid gezworen, niet aan Duitsland of zijn grondwet, maar aan Hitler. Waarom had hij toen niet gezien dat het tijd was om te vluchten? Waarom had hij niet gezien hoeveel hij op het spel zette? Hij had het grootse idee gehad dat de wereld zijn land dankzij zijn foto's te hulp zou schieten, dankzij zijn camera, terwijl heel Europa de krankzinnige opmars van nazi-Duitsland niet kon stoppen.

Vlug verwisselde hij zijn kleren voor zijn pyjama. De kleren vouwde hij zorgvuldig op om ze in de koffer te stoppen, onder de schone spullen. Hij haalde zijn Leica, zijn schrijfpapier en zijn pen eruit en zette de koffer toen zo neer dat hij een klein muurtje vormde tussen Max en hem. De ingelijste foto zette hij op de koffer, en toen ging hij op zijn stromat zitten, blij dat hij een plekje had onder een van de drie kale peertjes in de enorme ruimte, het enige licht dat de schemerige fabrieksverdieping te bieden had. Hij raakte eerst de foto en toen de camera met zijn vinger aan en stelde zich Luki voor in Parijs, zich afvragend waar hij was. *Mijn Luki,* schreef hij. Misschien was het maar beter dat ze ver weg was. Wat zou ze bang zijn als ze hem zo zou zien.

'Lichten uit,' klonk het bevel.

Edouard, die geen woorden kon vinden waarmee hij Luki uit kon leggen waar hij was of waarom, en hoelang het nog zou duren voordat hij naar haar toe zou komen in Parijs, legde het vel briefpapier naast de foto op de koffer. De Leica legde hij erbovenop om het papier op zijn plek te houden.

'Ben je zover?' vroeg Max Ernst.

Edouard knikte, en Max stond op en deed het licht uit.

'Slaap lekker, Luki,' fluisterde Edouard terwijl hij in het donker lag en zijn ogen zich aanpasten. Als snel kon hij de omtrek van het lijstje op zijn koffer zien. Hij wist dat het er was, al kon hij het gezin dat ze waren geweest, niet langer onderscheiden.

Zondag 15 oktober 1939

ÎLE SAINT-LOUIS, PARIJS

Luki lag in het donker en klemde Professor Ellie-Muis tegen zich aan, luisterend naar stemmen die door het raam naar binnen dreven. Ze zei: 'Rustig maar, Pemmy. Papa zei dat hij vandaag zou komen, maar vandaag is nog niet voorbij.' Ze wreef met haar neus over het lichtgroene lint rond Pemmy's nek, zacht en glad en geurend naar de lavendel-en-olijfzeep waarmee ze Pemmy onder de kin had gewassen. Zonder water, want hoewel Pemmy de hele treinreis in de baddoek gewikkeld in de koffer had gezeten, was ze nog vochtig van haar zwempartij. Luki wenste dat ze Joey nog had. Ze wenste dat ze het kleine sleuteltje in zijn rug om kon draaien om hem te laten zingen. Pemmy liet zich altijd graag door Joey in slaap zingen. 'Papa is alleen achtergebleven om onze spullen in te pakken,' zei ze tegen Pemmy. 'Dat gaat makkelijker als jij niet steeds om hem heen hupt en alles omvergooit.'

Acht maanden later: woensdag 5 juni 1940

AVENUE FOCH, PARIJS

Samen met T en Peterkin, die de versleten Bunnykins aan zijn oren met zich meesleepte, zag Nanée in de drukkende hitte Franse soldaten voorbijkomen, slordige rijen van uitgeputte en besmeurde mannen die al bezig waren hun Franse militaire uniformen af te werpen voor het geval de Duitsers hen in zouden halen.

'We kunnen niet in Parijs blijven, T,' begon Nanée weer. 'Het is nu twee weken geleden dat de regering in de Notre-Dame heeft gebeden om Frankrijk van hun incompetentie te redden, en pffft, nog niets. Ik ben bang dat God de Fransen in de steek heeft gelaten.'

Een winkelmeisje uit een nabijgelegen boetiek kwam naast hen staan en keek zwijgend toe, haar verplichte gasmasker versierd met een elegante zijden strik. Ook Nanée had een gasmasker. In de kelder van het gebouw waar ze woonde, was een schuilplek tegen luchtaanvallen ingericht, en ook in dat van T. Ze waren er allemaal aan gewend geraakt om hun badjas aan te schieten en zich omlaag te haasten en zich bij hun buren te voegen, handen schuddend en iedereen beleefd begroetend. In Nanées gebouw had de conciërge aanvankelijk koffie en soep geserveerd, en ze hadden gekletst tot het signaal klonk dat de kust veilig was. Toen de sirenes echter nachtenlang bleven klinken zonder dat er daadwerkelijk oorlog uitbrak, namen steeds minder van haar buren de moeite, en uiteindelijk volstond ook Nanée ermee om simpelweg de dekens over haar hoofd te trekken. 'De nepoorlog', waren ze het gaan noemen. Maar nu was het echt.

'Er komt geen wonder, T,' zei Nanée ernstig. 'Zelfs de soldaten die zichzelf in veiligheid kunnen brengen, blijven hier niet.'

'Hoe moet Danny ons vinden als we weggaan?' fluisterde T.

Nanée tilde Peterkin op en trok zijn hoofd tegen haar borst. 'Iedereen die uit Duinkerke heeft weten weg te komen, is in Engeland.'

'Maar wat als het hem niet gelukt is?'

Nanée probeerde met een blik over te brengen wat ze niet in woorden kon zeggen: dat als Danny niet in Engeland was, hij overal en nergens kon zijn.

'Hitler zal de orde herstellen,' zei het winkelmeisje. 'Dat is het beste voor Frankrijk.'

Nanée had zin om het domme kind op haar nummer te zetten, maar er waren er te veel die deze mening deelden om ze allemaal aan te spreken.

Ze vroeg een passerende soldaat, een jongen met een verbonden oog, waar hij vandaan kwam.

'Frankrijk is verloren,' antwoordde hij. 'De Duitse Panzers –'

'Ja, maar wáár?'

'Vlak bij Abbeville.'

'Dat is nog geen honderdvijftig kilometer hiervandaan,' zei ze tegen T. 'De Duitsers hadden vier uur nodig om Denemarken te bezetten.'

'Nee. Dan kan Danny ons niet meer vinden.'

'Maar je moet aan Peterkin denken, T. Danny zou willen dat je je zoon in veiligheid brengt. Je moet aan je kind denken.'

Donderdag 6 juni 1940
CAMP DES MILLES

Duisternis, en de geluiden van gevangenen in hun rusteloze slaap – blaffend gekuch, gesnurk, gemompel – onderbroken door het signaal om op te staan, als altijd prachtig gespeeld door de hoornblazer. Edouard sprong op van zijn stromat, deed het peertje aan het plafond aan en schoot zijn kleren aan terwijl hij de jonge Luki op de foto goedemorgen wenste. Toen rende hij met twee treden tegelijk de houten trap af en haastte zich naar buiten. Verdorie. Er stond al een lange rij te wachten voor de zeven smerige latrines, mannen die net zo mager en onverzorgd waren als hij, hoezeer ze ook hun best deden om er een beetje fatsoenlijk uit te zien. Anderen droegen nog hun pyjama en hun slaapmuts en fluisterden verwoed met elkaar; zij waren hier al uren. Het was krankzinnig, al deze vluchtelingen, allemaal antinazi's, opgesloten als 'vijandige elementen', enkel vanwege vreemdelingenhaat en administratieve incompetentie. Het was zo absurd dat je er een surrealist van zou worden als je dat niet al was. Zelfs Max Ernst, die samen met een aantal van de meer beroemde gevangenen in november was vrijgelaten, was een paar weken eerder teruggebracht. Alsof de mannen in het kamp door het naderen van het Duitse leger gevaarlijker werden voor Frankrijk, terwijl hun gevangenschap Frankrijk in feite gevaarlijker maakte voor hén. Max kon niet zeggen waarom hij terug was gegaan naar zijn huis in de Ardèche in plaats van Frankrijk te ontvluchten toen hij nog de kans had. Het was zo moeilijk voor te stellen dat de situatie nog erger kon worden, tot dat daadwerkelijk gebeurde.

Edouard bracht de tijd in de rij door met het oefenen van zijn Engels met een andere man. Het was een manier om vooruit te kijken, om zich voor te stellen dat er een toekomst zou kunnen zijn waarin Frankrijk niet ten prooi zou vallen aan Hitler. Op de weg achter het hek reden gepantserde auto's en motoren – gingen die naar het gevecht toe of trokken ze zich terug?

'Mijn Luki is in Parijs bij een vriendin,' zei hij tegen de man naast zich. Hij had de dag daarvoor nog een brief van haar gekregen, geen verslag van Berthe deze keer, maar een paar woorden in grote ronde letters, met een omgekeerde K en getallen die netter waren geschreven. *Ik hou van je, papa*, had Luki geschreven, en ze had hem ernaast getekend met haar op zijn schouders, zoals hij haar in Sanary-sur-Mer vaak naar hun droomboomstam had gedragen. Hij had geslapen met de brief naast zich, en nu zat hij in zijn zak. 'Luki leert net lezen en schrijven,' vertelde hij, het verdriet wegslikkend dat het niet hijzelf of Elza was die het haar leerde, maar Berthe. 'Ze heeft een klaterende lach,' ging hij verder. 'Ze speelt graag toneel. En ze zet overal vraagtekens bij, precies zoals haar moeder.'

Toen hij eindelijk vooraan stond in de rij, kropen er een paar bewakers voor. Er zat niets anders op dan te wachten.

Een stuk of twintig bewakers marcheerden de binnenplaats op toen Edouard uit de stinkende latrine tevoorschijn kwam. De gevangenen verzamelden zich voor het ochtendappel. Iedereen wachtte verveeld terwijl een sergeant met een rode fez nummers omriep en ze om beurten antwoordden. 'Eén?' 'Eén.' 'Twee?' 'Twee.' 'Vier?' 'Vier.' Nummer drie, de bofkont, was in het najaar vrijgelaten en was Frankrijk ontvlucht voordat de nieuwe voorjaarsronde van arrestaties was begonnen.

Soldaten van het vreemdelingenlegioen sleepten vaten vol met latrinedrek over de binnenplaats en zetten ze neer om even uit te rusten. 'IJsjes! Kom een ijsje kopen!' riep een van hen. Behalve de sjouwers lachte er niemand.

'Honderdtweeëndertig?' riep de bewaker eindelijk.

'Honderdtweeëndertig,' antwoordde Edouard.

Binnen streek Max Ernst zijn vieze witte haar glad over zijn kalende schedel en schepte toen koffie uit een emmer waar zich al een dun laagje rood gruis op had gevormd. Edouard, die zijn hete tinnen beker voorzichtig vasthield, doopte zijn brood in de koffie en nam een hap.

'Het brood smaakt vandaag beter,' merkte hij op.

'Wat je proeft, is de bonensoep van gisteravond die nog in je beker zit.' Max dempte zijn stem tot een fluistering. 'Tater krijgt vanochtend zijn varkensvlees binnen, als je genoeg van je geld los kunt krijgen van de baas van het voddenwinkeltje.'

'Die oplichter voert ons eigen afval aan zijn varkens en brengt het dan gekookt, gesneden en verpakt in oude kranten terug,' zei Edouard. Niet dat hij zijn eigen geld aan iets anders uitgaf dan postzegels voor zijn brieven aan Luki. 'Bij de barbier kun je de krant van vandaag krijgen, weet je, en een klapstoeltje om op te zitten terwijl je hem leest.'

'Het nieuws zal alleen maar slechter zijn, en die stoel zou ik bij vertrek achter moeten laten.'

'Immer de optimist.'

De man naast hem in de rij mopperde dat zijn beker niet vol zat.

Max, die de man negeerde, dempte zijn stem nog verder. 'Feuchtwanger dient opnieuw een verzoek in bij de commandant om ons onze papieren terug te geven en ons de kans te geven weg te gaan voor de Duitsers komen. Een trein naar de Spaanse grens.'

Hij sprak al dagen over dit plan.

'Ik moet Luki ophalen uit Parijs,' zei Edouard. 'Ik kan niet zonder haar weg uit Frankrijk.'

Hij nam zijn beker en zijn brood mee terug naar zijn stromat. Aan de andere kant van de ruimte dansten stofdeeltjes in een smalle streep licht die door een raam viel. Dichterbij viel een baksteen in stukken, waardoor er nog meer gruis opstoof.

Donderdag 6 juni 1940
AVENUE FOCH, PARIJS

Nanée zette een laatste jerrycan met benzine in de tweewielige aanhanger die was volgeladen met haar bezittingen en aan de achterkant van haar kleine Citroën was vastgemaakt. Daarna ging ze bij T, Peterkin en Dagobert in de auto zitten. Ze verschikte de witte sjaal om haar nek, startte de motor en reed over de Avenue Foch, waar het wemelde van de vluchtende Parijzenaren. Op de achtergrond verdween de Arc de Triomphe uit het zicht. Het was een lange, trage rit door het drukke verkeer naar Chateauneuf-sur-Loire, honderdtwintig kilometer naar het zuiden, waar ze T afzette bij vrienden van Danny's familie en een aanbod om te blijven eten accepteerde. Daarna reed ze verder met Dagobert, langs een kalme rivier, langs velden en boomgaarden en wijngaarden naar een huurhuis in Le Mesnil. Het huisje had een piepkleine slaapkamer, een zitkamer, een keuken en een badkamer, waarin een rond vat met een doorsnee van ongeveer een meter bij wijze van bad gevuld kon worden met water dat op het fornuis was opgewarmd. Ze laadde haar spullen uit de auto en bukte om als laatste de Webley-revolver met het parelmoeren handvat onder de passagiersstoel vandaan te halen. Het wapen was een cadeau geweest van haar vader en ze had er haar eerste schietwedstrijd mee gewonnen – categorie onder de achttien, revolvers met korte loop. Ze was de jongste geweest, nog maar veertien, en het enige meisje.

'Nou, Daggs,' zei ze, 'welkom in je nieuwe huis.'

Nog maar een week later zat ze echter weer in de Citroën, haalde T en Peterkin op en reed verder naar het zuiden. De Duitsers waren Parijs binnengevallen, de stad nog bedekt met een dikke laag roet en een verstikkende wolk van rook van de olie- en gastanken die de Franse troepen bij hun terugtrekking hadden opgeblazen.

'Allemachtig, komt er ooit een eind aan deze hitte?' klaagde Nanée.

En waar waren ze in vredesnaam? Ze waren van plan geweest om de Loire bij Sully over te steken om te voorkomen dat ze bij Orléans vast zouden komen te zitten in het verkeer. Het was de bedoeling geweest dat ze daarna driehonderd kilometer in zuidelijke richting zouden rijden naar La Bourboule, waar ze zouden overnachten bij een andere vriend van de familie Bénédite, alvorens hun tocht te vervolgen naar de havens aan de Atlantische kust en daar een schip naar Engeland te nemen. Het kleine zandweggetje waar ze zich op bevonden, leidde echter slechts naar een modderig veld en bosland.

Misschien verklaarde dat het gebrek aan verkeer.

Nanée bestudeerde de kaart die ze op het stuur van de stikhete auto had uitgevouwen, met op de achtergrond het verre geluid van Duitse vliegtuigen en bommen. Ze reed achteruit met de bedoeling de auto om te keren, maar zowel de auto als de aanhanger bleven steken in de modder. Zelfs kleine Peterkin stapte uit om te proberen de aanhanger los te koppelen. Ondertussen liep Dagobert snuffelend rond en markeerde zijn territorium, voor het geval een andere hond het zou willen claimen. Ze zochten in de aanhanger naar een geïmproviseerd werktuig en hamerden en trokken in een poging om de haak van de aanhanger los te krijgen, maar het ding week geen centimeter. In de verte klonk nog steeds het geluid van bommen en vliegtuigen. Kwamen ze dichterbij?

'Als we dit ding los krijgen,' zei T, 'krijgen we hem misschien nooit meer vast.'

'Zonder de aanhanger doen we langer met onze benzine,' zei Nanée.

'Onze jerrycans liggen in de aanhanger.'

'Pffft. Die leggen we wel in de kofferbak.' Ze probeerde te bedenken of er iets in de aanhanger lag waar ze bijzonder aan gehecht was. Haar boeken, ja, maar die kon ze onmogelijk allemaal in de auto krijgen. En verder? Zelfs het enige kunstwerk dat ze had meegenomen, was niet het kunstwerk dat ze eigenlijk had willen hebben – niet de naakte man van Edouard Moss die ze de dag na de surrealistische tentoonstelling bij de Galerie des Beaux-Arts had willen aanschaffen, maar een foto van een andere kunstenaar die ze had gekocht toen bleek dat de foto van Moss niet te koop was. Op deze foto stonden het gezicht en de naakte borsten van een vrouw die in modderig water leek te drijven. *Het wezen van een engel*, heette het. Ze had het zelfs nooit opgehangen, en toch was dit het enige kunstwerk dat ze had meegenomen. Alsof het ongeluk zou hebben gebracht als ze het appartement in Parijs niet intact had gelaten voor als ze ooit weer terugkeerde.

Ze gaven hun pogingen om de aanhanger los te koppelen op, en er daalde een griezelige stilte neer. Was er een eind gekomen aan de Duitse aanval, waar die ook had plaatsgevonden?

Nanée stapte achter het stuur om een nieuwe poging te doen de auto te keren. Dagobert volgde haar, voor het geval ze hem achter zou laten. Ze reed de auto een paar centimeter naar voren en ging toen vooruit en achteruit, vooruit en achteruit, rukkend aan het stuur. Steeds weer opnieuw een paar centimeter winnend, tot ze uiteindelijk loskwam en de auto zelfs met de aanhanger erachter kon omkeren.

T juichte, en Peterkin juichte met haar mee, zijn pluchen konijn nog steeds bij zijn oor vasthoudend, en Nanée stapte uit om samen met hen van deze kleine overwinning te genieten. Dagobert zette zijn poten tegen het raam en blafte.

Boven hun hoofd klonk een angstaanjagend gebrul, en een Duitse Stuka vloog laag over. Terwijl ze ernaar staarden, begon het toestel te schieten.

Ze zouden toch niet op hen schieten? Ze zouden toch niet op een kínd schieten? Vol ongeloof zag Nanée dat Peterkin recht in de vuurlinie stond.

Ze rende op hem af.

T deed hetzelfde.

Nanée was het eerst bij hem.

Tilde hem op.

Rende naar de bosrand.

Het gebrul van vliegtuigen – meerdere inmiddels – was oorverdovend, het ret-tet-tet-tet van het boordgeschut was een pure hel.

Een van de vliegtuigen volgde hen, schietend alsof ze zich in een kermisattractie bevonden. Maar dan heel anders. Niet gespeeld. Geen nachtmerrie. Echt gegil vulde Nanées oren, echt gejammer. T die schreeuwde 'Peterkin!' en Peterkin die snikte in Nanées armen. Was hij gewond? Was T gewond?

Al rennend keek Nanée achterom en zag dat T vlak achter haar was.

Ze dook naar de bosrand, naar de stevige stronken en de dekking van de bladeren.

Ze zou niet huilen. Ze zou niet huilen.

T zat al naast haar op de grond; ze nam Peterkin van haar over en beschermde zijn lijfje met haar eigen lichaam.

Nanée keek naar de kleine Citroën verderop, naar de Duitse vliegtuigen die alweer verdwenen. Dagobert keek door het raampje van de auto naar haar, hevig trillend.

Ze krabbelde weer overeind en rende terug naar de auto, op de voet gevolgd door T met Peterkin.

De arme hond klauterde helemaal over Nanée heen in de naar urine stinkende Citroën. Ze zette de auto in de versnelling en reed weg in een wolk van opspattend grind en aarde, de jammerende hond almaar geruststellend: 'Het is in orde, we zijn allemaal in orde, we zijn in orde.'

De brug bij Sully was bezaaid met lichamen die waren geraakt bij de Duitse luchtaanval. De rij die stond te wachten om de brug over te steken bleek eindeloos lang: auto's met nummerplaten met 75 erop, de code voor Parijs; bussen en tractoren en fietsen; zelfs oude gevangenkarren, de open karren met twee wielen waarin ooit veroordeelde gevangenen naar de guillotine werden gebracht. Alles was volgeladen met matrassen en serviesgoed, kleding, voedsel, kinderspeelgoed, boeken, zelfs bontjassen, ondanks de verstikkende hitte. De meeste mensen waren echter te voet. Sommigen duwden kinderwagens voort met daarin hun bezittingen. Iedereen begaf zich in zuidelijke richting, naar de zee.

Die eerste dag legden ze hooguit vijfenzeventig kilometer af, hoewel ze tot diep in de nacht doorreden. In het licht van de koplampen van de Citroën – gedimd door de in oorlogstijd verplichte blauwe verf – viel een motregen die zo dicht was dat Nanée met haar hoofd uit het raam reed om nog iets te kunnen zien. Ze gaven het op bij een donkere schuur aan een donkere weg ergens in de buurt van Vierzon. Nanée verkende de schuur met een zaklamp en meldde bij terugkomst dat er een hooizolder was. Ze moesten alleen Peterkin de ladder op zien te krijgen.

'Een hooizolder helemaal voor onszelf,' zei ze. 'Klinkt dat niet luxe?'

Ze zette een zaklamp ondersteboven tegen de onderkant van de ladder, zodat het licht naar boven scheen, en ze begonnen te klimmen. Ze waren bijna bovenaan, met Peterkin op zijn moeders rug, en Nanée er vlak achter om hem op te vangen als hij zou vallen, toen een van de sporten onder T's voet versplinterde. Nanée slaakte een waarschuwende kreet, maar het hout knapte al.

Boven hen verscheen een spookgezicht in de lichtbundel van de zaklamp, alsof haar vader was gekomen om haar naar de Heer te roepen.

'Mon Dieu!' riep een mannenstem. Zijn arm schoot uit vanaf de hooizolder om de pols van T vast te pakken, en een tweede man greep Peterkin bij de arm.

'Ne bougez pas.' De stem was kordaat en direct en verrassend kalm.

Nanées brein bevroor en ze was niet in staat om het Frans te verwerken. Ondertussen schoof de man naar voren, ondersteboven hangend vanaf zijn middel. Hij legde zijn brede, stevige handen om Peterkins kleine ribbetjes en tilde hem voorzichtig op.

T stapte naar een hogere sport van de ladder, een grote stap, en klom op de hooizolder.

De gezichten tuurde omlaag naar Nanée.

'Ik zal... Ik ga de zaklamp pakken,' zei ze.

Verwarde gezichten.

'Le flash?' zei ze, zoekend naar het woord. *'La lampe de poche?'*

Haar handen trilden. Zou het haar lukken om de ladder af te klimmen en daarna weer omhoog? *'Et mon chien, Dagobert.'*

De tweede dag kwamen ze zelfs via achterafweggetjes nauwelijks vooruit. Traag reden ze door eindeloze velden en weilanden, die spookachtig vredig waren ondanks de terugtrekkende Franse soldaten en het puin van de oorlog: geweren en machinegeweren die in de slootjes en greppels langs de wegen waren gegooid; achtergelaten kanonnen; hier en daar een militair voertuig met een lege tank. Die avond klopten ze op de deur van een welvarend kasteel buiten Le Berry om te vragen of ze in de schuur mochten overnachten. Een verwaande butler deelde hun echter mee dat de gravin geen vluchtelingen opving. Nanée beschouwde zichzelf niet als een dakloze, maar nu ze het de butler hoorde zeggen, besefte ze dat ze al tien jaar een soort vluchteling was. Ze was smerig. Ze had honger, maar ze was niet bereid het voedsel op te eten dat ze ook aan Peterkin kon geven. Het bleek dat haar vader het mis had: met geld kun je niet alles kopen.

Ze klopten aan bij een bescheiden boerderij, waar een meisje dat niet veel ouder was dan Peterkin opgewonden naar haar moeder 'Maman! Vluchtelingen!' riep, alsof ze verrukt was dat ze nu eindelijk die rare schepsels zag over wie ze op de radio had gehoord. Haar moeder gaf Peterkin een grote gele kom met warme melk en zette hun de eerste fatsoenlijke maaltijd voor die ze in twee dagen hadden gehad. Zelfs Dagobert sliep goed in het warme, gezellige huis.

Op de derde dag was er minder verkeer, en ze beklommen heuvels bedekt met kastanjebomen, rotsige aarde en arme dorpjes. Net na het middaguur reden ze Guéret binnen en zagen dat het plein vol stond met dorpsbewoners die druk met elkaar in gesprek waren.

'Wat is er gebeurd?' riep Nanée door het raampje van de auto.

Verbaasde gezichten tuurden naar haar. Was het mogelijk dat iemand het niet had gehoord?

'Maarschalk Pétain heeft om een wapenstilstand gevraagd.'

De oorlog was voorbij. In een luttele maand had Frankrijk de strijd niet alleen opgegeven, maar ook ieder mogelijk onderhandelingsvoordeel weggegooid door zelf om vrede te smeken. Zo begon het overal. In Oostenrijk. Tsjecho-slowakije. Polen. Mensen gaven zonder verzet op. En in dit kleine dorp in het midden van Frankrijk leek iedereen opgelucht.

Maandag 17 juni 1940

DINARD

Luki werd wakker van het verontrustende geluid van iemand die op de deur bonkte. Brigitte lag nog naast haar te slapen in het grote huis aan zee, maar tante Berthe deed al open. Buiten het raam was het nog nacht, maar dan het eind ervan.

'Niets aan de hand, Pemmy, je hoeft niet bang te zijn,' fluisterde Luki. Ze klopte geruststellend op Pemmy's buidel met de piepkleine platte Joey die ze van papier had gevouwen zodat Pemmy haar kindje niet zo erg zou missen. Hij zag er gewoon uit als een stuk papier dat met getallen was versierd, maar Luki kon hem op elk gewenst moment weer in de juiste vorm vouwen.

Madame Bouchère, die Pemmy altijd gedag zei wanneer ze naar de slager gingen, vertelde aan tante Berthe: 'De Duitsers zijn hier over twee uur.'

Niemand vond de Duitsers aardig. Daarom had tante Berthe haar en Brigitte hiernaartoe gebracht, naar het huis waar ze zelf als klein meisje had gewoond, omdat ze niet in Parijs had willen blijven bij de Duitsers. Mutti en papa waren Duitsers, en Luki ook, maar zij waren een ander soort Duitsers dan de Duitsers die niemand aardig vond. Toen Luki had gevraagd wat voor Duitsers zij dan waren, had tante Berthe eerst een poos gezwegen. Daarna had ze gezegd dat papa een fotograaf was en geen soldaat, en dat iedereen die Luki ooit had ontmoet, dol op haar was.

Nu spraken tante Berthe en Madame Bouchère over een boot. Er vertrok een boot over twee uur, en Madame Bouchère kon zorgen dat Luki met die boot mee kon.

'In haar eentje? Naar Engeland?' vroeg tante Berthe. 'Maar ze is nog maar net vijf.'

'Ze kan met de familie Klein mee.'

Pemmy fluisterde tegen Luki dat ze helemaal nergens naartoe wilde met de familie Klein, en platte Joey ook niet. De oude Monsieur Klein schreeuwde soms dingen die helemaal nergens op sloegen.

'Je kunt haar niet hier houden,' zei Madame Bouchère. 'Daarmee zou je ons allemaal in gevaar brengen.'

Maar hoe zou papa haar kunnen vinden als ze niet bij tante Berthe was?

Luki kroop heel zachtjes met Pemmy en platte Joey onder de dekens uit. Ze opende de kist die aan het voeteneind van het bed stond, ging erin liggen, deed het deksel dicht en trok de lakens en de dekens in de kist over zich heen. Met Pemmy tegen zich aan geklemd lag ze daar in de benauwde stilte. Ze hoorde dat tante Berthe haar riep, maar ze reageerde niet, en ook Pemmy hield zich doodstil. Ze miste papa. Misschien was hij wel naar Mutti gegaan. Tante Berthe bracht haar steeds in herinnering dat papa elke week een brief stuurde. 'Mensen die in de hemel zijn, kunnen geen brieven schrijven,' zei ze dan. Luki had geen idee waarom niet, maar het moest wel waar zijn, want Mutti schreef haar nooit brieven. Maar nu schreef papa ook geen brieven meer.

'Brigitte, waar is Luki?' hoorde ze tante Berthe dringend vragen.

Brigitte wist het niet.

Tante Berthe begon in paniek te raken en zei dat ze Luki moesten vinden. Luki lag nog steeds doodstil in de kist. Pemmy was bang, maar minder bang dan ze zou zijn als ze met de familie Klein met een boot naar een plek zou moeten gaan waar papa de echte Joey niet kon komen brengen.

Terwijl tante Berthe uit het raam keek, zaten Luki en Brigitte samen in de kist, spelend met touwtjes die ze tussen hun vingers spanden om een kop en schotel en de Eiffeltoren te vormen. Pemmy had geen vingers, dus zij kon niet met een touwtje spelen. Er zouden een paar mannen komen, had tante Berthe gezegd. Het waren geen aardige mannen. Als ze kwamen, moest Luki het verstopspelletje weer spelen.

'Goed, meisjes,' zei tante Berthe. 'Nu.'

Brigitte klom uit de kist om naar beneden te gaan en te wachten tot de mannen op de deur zouden kloppen. Daarna moest ze tante Berthe gaan halen.

'Vergeet niet wat ik heb gezegd,' zei tante Berthe tegen Luki. 'Het kan zijn dat die mannen gemeen tegen mij doen, en misschien zelfs tegen Brigitte, maar je hoeft je geen zorgen te maken. Blijf gewoon rustig in de kist liggen en speel het verstopspelletje. Je mag niet huilen of zoiets. Als de mannen je vinden, dan halen ze je weg.'

Luki nestelde zich op de lakens en de dekens in de kist. 'Zouden ze me naar de engelen brengen, om bij Mutti te zijn?' vroeg ze.

Tante Berthe tilde haar half op en omhelsde haar zo stevig dat Pemmy tegen haar botten werd gedrukt. 'Nee, Luki, dat moet je niet denken,' fluisterde ze, en ze drukte kus na kus op haar voorhoofd. 'Dat moet je niet denken.'

Toen legde ze Luki weer terug in de kist, zachtjes, zoals papa altijd deed. 'Blijf hier gewoon liggen en denk aan fijne dingen,' zei ze.

'Zoals papa die voor me zingt?'

'Ja, precies. Blijf rustig liggen en stel je voor dat je papa voor je zingt tot ik terugkom. Maar alleen je papa mag zingen. Je mag níét met hem meezingen.'

'Pemmy zal ook niet zingen,' fluisterde Luki.

'Je bent zo'n ontzettend lief meisje,' zei tante Berthe. 'Goed. Wat je ook hoort, blijf in de kist tot ik hem opendoe.' Ze legde lakens en dekens over Luki heen.

Luki hield Pemmy stevig vast en ze raakte een van de kleine bloemetjes aan op het laken dat over haar gezicht lag. Het was een mooie stof. Hij was zacht. Hij rook naar de zeep waar tante Berthe de was mee deed, en ook naar de zilte lucht buiten, waar tante Berthe de was liet drogen, en een heel klein beetje naar de rotsen langs de kust, waar de zee soms zo hard tegenaan klotste dat het water nog hoger opspatte dan bij de droomboomstam.

'Wees maar niet bang, Pemmy,' fluisterde ze toen het deksel van de kist hen in duisternis hulde. 'Je bent heel snel, net als alle kangoeroes. Niemand kan jou inhalen.' Pemmy hield niet van het verstopspel, dat eigenlijk geen spel meer was.

Ze hoorde de stem van Brigitte zeggen: 'Ze staan voor de deur, maman.' Daarna hoorde ze metaal klikken, ergens net buiten de kist, boven haar oor. Toen voetstappen, tante Berthe en Brigitte die de kamer uit liepen.

Het geluid van de zee buiten het raam was hier wilder dan het bij papa in het huisje was geweest, maar toch luisterde Luki ernaar, zoals ze altijd 's nachts in haar bed had gedaan. In haar hoofd luisterde ze ook, naar papa die zong zoals hij bij de droomboomstam had gedaan: *Wie ist die Welt so stille.*

Tante Berthe sprak met een paar mannen. De mannen waren niet stil, zoals zij en Pemmy. Hun stemmen waren luid en ruw. Ze klonken helemaal niet aardig. Luki lag met haar hand op Pemmy en probeerde papa's stem in haar hoofd te laten zingen.

Pemmy had het heet en ze was heel erg bang, en toen de onaardige stemmen dichterbij kwamen, vroeg ze stilletjes hoelang het lied door zou gaan. Tante Berthe bleef maar tegen de mannen herhalen dat ze alles zou doen wat ze wilden, maar dat ze tot haar spijt niet begreep wat ze van haar vroegen. Sommige woorden die de mannen gebruikten, waren de woorden van het liedje, papa's woorden. Zouden deze mannen weten waar papa was? Ze wilde het vragen, maar ze had tante Berthe beloofd dat ze geen geluid zou maken.

Nu vroegen de mannen naar de kist, naar het slot.

Luki voelde een golf van angst. Was ze in de kist opgesloten? Wist tante Berthe dan niet dat ze zich goed zou gedragen? Ze was een braaf meisje, en Pemmy was een brave kangoeroe, en zelfs platte Joey zou nooit iets stouts doen.

'Het spijt me, ik begrijp het niet.' De stem van tante Berthe was helemaal verkeerd. Te hoog. Ze klonk zoals Pemmy wanneer Pemmy bang was.

'Diese französischen Idioten,' zei een van de mannen.

Er klonk luid gerammel vlak bij Luki's oor, boos gerammel, en een mannenstem die eiste dat tante Berthe het slot van de kist open zou maken.

Luki plaste in haar broek. Ze had het niet eens door tot het gebeurd was. Ze kon er niets aan doen. Gelukkig maakte plassen geen geluid.

'Het spijt me, ik begrijp het niet,' bleef tante Berthe maar zeggen.

'Der Schlüssel!' blafte de man.

Luki begreep het wel. Hij wilde de sleutel. Moest ze dat tegen tante Berthe zeggen? De man klonk zo boos, alsof hij op het punt stond om iemand te slaan.

Maandag 17 juni 1940

LA BOURBOULE

'Jij kunt weg, Nanée,' zei T. 'Je kunt naar Amerika. Je kunt Peterkin meenemen. Je kunt zeggen dat hij van jou is.'

Ze waren in La Bourboule, in de Auvergne, waar het artsenechtpaar Anglada, vrienden van Danny's familie, een welzijnsoord runde voor kinderen met ademhalingsziekten. Het wemelde hier in de bomen van de vogels die naar de zonsopgang riepen, en de kinderen waren nu al dol op Dagobert. Van de oorlog merkte je hier niets, hoewel Nanée niet helemaal wist of dat nu kwam doordat Frankrijk om vrede had gevraagd of doordat ze te ver van de strijd verwijderd waren. Terwijl zij en T zich voorbereidden op de voortzetting van hun reis – nu ze hulp hadden, konden ze de aanhanger loskoppelen om benzine te besparen – probeerde Nanée zich voor te stellen hoe het zou zijn als ze zouden blijven. Er voeren echter nog steeds schepen van Bordeaux naar Engeland, in elk geval volgens de geruchten; en over een paar dagen, wanneer de wapenstilstand was getekend, zou het wellicht onmogelijk zijn om een plekje te veroveren op een boot naar een vijandelijk land.

'Vanuit Bordeaux nemen we de boot naar Engeland, T,' zei ze. 'Wij alle vier. Jij, ik, Peterkin en Dagobert.'

T keek haar aan boven de haak van de aanhanger. 'Ik kreeg de Franse nationaliteit toen ik met Danny trouwde. Ik ben niet langer Brits, en Peterkin is het nooit geweest.'

Dagobert, die Nanées schrik aanvoelde, duwde met zijn neus tegen haar arm en kroop onder haar hand. Ze woelde door zijn zojuist gewassen vacht en probeerde rustig te blijven. Ze had haar Amerikaanse paspoort. Haar Amerikaanse neutraliteit. Zelf zou ze veilig genoeg zijn, zelfs onder de nazibezetting, in elk geval voor een paar dagen. T was echter getrouwd met een man die een heleboel mensen had geholpen die zich tegen Hitler hadden gekeerd. Peterkin – Pierre Ungemach Bénédite – was de zoon van een man die hoogstwaarschijnlijk op een van de lijsten stond die de nazi's paraat hadden voor elk land dat ze veroverden. De lijsten met namen van mensen die opgepakt moesten worden vanwege verzet tegen het Reich.

T zei: 'Ik kan alleen een verzoek indienen om mijn Britse nationaliteit terug te krijgen en Frankrijk te verlaten als Danny...'

Dood is.

Nanée werd overspoeld door het verlangen om te vluchten. Zelfs gewapend met haar Amerikaanse neutraliteit was ze bang voor wat er ging komen, voor het leven onder de Duitse bezetting. Het was een irrationele angst, en toch ook weer niet. Ze hielp Danny door zijn familie te helpen, en de Gestapo behandelde mensen die hun vijand hielpen niet beter dan de vijanden zelf.

Ze concentreerde zich op de ruwe tong van Dagobert die haar pols likte, de troostende warmte van zijn liefde. Ze kon Peterkin meenemen. Niemand zou het haar kwalijk nemen dat ze een kind wilde redden. En als ze Peterkin in de Verenigde Staten in veiligheid zou brengen, zou ze kunnen vertrekken zonder dat haar waardigheid werd aangetast.

Allemachtig, zat ze werkelijk in over haar waardigheid?

Ze trok Dagobert tegen zich aan alsof hij haar kind was, en in gedachten hoorde ze de stem van haar vader: *Wat een dapper meisje ben je.* Ze was weer zeven. In de Marigold Lodge. Ze hadden een kampvuur gemaakt bij het meer, of liever gezegd, dat had het personeel voor hen gedaan, en zij en haar broers zaten op een omgevallen boomstam en roosterden marshmallows. De volwassenen zaten in stoelen die speciaal voor het seizoen bij het meer waren neergezet en een fotograaf uit een van de kranten van Grand Rapid maakte foto's voor het societykatern. Plotseling knapte er iets in het vuur, zodat er een indrukwekkende wolk van vonken werd verspreid. Een gloeiend kooltje raakte Nanées hand en ze schrok er zo van dat ze alleen maar naar de brandwond kon staren terwijl papa naast haar hurkte, haar hand pakte en de plek kuste. 'Wat een dapper meisje ben je,' zei hij. 'Je huilt niet eens.' De volgende ochtend stond er een foto van dat moment in de krant, met een onderschrift dat suggereerde dat Nanée uit hetzelfde onverwoestbare hout was gesneden als papa – een foto die hij inlijstte en op zijn bureau zette. De Marigold Lodge had hij ook aan haar nagelaten. Het huis en het land, helemaal tot aan het meer. *Voor mijn dappere meisje*, had hij in zijn testament geschreven, alsof datgene wat de krant over Nanée had geschreven ooit ook maar een beetje waar was geweest. Toch had ze haar moeder na de dood van papa om die foto gevraagd. De foto die moeder stuurde, was er echter eentje van Nanée met papa nadat ze op haar veertiende die schietwedstrijd had gewonnen, en toen ze opnieuw naar de foto uit de krant vroeg, schreef haar moeder dat ze geen idee had waar Nanée het over had.

Nanée keek weer van T's smekende gezicht naar Dagobert en ze trok aan zijn oren. Hij schudde zijn kop zoals hij dat altijd deed.

'Het komt wel goed,' zei ze. 'We nemen een schip vanuit Bordeaux naar Engeland. Je papieren raken we gewoon kwijt. Niemand kan eraan twijfelen dat je Brits bent. En niemand kan eraan twijfelen dat Peterkin jouw zoon is.'

Hoewel ze zich heuvelafwaarts met de motor uit omlaag lieten glijden, was de benzinetank bijna leeg toen ze in Brive arriveerden, en ze moesten een uur bij een tankstation in de rij staan om tot de ontdekking te komen dat een van de auto's voor hen de laatste benzine had opgebruikt. Het was vroeg in de middag. In elk geval was er een fatsoenlijk hotel, waar T die avond aan het diner vertelde dat ze iemand tegen het lijf was gelopen die ze kende – heel Brive zat inmiddels vol met vluchtelingen. 'Een nogal nare vrouw waar Danny ooit bijna ruzie mee kreeg. Een aartsreactionair. Haar man heeft waarschijnlijk al een hoge positie geritseld in Pétains defaitistische regering. Maar ze heeft een auto, en ze heeft benzine, en ze probeert uit alle macht naar haar fascistische echtgenoot in Bordeaux te komen.'

'We zijn toch nog niet zo wanhopig dat we ons met een fascist in één auto moeten proppen?' vroeg Nanée. 'Kunnen we niet gewoon wat benzine van haar kopen?'

'Ze weigert ook maar een druppel te verkopen en ze kan ons niet allemaal meenemen, of dat wil ze niet. Ze heeft maar ruimte voor één extra passagier. En ze heeft toegezegd dat ze jou mee wil nemen.'

'Mij? Ze kent me niet eens!'

'Ze ziet het als een voordeel om een Amerikaans paspoort in haar auto te hebben. Er is ruimte voor jou, en voor Peterkin op je schoot. Neem hem voor mij mee, Nan. Voor Danny en mij. Neem hem mee naar Amerika.'

'Maar... we hebben niet eens een paspoort voor hem.'

'Het zal een chaos zijn. Nu de Franse regering op omvallen staat, zullen de Amerikanen lukraak schepen volladen om hun burgers in veiligheid te brengen.'

'Maar T –'

'Ik neem Dagobert met me mee terug naar La Bourboule,' zei T resoluut. 'De kinderen zijn al dol op hem. We zullen goed voor hem zorgen met zijn allen.' Ze omhelsde Nanée stevig, alsof Nanée al had ingestemd met het plan. 'Dank je wel, Nanée, voor het redden van mijn zoon.'

Maandag 17 juni 1940

EEN WEG ERGENS IN BRETAGNE

Luki zat vlak naast tante Berthe in de auto, waardoor het iets minder eng voelde dat tante Berthe zo hard reed. Luki had de witte jurk aan die Brigitte bij haar eerste communie had gedragen, en tante Berthe drukte haar nogmaals op het hart dat ze moest zeggen dat ze katholiek was, en ja, Pemmy ook, Pemmy was een katholieke kangoeroeprofessor.

'Je mag niet zeggen dat je een Joods meisje bent, dat begrijp je toch?'

Luki knikte, hoewel ze het helemaal niet begreep, maar ze wist wel dat het belangrijk was, omdat tante Berthe het steeds bleef herhalen. Deze keer verhuisden alleen Luki en Pemmy. Ze gingen bij de zuster van tante Berthe wonen, of bij al haar zusters, in een kerk waar Luki zou knielen, ook al knielde papa nooit. Ze durfde niet te zeggen dat ze het niet begreep, want ze was bang dat tante Berthe dan zou gaan huilen, maar ze wilde ook niet liegen. Papa zei dat ze nooit mocht liegen. En dus knikte ze. Knikken was niet liegen, dacht ze, want liegen deed je met woorden.

De auto schoot over de weg. Buiten het raam aten koeien van het gras.

'Als Pemmy een koe was,' zei Luki, 'dan zou ze gras eten. Maar Pemmy is geen koe.'

'Als Pemmy niets anders te eten had, dan zou ze gras kunnen eten. Soms moeten we doen alsof we een beetje anders zijn dan we zijn.'

Luki giechelde bij de gedachte aan Pemmy die gras van de grond at. Pemmy vond het niet erg grappig, maar platte Joey met de letters giechelde met haar mee.

'Luki,' zei tante Berthe. 'Als iemand ernaar vraagt, dan mag je zeggen dat je papa ook altijd knielt. Hij zou willen dat je dat deed. Dan zul je veiliger zijn.'

'Pemmy wil dat papa ons komt halen.'

Tante Berthe sloeg haar ene arm om haar heen, met haar andere hand nog op het stuur.

'Ik zeg tegen Pemmy dat het niet erg is dat we papa's brieven niet mee kunnen nemen,' zei Luki, 'want hij heeft ze tóch geschreven. Hij is niet bij de engelen, want hij heeft ons brieven geschreven, ook al moesten we ze allemaal op het vuur gooien.'

Tante Berthe zweeg lange tijd. Luki vroeg zich af of ze wist van platte Joey met de letters en de foto die ze eigenlijk ook niet bij zich zou mogen hebben. Luki had Joey met de letters gevouwen voordat ze Joey met de cijfers in het vuur had gegooid. Ze had tegen Pemmy gezegd dat het niet erg was, omdat gevouwen Joeys maar nep waren, gewoon een manier om in gedachten te houden dat de echte Joey veilig bij papa was, waar papa ook was.

'Luki,' zei tante Berthe, 'je papa schrijft nog steeds naar je. Dat weet ik zeker. Net als Brigittes papa naar haar schrijft. De brieven kunnen nu alleen niet bij ons bezorgd worden. Maar ik beloof je, je papa schrijft je.'

Dinsdag 18 juni 1940
BRIVE

Nanée kleedde zich die ochtend in haar favoriete grijze flanellen broek en koos een paar van haar mooiste sieraden, een diamanten ring en haar smaragden oorbellen. De parels van haar grootmoeder hing ze echter onder haar blouse, en de diamanten broche die al generatieslang in de familie van haar vader was, speldde ze aan de binnenkant van haar zak, waar ze ook de bontarmband van Schiaparelli stopte die nooit van iemand anders was geweest. Ze pakte alleen een paar toiletspullen in, zodat er zoveel mogelijk ruimte in de kleine reistas overbleef voor Peterkins konijn en zijn kleding. De tas zou ze tussen haar voeten kunnen zetten, en verder kon ze niets meenemen. Ondertussen bereidde T haar zoon voor op het vertrek. Haar stem, die steeds zo vast was geweest, was nu vlak en toonloos, noodzakelijke woorden en verder niets. T moest haar emoties op afstand houden, anders zou ze dit niet kunnen, en ze moest dit doen; dat begreep Nanée.

Bij de auto die hen naar Bordeaux zou brengen – een rammelbak waar iedere Amerikaan zijn neus voor zou optrekken – nam de fascistische eigenaresse Nanée teleurgesteld op. Ze vroeg zich ongetwijfeld af of Nanée werkelijk het soort Amerikaanse was met wie je langs een wegblokkade zou komen. Het dienstmeisje van de afschuwelijke vrouw zat op de achterbank, omringd door koffers die zo hoog en wankel waren opgestapeld dat het arme kind er bij de eerste de beste bocht waarschijnlijk een tegen haar hoofd zou krijgen. Deze vrouw hechtte meer waarde aan haar eigen bezittingen dan aan het welzijn van anderen.

Nanée toverde haar minzaamste glimlach tevoorschijn. ‘Dank u wel dat u Pierre en mij wilt meenemen.’ Pierre. Het klonk chiquer dan Peterkin. Dat zou deze dwaze vrouw belangrijk vinden.

T richtte al haar aandacht op Peterkin. Ze legde haar handen op zijn kleine wangen en keek hem recht in de ogen.

Nanée hurkte naast Dagobert. Ze verdroeg het niet om T afscheid te zien nemen van haar zoon. Ze verdroeg het nauwelijks om zelf afscheid te nemen van Dagobert.

Ze deed haar witte zijden sjaal af – minder schoon dan hij ooit was geweest – en bond hem rond de hals van Dagobert. Zo had hij iets bij zich wat naar haar rook. Ze kuste hem tweemaal op zijn kleine snuit, op zijn Frans, lippenstift op zijn vacht achterlatend.

'Ik wil ook niet gaan,' fluisterde ze. 'Maar ik doe het voor Danny.'

De hond likte haar blote pols, toen haar gezicht. Ze woelde door zijn rommelige vacht en gaf hem opnieuw twee kussen. 'Zelfs de moffen zullen dol zijn op zo'n geweldige hond,' zei ze.

Ze was blij dat hij haar niet kon verstaan.

Ze wreef met haar gezicht tegen Dagoberts snuit, met haar mond geopend, zodat ze hem zou proeven, zodat ze zijn vacht en zijn kleine zwarte neus zou proeven, zijn ogen die nog steeds van haar hielden, ook nu ze zo laf was.

Toen ging ze op de achterbank van de auto zitten, pakte Peterkin aan, zette hem op haar schoot en deed het portier dicht, zodat T dat niet hoefde te doen. Zelfs toen ze wegreden en Peterkin met het konijn tegen zich aan geklemd door het raampje naar T en Dagobert keek, weigerde ze te huilen.

Dinsdag 18 juni 1940
AMBOISE

Luki keek niet op naar de prachtig gekleurde ramen, omdat daar ook een enge man was die bloedde uit een kroon van doorns op zijn hoofd. De kerk was mooi geweest toen ze er eerder met zuster Thérèse was geweest, toen de man in het gewaad had gesproken en overal muziek had geklonken en de non Luki's hand had vastgehouden en had gezongen met haar prachtige stem. Het rook er nog zoals de pijptabak van papa's vrienden, en de maagd Maria was niet eng, zij was de Mutti van God, alleen mocht Luki geen Mutti zeggen. De eerwaarde moeder zei dat ze zelfs haar eigen Mutti 'maman' moest noemen, en niemand anders mocht weten dat Luki Duits was.

'Ik weet dat het eng is, maar dit hoor je als braaf katholiek meisje te doen,' zei Luki tegen Pemmy terwijl ze voorzichtig over het zijpad liep waar ze de maagd Maria zou vinden zonder naar de enge schilderijen aan de muren te kijken. Pemmy was nu een katholieke kangoeroeprofessor, en ze was ook een meisje, en katholieke meisjes kwamen naar deze plek om te bidden, wat gewoon betekende dat je knielde en tegen een beeld praatte. Luki vond de bloedende man niet prettig, maar de maagd Maria had een mooi gezicht, dus bad ze tot haar.

Plotseling hapte ze naar adem: de bloedende man lag op de grond en hij stak zijn handen uit en probeerde haar vast te grijpen!

Ze draaide zich om en rende zo snel ze kon over het zijpad en door de deur naar buiten, waar de zon zo fel scheen dat hij haar verblindde.

In de kelder was het zelfs nog donkerder dan in de kerk. Luki kroop tegen zuster Thérèse aan. Ze was zo moe. Ze wilde slapen, maar elke klap was zo luid, en alles ging ervan trillen. Ze begroef haar gezicht in de pluchen vacht van Pemmy en voelde de rand van platte Joey met de letters, die ze samen met de foto in Pemmy's buidel had gestopt. 'Wees maar niet bang, Pemmy,' zei ze, en ze probeerde net als zuster Thérèse te klinken. Zuster Thérèse klonk bang wanneer ze haar geruststelde, maar Luki voelde zich toch beter bij het horen van haar stem.

Er klonk een nieuwe klap, en herhaaldelijk *ret-tet-tet-tet*, en nog meer mannenstemmen, geen vriendelijke stemmen zoals die van papa, maar schreeuwende stemmen. Gemeen. Sommige gebruikten de oude woorden en sommige de nieuwe, maar zelfs de stemmen die de nieuwe woorden gebruikten, klonken boos.

Opnieuw die donderklappen, de een na de ander, na de ander, na de ander. Zuster Thérèse trok Luki op schoot en zong in haar oor, zodat ze haar zelfs boven het oorverdovende lawaai uit kon horen. De andere nonnen zongen met haar mee; Luki hoorde hun stemmen tussen het angstaanjagende dreunen door. Ze probeerde alleen de stemmen te horen, probeerde te geloven dat de nonnen over de engelen zongen, de engelen bij Mutti, die haar in slaap had gezongen voordat papa dat was gaan doen.

'Il te couvrira de ses plumes; tu trouveras un refuge sous ses ailes.'

Hij zal je toedekken met zijn veren; je zult een schuilplek vinden onder zijn vleugels.

Zaterdag 22 juni 1940
CAMP DES MILLES

'Je moet met ons meekomen, zeg ik je,' drong Max aan.

Edouard keek echter slechts toe terwijl de rij mannen het Camp des Milles uit schuifelde naar de gereedstaande goederenwagons. Hij wist dat Max gelijk had; je hoefde maar naar het terugtrekkende leger te luisteren, regiment na regiment, truck na truck, tank na tank. Als de gevangenen nog in het kamp zaten wanneer de Duitsers Aix-en-Provence zouden veroveren, zou het er slecht voor hen uitzien.

Toen hij die ochtend wakker was geworden, had hij Walter Hasenclever, die slechts gescheiden door een koffer naast hem sliep, roerloos op zijn stromat zien liggen. Zelfs in het schemerige licht dat door het verre, smerige raam viel, had Edouard gezien dat de Duitse romanschrijver dood was, dat hij ergens in de nacht de overdosis Veronal had genomen die hij had meegebracht naar het kamp. Meer dan tweeduizend van de drieduizend gevangenen in het kamp hadden er echter voor gekozen om hun papieren aan te nemen en in de trein naar de grens te stappen, in de hoop weg te komen uit Frankrijk voordat de Duitsers zouden arriveren. Kampcommandant Goruchon had de beslissing om de mannen te laten gaan in zijn eentje genomen; zijn meerderen wisten er niets van.

'Doe niet zo dwaas!' riep Max over zijn schouder naar Edouard. 'Ga met ons mee!'

'Aan wie moeten de arme vlooien, luizen en bedwantsen zich dan tegoed doen?' vroeg Edouard.

Hij was geen dwaas, maar de trein zou afgesloten blijven tot hij de grens over was. En als Edouard eenmaal in Spanje was, dan was er geen weg terug en zou hij Luki niet meer kunnen bereiken.

Voordat de Duitsers Parijs hadden bezet, was het hem gelukt om haar eens per week te schrijven en had hij brieven van Berthe en haar ontvangen. Sinds de laatste brief, het bericht dat Luki zelf had geschreven, had hij echter niets meer gehoord. Die brief had hij altijd bij zich, in zijn zak. Hij wist niet of Berthe en haar dochter Parijs waren ontvlucht, of ze Luki hadden meegenomen, en waar ze in dat geval konden zijn. Luki die onder de nazibezetting bij Berthe woonde... het was een angstaanjagende gedachte. Maar dat gold ook voor het idee dat Luki zich ergens in Frankrijk of zelfs daarbuiten bevond zonder dat hij wist waar ze was.

Hij wachtte het vertrek van de trein niet af. Hij wilde zijn eigen angst niet de tijd geven om hem te verleiden van gedachten te veranderen. In plaats daarvan liep hij terug naar zijn stromat onder het kale peertje en opende zijn koffer. Hij haalde zijn Leica eruit en legde die naast zich. Toen pakte hij het bovenste vel uit de doos met briefpapier en schreef in het kleinste handschrift dat hij kon produceren: *Mijn Luki...* Alweer een brief die hij niet kon versturen.

Er zou een uitweg zijn. Dat moest wel. Hij was niet zo naïef om te geloven dat Goruchon het hek open zou zetten en Edouard en de anderen zomaar naar buiten zou laten lopen. De kampcommandant had al een enorm risico genomen door de trein met gevangenen te laten vertrekken, maar later kon hij altijd nog zeggen dat de mannen tijdens een transport kwijt waren geraakt in de chaos van de Duitse inval. Als hij nog meer zou wagen, zou dat zijn lot bezegelen wanneer de Duitsers Aix-en-Provence onder de voet zouden lopen. In de chaos van de invasie zou er echter een uitweg zijn, zoals er een uitweg was geweest uit Duitsland.

Alleen niet voor Elza.

Zaterdag 22 juni 1940
BIARRITZ

Nanée zat voor de vierde keer in evenzoveel dagen bij het Amerikaanse consulaat in Biarritz om toestemming te verkrijgen om met Peterkin naar de Verenigde Staten te reizen. Ondanks de connecties van de akelige vrouw die hun een lift had gegeven, en haar opmerkelijke neiging om achteruit te rijden en om blokkades heen te scheuren wanneer ze zich er niet doorheen kon praten, was het hun niet gelukt om Bordeaux te bereiken. Nanée en Peterkin waren met haar meegereden naar een chateau buiten Biarritz. Daar had Nanée een avond lang vol walging geluisterd naar de uitspraken van de fascistische vrienden van de vrouw, die ervan overtuigd waren dat Hitler orde in Frankrijk zou brengen. De volgende ochtend had ze kamers genomen in een hotel in Biarritz waar ze zo vaak had gelogeerd dat de conciërge zich haar herinnerde. Ze huurde een meisje in om op Peterkin te passen, kocht een mantelpakje in haar favoriete boetiek – de Robert Piguet waarin ze iedereen overal toe kon overhalen had ze tot haar spijt achtergelaten in La Bourboule – en begon aan een charmeoffensief waarmee ze de bureaucraten zover hoopte te krijgen dat ze haar met Peterkin naar Amerika zouden laten gaan.

'Zoals mijn collega's u ongetwijfeld hebben verteld,' zei de zoveelste bureaucraat in de slagorde, 'staat het u uiteraard vrij om op elk moment te vertrekken. U hebt een Amerikaans paspoort. We kunnen echter niet toestaan dat u dit Franse kind meeneemt zonder zijn paspoort en een geldig Frans uitreisvisum.'

Nanée vroeg zich af of er niet een manier was om achteruit te rijden en om deze afschuwelijke kerel heen te scheuren.

'Tegen de tijd dat ik toestemming krijg van de Fransen, zal de wapenstilstand al getekend zijn,' drong ze aan. 'Een toezegging die de Fransen me vandaag doen, kan morgen al niets meer waard zijn.'

Het nare mannetje antwoordde: 'Misschien moet u zich dan afvragen waarom u hier nog zit in plaats van zo snel mogelijk in gesprek te gaan met de Franse autoriteiten.'

Bij de Franse *préfecture* van Bayonne toonde Nanée haar eigen paspoort en deed net alsof het vanzelf sprak dat ze daarmee met een Frans kind naar Amerika kon reizen. De man achter het bureau bestudeerde de pas als een juwelier die door een loep naar een valse diamant kijkt.

'Uiteraard kunt u op elk gewenst moment een uitreisvisum krijgen,' zei hij.

Nanée gaf haar eigen naam en die van Peterkin op.

'Ik heb het paspoort van de jongen nodig,' zei de man.

Hoe kwam het toch dat de Franse autoriteiten, die alle reden hadden om volledig in paniek te zijn, een opmerkelijk vermogen aan de dag legden om overal nee op te zeggen? Ze kon echter niet het risico nemen dat ze de fragiele Franse trots van deze kerel zou kwetsen.

Ze legde uit dat Peterkin tijdens de vlucht uit Parijs van zijn moeder gescheiden was geraakt – een verhaal dat ze kon vertellen met de overtuiging van een vrouw die de waarheid spreekt.

De man hield voet bij stuk.

'Peter heeft een tante in Maine die hem graag in huis zal nemen,' legde ze uit. 'U wilt een Amerikaanse jongen toch zeker niet in Frankrijk houden nu het oorlog is?'

'Maar de oorlog is voorbij, *mademoiselle*.'

Nanée sloeg haar blik neer en deed alsof ze zich diep schaamde. Ze fluisterde: 'De waarheid is, meneer, dat hij mijn zoon is.'

Hij keek naar haar ringloze vingers.

'Alleen van mij. De vader heeft geen idee van zijn bestaan.' Ze vermeed het woord 'onwettig'; dat zou haar reputatie in zijn ogen wellicht aantasten en hem minder bereid maken om haar te helpen.

'Dat zult u óók moeten bewijzen, mademoiselle.' Het laatste woord spuugde hij zowat uit van minachting.

Godallemachtig, was ze nu werkelijk aangewezen op de laatste preutse man in heel Frankrijk?

Ze wachtte niet tot hij zou uitleggen wat ze al wist: dat zelfs onwettige kinderen een geboortebewijs kregen.

Eenmaal terug in het hotel stuurde ze een telegram waarvan ze hoopte dat het T zou bereiken. Ze had gefaald. Ze zouden ergens moeten afspreken, zodat ze Peterkin terug kon geven aan zijn moeder. Niet dat ze enig idee had hoe ze dat klaar moest spelen. Er reden geen treinen en ze had geen auto, en bovendien viel het nog te bezien of ze Peterkin überhaupt ergens naartoe zou mogen brengen.

Na het sturen van het telegram viel er niets anders te doen dan wachten op de volgende ochtend, tevergeefs hopen dat er meteen een reactie van T zou liggen en Peterkin meenemen voor een wandeling langs de boulevard en een bezoekje aan het strand.

Een week later, toen ze nog steeds niets van T had gehoord, schrok ze wakker van een onheilspellend geluid dat ze herkende zonder het ooit te hebben gehoord. Ze sprong uit bed, schoot wat kleren aan, tilde de slapende Peterkin op en rende omlaag naar de lobby van het hotel, die slechts verlicht werd door een enkele lamp op de lege balie van de receptie.

Vanuit de lobby was het gestamp van laarzen op de straat oorverdovend, en toch sliep de jongen gewoon door.

Ze ging naast de slonzige hotelbediende in de deuropening staan, met haar rug naar de vertrekken waar ze de afgelopen jaren had gedanst en champagne had gedronken en met mannen in smoking had geflirt zonder te vermoeden dat er ooit een eind aan die tijd zou komen.

Met Peterkin tegen zich aan gedrukt keek ze naar de eindeloze stroom voertuigen en tanks en Duitse geweren die door de straat trok. Duitse soldaten, ordelijk marcherend, lang en blond, keurig geschoren en wellicht knap als je niet wist hoe vreselijk ze waren. Ze ademde de licht zure geur van Peterkins haar en zijn hoofdhuid in, dit slapende kind dat niet van haar was, dat nooit van haar zou zijn. Ze drukte haar gezicht tegen het zijne en fluisterde – tegen hem, of tegen een god die wellicht op hen neerkeek, hoewel ze zich dat nauwelijks kon voorstellen – 'Ze zijn er.'

DEEL II

TWEE MAANDEN LATER
September 1940

De Villa Air-Bel deed zijn intrede in ons leven, eerst als buitenhuis voor de Bénédites en mijzelf... De surrealisten uit de omgeving verzamelden zich al snel rond Bréton om middagen- en avondenlang te praten en spelletjes te spelen... Gek genoeg noemden we het maar zelden Air-Bel, of de villa. In plaats daarvan spraken we over het chateau, wat een veel te grootse benaming was, en überhaupt geen woord dat zo'n democratische, linkse groep mensen in de mond zou moeten nemen.

– Mary Jane Gold, *Crossroads Marseille, 1940*

Donderdag 5 september 1940
MARSEILLE

Op de boulevard in Marseille, waar Nanée altijd ansichtkaarten, pinda's en Eskimo Pies kocht, bood de schorre stem van een straatverkoper kranten aan die niemand wilde lezen. Frankrijk had de vrede onder zware voorwaarden geaccepteerd: de Duitsers hielden twee miljoen Fransen krijgsgevangen, ontvingen torenhoge herstelbetalingen en hadden Frankrijk in tweeën gesplitst. Duitsland heerste over het noorden en de Atlantische kustlijn, terwijl Vichypremier Philippe Pétain, het schoothondje van Hitler en al even autoritair, in het zuiden opriep tot een 'nieuwe morele orde'. Het Franse motto *'liberté, egalité, fraternité'* was vervangen door *'travail, famille, patrie'*: werk, gezin, vaderland. Het was een poging om iedere vrouw te schande te maken die het ooit had gewaagd haar haren kort te knippen, alcohol te drinken, te werken of een man mee te nemen naar haar bed. Terwijl de nazi's druk bezig waren om buitenlanders weg te krijgen uit de havens aan de Atlantische Zee had Nanée van de gelegenheid gebruikgemaakt om Peterkin eindelijk terug te brengen naar T, die in Tours bleek te zijn, op zoek naar Danny's moeder. T had Dagobert achtergelaten bij de kinderen in Bourboule, die verzot waren op de hond. Nanées auto had ze daar ook naartoe gebracht. Nanée nam een vrachttrein naar Bourboule om Dagobert, haar auto en haar aanhanger vol bezittingen op te halen. Ze kon zich er niet toe zetten om terug te keren naar het door de nazi's bezette Parijs, en dus reisde ze in plaats daarvan naar het van ratten en bordelen vergeven, meedogenloos zonnige Marseille.

Ze was van plan geweest om vanuit Portugal met een Pan Am Clipper naar Amerika te vliegen, of anders een schip te nemen en te hopen dat de Duitse onderzeeërs de neutraliteit ervan zouden respecteren. Toen het echter tijd werd om Frankrijk te verlaten, kon ze niet bedenken wat ze in de Verenigde Staten zou moeten doen. Zou ze bij moeder en Misha in het huis in Evanston gaan wonen? Zou ze in haar eentje haar intrek nemen in de Marigold Lodge? Of zou ze in New York blijven in de hoop dat ze, ondanks het koppige isolationisme van haar land en haar eigen complete gebrek aan vaardigheden, op de een of andere manier een bijdrage kon leveren aan de oorlogsinspanningen? En dus vernieuwde ze haar verblijfsvergunning en bleef in de stad waar elke taal werd gesproken, waar de hotels en de cafés en de trams uitpuilden van de vluchtelingen voor Stalins zuiveringen en Hitlers verovering van Europa, samen met de spahi's en de zoeaven en de Senegalese soldaten die voor de Fransen hadden gevochten en nu probeerden naar huis te komen.

De betere hotels zaten al vol; ze bofte dat ze een klein donker kamertje in het Continental kon krijgen, te dicht bij de oude haven en de vissersboten om elegant te zijn, zelfs zonder het verschoten behang met een patroon van blauwe bloemen die je nooit daadwerkelijk ergens zou zien groeien. Wat de kamer wél had, samen met een glimmend koperen bed, drie hoogst oncomfortabele stoelen aan een lichte houten tafel en een lamp met een versleten roze kapje, was een eigen badkamer met het summum van luxe: een vrijstaand bad.

Ze zette de foto van haar vader en zichzelf op het dressoir, naast de foto van de vrouw die in vies water leek te zwemmen, en verspreidde haar boeken door de kamer. Ze borg blikjes vlees, crackers, chocola en flessen whisky en wijn op in de kledingkast, en haar Webley kreeg een plekje op de bovenste plank. Ze had een exorbitant hoge prijs betaald voor een radio met een gebarsten walnoten kast, beschadigde bakelieten knoppen en een volledig intacte koperen draaiknop met twee naalden waarmee ze op het BBC-nieuws kon afstemmen.

Haar vriendin Miriam Davenport had haar naam zien staan op een lijst bij het Amerikaanse consulaat, en binnen de kortste keren brachten ze dagelijks tijd met elkaar door. Miriam was totaal anders dan Nanée. Haar asblonde haar droeg ze in een strakke scheiding, met twee vlechten die boven op haar hoofd waren gespeld, alsof ze een melkmeid uit een stripverhaal was in plaats van een jongedame die met een prestigieuze beurs in Frankrijk was afgestudeerd. Ze lachte te hard en haar kleren pasten haar slecht. Ze was verloofd; ze was naar Marseille gekomen om te proberen haar verloofde weg te krijgen uit Joegoslavië. Net als Nanée was ze haar vader verloren; maar waar Nanées papa een vermogen had nagelaten, had Miriam enkel schulden geërfd.

Toch ontmoetten ze elkaar elke avond in de Pelikan Bar, waar Miriam Dagobert begroette door te roepen: 'Hitler! Hitler!' Alleen al bij het horen van de naam begon de hond als een bezetene te blaffen, waardoor iedereen moest lachen. Eten deden ze buiten de deur, aangezien de vlees- en broodrantsoenen nog niet in restaurants golden, en daarna bezochten ze de plaatselijke bars, waar druk gespeculeerd werd over de vraag wanneer Duitsland heel Frankrijk zou bezetten. De avond eindigde vaak met vrienden in Nanées hotelkamer, waar ze luisterden naar de BBC-uitzending van één uur 's nachts terwijl ze om beurten gebruikmaakten van Nanées bad. De radio, de drank en het bad waren luxevoorzieningen die Nanée met alle plezier deelde.

Nu liep ze met Dagobert aan de lijn naar het Hôtel Splendide, waar Miriam haar zou voorstellen aan haar baas, Varian Fry. Fry was onlangs naar Marseille gestuurd door het nieuw opgerichte American Emergency Rescue Committee – het Centre Américain de Secours, ofwel CAS in het Frans. Hij had een lijst bij zich waar zo'n tweehonderd bekende kunstenaars en intellectuelen op stonden: Picasso, Chagall, Lipchitz en Matisse; schrijvers als Hannah Arendt; verschillende Nobelprijswinnaars; en zelfs de journalist die de Duitse nationaalsocialistische partij de bijnaam Nazi had gegeven, een Beiers volkswoord voor boerenkinkel of sukkel, een naam die zo alomtegenwoordig was dat Hitler niets anders kon doen dan hem omarmen. Fry gebruikte de politieke dekmantel van volstrekt legale hulp aan vluchtelingen en een 'samenwerkingsverband' van het CAS met het gerespecteerde Amerikaanse Rode Kruis om de mensen op zijn lijst stiekem uit Frankrijk te helpen ontsnappen. Hij zou de hulp van Nanée vast kunnen gebruiken, en haar geld ook.

Varian Fry stond echter niet te springen om Nanée te ontmoeten, had Miriam gewaarschuwd; hij geloofde niet dat mensen als Nanée echt bestonden.

'Denkt hij dat ik een spion ben voor de Gestapo, of voor Vichy, of allebei misschien?' reageerde Nanée, en ze schoten samen in de lach zoals ze overal om lachten.

Miriam antwoordde echter luchtig: 'Ik ben bang dat Varian wel denkt dat spionnen zo te werk gaan, dat ze mooie vrouwen sturen om te infiltreren.'

Nanée wilde iets doen om te helpen; dat zou iedereen met een beetje fatsoen toch willen in deze nieuwe gruwelijke wereld? Nu het haar niet was gelukt om Peterkin weg te krijgen uit Frankrijk en Danny te vinden, stelde ze zich ten doel om te leren van iemand die wist wat hij deed. En op de lijst van Varian Fry stonden een heleboel mensen voor wie Danny vóór de oorlog een Franse verblijfsvergunning had geregeld. Als ze Danny en zijn familie niet kon helpen, kon ze misschien de mensen helpen die hij had geholpen.

Ze glipte door een lobby waar het wemelde van de vluchtelingen, allemaal met bleke gezichten, ondanks de lange zomer in de Provence die ze net achter de rug hadden. En allemaal wanhopig na dagen- en nachtenlang schuilen in smerige kleine kamertjes, in dezelfde vuile kleren. Ze nam de trap naar kamer 307, een eenpersoonskamer vol vrijwilligers die vluchtelingen ondervroegen vanaf de rand van het bed of leunend op radiatoren of zittend op de grond. Een kakofonie van gesprekken steeg uit boven het gegiechel en de opgewonden kreten uit de speeltuin waar het geïmproviseerde kantoor op uitkeek. Miriam voerde gesprekken aan een bureau dat ze van een spiegel had gemaakt; de plek waar de spiegel had gehangen, was zichtbaar aan de verschoten muur.

Ze hoefden zich maar een klein stukje door de overvolle kamer te bewegen om een man te bereiken met een hoornen bril, opgerolde overhemdsmouwen en een losjes gestrikte Harvarddas. Redelijk rechte rug. Een slanke, zelfs pezige bouw, dunner wordend haar, een hoog voorhoofd en een brede neus. Het was nauwelijks voorstelbaar dat Miriam deze serieuze, wat stijve man van in de dertig aantrekkelijk vond, maar de meeste vrouwen geven de voorkeur aan een knappe held, en we zien zo vaak wat we willen zien. Varian Fry, die sprak met het staccato accent van de Amerikaanse Oostkust, liet vluchtelingen een lijst met namen zien en vroeg: 'Staan er mensen op deze lijst van wie je weet waar ze zijn?'

Wie had kunnen bedenken dat het opsporen van beroemde vluchtelingen het moeilijkste onderdeel zou zijn van de missie om hen te helpen ontsnappen? De vredesovereenkomst met Duitsland dwong Frankrijk echter om iedereen uit te leveren die genoemd werd op de lijst van de Gestapo, die tot doel had om alle personen op te pakken die zich ooit in woord of daad tegen Hitler hadden verzet – onder wie het leeuwendeel van de mensen op de lijst van Fry. Op de politie van Marseille kon je als vluchteling niet rekenen; sommige agenten knepen een oogje toe, maar anderen arresteerden vluchtelingen bij de vleet en lieten ze naar interneringskampen sturen. Wat een beambte op een gegeven dag deed, was een weerspiegeling van de staat van zijn eigen zenuwen. Er verbleven sowieso rond de tweehonderdduizend vluchtelingen in Marseille; en door de chaos van tijdelijke druiven- en olijvenplukkers en georganiseerde misdaad was het mogelijk om hier te verdwijnen en tegelijkertijd een ontsnappingsroute te zoeken. Niemand maakte echter bekend waar hij verbleef, uit angst om in Camp des Milles of het hellegat van Saint-Cyprien terecht te komen, of, erger nog, om in handen van de Gestapo te vallen.

De vluchteling met wie Fry sprak, wees een naam aan op de lijst. 'Hij verblijft in Hôtel Le Mistral bij Point Rouge.' Een andere man die ook op de lijst stond – een kunstcriticus en expert op het gebied van beeldhouwwerken van zwarte kunstenaars – had zichzelf opgehangen bij de Spaanse grens toen de douane weigerde hem Frankrijk uit te laten.

'Ik wil niet eindigen zoals hij,' zei de arme kerel.

'Er zijn manieren om mensen het land uit te krijgen,' verzekerde Fry hem.

De man begon te huilen toen Fry hem geld aanbood om kleren te kopen. Het was het eerste vriendelijke gebaar dat iemand hem in maanden had getoond.

Varian bood hem zijn zakdoek aan, zich verontschuldigend dat hij niet schoner was, en hij nam afscheid van hem met de woorden: 'Ik zie je snel in New York.'

Een optimist, dacht Nanée, maar Varian Fry was nog niet zo lang in Frankrijk.

Toen Miriam haar voorstelde, monsterde Fry het mantelpakje dat Nanée had aangetrokken om indruk op hem te maken: blauw dat iets donkerder en minder schreeuwerig was dan koningsblauw, maar toch ook niet het saaie alledaagse van marineblauw, met smalle lichtgele streepjes, een conservatieve rok tot halverwege de kuiten en een kort jasje dat aan saaiheid ontsnapte dankzij een lichtgele voering en een stijlvolle kraag die tot de schouders reikte. Toen keek hij fronsend naar Dagobert, die niet bepaald het klassieke type poedel was, niet nuffig en getrimd of zelfs maar uitgebreid geborsteld. Nanée zag echter dat Fry hem bij het totaalplaatje voegde en dat hij haar net zo frivool vond als Dagobert eruit zou zien als hij wél chic en overdreven verzorgd zou zijn.

'Het spijt me dat Miriam u helemaal hiernaartoe heeft laten komen, Miss Gold,' zei hij, 'maar we hebben echt geen behoefte aan –'

'Ik ben geen dilettant, Mr Fry,' onderbrak ze hem beleefd, betreurend dat ze de zijden sjaal bij wijze van talisman om haar hals had geknoopt. De sjaal was inmiddels weer wit, maar niet helemaal smetteloos, dankzij de liefkozingen van Dagobert.

'Allemachtig, Varian,' zei Miriam. 'Nanée had haar vliegtuig al aan het Franse leger geschonken voordat jij zelfs maar had bedácht dat je zou gaan helpen –'

Fry legde haar met een gebaar het zwijgen op en liep naar de badkamer, gebarend dat ze hem moesten volgen.

In de piepkleine badkamer dicteerde een kerel die zich in het bad had uitgestrekt een brief aan een vrouw die met haar typemachine op schoot op het bidet zat. De twee keken op, in het geheel niet verbaasd dat ze gezelschap kregen, en ze pakten hun spullen en vertrokken, de deur achter zich dichttrekkend.

Fry draaide zowel de kraan van het bad als de kraan van de wastafel open. 'We moeten ervan uitgaan dat we worden afgeluisterd,' zei hij, 'en de muren zijn hier sowieso flinterdun.'

Nanée wierp tegen: 'Maar jullie ondervragen –'

'We kiezen onze woorden met grote zorg,' zei Fry. 'De mensen die we proberen te redden… Picasso, Chagall, Matisse –'

'Picasso heeft een bordje op de deur van zijn studio aan Grand Augustins gehangen waarop simpelweg staat 'ICI' – HIER – en hij heeft geen enkele intentie om Parijs te verlaten.' Het lukte Nanée niet om haar irritatie te onderdrukken. 'Chagall gaat zo op in zijn schilderwerk dat het hem ontgaan is dat de Duitsers Frankrijk hebben bezet. En Matisse houdt vol dat Frankrijk het niet zal overleven als iedereen met enig talent vertrekt. Jullie willen beroemde mensen helpen, die vaak helemaal niet geholpen wíllen worden, terwijl –'

'Wat Nanée probeert te zeggen –' onderbrak Miriam haar.

'Is dat ze veel te openhartig is voor een functie die de uiterste discretie vereist,' zei Fry.

Dagobert koos uitgerekend dat moment om zijn poten op de rand van het bad te zetten en van het stromende water te lebberen. Hij schudde zijn kop en spatte Fry's broekspijpen nat. De uitdrukking op het gezicht van Fry sprak boekdelen: *Ze heeft niet eens haar hond onder controle.*

'Wat ik probeer te zeggen, wellicht op een onhandige manier,' zei ze wat voorzichtiger, 'is dat het heel mooi is om beroemde kunstenaars en denkers uit Frankrijk te helpen ontsnappen, maar dat ik niet zie waarom het ene leven meer waard zou zijn dan het andere. Waarom zouden we spaarzame middelen gebruiken om diegenen te vinden die liever verstopt blijven, terwijl er vluchtelingen zijn die zo graag weg willen dat ze zich openlijk bij jullie aan de deur melden?'

'Het Emergency Rescue Committee heeft me naar Frankrijk gestuurd met een lijst van mensen voor wie ze een Amerikaans visum kunnen regelen,' protesteerde Fry. 'Mijn prioriteit moet bij die mensen liggen. En Vichy mag dan geen Hitler zijn, maar Hitler is –'

Dagobert begon als een bezetene te blaffen, tot grote schrik van Fry.

Miriam lachte haar veel te luide lach. 'Hitler, Hitler,' fluisterde ze tegen Dagobert, die weer luid begon te keffen.

'Dagobert is geen fan van de man met de snor,' verklaarde Miriam.

Varian, enigszins perplex, vervolgde: 'Onze middelen zijn niet onbeperkt.'

'Dat heb ik begrepen, ja,' zei Nanée. Miriam had haar verteld dat hij de drieduizend dollar die hem ter beschikking was gesteld al had uitgegeven, en dat hij ondanks gulle vrienden als Peggy Guggenheim en Janet Flanner van *The New Yorker* krap bij kas zat. 'En toch betalen jullie de gangsters van Marseille een percentage van jullie dollars om ze om te wisselen in franken, terwijl de maffia er net zoveel profijt bij heeft om franken om te wisselen in dollars. Terwijl ik een Amerikaans paspoort heb –'

'Dat heb ik ook,' zei Fry.

'Op uw paspoort staat dat u pas een paar weken geleden naar Frankrijk bent gekomen. Het mijne toont aan dat ik al tien jaar in Frankrijk woon. Wie van ons beiden zal zich volgens u makkelijker door Frankrijk kunnen verplaatsen om bijvoorbeeld een bericht te bezorgen, of zelfs mensen de grens over te smokkelen?'

Nu de haven van Marseille nauwlettend in de gaten werd gehouden door de Vichypolitie vormde de Spaanse grens voor de meeste vluchtelingen de enige uitweg. Om de grens te bereiken hadden ze echter een Frans doorgangsvisum nodig, en dat konden ze niet krijgen zonder Vichy op de hoogte te brengen van hun verblijfplaats en het risico te lopen dat ze zouden worden opgepakt. Bovendien konden ze de grens naar Spanje niet oversteken zonder een Frans uitreisvisum, en die verstrekte Vichy niet langer aan voormalige burgers van het Reich, omdat ze Hitler niet wilden beledigen door zijn criticasters te helpen aan zijn wraak te ontsnappen. Soms knepen de douaniers op het treinstation van Cerbère een oogje toe. Sommige vluchtelingen gebruikten een plattegrond van een geheim pad door de Pyreneeën. Stateloze personen die werden aangehouden terwijl ze zonder de juiste papieren door Frankrijk reisden, liepen echter het risico in een Franse gevangenis te belanden, naar een Duits werkkamp te worden gedeporteerd of te eindigen voor het vuurpeloton. Hetzelfde gold voor iedereen, stateloos of niet, die werd betrapt terwijl hij Frankrijk op illegale wijze probeerde te verlaten of een ander daarbij probeerde te helpen.

Nanée voelde aan de diamanten broche op de revers van haar jasje en wierp Fry haar beste aantrekkelijke-erfgename-die-iedereen-overal-toe-over-kan-halen-blik toe. Ze gaf een zacht rukje aan Dagoberts riem, zodat hij er parmantig bij ging staan, en ze pakte Miriams arm. Ze haalde haar eigen documenten uit haar handtas en gaf die aan Fry alsof het de papieren van twee personen betrof.

'Onze doorgangsvisa, agent,' zei ze.

Het was haar bedoeling om hem aan het lachen te maken. Dat deed hij echter niet.

'Dus u wilt onze postbezorgster zijn?' vroeg hij.

Wat Nanée wilde, was zich nuttig maken, een doel hebben. 'Jullie postmééster, misschien. Dat zou nog eens een geweldige dekmantel zijn. De nazi's kunnen zich niet voorstellen dat een vrouw ook maar ergens toe in staat is.' Ze glimlachte betekenisvol naar Fry. 'Zoals de meeste mensen.'

Miriam wierp haar een blik toe. 'Nanée wil onze zaak ook financieel steunen.'

'Maar elke donatie die ik doe, moet worden gebruikt om gewone zielen te helpen,' zei Nanée.

Fry fronste zijn voorhoofd. 'De vluchtelingen op mijn lijst hebben bijgedragen –'

'Ik kan berichten afleveren op elke plek die jullie maar willen,' onderbrak Nanée hem. 'Ik kan vluchtelingen zonder Frans doorgangsvisum helpen om naar de grens te komen. Ik kan zelfs geld helpen wisselen zonder de Franse maffia in te schakelen, maar –'

'U kunt echt niet zomaar –'

'De mensen die jullie helpen... sommigen van hen hebben franken die ze voor dollars willen wisselen wanneer ze naar de Verenigde Staten gaan. Dat geld kunnen ze hier achterlaten, bij jullie, om jullie werk te financieren, en dan zorg ik dat ze in de vs een gelijk bedrag in dollars krijgen van mijn bankrekeningen. Voilà. In feite halen we zo mijn geld uit de Verenigde Staten om jullie werk te financieren, zonder een spoor na te laten dat Vichy op zou kunnen pikken.'

Fry keek nu anders naar haar, maar hij zei: 'Ik geloof niet dat u helemaal begrijpt hoeveel moeite het kost om Amerikaanse visa te regelen voor mensen die we niet –'

Miriam deed de badkamerdeur open naar de kamer vol met vluchtelingen die ook niet op de lijst van Fry stonden en die hij toch probeerde te helpen.

Fry nam hen lange tijd op. Toen hurkte hij tot hun stomme verbazing bij Dagobert, keek de hond in de ogen en fluisterde: 'Hitler, Hitler.'

Dagobert blafte zo enthousiast dat Fry even achteruitdeinsde. Toen hield Fry de hond voorzichtig de rug van zijn hand voor. Dagobert snuffelde eraan en gaf er een lik over.

Fry wreef over Dagoberts kop. 'Je bent nog niet zo'n slechte kerel, hè?' Hij stond op, schoof zijn bril wat omhoog en keek opnieuw fronsend naar het pakje van Nanée. 'Vooruit, we maken een tweede lijst,' zei hij. 'Een lijst met mensen voor wie we nog geen toezegging van een visum hebben.'

'Ter ere van Nanée,' zei Miriam, 'zullen we het de Gold-lijst noemen.'

'Ik zal u niet teleurstellen, Mr Fry,' zei Nanée.

'Varian.' Hij knikte naar de geopende badkamerdeur, hen uitnodigend om als eerste te vertrekken.

Even later stelde Miriam Nanée voor aan de hele vrolijke bende. Monsieur Maurice, een Roemeense arts, was Varians *consigliere*. De in Duitsland geboren econoom Beamish Hermant was gespecialiseerd in valse paspoorten en valutawissel op de zwarte markt. Charlie Fawcett, een Amerikaanse beeldhouwer die onverstaanbaar Frans sprak met de vette tongval van Georgia, liet vluchtelingen het kantoor binnen en hield tegelijk in de gaten of de Vichypolitie niet in de buurt was. Lena Fischmann beheerste steno in het Frans, Duits en Engels, en daarnaast sprak ze Spaans, Pools en Russisch. Ze was een expert in het verbergen van illegale uitgaven. En Gussie, een negentienjarige Poolse Jood, leek zo sterk op een mager arisch joch dat hij gecodeerde telegrammen naar het centrale postkantoor kon brengen en van *tabac* naar *tabac* kon gaan om blanco identiteitskaarten te kopen voor hun vervalser zonder dat iemand hem ooit tegenhield of vragen stelde.

'Morgen verhuizen we naar een nieuwe ruimte,' vertelde Miriam Nanée. 'Een Joodse leerbewerker heeft een verdieping vrijgemaakt voordat Vichy die in beslag kon nemen en hij schenkt de ruimte aan ons. Rue Grignan nummer 60. We voeren gesprekken van acht tot twaalf, dan lunchen we, en daarna overleggen we zo lang als nodig is om te beslissen welke aanvragen van die dag we kunnen honoreren.'

Woensdag 11 september 1940

CAS-KANTOOR, MARSEILLE

Het nieuwe CAS-kantoor was te bereiken via een donkere trap, die naar een verdieping leidde die in twee kamers was opgesplitst, eentje voor algemeen gebruik en eentje, aan de achterkant, die dienstdeed als Varians kantoor. Het rook er nog steeds naar leer. Van de muur tegenover de ramen in de voorkamer waren planken met handtassen en aktetassen en portemonnees weggehaald om ruimte te maken voor de Amerikaanse vlag. Verder was de kamer ingericht met vierkante houten tafels en harde houten stoelen. Op een van die stoelen zat Nanée een gesprek te voeren met een charmante jonge Oostenrijkse kunstenaar, in de hoop dat ze hem door de bureaucratische nachtmerrie kon loodsen die de eerste stap vormde voor een vluchteling die probeerde uit Frankrijk weg te komen.

'Heb je een bruikbaar paspoort?' vroeg ze de man, de volgende vraag op haar lijstje. Nu Oostenrijk deel uitmaakte van Duitsland kwam je helemaal nergens meer met een Oostenrijks paspoort, en Duitse Joden was het burgerschap ontnomen. Af en toe lukte het vluchtelingen echter om een paspoort uit een ander land te bemachtigen. 'Andere reisdocumenten?' Soms verstrekte een land een document ter vervanging van een paspoort. 'Een inreisvisum voor een land buiten Europa, bij voorkeur de Verenigde Staten of Mexico? Een inreisvisum voor een ander land?'

Op deze manier hoefde ze hem niet discreet te vragen of zijn documenten echt waren. Ze noteerde de antwoorden in de code die ze bij het CAS gebruikten. 'Iemand in de Verenigde Staten die garant voor je kan staan?'

De kunstenaar had een agent die zijn werk vertegenwoordigde in New York. Dat was in ieder geval iets.

Spaanse en Portugese doorreisvisa? Een tijdelijke Franse verblijfsvergunning? Een werkvergunning? Geld? Opnieuw nee, nee en nee. Hij had een verblijfsvergunning gehad, maar die had hij vernietigd. Hij was een van de reizigers geweest in de spooktrein uit Camp des Milles, een van de tweeduizend vluchtelingen die bijna de Spaanse grens hadden bereikt voordat de trein terug was gereden vanwege het nieuws dat er een trein vol Duitsers onderweg was en dat ze het risico liepen opgepakt te worden. Ze hadden al hun papieren vernietigd; het was maar beter als er geen bewijs bestond dat ze vluchtelingen uit het Reich waren. Ironisch genoeg bleek het gerucht over de trein vol Duitsers hun eigen trein vol vluchtelingen te betreffen. Een paar van de reizigers, onder wie deze man, waren erin geslaagd om de wagondeur open te wrikken en ergens in de buurt van Arles uit de trein te springen. De meesten waren echter teruggekeerd naar het kamp, uit angst dat ze bij een vluchtpoging door de oprukkende Duitsers zouden worden ontdekt en ter plekke zouden worden doodgeschoten.

'Goed. Wat kun je me vertellen over je verzet tegen het naziregime?'

In Oostenrijk had de man protestposters tegen de nazi's ontworpen. Dat had hem een kaartje naar de vrijheid moeten opleveren, maar die waren schaars. Als hij referenties had, zou het Nanée misschien lukken om zijn naam op de lijst voor visumaanvragen te krijgen die elke nacht eerst naar een politiebureau in een blauwverlicht steegje aan de Rue Colbert werd gebracht voor het benodigde politiestempel en daarna naar een nachtloket bij het postkantoor achter de aandelenbeurs. De beambte die kwam wanneer je daar aanbelde, telde de woorden, markeerde ze met paarse inkt, liet hen tekenen om te verklaren dat de woorden geen geheime betekenis bevatten en stuurde de lijst vervolgens via een telegram naar de Verenigde Staten.

De man noemde verschillende namen, en Nanée noteerde ze. Er zat echter niemand bij die ze kende, en een referentie was alleen geldig als het iemand betrof die bij Varian of een andere CAS-medewerker bekend was. Op die manier probeerden ze te voorkomen dat ze een illegale vluchtroute zouden bieden aan iemand die een infiltrant van Duitsland of Vichy zou blijken te zijn.

'Edouard Moss zal voor me instaan,' zei de vluchteling.

Edouard Moss. De fotograaf die zijn dochter de hele nacht op schoot had gehouden in haar Parijse appartement, zelfs toen hij een vrouwenhoofd in een vergulde kooi had getekend dat het hare was en toch ook niet. Die tekening had ze nog steeds, weggestopt achter de foto die op haar dressoir in het hotel stond, de foto van de zwemmende vrouw – de foto die ze had aangeschaft toen bleek dat de foto van Edouard Moss die ze zo mooi vond, de naakte voorovergebogen man, niet te koop was.

Dagobert kroop onder haar stoel vandaan om Gussie te begroeten, die kwam melden dat Varian haar even wilde spreken zodra ze een moment had.

'Ik kom zo,' zei ze met een vriendelijke glimlach naar Gussie. De jongen was zo verkikkerd op haar dat Varian hem genadeloos plaagde, en ze was er zeker van dat hij de geest van de jongen kapot zou maken, en daarmee elke kans die hij zou hebben op liefde. Varian was echter van mening dat niemand werkelijk kans maakte op liefde en dat ze dus net zo goed wat lol konden hebben.

'Is hij in de Verenigde Staten?' vroeg ze de vluchteling. 'Edouard Moss?'

'Voordat de wapenstilstand werd getekend, zat hij samen met mij in Camp des Milles.'

'Zat hij ook in de trein?'

'De spooktrein? Ik weet het niet. Hij zat niet bij mij in de wagon.'

Dus Edouard Moss kon overal zijn, of helemaal nergens.

'Iemand anders die voor je in kan staan?'

'Danny Bénédite misschien? Hij heeft mijn verblijfsvergunning geregeld.'

'Geweldig,' zei ze. 'Danny kennen we.' Ze had zojuist gehoord dat T hem had gevonden, godzijdank. Hij was geëvacueerd uit Duinkerke, maar teruggekeerd naar het bezette Frankrijk om samen met zeshonderd mannen van zijn divisie de strijd voort te zetten. Hij bevond zich op een station in Poitiers toen Pétain om vrede vroeg, dus had hij zich in Meyrueis verscholen om niet door de Duitsers te worden opgepakt. Uiteindelijk had hij via via gehoord waar T was – de enige manier waarop je in het Frankrijk onder Vichy aan informatie kon komen. Ze hielden zich nu met Peterkin schuil op de boerderij van een oom in de Languedoc.

Nanée rondde het gesprek af en werkte het dossier netjes bij voordat ze met Dagobert naast zich naar het kantoor van Varian liep. Het was een klein vertrek dat bomvol stond met alles wat uit de voorkamer was geruimd: lege planken, kisten en losse inventaris, aktetassen en handtassen en portemonnees. Varian, gezeten achter een enorm bureau dat bezaaid was met papieren, knikte naar Lena, die haar stenoblok ongevraagd dichtklapte en het kantoor verliet, de deur achter zich dichttrekkend.

Nanée vermoedde dat ze de wind van voren zou krijgen. Zíj was echter niet de bron van de geruchten. Het nieuws dat Varian naar Portugal zou gaan, had ze vernomen van de onberispelijke Lena, die wilde dat ze zou helpen om Varian zover te krijgen dat hij zeep mee terug zou brengen. Zelfs de goudeerlijke Miriam bezocht zo nu en dan het Amerikaanse consulaat met als enige doel het pikken van zeepjes uit het damestoilet. In heel Frankrijk was geen fatsoenlijk stuk zeep meer te vinden.

Ze wachtte af wat er komen ging, met Dagobert gelukkig koest naast haar.

'Ik zal een paar dagen weg zijn van kantoor,' kondigde Varian aan.

Het was dus waar, in tegenstelling tot de meeste geruchten die de ronde deden in Marseille: het Emergency Rescue Committee in de VS had besloten dat Varians tijd in Frankrijk erop zat en dat hij terug moest keren naar huis. Hij kon niet weg, maar hij kon ook niet in een brief uiteenzetten waarom hij zou moeten blijven, omdat de Vichyregering al hun post las. En dus zou hij naar Portugal gaan om zijn zaak te bepleiten. Ze vroeg zich af of de rest van het gerucht ook waar was, dat hij onderweg persoonlijk vier van zijn 'protegés' zou begeleiden, zoals hij de vluchtelingen die hij hielp graag noemde. Dat hij hen de grens over zou helpen en zou proberen om iets voor de vijf vluchtelingen te doen die in Spanje door de Gestapo waren opgepakt. Hij zou gevangenschap riskeren, een werkkamp of een vuurpeloton.

'In mijn afwezigheid heeft Maurice de leiding,' zei hij. 'Kan ik erop rekenen dat jij hem helpt om alles hier in goede banen te leiden?'

'Natuurlijk, Varian,' antwoordde ze kalm. 'Wat je maar nodig hebt.' Stiekem dacht ze dat hij zich net zo ouderwets toonde als de nieuwe Franse regering door een man de leiding te geven. Maar nee, dat was niet eerlijk. Varian was een geweldige kerel vergeleken bij het walgelijke nest van defaitisten dat zich de Vichyregering noemde. Hij was getrouwd met een vrouw die redacteur was geweest bij de *Atlantic Monthly*. Hij gaf zowel Lena als Miriam meer dan genoeg verantwoordelijkheid. Alleen Nanée nam hij niet volledig in vertrouwen. Het maakte niet uit dat ze al vijfduizend dollar had bijgedragen aan de goede zaak. Het maakte niet uit dat ze er elke ochtend zo'n beetje als eerste was en dat ze de hele dag in het kantoor gesprekken voerde. Het maakte niet uit dat ze nooit suggereerde dat de bewegingsruimte die haar Amerikaanse paspoort haar bood niet voldoende gebruikt werd, al was dat wel zo.

'Mooi,' zei hij. 'Dank je wel.'

'Maar overmorgen is het vrijdag de dertiende,' zei ze. Als Varian de volgende dag zou vertrekken, zouden hij en zijn protegés die avond in Cerbère arriveren en de dag daarna, op vrijdag, proberen de grens over te steken.

'Gussie reist met me mee tot aan de grens,' zei hij. 'Hij zal ongetwijfeld zijn geluksboek meebrengen, *L'envers et l'endroit*.'

Niemand hield Gussie ooit aan, maar Nanée schreef dat eerder toe aan zijn jasje en zijn stropdas, zijn roodblonde haar en zijn onschuldige jonge gezicht dan aan de essaybundel van Camus die hij altijd als een talisman bij zich droeg.

'Waarom jij, Varian?' vroeg ze impulsief.

Varian legde zijn pen neer en nam haar op. 'Je bedoelt dat ik maar een Amerikaanse krantenredacteur ben, zonder bijzondere vaardigheden die me geschikt maken om mensen uit Frankrijk te smokkelen die door de nazi's gezocht worden? Vergeet niet dat ik Frans en Duits spreek, en dat juist mijn gebrek aan bijzondere vaardigheden ervoor zorgt dat de Gestapo me vermoedelijk niet in de gaten houdt. En jij, Nanée?'

Juist zijn gebrek aan 'bijzondere vaardigheden'. Net als zij.

'Hoe heb je de Amerikaanse regering zover gekregen dat ze je visa hebben meegegeven voor de mensen op je lijst?' drong ze aan. 'Ze zijn links of zelfs uitgesproken communistisch, en grotendeels Joods, en het antisemitisme viert nog hoogtij onder de stars-and-stripes.'

Varian leunde achterover in zijn stoel. 'Het comité heeft twee vertegenwoordigers naar Mrs Roosevelt gestuurd om de zaak te bepleiten,' zei hij. 'Het hielp dat ze een paar dagen daarvoor nog een foto had gezien van haar vriend Lion Feuchtwanger die opgesloten zat in Camp des Milles, luttele weken nadat hij door de toenmalige Franse president Lebrun was ontvangen. Voordat onze afvaardiging haar kantoor verliet, had ze haar man al gebeld om hem te vertellen dat hij het niet moest wagen om onze visumverzoeken af te wijzen. Omdat de begeleiders van de Duitse immigranten dan met de hulp van Amerikaanse vrienden met een gehuurd schip naar Washington zouden komen en langs de Oostkust op en neer zouden varen tot het Amerikaanse volk hem en het Congres uit schaamte en boosheid zou dwingen om hen het land in te laten.'

Nanée wachtte. Een van haar schaarse vaardigheden was het in Evanston aangeleerde vermogen om mannen alle ruimte te geven over zichzelf op te scheppen.

'Ik ging omdat niemand anders wilde gaan,' zei Varian.

Dagobert hield zijn kop scheef, bestudeerde Varian en draafde naar hem toe. Tot Nanées verbazing legde Varian zijn hand zachtjes op de kop van de hond.

'In juli 1935 was ik in Berlijn,' vertelde hij, 'en daar was ik getuige van een anti-Joodse rel en zag ik nazi's een man schoppen en bespugen die hulpeloos op de stoep lag, met zijn hoofd onder het bloed. De politie deed niets om er een eind aan te maken, en ik ook niet. Ik ging naar huis en ik schreef erover, een artikel dat door bijna niemand werd gelezen.'

Ze veronderstelde dat het dezelfde motivatie was die haar ertoe had gedreven om zich bij het CAS aan te sluiten: dat ze niet met zichzelf kon leven als ze niet zou helpen. Varian had een goede baan, een vrouw, een thuis en vrienden achtergelaten om een taak op zich te nemen die niemand anders wilde uitvoeren. Misschien ging er een boeiender ziel schuil achter de Harvardstropdas, de ik-geloof-niet-dat-je-het-begrijpt-vermaningen en het onophoudelijke optimisme dan ze gedacht had.

'Ik wens je een veilige reis toe, Varian,' zei ze. 'En breng alsjeblieft wat zeep mee.'

Woensdag 11 september 1940
CAMP DES MILLES

Edouard pakte een van de laatste bakstenen van een stapel en gaf die door aan Max, die hem weer doorgaf aan de volgende, enzovoort. De mannen leken onderhand net zo op elkaar als de stenen, met hun geschoren hoofden en hun versleten kleren, hun magere lichamen en hun ingevallen gezichten. De rij liep helemaal over het fabrieksterrein naar een groeiende stapel stenen bij de ingang van de fabriek. Het kamp zat weer vol nu de meeste mannen die bijna met de spooktrein waren ontsnapt terug waren. De goeie ouwe tijd van commandant Goruchon en een losse handhaving van de regels was voorbij. In theorie was Les Milles nu het kamp waar 'buitenlanders van het Joodse ras' die van plan waren te emigreren, werden opgesloten. En wie onder hen was niet van plan om Frankrijk te verlaten als hij daar de kans voor zou krijgen? De Vichyregering had het bestuur van het kamp echter in handen gegeven van de *gardes mobiles*, een bijzonder meedogenloze tak van de Franse politie.

Achter het ijzeren hek en het prikkeldraad liep een vrouw voorbij.

'Jumbo!' riep Max. 'Je vrouw!'

Jumbo kwam haastig uit een van de latrines tevoorschijn, liet zijn dweil vallen en keek naar het hek. Zijn vrouw was al weg; geen enkele passant mocht blijven staan om naar binnen te kijken. Toch rende hij zo hard hij kon in de richting van de muur waar ze achter was verdwenen, en Edouard en Max lieten hem op hun ineengevlochten handen staan zodat hij over de rand kon turen.

'Isabelle!'

Jumbo werd al omlaaggetrokken door een van de bewakers.

Edouard en Max waren alweer bezig bakstenen te verplaatsen.

'Het moet fijn zijn om een Franse vrouw te hebben die eens per week uit Marseille komt, enkel om langs het hek te lopen in de hoop een glimp van je op te vangen,' zei Max. Zijn eigen Leonora had hun huis in Frankrijk verkocht en was teruggekeerd naar haar geboorteland Spanje.

Edouard liet een strootje door zijn mond rollen, het enige stevige waar hij op kon kauwen om de honger te verdrijven nu de tandenstokers waar hij dagen mee had gedaan allemaal op waren. Volgende week zou hij keukendienst hebben en dan kon hij zeven dagen lang aan het eind van elke dag aardappelschillen van de grond rapen, restjes waarmee hij tot zijn volgende keukendienst zou proberen te doen.

'In elk geval hoeven we vandaag de latrines niet schoon te maken,' zei Max. 'Dankzij deze lichaamsbeweging slaap ik beter.'

'Slaap jij hier dan?' grapte Edouard, en ze lachten allebei zwaarmoedig.

'Ik? Nee, ik lig wakker en ik probeer dingen te verzinnen om me af te leiden zodat ik niet aan de bromiden hoef te denken die ze in ons eten stoppen en die mijn geheugen aantasten.'

Terwijl Edouard een nieuwe steen aan Max doorgaf, dacht hij terug aan hoe het was geweest om in het huisje in Sanary-sur-Mer wakker te worden, met het rustgevende geluid van de zee op de achtergrond en Luki slapend in de kamer naast de zijne. Hij had nog steeds geen idee waar ze zou kunnen zijn, of ze op een schuilplek verbleef en of ze überhaupt nog in Parijs was. Hij had al drie maanden niets meer gehoord. Na de wapenstilstand hadden de Duitsers verordend dat er geen post meer heen en weer mocht gaan tussen de vrije en de bezette zones, dus Berthe kon hem niet langer berichten sturen. Niet dat hij naar haar en Luki toe zou kunnen, al zou hij door een wonder worden vrijgelaten uit Camp des Milles. Zelfs Joden met de Franse nationaliteit mochten niet terug naar het bezette Frankrijk. De nazi's wilden alle ruimte om hun bezittingen in te pikken voor het Reich.

Edouard wist niet wat er met het huisje was gebeurd. Had Vichy het in beslag genomen? Het lag zo afgelegen dat ze misschien niet eens wisten dat het er was, of dat het leegstond. Hij zou het willen opeisen, zijn bezit willen beschermen, het enige van waarde wat hij zou kunnen verkopen om het geld bij elkaar te krijgen waarmee hij en Luki naar het buitenland zouden kunnen vluchten. Als hij ernaar zou informeren, zou hij er echter de aandacht op vestigen, en dan kon je er donder op zeggen dat het hem afgenomen zou worden. De Vichyregering nam zelfs huizen in beslag die werden achtergelaten door Franse burgers als de Rothschilds en Charles de Gaulle. En vrijlating uit Camp des Milles zat er toch niet in voor Edouard. Je kon dit kamp alleen op vreedzame wijze verlaten als je in het bezit was van geldige emigratiedocumenten, als je reis was betaald en je boot op het punt stond te vertrekken. Dat het überhaupt nog iemand lukte om zijn papieren op orde te hebben, kwam doordat de Gestapo artikel 19 van de Frans-Duitse wapenstilstand, de uitleveringsclausule, nog niet in werking had gesteld. Niemand was bezig om Edouard vrij te krijgen en er was niet veel tijd meer voordat artikel 19 van kracht zou worden.

'Vanavond ga ik aan dat fresco werken,' zei hij in een poging Max op te vrolijken, zoals Max zo vaak bij hem deed.

'Zolang we kunst maken, leven we,' zei Max.

Een bewaker schreeuwde: 'Omkeren!'

De mannen kreunden, maar ze draaiden zich om en begonnen de bakstenen de andere kant op door te geven. In de brandende zon legde Edouard de steen die hij zojuist van de stapel had gepakt er weer op en nam de steen aan die hij zojuist aan Max had gegeven om hem weer terug te leggen op de plek waar hij vandaan was gekomen.

Die avond schilderde Edouard met Max op een bakstenen muur in de kelder van de oude fabriek. Eigenlijk zou hij dit allemaal met zijn camera vast moeten leggen, de mannen die aan het werk waren, de kunst om hen heen. Toch kon hij dat niet. Het werd erger, de kloof tussen hem en zijn kunst. Eerst was hij nog in staat geweest om door de lens te kijken. Hij zocht een beeld. Stelde de f-stop scherp. Hij rationaliseerde het: hij had maar een beperkte hoeveelheid film en geen mogelijkheid om die te ontwikkelen. Het water hier was veel te smerig om film af te spoelen.

'Ik weet niet eens waarom we dit doen,' zei hij tegen Max. 'Waarom we kunst blijven creëren uit het niets terwijl we vergaan tot steengruis.'

Max bestudeerde hem. Toen pakte hij een baksteen en begon met een zakmes te peuteren in een gat in de steen. Piepkleine stofdeeltjes dansten in het licht van het flauwe peertje boven hun hoofd. Er verzamelde zich een groepje om hen heen, dat toekeek terwijl Max schraapte en schraapte tot de steen de vorm van een gezicht aan begon te nemen.

'Het laat je de honger vergeten, het maken van kunst,' bracht Max hem in herinnering. 'Het is een balsem voor woede. Je hebt een dochter, Edouard. Ik heb een zoon. We boffen. We hebben kinderen voor wie we in leven moeten blijven.' Hij werkte verder aan de steen.

Edouard keek toe, zich afvragend of het gezicht van de zoon van Max was – de jonge jongen die nooit echt bij Max gewoond had, of de volwassen man die hij nu was, veilig in New York. Edouard vroeg zich af of Max ooit betwijfelde of hij het verdiende de jongen zijn zoon te noemen.

'Ik moet naar Parijs,' zei hij. 'Ik moet Luki halen.'

'Als je dochter nog in Parijs is,' zei Max, 'dan hoop ik dat ze haar verbergen voor de Duitsers.'

'Ik weet het niet,' zei Edouard. 'Zelfs dat weet ik niet.'

Max legde zijn hand licht op zijn schouder, zoals hij soms deed, gewoon om zichzelf en Edouard gerust te stellen dat ze nog menselijk waren, dat ze nog konden voelen. 'En toch moet je weten dat ze nog ergens is,' zei hij. 'Als dat niet zo was, zou je het in je hart voelen.'

Die avond zat Edouard net als elke avond op zijn stromat onder het kale peertje en opende zijn koffer. Hij pakte zijn camera en legde die naast zich. Toen zijn doos met briefpapier. Hij deed de koffer dicht. Opende de doos. Pakte het bovenste vel, dat aan de ene kant al was volgeschreven, in de kleinste lettertjes die hij kon produceren; hij had nog maar zo weinig papier over.

Hij legde het vel met de lege achterkant naar boven en liet zijn hand op de camera rusten. Een routine die belangrijk was, al kon hij niet zeggen waarom. Hij deed zijn ogen dicht, voelde de metalen kast van de camera, stelde zich Luki voor op de droomboomstam in Sanary-sur-Mer, terwijl Elza op de een of andere manier over haar waakte. Hij probeerde het geluid van de mannen om hem heen buiten te sluiten, het te vervangen door Luki's zingende stem en het ruisen van de zee, Elza's stem die zich bij die van haar dochter voegde. Hij stelde zich voor dat Luki zich omdraaide en hem zag. Hij stelde zich voor dat hij de camera op haar richtte. De glimlach op haar gezicht die opsteeg van een afdruk, zodat hij haar altijd bij zich zou hebben.

Toen pakte hij de pen en begon te schrijven, *Mijn Luki* – alweer een brief die hij nooit zou versturen, maar het schrijven ervan hield hem in leven.

Maandag 30 september 1940
CAS-KANTOOR, MARSEILLE

Nanée volgde Varian naar de kleine badkamer van het CAS-kantoor, waar hij de kraan aanzette om veilig te kunnen overleggen. Dagobert zette direct zijn poten op de badrand en begon te drinken. Dit was inmiddels een vaste gewoonte, en voor Varian was hij uitgegroeid tot welkom gezelschap.

'Dat geklik en gezoem dat je aan de telefoon hoorde?' zei Varian tegen Nanée. 'Dat betekent dat je werd afgeluisterd. Een vriend van me bij de préfecture heeft dat bevestigd.'

Hij bestudeerde haar gezicht nauwlettend, alsof hij haar ervan verdacht dat ze zelf de schuldige was. Dacht hij werkelijk dat ze dat zomaar zou toegeven als het inderdaad zo was? Hij stond onder hoge druk. Het was hem gelukt om zeep te bemachtigen op zijn reisje naar Lissabon, maar zijn poging om de Amerikaanse regering ervan te overtuigen dat ze hem in Frankrijk moesten laten om zijn werk te blijven doen, was minder succesvol geweest. Bij zijn terugkeer had er een telegram op hem liggen wachten dat op 18 september namens de consul-generaal van de Verenigde Staten was verstuurd: 'Ondanks zijn goede bedoelingen kan deze regering de activiteiten van Mr Fry niet – ik herhaal niet – toestaan, omdat hij hiermee de wetten ontduikt van landen waarmee de Verenigde Staten een vriendelijke relatie onderhoudt.' Zijn paspoort was geldig tot januari, maar iedereen drong erop aan dat hij Frankrijk onmiddellijk zou verlaten, voordat hij zou worden gearresteerd of het land uit zou worden gezet: de Amerikaanse ambassade in Vichy, het Amerikaanse consulaat in Marseille, het ministerie van Buitenlandse Zaken in de Verenigde Staten, het Emergency Rescue Committee dat hem had gestuurd en zelfs zijn eigen vrouw.

Varian negeerde elke poging om hem terug te halen en verdubbelde zijn inspanningen om vluchtelingen weg te krijgen uit Frankrijk. Ook dat werd echter moeilijker; door de druk van Vichy moest alle communicatie ondergronds plaatsvinden en alle gevoelige informatie persoonlijk worden overgebracht. Ze gingen nu zelfs zover dat ze de telefoon tussen de gesprekken door uit het stopcontact haalden.

'Ik denk dat het tijd wordt dat jij berichten voor ons gaat afleveren,' zei hij tegen Nanée.

'Alles wat ik kan doen om te helpen, baas,' zei ze, blij dat ze eindelijk als loyaal, betrouwbaar en eerlijk werd geaccepteerd en niet als een mogelijke spion voor het Amerikaanse ministerie van Buitenlandse Zaken of Vichy of wie dan ook.

'Het is veel gevaarlijker dan je waarschijnlijk denkt,' zei hij.

'Je hoeft me niet te vleien door te doen alsof dit belangrijk is. Ik doe met alle plezier alles wat je nodig hebt.'

'Je zult beschikken over informatie die je in het huidige systeem tot een crimineel maakt. Informatie die we hier opslaan, ja, maar hier houdt Charlie de deur voor ons in de gaten. Jij zult er in je eentje op uit gaan, naar ontmoetingen met vluchtelingen die door Vichy worden gezocht. Koerierswerk, in welke vorm dan ook... Het is een van de gevaarlijkste dingen die ik mensen vraag om te doen.'

'Maar Gussie –'

'Gussie ziet eruit als een beeldschone schooljongen die niemand ergens van zou verdenken, maar vergis je niet, hij zet zijn leven op het spel. En er zijn plekken waar Gussie wel degelijk op zou vallen, waar zijn aanwezigheid vragen op zou roepen.' Varian aarzelde. 'Plekken zoals de Panier.'

'Wil je dat ik berichten aflever in de Panier?' De oude stad. Schuilplekken. Gokholen. Moordlocaties. Kelders die van gebouw tot gebouw met elkaar verbonden waren, met verborgen ruimtes die bij geen enkel gebouw hoorden, met cryptes waarin je naast de doden goudstaven kon aantreffen, juwelen, gestolen kunst en cocaïne. Het was een ideale plek om je als vluchteling te verschuilen, als je ertegen kon; je kon weken of zelfs maanden verdwijnen tot je de kans kreeg om te ontsnappen. Maar hoewel de politie van Vichy je in de Panier waarschijnlijk niet lastig zou vallen, kon je wel met de maffia van Marseille te maken krijgen. Het district had de reputatie de bron te zijn van elk afgehakt hoofd dat drijvend in de riolen van Marseille werd aangetroffen. De criminelen wisten precies welke riolen naar de haven leidden en dus geschikt waren om de lijken te dumpen van diegenen die hen in de weg stonden.

'Een keurige jongen als Gussie zou daar de aandacht trekken,' zei Varian, 'terwijl er altijd vrouwen op de straten van de *vieux ville* te vinden zijn. Een bepaald soort vrouwen, ja, maar...'

Er was zoveel verscheidenheid onder de hoeren in de Panier dat Nanée, zolang ze zich niet te chic kleedde, er minder op zou vallen dan Gussie met zijn lieve gezicht en zijn jasje en zijn das en het exemplaar van *L'envers et l'endroit* dat hij altijd als talisman bij zich droeg.

Varian zei: 'Ik begrijp het als je niet –'

'Jawel,' zei Nanée. 'Ik doe het.'

Ze zou een paar goedkope rokken kopen bij een tweedehandswinkel. Ze had immers alleen de rok van het pakje dat ze had gedragen om indruk te maken op Varian, en die was veel te fraai voor de rol die ze zou spelen. Een broek was ook geen optie, nu vrouwen met broeken werden gezien als exponenten van ongepaste vrouwelijke emancipatie. Vichy probeerde vrouwen honderd jaar terug te duwen in de tijd, met het excuus dat ze niet wilden dat 'dames' eruit zouden zien of zich zouden gedragen als mannen. Ze zou met alle plezier doen alsof ze voldeed aan de verwachtingen die Vichy had van vrouwelijkheid, dat wilde zeggen: ze zou zich gedragen zoals een vrouw geacht werd zich te gedragen en zich ondertussen stiekem tegen Vichy verzetten.

'Ik wil je eerst laten wennen aan het bezorgen van berichten,' zei Varian. Hij gaf haar een adres bij de Plages du Prado, aan de andere kant van Marseille dan de Panier, en vertelde haar wat de boodschap was. 'Je klopt twee keer aan, dan drie keer, en dan nog één keer. Als je op de juiste plek bent, bij de juiste persoon, en het is veilig om een boodschap af te leveren, zal die persoon antwoorden door te vragen: "Postbezorgster?" Dan zeg jij: "Ja, inderdaad." Als ze niets zeggen, Nanée, of iets anders dan dat ene woord, postbezorgster, dan vertrek je direct. Ga niet naar binnen. Probeer die persoon niet te helpen. Zoek zo snel mogelijk contact met ons, bij voorkeur met Lena of met mij. Maar onderneem zelf niets. Is dat duidelijk?'

'Jazeker.'

'Het feit dat je er recht op hebt om hier in Marseille te zijn, zal je niet beschermen. De mensen aan wie je de berichten zult brengen, hebben dat niet.'

'Ik begrijp het,' zei ze. 'Ik kan niet het risico nemen dat iemand ontdekt dat ik ze help.'

Dat zal ook niet gebeuren, dacht ze. Ze zei het echter niet hardop, om de goden niet te verzoeken.

'Leer de adressen die ik je geef uit je hoofd. Neem ze nooit mee wanneer je op pad gaat. Zorg dat je helemaal niets bij je hebt waaruit kan blijken wat je aan het doen bent.'

'Jazeker,' herhaalde ze.

In weerwil van zichzelf glimlachte hij een beetje. Daar was ze nogal trots op. Varian een glimlach ontlokken was een van de moeilijkste taken in Marseille.

'Je zult Dagobert niet altijd mee kunnen nemen. Je moet de balans zoeken tussen momenten waarop hij je helpt om er onschuldig en Amerikaans uit te zien, en momenten waarop hij te veel aandacht zou trekken. Wanneer je hem achter moet laten, kan hij bij mij blijven.'

Nanée, die niet precies wist hoe ze moest reageren, knielde bij Dagobert neer en wreef over zijn oren.

'Waarschijnlijk zul je af en toe gevolgd worden.'

'Het motto van de Postbezorgster: bezorg pas de post als je je achtervolger hebt geloosd.'

Varian lachte zowaar. Het was zo'n onverwacht geluid, dat ze durfde te wedden dat enkele aanwezigen in het kantoor naar de gesloten badkamerdeur staarden. Het was een verrassend warme lach.

'Goed,' zei hij. 'Dank je wel.'

Zij en Dagobert waren al door de badkamerdeur toen Varian zei: 'Je blijkt niet de typische Amerikaanse erfgename te zijn die ik verwachtte.'

Stomverbaasd draaide ze zich om.

'1-0 voor jou,' zei hij. 'Succes en het beste, Nanée.'

Nog geen uur later stapte Nanée uit de tram bij Plages du Prado, met de begraafplaats Saint-Pierre in haar rug en Dagobert aan haar zij. Ze klopte twee keer aan, daarna drie keer en toen één keer. Haar hart ging tekeer als dat van een paard dat op Churchill Downs aan de start stond.

Als een jongen als Gussie dit kon, dan kon zij het toch zeker ook, hield ze zichzelf voor.

Ze wachtte. Was ze op de verkeerde plek? Werd ze in de gaten gehouden?

Ze keek om zich heen. Niemand. Alleen Dagobert, die heel beleefd naast haar zat.

Het leek wel heel lang te duren. Moest ze weggaan?

De deur ging een heel klein stukje open en bleef steken door een kettinkje. Een oog tuurde door de kier.

Fluisterend: 'Postbezorgster?'

'Ja, inderdaad.'

Het oog trok zich terug. De deur ging dicht.

Het kettinkje werd losgemaakt. De deur ging iets verder open. Een oude vrouw die voorovergebogen op een stok leunde trok haar naar binnen, een kamer in die boordevol kunst en antiek stond.

'Hij is veilig in Lissabon gearriveerd,' zei Nanée. 'Morgen neemt hij de boot naar New York.'

Geen bijzonder gevaarlijke boodschap, dacht ze, aangezien de protegé Frankrijk al veilig uit was. Een oefenmissie. Maar de vrouw huilde van opluchting.

Nog geen twee weken later zat Nanée in de tram om haar dertiende bericht te bezorgen, en nog wel op 13 oktober. Ze schudde het gevoel van zich af dat ze deze keer om moest draaien en de missie af moest breken. Was het gewoon bijgeloof? Ze waagde een blik op de man van wie ze dacht dat hij haar helemaal vanaf het CAS-kantoor was gevolgd. Of hij het kantoor in de gaten had gehouden of haar, wist ze niet, en het maakte ook niet uit. Deze boodschap was bestemd voor twee vluchtelingen die zich angstvallig schuilhielden; de politie was dusdanig in hen geïnteresseerd dat ze niet het risico konden nemen dat ze zouden worden gevonden. Nerveus sloeg Nanée haar benen over elkaar. Ze voelde de blik van de man op zich rusten, ondanks de onopvallende grijze trenchcoat die ze over haar tweedehands rok droeg. Nee, dit was niet zomaar de bewonderende blik van een man naar de benen van een vrouw. Ze vergiste zich niet. Hij volgde haar.

Als ze iets meer lef had, zou ze een praatje met hem aanknopen, proberen hem te charmeren. Zorgen dat hij zijn waakzaamheid liet verslappen. Ze had echter een plan.

Toen ze bij de buitenwijken van Marseille kwamen, keek ze door het raam van de tram naar buiten. Varian had haar nog niet met een boodschap naar de Panier gestuurd, maar deze route naar Plages du Prado had ze inmiddels zo vaak afgelegd dat ze elke halte en deuropening kende. Ze was erin geslaagd om elke boodschap af te leveren die Varian haar had toevertrouwd, en deze keer was het dringend. Dringend goed nieuws. Niet het állerbeste nieuws. Het allerbeste nieuws mocht ze nooit brengen: dat iemand mee mocht met het volgende groepje dat op weg ging naar de grens. Ze stelde zich weleens voor hoe dat zou zijn. Ze stelde zich weleens voor dat ze door een van die op een kiertje geopende deuren fluisterde dat iemand aan de beurt was om te ontsnappen. Zou die persoon haar omhelzen, of zou hij zo schrikken nu het grote moment was aangebroken dat hij dreigde van gedachten te veranderen? Ze stelde zich ook weleens voor dat ze leidinggaf aan een groepje dat over de grens naar Spanje vluchtte; maar alleen mensen die rechtstreeks bij de konvooien betrokken waren, mochten zelfs maar weten wanneer ze zouden plaatsvinden, en dat was geen taak die Varian haar toevertrouwde.

De tram passeerde haar halte, maar ze bleef zitten. Vanuit haar ooghoek zag ze dat de man haar nog steeds in de gaten hield. Ze deed alsof ze helemaal opging in haar boek: Gussies geluksboek, dat hij haar had geleend omdat het de dertiende boodschap was die ze zou bezorgen, op de dertiende oktober.

Ze bracht zichzelf in herinnering dat ze niets bij zich had wat haar verdacht zou kunnen maken. De man zou haar kunnen oppakken voor een ondervraging, maar haar Amerikaanse paspoort zou de Vichypolitie afschrikken. Niemand wilde het op zijn geweten hebben dat zijn behandeling van een Amerikaanse het excuus voor Roosevelt zou zijn om de dunne sluier van neutraliteit af te schudden en met de Britten mee te gaan vechten in de oorlog. Natuurlijk zou Roosevelt nooit een beslissing nemen op basis van iets wat de Fransen Nanée aan zouden doen, maar wat stelde logica voor in een oorlog die was begonnen met een Poolse nepaanval op een Duits radiostation, in scène gezet door Hitlers handlangers zodat ze een excuus hadden om Polen binnen te vallen?

Toen de tram bij de volgende halte was gestopt en weer op gang kwam, klapte ze het boek dicht en sprong vlug uit de tram, alsof ze zich net had gerealiseerd dat ze haar halte had gemist.

De achtervolger, die hierdoor werd verrast, moest zich langs een potige vrouw met boodschappentassen wringen.

Nanée gebruikte de afleiding om in een portiek te duiken.

Was het haar achtervolger gelukt om uit de tram te springen? Had hij gezien waar Nanée was gebleven? Voorzichtig tuurde ze om de rand van de portiek. Hij stond op straat en keek zoekend om zich heen terwijl de tram kletterend wegreed.

Een vrouw die ook uit de tram was gestapt, liep van de halte de straat in en begroette een tienerjongen die Nanées kant op kwam lopen.

Nanée stapte naar achteren, starend naar de tramrails.

De jongen verscheen in haar gezichtsveld, slechts een meter bij haar vandaan. Hij liep een stukje door en bleef toen bij de halte staan, om te wachten op de tram naar het centrum van Marseille.

Even later leek hij de aanwezigheid van Nanée aan te voelen en keek over zijn schouder. Ze deed alsof ze naar haar sleutels zocht, alsof ze hier woonde, hopend dat de man die haar volgde niet naar de jongen keek. Hopend dat hij de andere kant op was gelopen.

Ze hoorde het gekletter van een tram die uit de andere richting kwam, met als bestemming het centrum.

Ze luisterde naar het vertragen van de tram.

Zag hem langsrijden.

Zag hem stoppen.

Zag, nog steeds vanaf haar verstopplek in de portiek, een oude vrouw met een jong meisje uitstappen.

De jongen stapte in.

Ze hoorde voetstappen die zich nu in haar richting haastten, terwijl de tram weer in beweging kwam.

Ze rende naar de tram. Sprong op het allerlaatste moment naar binnen.

Te laat voor haar achtervolger om dezelfde tram te nemen.

Ze keek niet achterom. Ze zwaaide niet naar de man, hoe verleidelijk het ook was.

Toen ze eindelijk bij het juiste adres was, klopte ze volgens de code op de deur van een hotelkamer: twee, drie, één. De deur ging een klein stukje open.

'Postbezorgster?'

'Ja, inderdaad.'

De deur ging verder open, haar uitnodiging om binnen te komen.

Twee mensen keken haar verwachtingsvol aan, twee mensen die iedereen met enige belangstelling voor kunst zou herkennen.

'Jullie Tsjechische paspoorten zijn klaar,' fluisterde ze.

Varian had een overeenkomst gesloten met Vladimír Vochoč, de Tsjechische consul in Marseille. Vochoč zou een paspoort leveren voor iedere antinazi die Varian aanbeval, en Varian zou ervoor betalen om ze in Bordeaux te laten drukken, recht onder de neus van de nazi's. De consul had het recht om paspoorten te laten drukken in Frankrijk, met een roze omslag in plaats van het gebruikelijke groene. De nieuwe Tsjechische paspoorten kwamen echter inmiddels zo vaak voor dat de legale groene net zo vaak achterdocht wekten als de illegale roze, zo niet vaker. Twee keer per week ontbeet Varian met een vriend van het Tsjechische consulaat in de kamer van die vriend in het hotel bij het station. Daar ruilde hij een envelop vol foto's, beschrijvingen en contant geld voor een envelop met de paspoorten van eerdere aanvragers. Varian liet Nanée de paspoorten niet zelf afleveren, uit bezorgdheid om haar eigen veiligheid. Als ze betrapt zou worden met vervalste documenten zou zelfs haar Amerikaanse paspoort haar niet beschermen.

'Jullie kunnen ze morgenochtend op het kantoor komen ophalen,' zei ze tegen de twee kunstenaars.

Ze bedankten haar uitgebreid, alsof ze geloofden dat het gevaar voor hen zojuist geëindigd was in plaats van nog maar net begonnen.

Zondag 20 oktober 1940

CAS-KANTOOR, MARSEILLE

Danny pakte een identiteitskaart van het bureau van Varian. Varian griste de kaart geschrokken uit zijn hand. Geen gunstige start voor een baan die Danny hard nodig had, aangezien hij en T en Peterkin niet konden leven van de verkoop van de druiven van zijn oom op de markten in de Languedoc.

'Het is een vervalsing,' zei Danny.

Varian pakte hem bij de mouw, trok hem mee naar de badkamer en draaide de kraan open. Nanée, met Dagobert op haar hielen, volgde hen en deed de deur achter zich dicht.

'Hoe zie je dat die *carte d'identité* een vervalsing is?' wilde Varian weten.

'Voordat de Duitsers Frankrijk binnenvielen, werkte Danny samen met de Parijse politie,' vertelde Nanée, 'en toen hielp hij Duitse vluchtelingen versneld aan naturalisatiepapieren en verblijfsvergunningen. Hij kan je correspondentie vertalen naar Frans ambtenarenjargon waar de autoriteiten met open ogen in zullen trappen. Hij weet hoe hij aan vergunningen moet komen die niemand wil afgeven. En hij weet waar hij de mensen kan vinden die jij zoekt.'

'Vichy adverteert natuurlijk niet,' zei Danny, 'maar via het ondergrondse vluchtelingencircuit hoor ik dat de meesten in een interneringskamp in de buurt van Nîmes zitten, of in Camp des Milles.'

Het verkrijgen van Amerikaanse visa voor de mensen in de kampen was ingewikkeld. De Amerikaanse autoriteiten wantrouwden hen simpelweg omdat ze gearresteerd waren, maar als Vichy of de nazi's ze zouden vrijlaten, zouden ze er weer van verdacht worden dat ze nazisympathisanten of zelfs spionnen waren. Het was Varian echter ook gelukt om visa los te krijgen voor de mensen op zijn lijst.

'Denk je dat je ze eruit kunt krijgen?' vroeg Varian aan Danny.

Het hele tafereel kwam Nanée komisch voor. Het toilet. De wasbak. De treurige kleine spiegel. Het gemompel van stemmen achter de deur. Inmiddels bestond het kantoor grotendeels uit medewerkers die geen idee hadden van de illegale activiteiten van het CAS; Varian had een hele staf van legitieme vrijwilligers opgebouwd die vluchtelingen op wettige wijze hielpen, als dekmantel voor zijn illegale reddingswerk.

'Tuurlijk,' antwoordde Danny eindelijk. 'Ik loop gewoon naar binnen en vraag wie er in het kamp verblijft en of ze met mij mee kunnen komen.'

Varians ogen lichtten heel even op voordat hij zich realiseerde dat Danny het ironisch bedoelde.

'Als iemand kan ontdekken wie er in die kampen zit,' zei Nanée, 'dan kan ik proberen om ze eruit te krijgen.'

De twee mannen namen haar sceptisch op.

'Jullie onderschatten me, allebei,' zei ze.

Toen Varian vertrok, hield Nanée Danny tegen en draaide de kraan weer open die Varian uit had gezet. Dagobert jankte ongeduldig en ging berustend zitten.

'Hoe wist je dat die identiteitskaart vervalst was?' vroeg ze. Gussie kocht echte kaarten bij de tabac, en Bill Freier, die ermee knoeide, kon de officiële rubberstempel met een paar streken van de kwast imiteren. Freier was in Oostenrijk opgepakt vanwege het tekenen van antinazistrips en karikaturen en was later ontsnapt uit het Franse interneringskamp Le Vernet. Inmiddels woonde hij onder een pseudoniem in Cassis en hield hij zijn verloofde en zichzelf in leven door het maken van vervalsingen voor zijn medevluchtelingen terwijl Varian hun emigratie naar de Verenigde Staten probeerde te regelen. Niemand – níémand – kon zonder vergrootglas zien dat Bill Freiers identiteitskaarten vervalst waren, en vaak lukte het zelfs met een loep nog niet. Ook zijn handtekening was ongelooflijk goed, en voor het CAS vervalste hij de kaarten voor vijftig cent per stuk, terwijl anderen driehonderd keer zoveel zouden vragen.

'Hoe denk je de vluchtelingen uit de kampen te krijgen, Nanée?' vroeg Danny.

'Hoe wist je dat die kaart vervalst was?' herhaalde ze.

'Je kunt niet zomaar een enkele bewaker bewerken met je charmes, als je dat soms denkt,' zei hij. 'Die kampen hebben omheiningen en wachttorens en bewakers met geweren.'

'De identiteitskaart, Danny.'

Hij fronste zijn voorhoofd. 'Ik zag het niet aan de kaart. Ik zag het aan de uitdrukking op Fry's gezicht toen ik de kaart pakte.'

Dagobert stond hoopvol op en kwispelde met zijn staart toen Nanée naar de wasbak liep, maar ze liet enkel het water over haar vingers stromen.

'Zelfs als we deze mannen weg kunnen krijgen uit de kampen,' zei Danny, 'hebben ze paspoorten nodig, een Frans doorgangs- en uitreisvisum, Spaanse en Portugese doorreisvisa, een visum voor hun uiteindelijke bestemming en bewijs dat ze ook weer uit Lissabon vertrekken. Portugal zit niet te wachten op een lawine aan vluchtelingen.'

'Dat bewijs wordt verzorgd door het eerbiedwaardige oude Cook-reisbureau, dat voor tweehonderd frank valse trans-Atlantische tickets kan leveren,' zei Nanée. 'En de Chinezen verkopen inreisvisa waarop staat: 'Het is de bezitter van dit document strikt verboden om onder welke omstandigheden en op welk moment dan ook voet te zetten op Chinese bodem.' Gelukkig kunnen noch de Fransen, noch de Portugezen Chinees lezen.'

Dagobert ging op de badkamervloer liggen en legde zijn kop op zijn poten. Dit ging wel even duren.

'De andere documenten zijn ingewikkelder, maar niet onmogelijk,' zei Nanée.

In de afgelopen weken was de toestroom van tijdelijke Tsjechische paspoorten waar ze op hadden vertrouwd, opgedroogd. Hetzelfde gold voor de Letse paspoorten waar ze hun vermogen aan hadden gespendeerd. De Nederlandse. De Panamese. Bovendien maakten nieuwe Spaanse en Portugese regels het vrijwel onmogelijk om voor beide landen tegelijk een doorreisvisum in bezit te hebben, en Varian vermoedde dat de naam van iedere persoon voor wie ze in Madrid een Spaans doorgangsvisum aanvroegen, werd doorgegeven aan Gestapo-agenten die in Spanje opereerden. Dit betekende dat vluchtelingen alleen nog maar door Spanje konden reizen als ze zo onbekend waren dat niemand ze zou herkennen. Bovendien moesten ze onder een pseudoniem reizen tot ze in Lissabon waren, en dat bracht extra risico met zich mee. Het CAS kon mensen niet langer naar de grens sturen zonder ze te begeleiden, en dat vergrootte het risico voor de medewerkers aanzienlijk. En hoe hard Varian ook zijn best deed, hij kon niemand over zee het land laten verlaten. De haven en de kust werden te zwaar bewaakt.

'Er loopt een pad door de Pyreneeën dat niet door de Franse douane wordt bewaakt.' Nanée hoopte dat dit nog steeds zo was, of dat het opnieuw zo was. De vluchtroute vanaf Cerbère, langs de muur van de begraafplaats en over de grens, werd de laatste tijd zo vaak in de gaten gehouden dat hij onbruikbaar was geworden.

Danny draaide de kraan dicht en Dagobert sprong hoopvol op.

'Verander je van gedachten?' vroeg Nanée. Ze draaide de kraan weer open.

Dagobert jankte moedeloos en ging weer met zijn kop op zijn poten op de vloer liggen.

'De meeste vluchtelingen zijn Joods, Danny.' De Fransen hanteerden inmiddels een nóg bredere definitie van 'Joods' dan de Duitsers. Pétain en Laval deden er alles aan om Hitler te laten zien dat ze konden bijdragen aan zijn lievelingsproject, dat ze net zo goed waren in het vervolgen van Joden als de nazi's. Op die manier probeerden ze Frankrijk van een plek in Hitlers Europa te verzekeren. 'Ik weet dat je vindt dat ik meer weet dan ik zou moeten weten,' vervolgde ze, 'maar Varian heeft me niets verteld. Hij deelt alleen dingen op strikt noodzakelijke basis. Je vergeet wat een geweldige speurneus ik ben.'

'Als je maar niet denkt dat je een betere speurneus bent dan de Gestapo, of zelfs Vichy.'

'Dus je sluit je bij ons aan.' Het was geen vraag; na tien jaar ervaring met het overhalen van Danny kon ze de instemming in zijn stem horen. Ze draaide de kraan uit.

Dagobert sprong op en kwam kwispelend naast haar staan.

'We moeten T en Peterkin hiernaartoe halen,' zei ze. 'En we moeten een huis voor jullie vinden.'

Vrijdag 25 oktober 1940

TRAMLIJN 14, MARSEILLE

Nanée, T en Miriam namen tram 14 vanaf het station van Noailles in oostelijke richting, door de Plainetunnel en langs de begraafplaats Saint-Pierre. Dagobert hadden ze achtergelaten, voor het geval hij potentiële huisbazen zou afschrikken. Nanée had huizen met ruime tuinen gezien in de heuvels van La Pomme, een veel geschiktere plek voor de kleine Peterkin (die nu bij Danny's moeder in de buurt van Cannes logeerde) dan een slecht hotel of pension in het van ratten en kakkerlakken vergeven centrum van Marseille. Ze stapten uit de tram om in een café naar huurhuizen te informeren, en toen doken ze in een impuls door een onderdoorgang met een verlokkelijk uitzicht op de heuvels en de valleien van Saint-Cyr. Ze kwamen terecht op een lange kronkelende oprit die was omzoomd met platanen en palmen. De ingang van het terrein werd gemarkeerd door twee pilaren met een bord met VERBODEN TOEGANG erop. In een van de pilaren waren de woorden VILLA AIR-BEL gebeiteld, een naam die zo sterk deed denken aan Miriams goedkope fluthotel Paradis Bel-Air dat ze de verleiding niet konden weerstaan. Het was hier zo rustig. Geen verkeer. Geen schreeuwende mensen die uit bars stroomden. Geen politiefluitjes of herrie uit de haven. Enkel zingende vogels, het zachte ritselen van bladeren in de wind, een stroompje water ergens. Nanée werd er een beetje nerveus van, alsof lawaai een verslavend middel was waar ze afhankelijk van was geworden om haar gedachten op afstand te houden.

Net toen ze het eind van de lange klim hadden bereikt en door een falanx van bomen een witte villa boven op de heuvel zagen liggen, riep een stem: 'Dit is privéterrein!'

Een man met een kromme rug haastte zich op hen af over twee houten planken die een sloot overbrugden. Nanée riep naar hem dat ze op zoek waren naar een huis om te huren.

Dokter Balthazar Thumin, zoals de man zich voorstelde, veinsde tegenzin – het zou heel duur zijn – maar hij ging hun toch voor op een steile wandeling naar een met klimop begroeide villa van drie verdiepingen, groene luiken en terracotta dakpannen. Hij haalde een enorme sleutelbos op bij een opzichtershuisje, opende een piepend ijzeren hek en nam hen mee over een overgroeid pad met scherpe steentjes die in Nanées voeten staken. Ze had nieuwe zolen onder haar schoenen laten zetten, maar die had ze alweer versleten met het rondbrengen van berichten voor Varian.

De tuin was slecht onderhouden; de ovale vijver was bedekt met een stinkende groene laag algen en omringd door wilde heggen en geraniums, zinnia's en uitgebloeide goudsbloemen. De paden waren alleen van de rest van het terrein te onderscheiden doordat het onkruid daar door grind heen drong in plaats van weelderig te groeien in leemachtige grond. Het uitzicht vanaf de belvedère – gewoon een open galerij geflankeerd door platanen, maar belvedère klonk zoveel poëtischer – was weids en eindeloos en smeekte erom dat een schilder er zijn ezel zou opzetten. Dennen met scherpe naalden en het zachte zilver en grijsgroen van olijfbomen strekten zich uit tot de parallelle sporen van de trein en de tram, met daarachter een oogverblindende zee en een hemel vol schapenwolkjes. Heel even stond Nanée op de belvedère van de Marigold Lodge en keek ze uit over het perfect onderhouden, met wilgen begroeide gazon dat van Superior Point naar Pine Creek Bay en Lake Macatawa reikte.

Terwijl de dokter de luiken van de in totaal zes sets van openslaande deuren van de villa begon te openen, fluisterde T dat zij en Danny zich dit huis nooit zouden kunnen veroorloven, zelfs al zou het aan de binnenkant even vervallen zijn als de tuin. Het kostte echter niets om het te bekijken, en Nanée was niet voor niets rijk geboren, toch? Natuurlijk zou ze haar kamers in het centrum kunnen aanhouden, maar plotseling wilde ze dat Peterkin op zou groeien in een huis zoals het huis waarin zijzelf was opgegroeid. Een huis waar hij in een brede vensterbank zou kunnen gaan zitten of in een boom zou kunnen klimmen met een boek over koning Arthur of Jeanne d'Arc, waar hij samen met haar Engels zou lezen, zoals zij Frans had gelezen met haar gouvernante, en een wapenrusting zou knutselen van aluminiumfolie. Van het ene op het andere moment verlangde ze ernaar om ruimte om zich heen te hebben, een rustige tuin om in te wandelen, in het gezelschap van mensen van wie ze hield en die van haar hielden.

Het zou haar leeftijd wel zijn – ze was net eenendertig – of misschien het moment in de geschiedenis. Ze was dertig geworden in een wereld waarin de oorlog was ontketend zonder dat er veel tegen was gedaan. Daar hadden de nazi's wel voor gezorgd, door Parijs en de helft van Frankrijk te bezetten en hun Vichymarionetten de rest van het land te laten leiden. Nu de vrede was ondertekend, leek de oorlog zoveel onwerkelijker en toch nog maar net begonnen. Die ochtend had ze nog schokkende foto's in de krant gezien van Pétain die Hitler in Montoire de hand schudde. Toch was Frankrijk, haar Amerikaanse paspoort ten spijt, het enige thuis dat ze kende, het enige thuis dat ze wilde.

'Laten we toch even gaan kijken,' drong ze aan. Toen, luider, zodat de dokter het goed kon horen: 'Dit doet me aan thuis denken, hoewel het natuurlijk veel kleiner is.'

De dokter haalde een pakje Gauloises Bleues uit zijn zak en stak er eentje op. Hij bood hun geen sigaret aan. Zo ouderwets was hij; hij kon zich niet voorstellen dat een fatsoenlijke vrouw zou roken.

'Er zijn achttien slaapkamers,' zei hij. 'Zoals ik zei, het zal niet goedkoop zijn.'

'Gaat u al over de prijs onderhandelen voordat u ons het huis hebt laten zien?' vroeg Nanée.

Binnen gaf een hal met zwart-witte marmeren tegels toegang tot de 'Grand Salon', een van de drie vertrekken op de begane grond. Er stond een piano, een heleboel Louis XV-meubilair en een stenen open haard zo hoog als Nanée. De haard was nu koud, maar koperen vuurijzers waren klaar om nieuwe houtblokken te verwelkomen. Overal liepen lelijke draden. Elektriciteit! Nanée ving een blik op van zichzelf in een door ouderdom uitgeslagen spiegel boven de schoorsteenmantel. Het ding was gigantisch en verguld, en als ze niet oppaste, zou het vage glas haar uitgesproken vreugde verraden. Naast de spiegel gaven de stilstaande wijzers van een ronde koperen klok kwart voor twaalf aan, hoewel het halverwege de middag was. Een trap naar de eerste verdieping kwam uit bij een bibliotheek die sterk deed denken aan de bibliotheek in Evanston, met boekenplanken tot aan het plafond en een ladder om bij de hoogste boeken te kunnen. Verschillende deuren in de bibliotheek gaven toegang tot ruime slaapkamers, allemaal met een mahoniehouten tweepersoonsbed, een marmeren open haard, een kledingkast, en, tot Nanées ontmoediging, een wastafel waar discreet een po onder was geschoven. Gelukkig bleek er ook een toilet met een spoelbak op deze verdieping te zijn, en nog eentje op de verdieping erboven. En alles verkeerde in opmerkelijk goede staat voor een huis dat slechts door geesten leek te worden bewoond.

Nee, er was geen telefoon. Nee, ook geen gas, en geen centrale verwarming.

'En geen bad,' zei Nanée. Het was geen dealbreaker, besloot ze. Als ze hier een punt van maakte, zou de man wellicht in de verleiding komen om haar af te zetten, simpelweg omdat ze Amerikaans was.

Dokter Thumin nam hen weer mee naar beneden, door een ontbijtkamer met een charmante marmeren wasbak naar een keuken met een gigantisch fornuis, een gootsteen van speksteen met stromend water, en kasten vol keukengerei en serviesgoed. Daar gooide hij een deur open die toegang gaf tot een derde badkamer – naast de keuken, nota bene.

'Dit was een bruiloftscadeau voor mijn *grandmère*,' zei hij.

Nanée wist niet of hij het prachtige zinken bad met de elegante vergulde kraan bedoelde of de hele badkamer. Ze durfde het echter niet te vragen, uit angst dat de verrukking in haar stem haar zou verraden.

Toen ze weer op het terras stonden, met uitzicht op de zee, ademde ze de plattelandslucht diep in. Hier waren geen ratten. Geen knokpartijen in bars. Geen criminelen.

Ze schrok toen er iets over de verruïneerde tuin scheerde: het gevlekte oranje-bruin van een prachtig wild schepsel met brede vleugels.

'Een dwergarend,' zei Thumin. 'Een Bonelli-arend wordt hij ook wel genoemd. Aan zijn kleur kun je zien dat hij nog jong is. Jullie moeten mijn verzameling komen bekijken, om hem van dichtbij te zien.'

'Van dichtbij?' vroeg Nanée.

'Ik ben nogal bedreven in het opzetten van dieren,' zei hij. 'Ik kan jullie ook een steenarend laten zien, een van de grootste en moeilijkst te vinden vogels die er zijn. Ze zitten dagenlang roerloos te loeren en dan is het onmogelijk om ze te ontdekken. En het zijn fantastische jagers.'

Nanée staarde naar de arend, trachtend haar walging te verbergen. Wie zou zo'n wild schepsel nu willen opzetten? En toch, was er een schepsel dat nog mooier was dan een treurduif? Die solitaire, beeldschone vogel, zo klein en kwetsbaar. Een scherp oog, had haar vader altijd gezegd over Nanées vaardigheid met een jachtgeweer. Een vaste hand. Hij had haar laten zien hoe ze het lichtgrijze lijfje van de stervende vogel vast moest houden, warm in haar vingers, en hoe ze de nek tegen de loop van het geweer moest slaan. Hoe ze het bloed van de lichtroze borst moest poetsen en de hagel uit het vlees moest peuteren. Hoe je de dode vogel moest bereiden en garen. Ze had die avond naast hem mogen zitten aan een van de eettafels in de Marigold Lodge terwijl de duif geserveerd werd, want dat deden jagers, ze aten op wat ze doodden. Ze had het vlees van de vogel in piepkleine stukjes gesneden en bij elke hap haar ogen dichtgedaan, terugdenkend aan de razendsnelle hartslag tegen haar vingertoppen. Ze had zonder te kauwen geslikt en elke afschuwelijke hap weggespoeld met een grote slok melk.

De dokter noemde zijn prijs: dertienhonderd frank per maand.

Een kleine slaapkamer met een gedeelde badkamer in een vervallen hotel in het centrum kostte vierhonderdvijftig frank. Nanées kamer in het Continental kostte ruim twaalfhonderd.

'Jullie vinden het misschien te veel, maar ik zal mijn zus niet kunnen overhalen om ook maar een frank minder te accepteren,' zei Thumin. 'Over deze prijs valt niet te onderhandelen.'

Die zondag trokken ze met zijn drieën in de villa: Nanée, Danny en T. Peterkin zouden ze de volgende dag ophalen bij zijn grootmoeder. Miriam logeerde de laatste paar dagen bij hen voordat ze haar verloofde uit Joegoslavië zou gaan halen. Varians consigliere, Maurice, trok in een van de kamers. En natuurlijk konden ze die lieve Gussie niet achterlaten. Alle andere medewerkers van het CAS waren tevreden met hun eigen onderkomen, mogelijk met uitzondering van Varian. Miriam wilde hem uitnodigen, maar Nanée zag er te zeer tegen op om met hem samen te wonen. Ze maakten de handgesneden bedden op en gaven hun rantsoenboekjes aan Madame Nouget, de kokkin die T inhuurde, samen met een dienstmeid die Rose heette. Nanées radio zetten ze in de Grand Salon, waar hij prima paste bij de oude spiegel en de prachtige nutteloze klok.

Ze waren nog maar net aan het uitpakken toen Varian langskwam, met grote ogen om zich heen kijkend, alsof hij was vergeten dat er nog een wereld buiten het kantoor bestond. Tot Nanées verbazing rolde haar terughoudende baas niet alleen zijn mouwen op om te helpen, maar was hij net zo verrukt over de overvloed aan ruimte als zij. Ze nodigden hem uit om te blijven eten op de gevlekte, met leer beklede stoelen aan de donkere eettafel, samen met Charlie Fawcett en hun vriend Leon Ball, een Amerikaan die bizar genoeg varkensreuzel verkocht in Frankrijk. Beide mannen waren met Varian meegekomen. Charlie was soms dagenlang afwezig van zijn plek bij de deur van het CAS-kantoor, en Nanée vermoedde dat hij vluchtelingen over de Pyreneeën naar Spanje hielp, misschien samen met deze Leon Ball.

Terwijl ze hun karige rantsoenen aten, vertelde Varian, met de trouweloze Dagobert onder zijn stoel in plaats van die van Nanée, dat ze André Breton hadden gevonden. Hij bleek zich samen met zijn vrouw, de kunstschilder Jacqueline Lamba, en hun dochter te hebben verscholen in een verlaten vissershuisje in Salon-de-Provence. 'We hebben ze verhuisd naar de villa van de Amerikaanse viceconsul Harry Bingham, op de Corniche. We proberen een manier te vinden om ze Frankrijk uit te krijgen, maar dat is gevaarlijk voor alle betrokkenen.'

Miriam stelde voor dat ze de Bretons twee van de extra kamers in de villa zouden aanbieden.

'Jij hebt makkelijk praten, jij gaat weer weg,' zei Nanée. Ze herinnerde zich André nog van die nacht in haar Parijse appartement. *Bespiedde jij je vader? Bespiedde je ook nog andere mensen?*

'Nanée krijgt de zenuwen van André,' verklaarde Danny.

'Pffft, ik ken hem niet eens,' protesteerde Nanée.

'Iedereen met een beetje gezond verstand krijgt de zenuwen van André,' zei T. 'Maar hij is Frans, en hij is niet Joods, toch?'

'Volgens de Vichyregering is zijn werk in strijd met hun *"révolution nationale"*,' zei Varian.

Het zou maar voor een paar weken zijn, tot het Varian zou lukken om ze Frankrijk uit te krijgen.

Na het eten kwamen ze bijeen in de Grand Salon en bekeken de kranten – niet de Franse Duitsgezinde flutbladen, maar de Zwitserse kranten, die meer informatie boden (hoewel zelfs zij Vichy niet bekritiseerden), en de enkelbladige verzetskranten zoals *Aujourd'hui*. Danny draaide aan de beschadigde knop van Nanées radio, op zoek naar het BBC-nieuws.

'Wacht!' zei Nanée toen er zwakke, krakende muziek klonk.

Danny stemde de radio zorgvuldiger af en draaide het volume omhoog. Bigbandmuziek. 'In the Mood' van Glenn Miller en zijn orkest. Maar waar kwam het vandaan?

Charlie Fawcett, die jazztrompet speelde, stond op en deed met aanstekelijk enthousiasme alsof hij Millers trombone bespeelde. Leon Ball deed met hem mee op de luchtsaxofoon.

Nanée stond op en trok Gussie overeind. 'Kun je dansen, jongen? Kom op!'

Varian tilde Dagobert op, nam een van zijn voorpoten in zijn hand en begon ook te dansen. Even later was iedereen aan het dansen – verboden in het Frankrijk van Vichy, net als jazz. Ze dansten op Duke Ellingtons 'I Let a Song Go Out of My Heart' en 'Frenesi' van Artie Shaw, waarbij Charlie de luchtklarinet speelde terwijl hij tegelijkertijd danste met Nanée, en op Judy Garland die 'I'm Nobody's Baby' zong.

'Zingt die meid nou dat ze niet wil dat iemand van haar houdt?' vroeg Charlie. 'Dat past bij haar als sokken bij een haan.'

Hij en Ball bespraken grappend hoe het zou zijn als Judy hun liefje zou zijn. Ondertussen vroeg Nanée zich net als Garland af of iemand anders dan die goeie ouwe Dagobert het er ooit met haar op zou wagen in de liefde, of zij met hem.

Verbazingwekkend genoeg was de muziek afkomstig van een kortegolfradiostation in Boston. Op heldere avonden konden ze hier op het open platteland muziek helemaal uit de Verenigde Staten ontvangen.

Toen ze de avond afsloten, veel later dan had gemoeten, zei Ball dat hij en Charlie Varian onderweg af zouden zetten. Waar ze precies naartoe zouden gaan, lieten ze in het midden.

Nanée zei echter tegen Varian: 'Waarom neem jij de blauwe kamer niet? We kunnen je spullen morgen na het werk ophalen in Marseille. Maar Dagobert slaapt bij mij.'

Maandag 28 oktober 1940
HET PANIERDISTRICT, MARSEILLE

Nanée liep door een kronkelend steegje vol met bars en verlopen bordelen. Ze liep te dicht bij de stinkende troep in de halfopen rioolpijpen die door het steegje liepen, maar als ze zou verdwijnen, wilde ze dat iemand haar zou zíén verdwijnen. Dichter bij de gebouwen scharrelde een rat die op een berg vuilnis klom en naar binnen verdween, banger voor haar dan zij voor hem. Een tweede rat rende over een van de waslijnen die tussen de ramen waren gespannen. Aan de lijn hing een onwaarschijnlijke mengeling van groezelig ondergoed en felgekleurde kinderkleren. Nanée wenste dat ze Dagobert had meegebracht, maar hij zou aan de lijn rukken om zijn neus in het open riool te steken en achter die ratten aan sprinten en regelrecht tegen de berg vuilnis aan rennen. Ze had er ook spijt van dat ze de revolver met het parelmoeren handvat op de hoge plank van de kledingkast in haar nieuwe slaapkamer had laten liggen, uit angst dat het bezit ervan haar verdacht zou maken als de politie haar staande zou houden bij het afleveren van haar bericht. Een bericht overigens waarvan Varian de betekenis niet met haar had gedeeld. Zonder dat Varian het had uitgesproken, begreep ze dat ze iets wat ze niet wist niet onder marteling kon bekennen.

Het was bijna avond en de hemel was al even grijs als de straat. Oude vrouwtjes zaten op stoelen in deuropeningen hun breiwerk op te rollen, klaar om weer naar binnen te gaan. Aan alle kanten kwamen jonge hoeren tevoorschijn om hun koopwaar aan te bieden. Op de Place des Moulins, een vierkant plein met een café waar mensen nog een laatste drankje namen voordat de vochtige kou van de avond zijn intrede zou doen, vroeg een groepje dronken kerels aan een tafeltje luidkeels naar haar prijs. Ze slikte een scherpe reactie in en liep verder, de boodschap in zichzelf herhalend: *Ik vrees dat er geen nieuws uit Parijs zal komen*. Ze moest het bericht doorgeven zonder naar binnen te gaan. Ze mocht niet zien wie de ontvangers ervan waren. Ze moest direct weer vertrekken. *Geen seconde langer dan je nodig hebt om het bericht af te leveren, voor hun veiligheid en die van jezelf.*

Ze bereikte de top van de heuvel, waar ze zicht had op de nieuwere kades van de industriële haven, vol met vaten en kratten en gigantische smerige bergen kolen die bestemd waren voor Groot-Brittannië maar dankzij de blokkade nergens naartoe gingen. Het begon licht te regenen op de vieze straat en op Nanée.

Daar was het huis dat ze zocht. De luiken die Varian als roze had beschreven, hadden de kleur van de maagtabletten die haar vader had genomen. Een korte, gedrongen vrouw met een rok met een hoge split en een blouse met een diepe halslijn verschoof haar jarretelles in de deuropening, zich vooroverbuigend zodat haar borsten zichtbaar waren. Nanée keek over haar schouder om het doelwit van de hoer te ontdekken: een van de mannen van het tafeltje. Volgde hij haar?

Arme papa. Hij draaide zich vast om in zijn graf. Het was echter een teken van Varians groeiende vertrouwen in Nanée dat hij haar op deze missie had gestuurd.

Toen de man haar passeerde, deed ze net alsof ze haar zakken doorzocht op iets waarmee ze haar hoofd tegen de regen kon beschermen. Hij vertraagde zijn pas om de borsten van de vrouw openlijk te monsteren. Nadat hij verder was gelopen, glipte Nanée langs haar heen door de deur en kwam terecht in een voorkamer vol met schaars geklede vrouwen en aandachtige mannen. Ze vond de trap aan de achterkant, beklom de smerige, vervallen treden naar de derde verdieping en klopte op de tweede deur aan de linkerkant, twee keer, daarna drie keer, toen één keer.

Krakend ging de deur een stukje open, met een kettinkje erop om te voorkomen dat iemand zomaar naar binnen zou kunnen lopen.

'Postbezorgster?'

'Ja, inderdaad,' zei Nanée. 'Ik vrees dat er geen nieuws uit Parijs zal komen.'

'Nee!' jammerde de vrouw, een hartverscheurend geluid. Achter haar klonk een zachte kreun, het verdriet van een man. Toch dwong Nanée zichzelf om zich om te draaien naar de akelige trap.

'Ga alsjeblieft niet weg.' De vrouw snikte nu. 'Laat ons alsjeblieft niet alleen. We kunnen dit niet verdragen.'

Nanée aarzelde toen ze het kettinkje hoorde rammelen. De arme vrouw probeerde de deur te openen, maar ze was zo van streek dat ze niet besefte dat ze de deur eerst dicht moest doen om het kettinkje eraf te kunnen halen.

'Mijn man kan dit niet verdragen.' De vrouw snikte nog harder, en de man jammerde, doordringende uithalen van verdriet.

Het liefst zou Nanée zich omdraaien om de vrouw te troosten. Met de andere mensen aan wie ze slecht nieuws had gebracht, had ze kunnen praten. Ze had hun op het hart kunnen drukken dat het niet betekende dat ze hun papieren nooit zouden krijgen, dat ze de grens nooit over zouden steken, maar dat er simpelweg een tijdelijke kink in de kabel was gekomen.

Betekende dit meer dan dat, 'geen nieuws uit Parijs'? Betekende het niet alleen dat deze vluchtelingen nu niet geholpen konden worden, maar dat het nooit zou lukken? Dat ze een ouder of een kind of een andere dierbare met wie ze samen hadden willen ontsnappen, achter zouden moeten laten? Dat er iemand dood was?

Kon Nanée het werkelijk over haar hart verkrijgen om deze mensen achter te laten zonder ze te troosten?

Ergens vlakbij ging echter al een deur open, iemand die de commotie opmerkte op deze plek waar niemand gezien wilde worden. En in haar hoofd klonk de stem van Varian. *Geen moment extra, Nanée. Geen woord te veel. Je levert het bericht af en dan maak je dat je wegkomt.*

Donderdag 31 oktober 1940
CAMP DES MILLES

Edouard trok een takje vingergras uit een spleet op het fabrieksterrein, het eerste stukje groen dat hij in weken had gegeten. Het was avond en de gevangenen waren buiten om nog een laatste beetje frisse lucht op te snuiven. Alleen Max bevond zich nog in de kelder, waar hij alweer een baksteen bewerkte, alsof kunst die uit gefabriceerd steen werd geschapen hem zou kunnen redden.

'Allemaal naar binnen!' riep de omroeper.

Terwijl Edouard zich met de anderen naar het gapende zwarte gat van de fabrieksdeuren keerde, ving hij een blik op van een man die het kamp verliet en de kant van de trein op liep.

'Danny!' riep hij, heel even hoopvol dat het Danny Bénédite was die hij op de rug keek, hoewel hij geen idee had hoe Danny eruit zou zien na een jaar oorlog.

De man draaide zich niet om. En natuurlijk kon het Danny niet zijn. Danny was in Duinkerke. Dat was het laatste wat Edouard over zijn vriend had vernomen, en het was wel heel naïef om te denken dat de man die hem eens had gered hem weer zou komen redden.

In het zwakke licht van het peertje aan het plafond trok Edouard zijn stoffige kleren uit, vouwde ze keurig op en legde ze in zijn koffer. Hij trok zijn nachtkleding aan en spreidde zijn deken uit over het stro. Om hem heen deden honderden mannen hetzelfde. Het viel moeilijk te zeggen waarom ze aan dit alledaagse ritueel vasthielden, maar het loonde de moeite om te blijven bedenken dat ze menselijk waren, zoals Max die eerste avond al had gezegd. Het alternatief was om je verstand te verliezen.

Met zijn ene hand op zijn camera schreef hij zoals elke avond een paar regels aan Luki, woorden die steeds eerlijker werden naarmate de waarschijnlijkheid van een hereniging afnam. Om hem heen kropen de andere mannen kletsend onder hun dekens, maar Edouard wilde niet praten. Het zien van de man die waarschijnlijk niet Danny was, had hem een sprankje hoop gegeven – niet dat iemand hem zou komen redden, maar dat iemand die hij ooit ergens had gekend Luki wellicht zou redden. Die hoop bracht een vloedgolf aan herinneringen met zich mee: Elza in een zilverkleurige jurk, de eerste keer dat hij haar zag, in een café in Berlijn, waar je toen nog gewoon vrijuit met elkaar kon praten. Haar verfijnde ogen die achter verfijnd kant naar hem opkeken toen hij haar beloofde om haar voor altijd lief te hebben, toen 'voor altijd' nog een reële mogelijkheid leek. De eerste keer dat hij met zijn vinger het krijsende babygezichtje aanraakte – niet in het minst verfijnd – van het kind dat Elza Lucca had genoemd, naar de ommuurde stad in Italië waar Edouard de eerste foto had genomen die hij ooit had verkocht. Elza kende hem zo goed. Ze wist hoe egocentrisch hij was. Ze wist dat het hem aan Luki zou binden wanneer ze het moment waarop hij een kunstenaar was geworden in haar naam zou vastleggen. Toch had ze de betekenis van die foto uit Lucca niet goed begrepen. Succes was niet wat je tot een kunstenaar maakte, al zag je dat pas in wanneer je eenmaal enig succes had. Een kunstenaar wás je gewoon. Je kon succesvol zijn in het verkopen van je werk of niet, maar de verkoop van kunst maakte een man net zomin een kunstenaar als het hem een man maakte. Je was een kunstenaar zoals je een man was.

De mannen die elke avond de treden af stommelden naar de kale, koude ovens in de kelder om te schilderen of te beitelen, om te zingen of muziek te maken, om te repeteren, om woorden of muzieknoten te schrijven, waren net zozeer kunstenaar als Edouard, of ze nu van hun kunst hadden kunnen leven, zoals hij, of niet. Het was de behoefte om kunst te scheppen die je tot kunstenaar maakte. De behoefte en het uitvoeren, het creëren met welke middelen je dan ook ter beschikking stonden. En zij maakten kunst terwijl zijn camera ongebruikt in zijn koffer lag. Natuurlijk, hij rommelde wat met andere kunstvormen. Hij hielp Max met een fresco. Hij bewerkte bakstenen. Hij wendde zich echter niet tot zijn eigen kunst: de fotografie.

'Lichten uit!' klonk bovenaan de trap de stem van de omroeper, zelf ook een kunstenaar.

Enkele uren eerder had Max nog een schets van hem gemaakt terwijl hij in de kelder zijn hoorn bespeelde. Niet de harde tonen van de reveille die hij elke ochtend speelde, maar een jazzcompositie die zo zacht en triest klonk dat Edouard niet zou hebben geloofd dat het geluid door een hoorn werd geproduceerd als hij het zelf niet had gehoord.

Een van de peertjes aan het plafond ging uit. Toen het tweede. Het laatste van de drie bescheen Edouard met zijn flauwe licht.

'Ik zei: lichten uit!' riep de hoornspeler. Hij klonk niet boos, maar het was zijn hachje dat op het spel stond. En in tegenstelling tot het spelen van illegale jazz viel er met het aanhouden van het licht niets te bereiken.

Vanaf de andere kant van Edouards koffer zei Max: 'Het is jouw beurt.'

Edouard stond op en trok aan het touwtje om het licht uit te doen.

Aan de andere kant van de ruimte deed iemand een raam dicht.

'Wil je dat openlaten?' riep Max. 'De stank is hier ondraaglijk.'

'Als het raam 's nachts openstaat, bevriezen we,' antwoordde iemand in de buurt van het raam.

Door de hele ruimte stegen stemmen op die voor of tegen het openlaten van het raam waren.

Max dempte zijn stem en zei tegen Edouard: 'Het gerucht gaat dat er vandaag iemand langs is geweest. Iemand die op zoek is naar kunstenaars en intellectuelen die Hitler het zwijgen op wil leggen. Jou in het bijzonder.'

Edouards hart kroop in zijn keel, zoals ook was gebeurd toen hij Luki voor het eerst had vastgehouden, toen Elza hem haar woorden had laten herhalen, hem ermee had laten instemmen: *We noemen haar Luki.*

'Vriend of vijand, is dat bekend?' wist hij uit te brengen.

De stem van Max dreef bijna stilletjes het donker in. 'Als jij vrienden in deze omgeving hebt, dan zou ik ze dolgraag leren kennen.'

'Maar de Gestapo is hier niet actief, niet in Vichy.'

'O, Edouard, op jouw leeftijd kun je toch niet meer zo naïef zijn?'

Edouard ging op zijn rug op zijn geïmproviseerde bed liggen. De hoop sijpelde uit zijn vermoeide botten. Het was lang geleden dat hij zich jong had gevoeld.

'Er is een groep Gestapo-agenten die kampen bezoekt om de gevangenen eruit te pikken die ze naar Duitsland willen deporteren,' zei Max.

Edouard sloot zijn ogen en vroeg zich opnieuw af hoe hij zou kunnen ontsnappen. Hij kon het risico niet nemen. Niemand die ontsnapte kwam ver, laat staan helemaal tot Parijs, waar Luki al dan niet verbleef. Maar als de Gestapo naar hem op zoek was, wat voor keus had hij dan nog?

Vrijdag 1 november 1940

VILLA AIR-BEL

Het verbaasde Nanée hoe vlug ze aan hun gezamenlijke leven in Villa Air-Bel wenden. Elke ochtend nam Madame Nouget of T of een van de anderen de kinderen mee om de clandestiene koe te melken die ze hadden aangeschaft. Ze noemden het dier Madame LaVache-à-Lait, vanwege de grote hoeveelheid melk die ze dagelijks produceerde. T en Jacqueline Breton, die inmiddels met haar gezin gearriveerd was, gaven hun kinderen elke ochtend een grote beker melk, nog warm van de koe. Ze hielden voor ieder kind een tweede beker apart om die vlak voor bedtijd te geven, zodat ze ondanks de rantsoenering – een half pond pasta en zes ons rijst per persoon per maand, tien ons vlees en vier ons vetten en kaas per week, en acht ons brood per dag, allemaal opgeteld op goedkoop papier dat aan bingokaarten deed denken – niet hongerig hoefden te gaan slapen. De rest van de melk deelden ze met de moeders uit de buurt, die elke ochtend met kannen in de hand verschenen. Deze gulheid kwam deels voort uit bezorgdheid om de kinderen, maar het was ook een vorm van verzekering, om te voorkomen dat iemand hen aan zou geven wegens het illegale bezit van een koe.

Op de meeste ochtenden dronken Nanée, T en Miriam samen op de belvedère een kop *ersatz*, een aardig klinkend woord waarmee een bleke vloeistof werd aangeduid die was gebrouwen van eikels en takjes, of, als je geluk had, geroosterde cichorei of gerst, enigszins drinkbaar gemaakt door een klein scheutje druivensap om het zoeter te maken. Rose maakte schoon en Madame Nouget deed de inkopen, een urenlange taak, gezien de schaarste die werd veroorzaakt doordat zoveel Frans voedsel naar de Duitse oorlogsmachine ging. Een Spaans meisje genaamd Maria zorgde voor Peterkin en voor Aube Breton, terwijl André aan het schrijven was in een van de kassen of de bibliotheek, de enige ruimte waar ze de hele dag het vuur brandend hielden. Jacqueline werkte aan een schilderij, en alle anderen namen de tram naar het CAS-kantoor. Varian was zo onder de indruk van Danny dat hij hem al tot zijn *chef de cabinet* had benoemd, de baas van het kantoor, en de sleutelpersoon voor het opsporen van vluchtelingen. T, die zowel vloeiend Frans als Engels sprak, werkte met hen samen.

Om zeven uur 's avonds schoven ze met zijn allen aan voor het avondeten. Het voedsel mocht dan karig zijn, het gezelschap was dat nooit. Na afloop lazen ze de kranten en luisterden ze naar de radio, vaak tot de BBC afsloot met een opwekkende uitvoering van 'God Save the King'. Ze speelden zelfbedachte spelletjes; favoriet was het maken van een simpel lijstje van de tien mensen die ze het allerliefst dood zouden zien. Ze zongen samen, met Varian achter de piano en Gussie als gangmaker. En als de avond helder genoeg was, luisterden ze naar het radiostation uit Boston, rolden de kleden op en dansten.

De Bretons waren nog niet in het 'chateau' getrokken, zoals ze de vervallen oude villa waren gaan noemen, of de surrealisten in de omgeving kregen lucht van hun aanwezigheid. Op de gekste tijdstippen kwamen ze langs om eer te betuigen aan de stichter van hun beweging, Andrés werk voortdurend verstorend. Zijn oplossing was om Gussie het bericht te laten verspreiden dat bezoekers voortaan enkel nog welkom waren op speciale ontvangsten, waar hij de gastheer zou zijn. De eerste daarvan zou plaatsvinden op La Toussaint, het Franse Allerheiligen, een feestdag die was bedoeld om de arme oude heiligen te eren die geen eigen speciale dag hadden gekregen. Iedereen die het samenzijn wilde bijwonen, was welkom tussen twaalf uur 's middags en zeven uur 's avonds om de goede heiligen van de kunsten, wie dat ook mochten zijn, te eren door middel van voedsel en wijn en spelletjes.

Die ochtend, een warme novemberdag, zetten ze tafels en stoelen klaar op de belvedère, met witte tafelkleden, serviesgoed en zilverwerk voor de karige maaltijd die Madame Nouget had weten te bereiden, en kristallen glazen voor de grote hoeveelheden wijn. Verder lagen er lange vellen papier, kleurpotloden, waskrijt en pennen, scharen en lijm en oude tijdschriften, voor de spelletjes die André iedereen wilde laten spelen.

Danny beklom een ladder die Nanée voor hem vasthield en klauterde op de tak van een boom. Nanée ging halverwege de ladder staan en gaf hem een schilderij aan. Een paar van Andrés vrienden die deze eerste ontvangst wilden bijwonen, hadden kunstwerken bijgedragen, die Danny en Nanée nu in de bomen gingen hangen. Danny pakte het touw vast dat aan de achterkant van het canvas was bevestigd en terwijl Nanée het schilderij vasthield, bond hij het touw om een tak.

'Klaar,' zei hij.

'Weet je zeker dat het stevig vastzit?'

Hij wierp haar een blik toe.

'Het is verdorie een Miró,' zei ze. 'Ik wil niet aan André hoeven te vertellen dat ik dat ding drie meter omlaag heb laten vallen en dat het me heel erg spijt maar dat het nu waardeloos is, hoeveel het ook voor de hulp aan vluchtelingen had kunnen opbrengen.'

Voorzichtig liet ze het schilderij los. Het hing een tikje scheef, maar de ladder was zo wankel dat ze het niet recht durfde te hangen. En eigenlijk beviel het haar wel zo.

Vanaf haar hoge plek zag ze Varian een stukje verderop bij Dagobert zitten en hem om advies vragen over de vraag of hij een eigen hond moest nemen. Dagobert bracht inmiddels net zoveel tijd door met de kinderen of een van de anderen als met Nanée, alsof hij van een kleuter die altijd bij zijn moeder wilde zijn, was uitgegroeid tot een tiener die liever bij zijn vrienden was. En gek genoeg was Varian zijn beste vriend.

Jacqueline Breton verscheen onder haar, met armbanden die rinkelden alsof ze de komst van de mobile wilde aankondigen die ze Nanée aangaf: kleine, bungelende zwart-witfoto's van de hand van Man Ray, die erin geslaagd was om vanuit Parijs naar Los Angeles te vluchten. Geen sprankje kleur, heel anders dan de Calders waar Nanée gek op was: mobiles die voor het eerst waren bedacht in de Parijse studio van Mondriaan, dankzij het licht dat over gekleurd karton aan de muur speelde. Een beetje zoals het zonlicht dat nu in het gekleurde glas weerkaatste waarmee Jacqueline haar blonde haar had versierd.

'Een kunstwerk dat daadwerkelijk bedoeld is om opgehangen te worden,' zei Jacqueline. Ze leek Nanée zoveel volwassener dan zijzelf, hoewel ze even oud waren. Misschien kwam dat doordat ze getrouwd was met André, die vijftien jaar ouder was dan zij? Of omdat ze de moeder was van een vijfjarige?

‘Eigenlijk zouden we jou op moeten hangen, Jacqueline.’ Het was bedoeld als compliment voor Jacquelines kapsel, maar het klonk idioot. ‘Ik bedoel: je ziet er zelf uit als een kunstwerk.’

‘Dan zou je me moeten verkopen als iemand op me zou bieden,’ zei Jacqueline opgewekt. ‘Maar je weet maar nooit. Misschien zou ik een geweldige hoer zijn!’

Zodra Jacqueline zich omdraaide om terug te lopen naar het huis, zei Nanée tegen Danny: ‘Ik heb een idee om Edouard weg te krijgen uit Camp des Milles.’

Danny grijnsde. ‘Edouard nog wel. Is dat niet erg familiair?’

Hij was de vorige avond laat teruggekeerd van een bezoek aan Camp des Milles, waar het hem was gelukt om door omkoping van een van de bewakers de lijst van gevangenen in te zien. Een aantal van de mannen op Varians lijst werd er inderdaad vastgehouden, onder wie Max Ernst, Hans Bellmer en ook Edouard Moss. ‘Wie is Edouard Moss?’ had Varian gevraagd. Moss was beroemd in Europa, maar in Amerika was hij niet bekend genoeg om op de lijst van Varian te komen.

‘We zouden kunnen dreigen om naar de pers te stappen als ze hem niet vrijlaten,’ zei Danny. ‘Dat werkte ook bij Lion Feuchtwanger.’

‘Zelfs mijn moeder, die zelden een boek openslaat, heeft *The Oppermans* gelezen,’ zei Nanée. ‘Edouard Moss is geen Lion Feuchtwanger.’

Madame LaVache-à-Lait loeide in de verte. Ze probeerden haar dat af te leren, gezien haar illegale status, maar het bleek dat ze nog minder goed gehoorzaamde dan Dagobert.

‘We zouden een groep kunstenaars kunnen vragen om zijn zichtbaarheid te verhogen, zoals de Franse PEN-club voor Walter Mehring heeft gedaan,’ stelde Danny voor. De leden van PEN hadden zoveel brieven geschreven waarin ze op de vrijlating van Mehring aandrongen dat ze uiteindelijk hun doel bereikten.

‘Dat was vóór Vichy en vóór artikel 19,’ zei Nanée. ‘Er zijn weinig mensen bij wie het zo waarschijnlijk is dat ze op een lijst van de Gestapo staan als Edouard Moss.’ Ze dacht aan de foto’s van individuele haatuitingen die Moss had gemaakt en die op de een of andere manier meer angst inboezemden dan foto’s van grote nazibijeenkomsten of militaire parades: het meisje dat een saluut bracht aan Hitler; de man die zijn neus liet meten; de zoon die de baard van zijn orthodoxe vader knipte. Zulke doodnormale mensen. Je zou het zelf kunnen zijn.

Toen de mobile aan een tak was bevestigd, daalde ze de ladder af, koos een ander doek van de stapel die tegen de boomstam stond en klom weer omhoog.

'Luister,' zei ze, terwijl ze Danny het schilderij aanreikte.

Danny negeerde het doek. 'Je denkt toch niet echt dat de commandant van een interneringskamp zijn gevangenen zomaar aan jou zal overleveren?'

'Niet "gevangenen". Eentje maar.' Ze vermoedde dat ze door Jacquelines grapje over haar mogelijke talenten als hoer op het idee was gekomen. 'Varian zal het niks vinden,' zei ze, maar ze had het besluit al genomen en wenste dat ze zich meteen naar het treinstation van Marseille kon haasten. De missie zou echter zorgvuldig gepland moeten worden.

'Vergeet het maar, Nanée. Varian zou je nooit toestaan om... om...'

'Volgens mij wil je zeggen dat hij me nooit zou toestaan om mijn deugdzaamheid op het spel te zetten voor het leven van één enkele man.' Ze glimlachte en reikte hem opnieuw het schilderij aan.

Hij staarde slechts naar haar door zijn ronde brillenglazen. Hij zat er niet mee als ze haar leven op het spel zette om een bericht af te leveren, maar hij had er wel bezwaar tegen dat ze een man wat onoprechte genegenheid zou tonen?

'Ach, misschien is het tijd dat de Postbezorgster ook mannen gaat bezorgen.' Ze glimlachte wrang. 'Maar werkelijk, Danny, ik beloof je dat mijn deugdzaamheid intact zal blijven, voor zover ik die bezit.'

Ze stak haar hand uit naar een lagere tak, maakte het touw er zelf aan vast en liet het schilderij op zijn plek zakken. Deugdzaamheid was zo relatief, zelfs in goede tijden. En het was hoe dan ook niet iets waar ze veel waarde aan hechtte sinds ze uit dat grote huis in Evanston was ontsnapt.

Vrijdag 1 november 1940
VILLA AIR-BEL

Nanée stond onder de platanen op de belvedère en zag André als een kasteelheer ieder van de ruim veertig schrijvers en kunstenaars begroeten die met de tram naar zijn eerste ontvangst waren gekomen. Veel van hen stonden op Varians lijst, onder wie een heleboel mensen met radicale opvattingen. Anderen, zoals André zelf, waren uitgesloten omdat ze te links waren naar de smaak van de Amerikanen. 'Villa Espère-Visa' noemde de Russische schrijver Victor Serge de villa die middag. Hoop op een visum.

Op verzoek van André werd de middag ingeluid door Benjamin Péret, die een obsceen gedicht voorlas, waar met schel gefluit en gejoel op werd gereageerd. Daarna ging André zijn gasten voor in een woordversie van Voortreffelijk Lijk, waarbij bijvoeglijk naamwoord, onderwerp, werkwoord, bijvoeglijk naamwoord en lijdend of meewerkend voorwerp werden samengevoegd tot rare zinnen. Het was een zin van jaren geleden die het spel zijn naam had verleend: *Le cadavre* | *exquise* | *boira* | *le vin* | *nouveau*. Het voortreffelijke lijk zal de nieuwe wijn drinken. Toen Nanée een onderwerp moest opgeven, kwam het woord 'kangoeroe' als eerste in haar op. 'Knokige knieën'. 'Vijgenblad'. Ze gebruikte ze geen van alle en koos in plaats daarvan 'trein', 'station', 'haasten' en 'gevangengezet', bedenkend dat ze eigenlijk al onderweg had moeten zijn naar Camp des Milles om Edouard Moss te bevrijden. Het spel was echter hoogst vermakelijk, en ook zij moest lachen. André prikte alles wat hem bijzonder beviel op de boomstam achter hem. 'Dan kan ik het later terugvinden,' verklaarde hij terwijl hij iedereen nog een glas wijn inschonk.

Ze stapten over op de tekenversie van Voortreffelijk Lijk en creëerden bizarre samengestelde schepsels, niet alleen door te tekenen, maar ook door scharen en lijm te gebruiken, gevallen bladeren en boomschors en twijgjes, een gescheurd wijnetiket, zelfs restjes voedsel waar ze collages van maakten. Een van de schepsels leek zoveel op een surrealistische versie van Vichypremier Philippe Pétain dat André het 'De Oppercollaborateur' noemde en het op zijn boom prikte.

Toen pakte hij zelf een potlood en creëerde een volledig personage, half tekening, half collage. Hij gebruikte droog gras voor een snor en met rode wijn bevlekte stukjes kurk voor de ogen.

'Hitler,' zei Jacqueline, en iedereen beaamde dat, inderdaad, Hitler, waarop Dagobert als een bezetene begon te blaffen. Het was een komische Hitler, maar wel eentje waar ze allemaal voor opgepakt zouden kunnen worden als de tekening ooit werd ontdekt. André noemde het schepsel *Teppichfresser*, tapijtvreter, omdat Hitler volgens de geruchten soms schuimbekte, zich woedend op de grond liet vallen en letterlijk op het vloerkleed kauwde. André wilde de karikatuur naast de komische Pétain op zijn boom hangen, maar de lijm was nog niet droog.

Ze begonnen collages te maken van andere prominente mensen en lieten elkaar raden wie het moest voorstellen. Het was zelden makkelijk te zien, en toch werd het elke keer geraden. Het was leuk, opwindend en gevaarlijk.

Oscar Domínguez, de kunstenaar die samen met Pablo Picasso *Nooit* had geschapen, het kunstwerk met de grammofoon die paspopbenen verslond op de surrealistische tentoonstelling in Parijs, maakte een karikatuur van Freud. De tekening zag eruit als een speelkaart, en dat bracht André op het idee dat ze een heel nieuw spel kaarten moesten ontwerpen. Geen tarotkaarten, maar doodgewone speelkaarten waar ze plezier mee konden hebben.

'We beginnen met de Freud van Oscar.'

'Hij kan onze koning zijn,' zei Varian.

'Wisten jullie dat speelkaarten hun wortels hebben in het leger?' Het was geen vraag, maar eerder kennis die André deelde. 'Klaveren staat voor militaire bezoldiging, harten voor de liefde van de soldaten. Maar bij ons spel moeten we de militaire en koninklijke invalshoek loslaten. Geen koningen en koninginnen in wie we niet geloven.'

Ze waren het er allemaal over eens dat ze kaarten nodig hadden die hun eigen helden en hun eigen waarden zouden weerspiegelen.

'In plaats van koning-koningin-boer zouden we id-ego-superego kunnen doen,' opperde Jacqueline.

'Je vergeet libido,' zei Oscar Domínguez.

'Genie,' zei André. 'Freud kan ons genie zijn.'

‘In plaats van boeren kunnen we narren doen,’ stelde Danny voor. ‘Of goochelaars.’

‘Tovenaars,’ deed Nanée een duit in het zakje.

‘Magiërs,’ zei André. ‘Tovenaars zonder het kwaadaardige.’

‘Maar met een religieus tintje,’ zei Nanée. ‘Ik dacht dat jij niet veel met religie op had, André.’

‘Maar het idee van wijsheid bevalt me wel,’ zei André, en niemand protesteerde. Het was Andrés idee. Andrés spel. Andrés ontvangst.

‘Als je geen bezwaar hebt tegen religie, dan nomineer ik Jeanne d’Arc voor de derde kaart met een gezicht,’ zei Nanée, terugdenkend aan Jeanne d’Arc en koning Arthur en haar mislukte wapenrusting van aluminiumfolie. Wat voor bescherming had ze daaraan willen ontlenen? ‘Een strijdbare vrouw die de katholieke Kerk eeuwenlang weigerde te erkennen en die de Engelsen veroordeelden wegens ketterij en travestie. Allemaal aanbevelingen in de ogen van de surrealisten, lijkt me.’

‘Geen heiligen,’ bepaalde André.

‘Dosis sola facit venenum,’ zei Jacqueline. ‘De dosis maakt het gif.’

‘Aha, ja, Paracelsus,’ zei André. ‘De Zwitserse arts, alchemist en filosoof van de Duitse renaissance, die ons de waarde van observatie in combinatie met wijsheid heeft gegeven.’

Jacqueline stelde voor dat Paracelsus hun genie zou zijn in plaats van Freud, en al snel hadden ze besloten dat elke kleur zijn eigen genie kon hebben, Freud én Paracelsus.

‘Wat dachten jullie van een sirene als derde personage?’ opperde René Char.

‘Een zingende verleidster?’ zei Nanée weifelend.

‘Ik zou denken dat een sirene jou wel zou bevallen, Nanée,’ zei André. ‘Vanwege de macht die ze over mannen heeft.’

Ze stemden, en Nanée legde het af. De derde kaart zou een sirene worden.

Daarna dachten ze na over de symbolen. Schoppen wilden ze eerst vervangen door een sleutel van kennis, maar uiteindelijk besloten ze tot het slot zelf, het sleutelgat, de ruimte die leeg leek maar in feite het verborgen mechanisme bevatte dat de sleutel om moest draaien. In plaats van het hart kozen ze het bloedrode rad van de revolutie.

'Dit begint te klinken als een communistisch spel,' protesteerde Varian.

'In de Verenigde Staten kun je het "bloed van verandering" noemen,' stelde André hem gerust. 'Als jij ons daarnaartoe kunt krijgen, geven we je het recht om het rad een andere naam te geven.'

Zwarte sterren als symbool voor dromen – wat Nanée onzinnig voorkwam. 'Sterren zijn niet zwart,' wierp ze tegen. 'De hemel waar ze zich in bevinden, is zwart. Zwart is eerder een symbool voor nachtmerries.'

'Over nachtmerries gesproken,' zei Victor Serge, 'is het waar dat de dood van Walter Benjamin zelfmoord was?'

Benjamin was eind september de Spaanse grens overgestoken via een nieuwe route die Lion Feuchtwanger enkele dagen daarvoor nog succesvol had afgelegd. Ondanks het dringende advies om zo min mogelijk bagage mee te nemen, had hij erop gestaan om tijdens de tien uur durende tocht door de bergen een koffer vol met manuscripten mee te slepen. Het was hem gelukt om Frankrijk uit te komen, maar toen hij zich bij de Spaanse grenspost meldde, bleek dat Spanje niet langer stateloze personen toeliet. Hij werd onder bewaking naar een hotel in de buurt van het politiebureau van Portbou gebracht, om teruggestuurd te worden naar Frankrijk. In die hotelkamer stierf hij. De arts die hem na zijn dood onderzocht, verklaarde dat hij aan een herseninfarct was overleden, maar Benjamin had voldoende morfine bij zich gehad om zich van het leven te beroven. Een vluchteling was pas veilig wanneer hij zijn eindbestemming had bereikt.

'We moeten een naam voor dit spel bedenken,' zei Nanée om van onderwerp te veranderen.

'Het aantal zelfmoorden zal toenemen,' zei Serge, 'nu de nieuwe Kundtcommissie rondtrekt. Een elitegroepje van de meest meedogenloze Gestapoagenten dat iedereen in Rivesaltes of Gurs of Camp des Milles oppakt die mogelijk een keer iets onaardigs over de Führer heeft gezegd.'

'We hebben nog een symbool nodig,' zei Nanée terwijl ze haar best deed om het beeld te verdringen van Edouard die zich ophing aan een strop die hij van zijn hemdsmouwen had geknoopt, ergens in een smerig kamertje in een smerig kamp. 'Voor ons spel,' voegde ze eraan toe.

'Iets om ruiten te vervangen,' zei André. 'Het moet rood zijn.'

'De hete vlam van de liefde?' stelde Jacqueline met een flirtende blik naar haar echtgenoot voor. 'Dan kunnen we het spel Le Jeu de l'Amour noemen.'

Het spel van de liefde.

André wilde echter dit moment eren, deze plek, dit tijdsgewricht.

'Le Jeu du Air-Bel?' opperde Danny. 'Le Jeu des Nazis?'

'Geen heiligen, geen zondaars in dit spel,' verkondigde André. 'Geen oordeel.'

'Le Jeu sans Compter?' stelde T voor.

Compter: tellen, maar ook afrekenen. Een dubbele betekenis. André was altijd gek geweest op woordspelletjes.

'Je bent een optimist, T,' zei Jacqueline. 'Maar ik stel voor dat we niet de goden verzoeken door te suggereren dat er hier in Marseille niet met ons afgerekend zal worden.'

'Marseille,' zei André. 'Dat is het. Laten we het gewoon Le Jeu de Marseille noemen.'

Elke dag in Marseille vormde een risico, dacht Nanée. Elke minuut in Marseille was een moment waarin hun leven verloren kon gaan. Ze had die middag naar Camp des Milles moeten gaan. Ze had moeten vertrekken op het moment dat het idee om Edouard uit het kamp weg te halen bij haar op was gekomen. Het moest sowieso 's avonds gebeuren. Ze had het nu kunnen doen, in plaats van spelletjes te spelen onder de vreselijke sterren van Marseille.

Zaterdag 2 november 1940

VILLA AIR-BEL

Nanée trok het krijtstreeppakje van Robert Piguet aan dat ze had gedragen bij haar eerste ontmoeting met Varian, het pakje dat voor haar Evanston vertegenwoordigde. 'Overtuigend,' noemde T het. Nanée reageerde door luchtig te vragen waarvan het dan overtuigde, maar het antwoord kende ze al: dat ze een vrouw was die iets voorstelde, een vrouw die het gewend was dat mensen naar haar luisterden en haar serieus namen. En toch was het pakje helemaal niet zo saai. Wanneer ze er een zwarte riem en zwarte handschoenen bij droeg, trok het de aandacht van mannen. Ze trok haar grijze trenchcoat aan. Liefst zou ze een hoed opzetten, maar een vrouw met een hoed trok de aandacht. En zonder reisvergunning of een manier om daaraan te komen zonder uit te leggen wat haar bestemming was, moest ze zich gedeisd houden tot ze de commandant van Camp des Milles te spreken kreeg.

Varian wilde dat ze in één dag op en neer zou gaan, dat ze een verhaal over Edouards dochter zou ophangen en dat ze zou vragen of hij naar Marseille mocht reizen om het papierwerk voor een visum in orde te maken. Zo nu en dan gaf Vichy toestemming voor dergelijke tripjes, maar wel onder begeleiding van een bewaker, en het zou tijd kosten om dat te regelen. Nanée had geprotesteerd. Ze wilde de aandacht niet op Edouard vestigen tenzij ze er redelijk zeker van kon zijn dat hij het kamp samen met haar zou verlaten. Anders zou haar bezoek hem alleen nog maar kwetsbaarder maken voor de Kundt-commissie van de Gestapo.

'Ik ben een leugenaar van niks,' had ze tegengeworpen.

'We weten hoe goed je kunt liegen,' had Varian gezegd. 'Maar wanneer je het ontkent, krijg zelfs ik het gevoel dat je de waarheid spreekt.'

Ze maakte het ensemble af met een diamanten broche, een diamanten ring, handschoenen en een vleugje Chanel N°5 in haar hals. Ondertussen probeerde ze er niet aan te denken dat het de volgende dag haar vaders sterfdag zou zijn. Ze pakte schoon ondergoed in, en een blouse en een broek. De broek zou voor opgetrokken wenkbrauwen zorgen, maar ze zou op de terugweg zijn en ze had haar Amerikaanse paspoort bij zich en ze konden allemaal de pot op.

'Je komt vanavond toch weer terug?' vroeg T toen ze Nanées reiskoffertje zag.

'Dat is wel de bedoeling.'

Ze was bang, dat viel niet te ontkennen. Er was geen enkele garantie dat haar eigen plan beter zou werken dan dat van Varian. Ze had echter een leven vol garanties achtergelaten in Evanston en het was te laat om ze nu nog terug te willen.

'Er gaat nog een eerdere trein. Wilt u die niet nemen?' vroeg de man achter het stationsloket.

Nanée kocht een kaartje naar Arles om geen achterdocht te wekken. Er was immers geen enkele reden waarom ze naar het kleine dorpje Les Milles zou reizen, behalve om het interneringskamp te bezoeken. Voor haar plan – niet dat van Danny en Varian, maar haar eigen plan – was het nodig dat ze vroeg in de avond bij het kamp zou arriveren, en het zou makkelijker zijn om de tijd te doden in Marseille dan in het piepkleine Les Milles, waar ze misschien de aandacht zou trekken.

'Een kaartje voor de latere trein, graag,' zei ze tegen de kaartverkoper. 'En twee kaartjes voor de terugreis.'

Met de kaartjes in haar hand daalde ze over de brede witte stationstrap af naar de Boulevard d'Athènes en haastte zich langs het pissoir met de reclame voor aperitief Amer Picon naar de kletterende fonteinen van het Palais Longchamp. Ze kwam langs winkel na winkel met de nieuwe ENTERPRISE FRANÇAISE-bordjes in de etalage die aangaven dat de eigenaren Frans waren en niet Joods. Pas toen ze een café zonder zo'n bordje had gevonden, ging ze zitten en bracht de halve dag door met het drinken van ettelijke kopjes ersatzkoffie. Als Danny of Varian zou weten dat ze een latere trein nam, zodat ze haar zaak in de zachte avonduren bij de kampcommandant kon bepleiten in plaats van bij het harde daglicht, zouden ze waarschijnlijk proberen te voorkomen dat ze Edouard zou redden op de enige manier die naar haar idee zou werken.

Een halfuur voordat de trein zou vertrekken, trok ze de grijze trenchcoat weer aan en keerde terug naar het station. Om de oplettende kaartjescontroleur bij het draaihek te vermijden, en de politieagent die naast hem stond en met een beetje pech de Franse reisvergunning zou willen zien die ze niet had, dook ze het Buffet de la Gare in. Ze bestelde nog een kop ersatzkoffie, en toen ze zeker wist dat niemand keek, glipte ze door de deur aan de andere kant, die direct toegang gaf tot het perron. Ze vond het behoorlijk slim van zichzelf. Natuurlijk zouden haar papieren op elk moment gedurende de reis gecontroleerd kunnen worden, en zonder de bescherming van haar Amerikaanse paspoort zou het ernstige gevolgen hebben wanneer ze de vereiste documenten niet op zak bleek te hebben. Dat paspoort had ze echter wel, en ze haastte zich ermee door de tunnel naar het juiste spoor, stapte in de juiste trein en ging bij het raampje zitten, zoals het een keurige Amerikaanse reizigster in Frankrijk betaamde.

Op het station van Les Milles zag Nanée een stukje verderop in de straat een bescheiden hotel liggen waar ze eventueel kamers zou kunnen nemen. Vanaf het station liep ze regelrecht naar het kamp: lelijke fabrieksgebouwen achter een lelijk hek, gewapende bewakers die vanuit camouflagehutten op haar neerkeken, en smerige, vermagerde mannen die op het fabrieksterrein werkten. Die laatsten brachten haar nog meer van haar stuk dan de bewakers en de geweren.

'Ik kom de commandant bezoeken,' kondigde ze aan bij het hek. Ze zou iedereen kunnen zijn. De vrouw van de kampcommandant. Zijn dochter. Zijn zus. Zijn minnares.

De bewaker aarzelde.

Ze knoopte haar jas los, alsof ze het warm had van de wandeling, en onthulde haar blauwe pakje en de diamanten broche.

'Eén moment,' zei de man. Hij gebaarde dat ze het terrein op kon komen en deed het hek achter haar dicht.

Tijdens het wachten bestudeerde ze de gevangenen, in de hoop dat ze Edouard zou ontdekken, of hij haar. Als hij zich echter onder de mannen bevond die bakstenen zonder enig doel van de ene stapel naar de andere verplaatsten, was hij niet langer iemand die ze kon herkennen. De gesprekken verstomden. De gevangenen staarden naar haar. Ze stopten echter geen moment met het doorgeven van de stenen.

Andere gevangenen staken het terrein over met grote vaten, het avondeten van de mannen, nam ze aan. Stonden er binnen misschien tafels? Was er een eetzaal?

'Wat kan ik voor u doen?' vroeg een man die ze niet had zien aankomen.

De commandant was groot voor een Fransman, met smalle ogen en wat je in Evanston een welvarend middel zou noemen. Bemoedigend onaantrekkelijk. Lelijke mannen waren minder geneigd tot arrogantie en veel makkelijker te charmeren.

Ze glimlachte zo innemend mogelijk, in het besef dat zelfs de ergste mannen zich tot de aardigste meisjes aangetrokken voelden, de meisjes die ze niet dachten ooit te kunnen krijgen.

'Het spijt me dat ik u lastigval tijdens etenstijd,' zei ze.

Hij beantwoordde haar glimlach en ging haar voor naar het wachthuis, waar ze, zo zei hij, het warmer zou hebben.

Binnen trok ze haar jas uit. Zijn blik bleef op haar rusten. Ja, het pakje beviel hem. En de anderen in het wachthuis ook.

Ze dempte haar stem. 'Is er misschien een plek waar we elkaar onder vier ogen kunnen spreken? De kwestie waar ik voor kom, ligt nogal... gevoelig.' Ze verschikte de broche, wensend dat ze een hoed had om haar gezicht te overschaduwen.

'Misschien hebt u zelf nog niet gegeten?' vroeg de man.

Ze glimlachte uitnodigend, maar niet té.

Hij wendde zich tot de bewaker. 'Ik verwacht dat madame...'

'Mademoiselle,' zei ze.

'Laat alsjeblieft twee maaltijden naar mijn privévertrekken brengen,' zei hij tegen de bewaker.

Ze aarzelde. Een fatsoenlijk meisje zou aarzelen. Ze moest hem laten verlangen naar iets wat net buiten zijn bereik lag.

'Mijn excuses,' zei hij, 'maar er is hier geen geschiktere plek om een dame te ontvangen.'

Ze glimlachte vergevingsgezind en volgde hem.

Zaterdag 2 november 1940
CAMP DES MILLES

Nanée en de commandant zaten aan een kleine tafel in de zitkamer van een soort appartement, niet tegenover elkaar, maar intiemer, ieder aan de andere kant van een hoek. Als ze haar over elkaar geslagen benen niet zorgvuldig bij hem vandaan hield, zouden ze de zijne raken. Opzettelijk nonchalant trok ze eerst de ene zwarte handschoen en toen de andere uit. Ze vouwde haar handen ineen zodat hij de diamanten ring goed kon zien.

'Het is bijzonder vriendelijk van u om een vermoeide reizigster eten aan te bieden, Monsieur –'

'Robert.'

Ze sloeg haar blik bescheiden neer om te voorkomen dat hij de afschuw in haar ogen zou zien. Wat voor Fransman gaf leiding aan een kamp als dit? Het zou al walgelijk genoeg zijn als hij Duits was... toezicht houden op mannen die onder zulke afschuwelijke omstandigheden leefden. Hij was een Fransman die zich dood had moeten vechten om zijn land te redden. In plaats daarvan liet hij gevangenen verhongeren terwijl een van zijn mannen hem geroosterde kip, nieuwe aardappels en fijne groene boontjes serveerde, op porseleinen borden, aan een tafel die was gedekt met echt zilverwerk en een vaas met de laatste rozen van het seizoen.

'Robert,' herhaalde ze. De naam klonk zachter in het Frans dan in het Engels. *Robèrt. Bobby.* Ze stelde zich voor wat een sneu klein jongetje hij moest zijn geweest, dat zich verkleedde in een oude kamerjas die van zijn grootvader was geweest. Of zijn grootmoeder. Ja, een sneue kleine Robèrt in de mottige oude kamerjas van zijn grootmoeder.

Hij pakte een fles plaatselijke rode wijn om in te schenken.

Ze stak haar hand uit, raakte de zijne even aan, nam de fles van hem over en schonk toen eerst hem en daarna zichzelf een glas in. De fles zette ze naast haar eigen bord, waar zij er de controle over had. Ze bracht het kristallen glas naar haar lippen, keek hem aan en deed net alsof ze een slok nam, terwijl ze haar lippen enkel bevochtigde met de wijn.

Ja, dit liep volgens plan. Maar hoe goed kon hij tegen drank? Kon ze hem zo dronken krijgen dat hij Edouard vrij zou laten zonder dat ze er iets voor terug hoefde te doen? Soms waren mannen zulke dwazen. Kon ze hem wijn blijven voeren terwijl ze hem afleidde met wat kleine genegenheden, tot hij dronken in slaap zou vallen en zich de volgende dag niets meer zou kunnen herinneren, behalve zijn eigen fantasieën?

Ze kletsten ontspannen. Dat wil zeggen, Nanée stelde vragen en liet hem over zichzelf praten, wat in alle lagen van de maatschappij voor een geweldig gesprek door zou kunnen gaan. Was er een man in deze wereld die niet het allerliefst over zichzelf sprak? Hoe meer het haantje zijn borst vooruitstak, hoe groter haar afschuw werd. Ze zorgde er echter voor dat ze aandachtig bleef, dat ze luchtig lachte om zijn flauwe grapjes en dat ze zo vaak als ze het kon verdragen haar benen heel kort tegen de zijne liet stoten.

Er werd een nieuwe fles wijn gebracht. Ze schonk in voor de commandant en vulde haar eigen glas een klein beetje bij. Helaas bleek hij uitstekend tegen drank te kunnen.

'Ik heb een vriend in het kamp, Robert,' zei ze. Robèrt...

'Werkelijk? Maar laten we dat soort dingen niet tijdens het eten bespreken.'

Er werd een kachel aangestoken om de avondkilte te verjagen. Nanée keek door het raam. Kwam er ook rook uit andere schoorstenen, om de gevangenen te verwarmen? Ze zag enkel platteland; vanuit deze kamers, gelegen op de bovenste verdieping, moest je bij het raam gaan staan om zelfs maar de met prikkeldraad afgezette omheining van het kamp te kunnen zien. Het andere raam bood uitzicht op het terrein en de fabriek, maar ze hoefde er niet doorheen te kijken om te weten dat de gevangenen alleen warmte konden ontlenen aan de nabijheid van ongewassen lichamen die in een te kleine ruimte moesten verblijven, in het gezelschap van vlooien en luizen, bedwantsen, dysenterie en mannen die midden in de nacht stierven.

De jonge man die hen had bediend, keerde terug. Hij staarde naar haar bord. Ja, ze was klaar met eten, het was heerlijk, zei ze, zich afvragend of hij de rest op zou eten.

'Wil je een glaasje cognac?' vroeg Robert. 'Een dessert, of kaas?'

De jonge man werd eerst weggestuurd om cognac te halen, en daarna zou hij uitzoeken wat voor dessert er beschikbaar was.

'Nu, mademoiselle, kun je me misschien vertellen wat ik voor je kan doen,' zei Robert terwijl hij haar een sigaret aanbood.

Ze nam de sigaret aan, zichzelf dwingend om zijn hand aan te raken en zich naar voren te buigen, zodat hij haar parfum kon ruiken voordat de geur van tabak die zou overstijgen. Ergens had ze zin om te giechelen, zoals ze zou doen als ze deze scène op een bioscoopscherm zou zien. Maar dat kwam gewoon door de zenuwen. De zenuwen en de walging.

'Ik heb een vriend in het kamp,' zei ze weer.

Robert stak haar sigaret aan. Robèrt. 'O ja? Maar je begrijpt vast wel dat ik een man niet zomaar kan vrijlaten omdat zijn knappe vriendin me dat vraagt.'

Nanée keek hem recht in de ogen terwijl ze het eerste trekje van de sigaret nam en de rook elegant uitblies.

Na een stilte zei hij: 'Misschien kun je me eerst vertellen hoe je vriend heet?'

Ze tikte de as van haar sigaret in de kleine zilveren asbak die tussen hen in stond. Kon ze deze man vertrouwen? Als ze de naam van Edouard noemde, zou dat hem dan nog meer in gevaar brengen?

Ze knoopte haar jasje los, alsof het een beetje strak zat, en gunde hem een blik op de lichtgele zijden voering en de riem die haar middel omsnoerde.

'Het is niet wat je denkt,' zei ze. 'Hij is een vriend.'

Hij wachtte, nam haar op, niet overtuigd.

'Mijn vriend is vader,' vervolgde Nanée. 'De moeder van zijn dochter is een paar jaar geleden gestorven. Nu verkeert zijn dochter in slechte gezondheid. Ze heeft haar vader nodig. Deze tijd is al moeilijk genoeg voor een kind, zelfs wanneer ze gezond is.'

Varians plan, maar in de uitvoering van Nanée. Ze was vastberaden om dit kamp uit te lopen met Edouard Moss aan haar zijde.

'Het is een moeilijke tijd voor heel Frankrijk, uiteraard,' zei Robert.

Ze maakte haar benen los en sloeg ze weer over elkaar, ervoor zorgend dat de zijden kousen zachtjes, bijna onhoorbaar ritselden toen haar dijbenen langs elkaar streken onder de conservatieve krijtstreeprok.

Hij wendde zijn blik af, en zijn adamsappel ging op en neer in zijn keel. 'Als ik zijn naam wist, zou ik nog eens naar zijn dossier kunnen kijken.'

De jongeman keerde terug met een fles Rémy Martin en twee glazen.

Robert zei tegen hem: 'Ik wil graag dat je me het dossier brengt van...' Hij keek naar Nanée. De man keek mee.

Nanée aarzelde, maar wat had ze voor keus? 'Edouard Moss,' zei ze rustig.

De commandant zei tegen de man dat hij de fles op tafel kon laten staan en stuurde hem zonder een bedankje weg. Hij schonk eerst een glas voor zichzelf in en daarna voor haar. De scherpe geur van cognac steeg op.

Ze dronken en bespraken hoe Frans het was om overal tekort aan te hebben, behalve aan wijn en cognac. Nanée begon zich vreselijke dingen in het hoofd te halen – dat een bewaker Edouard strafte omdat zij naar hem gevraagd had, of dat Edouard er niet meer was, dat hij net als Hasenclever en Benjamin de hoop had opgegeven en zich van het leven had beroofd – toen de jonge man eindelijk terugkeerde met het dossier en een schaaltje met madeleines.

Ze wachtte tot de man was vertrokken en de commandant zijn aandacht weer volledig op haar richtte. Toen brak ze een stukje madeleine af en legde dat op haar tong.

Opnieuw ging de adamsappel van de commandant op en neer.

De madeleine smaakte zanderig en bitter, net als elke hap die ze door haar keel had weten te wringen. Ze stak haar hand uit naar het glas cognac.

De commandant nodigde haar uit om naast hem op de bank te komen zitten, waar ze het dossier makkelijker samen zouden kunnen bekijken. Hij verplaatste zichzelf, met zijn glas en het dossier, en er zat weinig anders voor haar op dan hem te volgen.

Hij sloeg het dossier open en las het vlug door. Toen keek hij op en bestudeerde Nanée. 'En je vraagt alleen om toestemming voor hem om zijn dochter te bezoeken in... Waar zei je ook weer dat ze is?' Zijn stem was nu iets hoger, opgewonden. 'Als het meisje bij jou in Marseille verblijft, zou ik wellicht kunnen regelen dat bewakers hem daarnaartoe brengen voor een kort bezoek.'

Nanée nam nog een sigaret aan en boog zich naar voren zodat hij die kon aansteken. Ze wachtte. Deze keer voelde ze geen enkele aandrang om te giechelen.

Ze maakte het bovenste knopje van haar blouse los, alsof ze wilde benadrukken hoe heet het was in deze goed verwarmde kamer.

'Je lijkt me een man van eer, Robert,' zei ze. 'Ben je een eerbare man? Een man die zich aan zijn beloftes houdt?'

Zondag 3 november 1940

CAMP DES MILLES

Het was donker buiten, na middernacht, maar toch klonk er zacht geroezemoes buiten het raam. Nanée keek naar de mannen die in het maanlicht in de rij stonden voor de latrines. Ze trok het jasje van haar pakje wat strakker om zich heen en probeerde zich in te beelden dat ze ergens anders was, terwijl de commandant snurkend op de bank lag te slapen. Wat in haar hoofd opkwam, was het feestje in haar appartement in Parijs, waar Edouard Moss had uitgelegd waarom vrouwen in surrealistische kunst zo vaak naakt waren en ledematen misten – omdat mannen obsessie, angst en fetisj zonder moreel oordeel wilden verkennen.

Zonder moreel oordeel, hield ze zichzelf voor. Terwijl er een leven op het spel stond. Ze geloofde dit. Werkelijk.

Het was echter allemaal verkeerd gegaan. Ze hadden samen op de bank gezeten met Edouards dossier en vrijlatingspapieren op de salontafel. Twee preutse kussen, verder niets. Ze had de pen in zijn hand geduwd. Hij leek er zoveel plezier aan te beleven om haar deze gunst te verlenen.

Hij had de pen echter naast het vrijlatingsformulier gelegd en haar schouder met zijn vinger aangeraakt, alsof hij een laatste kus wilde. Hij liet de vinger omlaagglijden naar haar borst. Ze deinsde terug.

Hij legde zijn hand achter in haar hals en vervlocht zijn vingers met haar haren. Dus hij wilde nog een kus, prima. Nog één kus.

Hij kuste haar echter niet. Hij bracht zijn lippen naar haar oren en fluisterde: 'Ik wil dat je erom smeekt.'

Had ze gelachen? Nee, dat wilde ze wel, maar ze begreep hoe beladen dat zou zijn.

Toen lag hij boven op haar op de bank en schoof zijn hand in haar blouse, in haar beha. Deed dat pijn? Vond ze dat lekker? Hij was dronken. Hij was dronken en hij was groot en het gewicht van zijn hand in haar hals maakte dat ze naar adem hapte.

Hij was degene die zich moest schamen, hield ze zichzelf voor. Niet zij. En toch voelde ze zich vies. Wat had ze gedaan om hem te laten geloven dat de ‘spelletjes’ die hij leuk vond haar zouden aanspreken? Want zo zag hij het, als een spel. Hij was er oprecht van overtuigd dat ze zijn varkensgezicht en zijn pens aantrekkelijk vond. Dat ze de macht bewonderde waarmee hij anderen kon vernederen, waarmee hij haar kon vernederen. Dat ze het graag ‘ruw’ had. Obsessie. Angst. Fetisj. Zodra het voorbij was, zei hij tegen haar dat ze wist hoe ze een man moest plezieren. Hij zei het alsof het een compliment was, een manier om zijn eigen fetisj goed te praten door die op haar te projecteren.

Hij lag nog steeds op de bank te snurken. Ze wilde weggaan, deze afschuwelijke kamer en deze afschuwelijke man ontvluchten. Maar als ze hem ook maar een hint gaf dat ze er niet van had genoten, als ze zou vertrekken en de volgende ochtend voor Edouard terug zou keren, als ze zelfs maar schone kleren aan zou trekken voordat het dag was, zou hij misschien lachen om het idee dat hij haar iets had beloofd. En wat kon ze dan nog doen?

Eindelijk kwam de zon op. Buiten op het fabrieksterrein klonken stemmen, meer dan slechts het geroezemoes van de mannen die in de rij bij de latrines stonden te wachten. Ze probeerde zich op de stemmen te concentreren, te luisteren, om de stem van Edouard eruit te pikken, die ze slechts één nacht had gehoord, bijna drie jaar geleden.

Ontzet, ja. Haar vader zou ontzet zijn. Hij zou de commandant wellicht hebben doodgeschoten om haar eer te verdedigen, maar het was ook háár vernedering, háár schaamte, zo zou hij het zien. Haar moeder ook. Haar broers. Iedereen die ze kende. Ze had zichzelf in een compromitterende positie gebracht. Daardoor had ze dit laten gebeuren. Het zelfs uitgelokt, zouden veel mensen denken. En nog wel op een zondagochtend. De dag van de Heer. Op precies dezelfde dag, twaalf jaar eerder, had hij haar vader tot zich genomen.

Buiten begon het appel, waarbij geen namen maar nummers werden afgeroepen. Ze probeerde nergens aan te denken, alleen aan de stemmen. Uiteindelijk riep de bewaker: ‘Honderdtweeëndertig.’ Edouards nummer. Dat had Danny weten te ontdekken.

Stilte.

Een golf van misselijkheid overspoelde Nanée, het gevoel dat ze dit misschien voor niets had gedaan. Danny had echter bevestigd dat Edouard Moss in het kamp zat. En Edouards dossier was hier.

'Honderdtweeëndertig,' antwoordde een stem ten slotte onzeker. Was dat de stem van Edouard? Ze had een jongere stem verwacht, en dieper en warmer. Maar natuurlijk klonk hij inmiddels ouder. Tegenwoordig verouderde iedereen zo snel.

Ze pakte haar reiskoffertje en haar grijze trenchcoat en ging de privébadkamer van de commandant binnen. Het liefst zou ze douchen, maar er zat geen slot op de deur. Ze opende de koffer en haalde de schone beha en blouse eruit, het slipje en de broek en de sokken, en haar vliegenierssjaal. Pas toen alles klaarlag, trok ze vlug haar jasje en haar blouse uit. Ze maakte het uiteinde van een mouw van haar verpeste blouse nat, trok haar beha uit, veegde haar borst schoon en trok de schone beha en blouse aan. Toen ontdeed ze zich van haar jarretels en haar kousen en haar slipje en maakte zichzelf zo goed mogelijk schoon met de natte mouw. Pas toen verwisselde ze de rok voor de broek. Ze schoot de grijze trenchcoat aan en knoopte de sjaal losjes om haar hals.

Ze zou de kleren op de vloer hebben achtergelaten als ze niet bang was geweest dat de commandant er weer aan zou voelen. Robèrt. De sneue kleine Robèrt in de mottige oude kamerjas van zijn grootmoeder. Ze stopte de kleren in het koffertje, sloot het en waste haar handen. Nu pas bekeek ze zichzelf in de spiegel, nu alles wat hij had aangeraakt, weggepoetst of opgeborgen was.

Onderaan haar hals zat een blauwe plek, die al paars begon te kleuren. *Ik wil dat je erom smeekt.*

Ze verschoof haar sjaal zodat die de blauwe plek bedekte, en toen sloeg ze ook de kraag van haar jas omhoog. Niemand mocht hiervan weten. Het zou de manier veranderen waarop ze naar haar keken, of ze het haar nu kwalijk zouden nemen of niet. Ze zouden naar haar staren, proberend het te zien, het zich voor te stellen.

Ze liep terug naar de slaapkamer en maakte zoveel herrie dat de commandant wel wakker moest worden.

'Ik moet Monsieur Moss naar zijn dochter brengen,' zei ze. Ze wist dat ze iets moest zeggen over de plezierige avond die ze met hem had doorgebracht, maar ondanks Varians en Danny's vertrouwen in haar talent om te liegen wist ze dat ze door de mand zou vallen als ze het nu probeerde. *Ik wil je niet opjutten,* probeerde ze zichzelf te laten zeggen, maar het lukte niet. *Ik zou heel dankbaar zijn als je…* Maar ze zou hem nooit ergens dankbaar voor zijn.

Ze voelde aan Edouards verblijfsvergunning in haar jaszak, waar ze het document had gestopt nadat ze zichzelf de vorige avond van de bank had bevrijd, toen de commandant in slaap was gevallen. Het vrijlatingsformulier lag nog op tafel, met de pen ernaast.

Hij krabde aan zijn harige pens onder het shirt dat hij nog droeg van de avond tevoren en nam haar broek met een afkeurende blik op.

'Je moet het vrijlatingsformulier ondertekenen en iemand vragen om me naar hem toe te brengen,' zei ze resoluut. 'Je moet je mannen vertellen dat Edouard Moss met mij meegaat.'

Zondag 3 november 1940

CAMP DES MILLES

Mannen dromden rond ketels vol koffie, die in de fabriekshal in tinnen bekers werd geschept. Uiteraard had de commandant Nanée niet zelf vergezeld. Hij had een van de bewakers opdracht gegeven om haar naar Edouard Moss te brengen, die op zijn bevel onder haar begeleiding vrijgelaten moest worden.

'Edouard Moss?' vroeg ze aan de eerste gevangene die ze tegenkwam. Met moeite weerhield ze zich ervan om haar sjaal voor haar neus te houden om de stank te weren van zoveel mannen die samenleefden in deze onbewoonbare fabriek. Het was niet hun schuld, dat wist ze, en toch was het ondraaglijk.

Er klonk een golf van geroezemoes, die wegebde in stilte, en iedereen staarde haar aan.

'Edouard Moss?' riep ze.

Niemand reageerde.

'Edouard Moss,' zei ze. 'Ik kom hem halen. Ik heb toestemming om hem mee te nemen naar Marseille.'

Opnieuw steeg er geroezemoes op, dat zich deze keer niet verspreidde maar overal tegelijk klonk. Een heleboel mannen keken naar het midden van de ruimte, waar een van drie peertjes de erbarmelijke plek verlichtte.

Nog steeds zei niemand iets.

Ze liep in de richting van het peertje, bang voor wat ze zou aantreffen. Misschien was Edouard 's nachts gestorven, terwijl zij bij de commandant was. Waarom had ze gewacht? Waarom had ze gisteravond Edouards vrijlating niet geëist? Maar ze had zo voorzichtig te werk moeten gaan; de commandant had zomaar van gedachten kunnen veranderen. Dat zou hij nog steeds kunnen doen, trouwens.

De mannen stapten opzij om haar door te laten. De bewaker bleef bij de ingang staan, niet bereid om de stank in te waden.

'Volgens mij is hij bij de latrines,' zei een oude man. Hij ontmoette Nanées blik en keek toen naar een koffer die rechtop tussen zijn geïmproviseerde bed en dat van zijn buurman stond. Op de koffer stond een foto, van Edouard en een vrouw die zo op Nanée leek dat ze zussen zouden kunnen zijn. Elza Moss, die voor altijd zo zelfverzekerd en jong zou blijven als ze op deze foto was, terwijl het kind dat ze vasthield op zou groeien en het haar van haar echtgenoot grijs zou worden, terwijl Nanée al fijne lijntjes in haar eigen ooghoeken zag verschijnen.

'Zei iemand niet dat hij Edouard in de rij bij de latrines had zien staan?' vroeg de man aan de anderen om zich heen. In de herrie van hun reacties fluisterde hij tegen Nanée: 'Twee avonden geleden was hij hier nog, maar sinds gisterochtend heb ik hem niet meer gezien.'

Nanée had het gevoel dat ze moest kokhalzen van verdriet en woede. Ze was te laat om Edouard te redden, net als ze te laat was geweest om haar vader te redden op diezelfde dag twaalf jaar geleden, of om hem zelfs nog maar te zien. En de commandant, die smeerlap, had geweten dat ze te laat was. Hij had opzettelijk gedaan alsof hij geloofde dat zij wilde aanbieden wat hij wilde nemen, in ruil voor de vrijlating van een man van wie hij wist dat hij dood was.

'Iemand vroeg naar hem,' zei de oude man. 'De Gestapo.'

De Gestapo? Maar nee, dat was Danny geweest.

'De Gestapo komt hem halen,' zei de man. 'Laat niemand weten dat hij niet in het kamp is. Geef hem zoveel tijd als je kunt.'

'Hij is niet dood?'

De schrik op het gezicht van de oude man. Ze had te luid gesproken.

Hij fluisterde: 'Ze hebben je toegestaan om hem op te zoeken, Nanée.'

Nanée schrok bij het horen van haar naam. Hoe wist hij wie ze was? Ze bestudeerde hem: een lang gezicht dat haar bekend voorkwam, dunner wordend haar, een behoedzame blik.

'Ik was bang...' zei hij. 'Soms sterven mannen 's nachts in de latrines en dan weten we niet eens dat ze dood zijn. Zijn foto, zijn vrouw en dochter. Ik was er zeker van dat hij dood was. Ik kon me voorstellen dat hij de koffer achter zou laten, maar niet de foto. Maar het feit dat ze jou toestemming hebben gegeven om hem mee te nemen, suggereert dat zij denken dat hij er nog is.'

'Hij reageerde bij het appel. Ik heb hem gehoord.' Terwijl ze de woorden uitsprak, besefte ze al dat het de stem van deze man was die ze had gehoord. 'Ik kan hier niet weg zonder hem,' fluisterde ze.

'Als ze hem vinden, sturen ze hem naar Dachau, als afschrikwekkend voorbeeld voor de rest van ons. Dachau. Dat is een Duits werkkamp.'

In plaats van Edouard te helpen had ze hem in groter gevaar gebracht door aan het licht te brengen dat hij was ontsnapt en op de vlucht was.

'Ga met mij mee,' zei ze. 'Doe net of je Edouard bent.'

De man keek haar fronsend aan. 'Ik ben veel te bekend.'

'Doe net alsof je Edouard bent,' drong ze aan. 'Ik haal je hier weg.'

De bewaker riep naar Nanée en probeerde te gebaren dat ze haar prooi uit dit godvergeten hol moest slepen.

'Maar... ik ben Max Ernst,' zei de man. 'Zelfs die sukkel van een bewaker weet precies wie ik ben.'

Nanée probeerde haar verbijstering te onderdrukken, maar aan zijn gezicht zag ze dat het te laat was. Ja, dat was dezelfde Romeinse neus, dezelfde diepliggende ogen. Max Ernst was op de avond van de surrealistische tentoonstelling in haar appartement aan de Avenue Foch geweest, samen met Leonora Carrington. Nanée had hen allebei later nog bij andere gelegenheden gezien. Zijn haar was toen al wit en dun geweest, maar nu was er bijna niets meer van over, net als van zijn gezondheid.

'Die bewaker is niet het type om van de regels af te wijken,' zei hij.

De bewaker, die zag dat ze in zijn richting keek, gebaarde opnieuw dat ze op moest schieten. Ze kon hem negeren; voor haar zou dat waarschijnlijk geen gevolgen hebben. Maar gold dat ook voor deze mannen? Voor Max Ernst?

'Als je vertelt dat Edouard er niet is,' zei Ernst, 'gaat heel Vichy naar hem op zoek.'

Maar wat kon ze anders doen?

'Verzin iets,' zei hij. 'Wat dan ook. Zeg dat je hem later komt halen. Als ze merken dat hij er niet is, zullen ze hem vinden, en dan sturen ze hem naar Dachau. Hij is te voet, hoe ver kan hij in één dag gekomen zijn?'

Hij pakte de foto van de koffer en duwde die in haar handen. 'Neem deze mee,' zei hij. 'Spoor hem op. Geef hem de foto, met de groeten van mij.'

‘Maar als hij terug wordt gebracht, als hij wordt gepakt en ze brengen hem weer naar het kamp, dan zal hij de foto harder nodig hebben.’

‘Ik zeg je, als hij gepakt wordt, wordt hij niet teruggebracht naar het kamp.’

Zondag 3 november 1940

CAMP DES MILLES

Pas toen de mannen naar buiten stroomden om aan het werk te gaan, toen het in de drukte minder op zou vallen als ze zonder Edouard over het fabrieksterrein zou lopen, voegde Nanée zich weer bij de bewaker.

'Waar is je gevangene?' vroeg hij op barse toon.

Ze voelde aan de ingelijste foto in haar zak; Edouards documenten zaten in de andere zak. 'Bij de latrines,' zei ze. 'Hij heeft dysenterie, en klaarblijkelijk is het zo ernstig dat hij niet in staat is om te reizen.'

De bewaker nam haar sceptisch op. Ze vermoedde dat het hele kamp ondertussen had gehoord hoe ze de nacht had doorgebracht.

'Dan zal ik u terugbrengen naar de commandant.'

'Ik ben bang dat ik op moet schieten, anders mis ik mijn trein.'

Nee, hij geloofde haar niet. Zo'n goede leugenaar was ze niet. Ze wierp een blik naar Max Ernst, die haar zoals afgesproken in de gaten hield. Ze boog zich naar de bewaker toe en fluisterde: 'Geen enkele bewaker in dit kamp zal er iets mee opschieten als de commandant ontdekt dat een gevangene die hij net wilde vrijlaten al ontsnapt is. Ik denk niet dat hij het leuk vindt om voor gek te staan.' Ze liet de woorden even tot hem doordringen, hem schrik aanjagen. 'Wanneer niemand kijkt, doe je het hek open en dan loop ik naar buiten.' Op die manier zou ze Edouard zijn papieren kunnen geven als ze hem vond, en dan zou het lijken alsof hij het kamp op legale wijze had verlaten. Niemand mocht echter zien dat ze in haar eentje vertrok, zonder hem.

'Hoe moet ik een vrouw als u hier weg krijgen zonder dat iemand kijkt?' protesteerde de bewaker.

'Dat heb ik al geregeld.'

Hij staarde haar aan. Hij begreep dat hij klem zat. Onder andere omstandigheden zou ze medelijden met hem hebben gehad, maar hij was een Fransman die wist hoe deze mannen gedwongen waren te leven en hij deed niets om hen te helpen. Hij weigerde zelfs de ruimte binnen te gaan waar ze sliepen.

Ze bracht haar hand naar haar lippen, het signaal aan Max, die nu samen met de andere mannen naar buiten liep.

Hij knikte. Ja, hij had het gezien.

'Goed,' zei ze tegen de bewaker, 'je loopt met me mee naar het wachthuis om mijn koffer op te halen, en je brengt me zo dicht bij het hek als je kunt zonder dat het lijkt alsof ik vertrek.'

Ze pakte zijn arm, en naast elkaar liepen ze het fabrieksgebouw uit.

'Je zult de mannen niet straffen die je hachje gaan redden met wat ze op het punt staan te doen,' zei ze. 'Je gaat de commandant en de andere bewakers ervan overtuigen dat jij met ze af zult rekenen, en als ik ook maar iets hoor wat me het idee geeft dat ze slecht behandeld zijn, breng ik opnieuw een bezoekje aan je commandant. Begrijp je dat?'

Zijn adamsappel ging op en neer. Begeerte en angst, ze lagen zo dicht bij elkaar in een zwakke man.

Ze gingen het wachthuis binnen, haalden haar koffertje op en verlieten het gebouwtje aan de andere kant, dichter bij het hek. Max, die vanuit de rij van stenendoorgevers toekeek, zag haar. Een tel later haalde hij met zijn vuist uit naar de man die op de mat naast hem sliep in die smerige fabriekshal, precies zoals ze hadden afgesproken. Iedereen richtte zijn aandacht op het gevecht, en de andere bewakers sprongen ertussen.

De bewaker bij Nanée opende het hek, en ze glipte naar buiten, niet met Edouard Moss, maar wel met zijn papieren.

Zondag 3 november 1940

VILLA AIR-BEL

Nanée stond met haar kleine koffer in haar slaapkamer, eindelijk. Dagobert likte haar schoenen, haar enkels.

'Het is in orde, Daggs,' zei ze. 'Het gaat prima met me.' Ze kon echter zelfs de energie niet opbrengen om hem aan te halen.

Ze was de villa zo stilletjes mogelijk binnengeglipt. Ze had geen zin om vragen te beantwoorden over het kamp of de lange treinreis, over de conducteur die ze alleen haar Amerikaanse paspoort en haar kaartje had laten zien, waarop ze met een onschuldige glimlach en ingehouden adem had afgewacht wat er zou gebeuren. Ze had de vragen op zijn gezicht gelezen: had ze geen reisvergunning? En waarom stapte ze pas in bij Les Milles terwijl ze een treinkaartje had vanuit Arles? Hij had echter niets gezegd, hij had gewoon haar kaartje geknipt en was verdergegaan naar de volgende passagier.

Ze deed haar slaapkamerdeur dicht en maakte een vuur aan in de open haard. Een poosje staarde ze naar de kruipende vlammetjes, getroost door Dagoberts drukke tong.

'Alles is in orde,' zei ze weer, net zozeer tegen zichzelf als tegen hem.

Toen het vuur volop brandde, zette ze haar koffer op het dressoir en klikte hem open. In de spiegel aan de binnenkant staarde ze naar zichzelf, naar de donkere kringen onder haar ogen. Ze verschoof haar sjaal een stukje om de blauwe plek beter te bedekken.

Het slipje en de beha en de blouse met de natte mouw zaten nog opgepropt in de koffer, boven op het Robert Piguet-pakje.

Ze keek weer in de spiegel. Hij moest zich schamen, niet zij. Robèrt.

Ze haalde de blouse uit de koffer en legde hem op het vuur, waar hij langzaam vlam vatte. Dagobert ging naast haar zitten en keek mee. Het slipje volgde, de beha. Daarna haalde ze de zijden kousen uit de koffer, met de jarretels er nog aan vast, en gooide die ook in het vuur. Zijden kousen van goede kwaliteit. Tegenwoordig onmogelijk om aan te komen. Ze leken te krimpen in de vlammen en gaven een geur van stinkend verkoold vlees af.

Ze staarde naar het pakje. Op de een of andere manier was het pakje het ergst.

Ze had net het jasje in haar hand genomen toen iemand zacht op de deur klopte.

'Ik kom zo naar beneden,' zei ze.

De deur ging een stukje open. T keek voorzichtig naar binnen. 'Nanée, vergeet niet dat Miriam morgen vertrekt.'

Nanée wilde zeggen dat ze dat natuurlijk niet was vergeten, maar natuurlijk was ze het wel vergeten. Dit was Miriams laatste avond voordat ze naar Joegoslavië zou vertrekken om te proberen haar verloofde terug te krijgen naar de vs.

'Nanée?' vroeg T toen ze de blouse in het vuur zag, en de kousen.

'Ik kom zo dadelijk naar beneden om te helpen met de voorbereidingen van het feest.'

T nam het jasje voorzichtig uit Nanées handen. 'Wacht, Nanée. Wacht even.'

'Ik zal het nooit meer dragen.' Ze hoorde de woede in haar eigen stem.

T hield het jasje omhoog, met de diamant nog op de revers, en inspecteerde het. Ze keek naar Nanée – die openhartige, peilende blik.

'Edouard was er niet,' zei Nanée.

'O, Nan.' T kwam naar haar toe, maar Nanée stapte naar achteren. Ze kon het niet verdragen om aangeraakt te worden.

T haalde de rok uit de koffer en vouwde de twee kledingstukken zorgvuldig op. Ze hield ze vast en keek naar de brandende blouse en kousen. 'Wil je me erover vertellen?'

Obsessie. Angst. Fetisj. Nanée zou het echter nooit aan iemand vertellen. Ze wilde niet dat iemand zich hier een voorstelling van zou maken, zelfs T niet.

'Wat valt er te vertellen?' zei ze, haar woede omarmend. 'Ik heb gefaald.'

T legde het pakje weg en pakte Nanées hand zoals ze dat ook bij Peterkin deed. Nanée wilde protesteren, maar ze wilde niets uit hoeven te leggen. En dus liet ze zich door T naar het kleine stoeltje loodsen en ging ze braaf zitten.

'Je bent uitgeput,' zei T. 'Hoe kan het ook anders. Het was een lange reis, en je bent er nooit goed in geweest om niet precies te krijgen wat je wilt. Maar je hebt het geprobeerd.'

Ze raapte het pakje op.

'Ik zal het nooit meer dragen,' herhaalde Nanée.

'Maar iemand anders misschien wel. Het is een overtuigend pakje, in een tijd waarin zoveel mensen overtuigend moeten overkomen. Het pakje van een vrouw die iets voorstelt. In een tijd waarin we zulke vrouwen nodig hebben. Vrouwen zoals jij.'

Toen Nanée geen tegenwerpingen maakte, keek T haar vreemd aan, anders. 'Nanée?' Ze keek naar de kledingstukken in de open haard, en toen weer naar Nanée. 'O, Nan.'

Nanée keek uit het raam, naar het uitgestrekte stuk groen en de trein- en de tramrails, de zee.

'Weet je zeker dat je het niet wilt vertellen?' vroeg T zacht.

In de verte kroop een tram over het spoor.

'Ik laat beneden een warm bad voor je vollopen, goed?' zei T. 'Met een glas van iets sterks erbij.'

'Geen cognac.'

'Volgens mij is er nog calvados. Geef me een paar minuten, en kom dan... Nee, ik kom jou wel halen.'

Bij de deur bleef ze staan en keek om. 'Je hebt een goede daad verricht, Nan.'

Zondag 3 november 1940

EEN KELDER IN EEN BORDEEL

Edouard zat roerloos met zijn rug tegen de muur. De vochtige kilte van de keldervloer was helemaal in zijn botten getrokken. Hij schrok niet langer van het gescharrel in het donker, maar wel van de onbekende voetstappen die nu boven zijn hoofd klonken. Vlug vouwde hij Luki's brief op, woorden die hij in het donker niet kon zien maar die hij uit zijn hoofd kende, en stopte die weer terug in zijn borstzak, samen met de brieven die hij aan haar had geschreven. Hij sloot zijn vingers om het mes dat hij 's ochtends vroeg uit de hogergelegen keuken van het bordeel had gestolen, toen de laatste klanten waren vertrokken en het huis stil was geworden, vlak voor zonsopgang.

Met tegenzin schoof hij het ijzeren rooster boven het gat in de keldervloer opzij en klom erin. Zijn voeten waren onmiddellijk doorweekt in het smerige water, en de ondergrondse stank drong zijn neusgaten binnen.

De deur bovenaan de keldertrap ging krakend open. Licht stroomde over de gammele treden. Niet de kokkin die aardappels kwam halen; de scherpe kuch van de vrouw zou hem hebben gewaarschuwd.

Edouard kon de voeten niet zien, maar hij hoorde eerst één zware stap, toen een tweede. Hij was in het voordeel, hield hij zichzelf voor. Zijn ogen waren al aan het donker gewend. Als er geen tweede persoon zou volgen, was hij in het voordeel. Het idee dat hij nooit een medemens zou kunnen doden, had hij lang geleden opgegeven.

Zo stilletjes mogelijk waadde hij door de lage tunnel, bij het rooster vandaan. Op die manier zou hij niet zichtbaar zijn van boven als iemand het opzijschoof en omlaagkeek. Hij kwam uit in een verlaten ondergrondse kapel, een kleine grot aan het andere eind van de tunnel, die volgens de bordeeleigenaresse dateerde uit het schrikbewind van de Franse Revolutie, toen de revolutionairen rooms-katholieke geestelijken het soort geweld aandeden dat de nazi's de Franse Joden nu aandeden. Het was vreemd, de dingen waar je aan dacht om de angst op afstand te houden. Die kale steen hier moest het altaar zijn geweest. Jezus aan het kruis erachter. Hij had ze gezien toen de hoerenmadam hem met een zaklamp omlaag had gestuurd, zodat hij zou weten waar hij zich moest verstoppen als er iemand kwam. Alleen mensen die bereid waren zich in de overgestroomde put te laten zakken konden over het bestaan van de kapel weten. De enige andere persoon die ervan op de hoogte was, was de Russische communist die zich er vóór hem had verscholen.

Er klonken nu zachte, behoedzame voetstappen in de kelder. Geen licht voor zover Edouard kon zien, maar dat zou hij ook alleen opmerken als het regelrecht op het rooster zou schijnen.

Wat kon hij doen als de onbekende persoon in de put zou klimmen om de ondergrondse tunnel te doorzoeken? Hij zou hier onder kunnen duiken. Maar het was beter om aan de rand van de tunnel te wachten, om het voordeel van de verrassing te hebben. Zelfs als er meer personen waren, kon er maar eentje tegelijk uit die smalle tunnel tevoorschijn komen.

Was deze smerige schuilplek beter dan Camp des Milles? Wat was er door zijn hoofd gegaan toen hij in Taters vrachtwagen was geglipt, vlak voor die wegreed met hun vuilnis erin om aan Taters varkens te voeren? Hij had het als een gelukje beschouwd toen ze naast een andere vrachtwagen waren blijven staan, volgeladen met wijn, en de twee bestuurders samen al kletsend een sigaretje hadden gerookt. Hij had van de gelegenheid gebruikgemaakt om van de ene vrachtwagen naar de andere te glippen, zonder enig idee te hebben van de bestemming. Hopend dat hij er verder mee zou komen dan Taters boerderij voordat zijn ontsnapping werd ontdekt.

Hij had moeten wachten op iemand die hem met zekerheid naar Parijs had kunnen brengen. Dat was zijn grote fout. Hij was nu verder bij Luki vandaan, niet dichterbij.

Maar in feite wist hij dat niet; hij wist niet waar Luki was.

Hij had geen geld. Geen rantsoenkaart voor voedsel. Geen documenten. Als hij ergens in Frankrijk werd ontdekt, was hij kansloos.

Nu de Kundt-commissie naar hem op zoek was, was het echter beter om te schuilen in een stinkende verlaten kapel of een vochtige kelder dan af te wachten tot ze hem kwamen oppakken. Als hij door het landschap buiten het kamp was gaan dwalen, hadden ze hem gevonden. Niemand die dat deed, hield het langer dan een dag vol.

Hij was nu bijna twee dagen weg. Dit moest dus iemand zijn die naar hem op zoek was, of naar vluchtelingen in het algemeen. Het gerucht ging dat er zich hier honderden schuilhielden, misschien nog meer, op zoek naar een manier om weg te komen uit Frankrijk. Daarom was hij hiernaartoe gekomen zodra hij besefte waar de vrachtwagen hem naartoe had gebracht. Als hier vluchtelingen waren, moesten er ook mensen zijn die hen hielpen. In deze omgeving was niemand erg gesteld op autoriteit; verreweg de meesten leidden een bestaan dat op de een of andere manier in conflict was met de wet.

Slechts één paar voetstappen. De onbekende persoon was alleen. Hij wist het zeker.

Waarom deed hij zo stilletjes, zo voorzichtig?

Het rooster schraapte over de keldervloer.

Een zaklamp bescheen het donkere water.

Edouard bleef roerloos staan, met het mes in zijn hand.

Zondag 3 november 1940

VILLA AIR-BEL

'Was je het lievelingskind van je vader?' vroeg André aan Nanée. De vraag kwam zomaar uit het niets. Niemand in de villa wist dat dit de sterfdag van haar vader was. Niemand wist dat ze in Frankrijk was geweest toen hij stierf, dat ze erop had gestaan om naar Parijs te gaan toen hij wilde dat ze naar huis zou komen, dat ze zelfs niet terug was gegaan voor zijn begrafenis.

Ze zaten aan een lange tafel die ze naar buiten hadden gesleept voor de warme novemberavond, de laatste die Miriam bij hen door zou brengen. De antieke terrine die Madame Nouget voor de gelegenheid had gevuld met groenten die ze zo had bereid dat ze op stoofvlees leken, was inmiddels leeg. Eromheen stonden wijnflessen, waaruit André glazen bleef bijvullen terwijl ze zijn favoriete ondervragingsspelletjes speelden. Ze wilde tegen hem zeggen dat hij zijn aanmatigende, veel te scherpe, veel te opdringerige neus in zijn eigen zaken moest steken. Het was echter de vermoeidheid die zich liet gelden, en ze wilde Miriams laatste avond niet verpesten.

Ze legde haar hand op Dagoberts kop in haar schoot en fluisterde 'Hitler! Hitler!', en hij blafte zoals hij dat altijd deed. Ze moesten allemaal lachen, hun gezichten open en warm en gelukkig terwijl ze in het halfdonker van het maanlicht zaten en het elektrische licht door de dubbele deuren naar buiten scheen. Wat sprong Nanée voorzichtig om met Andrés ego, en dat van Varian. Ze speelden dit spel omdat beide mannen het heerlijk vonden om een excuus te hebben waarmee ze anderen indringende vragen konden stellen zonder ze zelf te hoeven beantwoorden. Waarheid, noemde André het spel, maar Nanée en T en Miriam noemden het stiekem Seksuele Bekentenissen. Dat leek de werkelijke waarheid te zijn waar André op uit was. Nanée betaalde de kosten van het chateau; je zou denken dat dat haar enig respect opleverde, maar ze was wijs genoeg om te begrijpen dat mannen die nodig hadden wat je hun bood, juist minder geneigd waren je te respecteren in plaats van meer. Dat was precies wat er de avond daarvoor was gebeurd. De commandant had het nodig gehad om te geloven dat hij niets nodig had wat hij niet kon krijgen.

De commandant, zo noemde ze hem nu in gedachten. Ze had hem ontdaan van zijn naam alsof ze daarmee haar woede af kon werpen. Omwille van Miriam deed ze hard haar best om het af te schudden, maar ze verdronk er bijna in, in het verlies, in de angst dat haar vriendin Joegoslavië nooit zou weten te bereiken, of dat ze er niet meer weg zou kunnen komen. In het verlies van papa, juist op deze dag, en haar eigen onvermogen om de vrouw te worden die hij voor ogen had gehad. In haar mislukte missie om Edouard te redden. Waarom had ze zich in vredesnaam in het hoofd gehaald dat zij degene zou moeten zijn die hem moest redden? Waar had ze het idee vandaan gehaald dat ze dat zou kúnnen? Edouard, die dat hoofd met de vliegeniersbril in de vergulde vogelkooi had getekend, het hoofd dat van haar was en ook weer niet. Edouard, die nog vóór ze elkaar hadden ontmoet foto's had gemaakt die haar het gevoel gaven dat ze begrepen werd.

'Nou?' drong André aan terwijl het gelach wegebde en er meer wijn werd ingeschonken. 'Was je het lievelingetje van je vader?'

Bespiedde jij je vader? Bespiedde je ook nog iemand anders?

'Ik weet niet of mijn vader een lievelingetje had.' Ze voelde aan haar sjaal, gewoon om te controleren of hij er nog zat, of hij haar hals nog bedekte. Ze wilde dat ze een trui kon gaan halen om haar warm te houden in de afkoelende avondlucht, maar ze had haar favoriete kasjmieren vest – zoetroze, de kleur van onschuldige meisjes – al om haar schouders gedrapeerd. André wilde haar geen ongemakkelijk gevoel bezorgen. Nanée kende hem inmiddels goed genoeg om de specifieke blik te herkennen waarmee hij naar mensen keek die hij van hun stuk wilde brengen. De manier waarop hij haar vóór elke voorzichtige, indringende vraag bestudeerde, was zachter en milder, en toch net zo onmogelijk te weerstaan. Ze kon net zo goed haar huid afpellen en die op tafel leggen; hij keek recht in haar geest en in haar hart.

Hij wachtte. Daar was hij goed in. Zwijgen. Wachten tot er meer kwam.

'Dat zou betekenen dat het papa iets kon schelen wie we waren, en niet alleen of we hem tot eer strekten,' zei ze uiteindelijk. Bittere woorden. Waarom had ze ze uitgesproken? Was het eigenlijk wel waar?

'En strekte je je vader "tot eer"?' vroeg André.

Nanée glimlachte zoals ze zou hebben gedaan als papa erbij was geweest. De regels van Evanston: een jonge vrouw moest negatieve gevoelens altijd verbergen. Het gekke was dat ze ergens Andrés vraag wilde beantwoorden. Ze wilde niet dat iemand het zou horen, maar ergens diep vanbinnen voelde ze de drang om antwoord te geven.

'Ik was een braaf meisje,' zei ze.

André lachte. Ze lachten allemaal. Dat was haar bedoeling geweest, en toch was het antwoord ook de waarheid.

'Echt?' Andrés toon suggereerde dat hij haar wel degelijk geloofde. Hij was hier zo goed in. Ook al was het maar een spel, hij wist iedereen zijn of haar diepste zielenroerselen te ontlokken. Op de een of andere manier wist hij wat waar was en wat niet, en hij geloofde dat hij je een dienst bewees, dat de waarheid je werkelijk zou bevrijden.

Nanée keek uit over het donkere landschap, de sterren die oplosten in de avondmist richting de zee. 'Ja. In Evanston was ik een braaf meisje.'

'Voor je vader?' vroeg André provocerend.

'Werkelijk, André!' protesteerde Jacqueline.

'Ik vrees dat het veel vaker voorkomt dan we denken,' zei André. 'Maar afgaande op Nanées geschokte gezicht is het antwoord nee.'

Hij keek weer naar Nanée, zijn handen ineenklemmend en ontspannend, zoals hij altijd deed. 'En in Europa? Was je ook een braaf meisje in Europa?'

Nanée liet haar vinger over de rand van haar lege wijnglas glijden.

André pakte de fles en schonk het laatste beetje wijn voor haar in. 'Was je een braaf meisje in Europa?' herhaalde hij.

Ze verschikte het vest om haar schouders, rillend in de kilte van de avondmist terwijl ze in het donker staarde. Was dat het geluid van een auto? Ze tuurde naar de kalkstenen pilaren aan het begin van de oprit, naar het spoor van de trein en de tram. Zag ze een flauwe gloed door blauwgeschilderde koplampen schijnen? Was het haar auto? Vanwege de benzineschaarste werd die nauwelijks gebruikt, maar Varian had haar vlak na het eten gevraagd om hem aan Danny te lenen, hoewel ze haar geen van beiden hadden willen vertellen waarom. Het moest Danny haast wel zijn. Maar wat als hij het niet was? Wat als de commandant iemand had gestuurd om haar te arresteren? Iemand die 's avonds zo laat nog langskwam, zou geen goed nieuws brengen.

'Ik heb hier niets gedaan waar papa zich voor zou schamen,' zei ze tegen André, 'want niemand die hij kende, kon er iets van weten.'

'Dus je bent een slecht meisje geweest in Europa?'

Ik wil dat je erom smeekt. Was het werkelijk een spel geweest voor de commandant, of had hij aan haar gezicht gezien dat ze zin had om hem uit te lachen?

'In Italië?' drong André aan. 'Daar woonde je toch eerst?'

'Nee,' zei ze. 'Ik bedoel, ja, ik woonde in Italië. Maar daar was ik een braaf meisje. Ik dácht dat ik... een waaghals was.' Ze stak haar armen in de mouwen van het vest. Voelde aan haar sjaal, die nog op zijn plek zat. 'De eerste keer dat ik een condoom kocht in Italië kende ik het Italiaanse woord ervoor niet, dus vroeg ik om *qualcosa per fermare la concezione*, iets om de conceptie tegen te houden.' Door André een kleine anekdote te vertellen die hem af zou leiden, zou ze het gesprek wellicht een andere wending kunnen geven. 'Het condoom was voor een vriendin, deel van een ingewikkeld plan om een man op wie ze verliefd was ervan te overtuigen dat ze nog maagd was, terwijl dat niet zo was. Ze had hem verteld dat ze nog nooit samen was geweest met een man, maar dat ze het "zelf had gedaan", met "een soort dinges".'

André lachte. 'Een dinges?' herhaalde hij.

'Ja.' Ze bedacht hoe geschokt ze was geweest om haar vriendin zo openlijk over deze dingen te horen praten. 'En dus moesten we een dinges maken om aan die vent te laten zien. Vandaar dat we een condoom nodig hadden.'

André moest weer lachen.

'En die vrijer van je vriendin,' zei hij, 'trapte hij erin?'

'Hij heeft haar diezelfde avond een aanzoek gedaan.'

Het huwelijk had nog geen twee jaar geduurd, maar op dat moment hadden ze zich triomfantelijk gevoeld.

'Dus dat "gewaagde gedrag" was voor je vriendin.'

Nanée ontmoette zijn blik. 'Ja, dat klopt.'

'Wanneer werd jíj dan een stout meisje? Stout volgens de regels van Evanston, wat neem ik aan inhoudt dat een meisje een minnaar neemt?'

Een minnaar nemen. Zo hadden de Europese meisjes op de school van de contessa het ook genoemd. Zoveel beschaafder dan 'het doen', en toch minder waar.

'Wanneer ben jíj zo'n stoute jongen geworden, André?' reageerde ze.

‘Aha, ze probeert de vraag te ontduiken,’ zei hij, ‘en dus weten we dat ze iets verbergt.’

‘In Zwitserland,’ zei Nanée, zichzelf verrassend met het gemak waarmee ze de bekentenis deed. Het was nadat papa was overleden, nadat moeder naar Parijs was gekomen en met Misha had aangepapt, nadat haar broers en haar moeder en Misha terug waren gekeerd naar de Verenigde Staten terwijl zij was gebleven om te skiën. Ze vroeg zich af waarom ze zich opgelaten voelde over deze details, waarom ze niet bereid was die te delen. Ze vroeg zich af of André ze van haar gezicht kon lezen of ze in haar stem kon horen.

‘En die eerste man, was hij een goede minnaar?’

‘Hij was een beetje een schavuit, André. Ik lijk me aangetrokken te voelen tot schavuiten.’

T en Jacqueline en Miriam lachten. Lieve hemel, ze zou Miriams veel te luide lach gaan missen.

‘En weer ontduikt ze de vraag,’ zei André tegen het gezelschap. Hij keerde zich weer naar Nanée en herhaalde: ‘Was hij een goede minnaar?’

Was hij dat? Ze had zich verbeeld dat ze verliefd op hem was om te rechtvaardigen dat ze het met hem deed, en toen was ze uitgegaan met de ene schavuit na de andere, alsof ze zichzelf wilde straffen omdat ze zo stom was geweest haar maagdelijkheid te verspillen aan een man voor wie het helemaal niets betekende. ‘Op dat moment had ik geen vergelijkingsmateriaal.’

‘Maar nu wel.’

Vriendelijke, begripvolle Tony in Barcelona had haar laten zien hoe seks behoorde te voelen. Ze moest hem per ongeluk tegen het lijf zijn gelopen; hij was heel wat fatsoenlijker geweest dan haar gebruikelijke keuzes. In tegenstelling tot de andere mannen met wie ze iets had gehad, behoorde hij echter niet tot ‘haar klasse’. Hij was geen man die ze mee naar huis kon nemen.

‘Was Zwitserland een goede minnaar? Niet echt, maar verrassend genoeg geldt dat voor de meeste mannen,’ zei ze, met een blik die suggereerde dat misschien ook André minder bevredigend was dan hij dacht.

De vrouwen aan de tafel lachten. André leek echter tevreden met deze bekentenis, met het idee van een jongere Nanée die in Zwitserland in een bed lag en niet begreep wat ze miste.

‘Heb je sindsdien betere minnaars gehad?’

Nanée keek weer naar buiten, naar de oprit. Het moest toch haast wel de flauwe gloed van koplampen zijn? Het moest Danny zijn, wiens terugkeer Varian af zou leiden, en daarmee ook André. Niemand anders keek echter.

'Misschien zelfs mannen van wie je hield?'

'Soms dacht ik dat wel,' zei ze. Opnieuw luchtig. Opnieuw de waarheid.

'Dacht je dat ze beter waren in bed, of dat ze van je hielden?'

'Dat was je vraag niet,' zei ze. 'Je vraag was of ik van hén hield.'

Iedereen keek opeens naar de oprit; ja, nu hoorden ze het allemaal. Ze volgden de trage voortgang van een schaduw die over de heuvel kwam.

'Je laatste minnaar,' zei André, 'was hij beter of slechter dan die eerste?'

Ze hief haar glas en nam een slokje. Ze was blij dat het donker was. Ze had gedacht dat ze controle over de commandant kon uitoefenen, terwijl er helemaal niets aan de situatie was wat ze onder controle had. Ze had gedacht dat ze Edouard Moss zou kunnen redden, en in werkelijkheid had ze hem alleen maar meer in gevaar gebracht.

'Ik ben doodop,' zei T. 'En jij vast ook, Nan. Zullen we samen naar boven gaan?'

Nanée concentreerde zich op de koplampen van de auto. De flauwe gloed zwaaide in hun richting nu de auto het hek naderde. Ze staarde, hopend dat ze kon onderscheiden welke auto het was, maar dat viel onmogelijk te zeggen zolang de koplampen nog aan waren, gedimd of niet.

'Beter of slechter?' herhaalde André.

'Hij was geen minnaar,' wist Nanée uit te brengen.

'Volgens mij is het zo wel genoeg, André,' zei Jacqueline.

'Hoelang geleden was het?' drong André aan.

'Hou erover op, André!' zei T. 'Hou er verdorie over op!'

Iedereen keek stomverbaasd naar T. T werd nooit boos.

Haar vriendin probeerde haar te helpen, maar het zou makkelijker zijn als ze gewoon een antwoord gaf, een halve waarheid die de rest verborg.

'Ik...' begon ze.

De auto stopte net achter het hek. Portieren gingen open. Bij het knarsen van voetstappen op grind stond Jacqueline op en zei geschrokken: 'Varian?'

Allemachtig, het was echt iemand die vanuit het kamp was gestuurd. Die dwaas van een bewaker had zijn mond niet gehouden.

'Niets aan de hand,' zei Varian. Hij stond op toen het hek piepend openging en ze het zachte geroezemoes van stemmen hoorden – Danny's stem, godzijdank.

Twee paar voetstappen die de treden op kwamen, niet meer. Twee schaduwen die de belvedère overstaken in het licht dat door de deuren viel.

'Hé, zijn jullie allemaal nog buiten?' zei Danny.

'Edouard,' zei Varian. 'Welkom.'

'Edouard Moss!' zei André. 'Allemachtig, man, je liet ons schrikken. Danny, je had ons wel kunnen waarschuwen dat je terugkeerde met gezelschap. Dan hadden we een écht goede fles opengetrokken.'

Iedereen stond inmiddels. Nanée ook, op de een of andere manier.

'Mr Fry,' zei Edouard. Hij weigerde Varian de hand te schudden, vanwege zijn eigen smerige handen en kleren. Zijn schoenen en zijn broek roken alsof hij ermee door het riool had gewaad.

'Varian,' zei Varian. Hij schonk Edouard een glas wijn in en stond erop dat hij het aan zou nemen. 'Ik ben zo blij dat je er bent. Waarom ga je niet zitten om iets te eten? Ik heb Madame Nouget gevraagd om iets apart te houden.'

'André,' zei Edouard bij wijze van begroeting. 'Jacqueline.' Hij bleef op afstand, opgelaten over zijn stinkende kleren.

'Je kent T nog wel,' zei Danny. 'En Nanée.'

Edouard staarde haar aan. Hij was duidelijk net zo verbijsterd om haar te zien als zij was om hem te zien.

'Als je niet was gevlucht, had je hier trouwens gisteren al kunnen zijn,' zei Danny. 'Nanée is je gaan halen in Camp des Milles, maar je bleek er niet meer te zijn.'

Edouard keek van Nanée naar Danny. 'Ik... Nanée, wat een verrassing. Ik... Ik had geen idee dat je nog in Frankrijk was.'

Met haar hand op haar sjaal zei Nanée: 'Waar heeft Danny je in vredesnaam gevonden?'

'We kregen gisteren bericht op kantoor dat Edouard in Marseille was,' vertelde Varian, 'verscholen in een kelder in de Panier.'

Nanée, die ontzetting in haar vermoeide botten voelde zinken, wist uit te brengen: 'Gisteren?'

'Nog geen uur nadat jouw trein was vertrokken,' zei Varian. 'Als we je hadden kunnen bereiken, hadden we je laten weten dat je niet hoefde te gaan.'

Gisteren, toen zij in haar blauwe pakje in dat café bij het Palais Longchamp had gezeten, wachtend tot de latere trein zou vertrekken.

'We wilden hem ergens naartoe brengen waar het veiliger was dan in de Panier,' zei Danny, 'en dus hebben we hem naar het chateau gehaald.'

'We vrezen dat ze Edouards ontsnapping door jouw bezoek hebben ontdekt, Nanée,' zei Varian. 'Niet jouw schuld, natuurlijk. Gewoon pech. Danny heeft gisteravond al geprobeerd om hem op te halen, maar het wemelde op straat van de politie.' Hij wendde zich tot Edouard.

'We hebben een van de beste kamers van het chateau voor jou bestemd. Eerste verdieping. Ik ben bang dat alle 'bibliotheeksuites' vanavond geboekt zijn, maar er is een mooie kamer verderop in de gang.'

Edouard staarde nog steeds naar Nanée, die in de poel van licht stond die vanuit het huis naar buiten viel. 'Je rilt, Nanée,' zei hij. Hij stapte naar voren en begon zijn jasje uit te trekken om het aan haar te geven.

Het licht viel op zijn gezicht, dat nog vierkanter was dan ze zich herinnerde. Dunner. Dieper gegroefd. Zijn smalle lippen waren nog meer vertrokken van verdriet dan bij hun eerste ontmoeting, in januari, vlak na de dood van zijn vrouw. De moedervlek aan het uiteinde van zijn linkerwenkbrauw was echter nog hetzelfde. Zijn ogen hadden nog dezelfde hypnotiserende kleur groen, zelfs in dit flauwe licht.

Toen hij vlak bij haar was, bleef hij staan.

Hij zou degene moeten zijn die rilde, dacht ze. Zijn broek was nat tot aan zijn knieën.

'Danny, ik ben smerig,' zei hij. 'Wil jij Nanée je jasje geven?'

DEEL III

NOVEMBER 1940

We gingen, vaker van land wisselend dan van schoenen.

– Bertolt Brecht, 'An die Nachgeborenen'

Maandag 4 november 1940

VILLA AIR-BEL

Nanée keek toe terwijl kleine Peterkin zijn beker vol melk, nog warm van de koe, heel voorzichtig naar Edouard droeg. Zelfs het kind kon aan de scherpe botten van Edouards gezicht en schouders en polsen zien dat hij bijna was gestorven van de honger, maar vanochtend zag hij er beter uit, dankzij een bad en een nacht in een fatsoenlijk bed. Miriam was op weg naar Joegoslavië, en vrijwel alle anderen waren naar hun dagelijkse bezigheden vertrokken. Alleen T, Peterkin en Nanée hingen nog rond in de eetkamer, terwijl Varian en Edouard met Bill Freier bespraken of het verstandig zou zijn om een pseudoniem op Edouards documenten te zetten. Nanée staarde in haar ersatzkoffie, bang dat het schuldgevoel van haar gezicht te lezen was. Ze had meteen moeten vertellen dat zij Edouards echte Franse verblijfsvergunning en het vrijlatingsformulier van Camp des Milles in haar bezit had, maar ze had geen idee gehad dat Varian Bill Freier al had gevraagd om aan de slag te gaan met vervalsingen. Bovendien zouden ze willen weten hoe ze aan de papieren kwam, en hoe moest ze dat uitleggen? Om Frankrijk uit te komen had Edouard sowieso nog een heleboel documenten nodig waar zij niet over beschikte. Franse doorgangs- en uitreisvisa, Spaanse en Portugese doorgangsvisa, een visum voor zijn eindbestemming en een kaartje voor de boot vanuit Lissabon.

Varian legde uit dat mannen onder de tweeënveertig vaak bij de grens werden opgepakt, ook wanneer hun papieren in orde waren, om te voorkomen dat ze voor de Britten zouden gaan vechten. 'We kunnen proberen om een demobilisatiecertificaat voor je te krijgen,' zei hij.

'Maar ik zat niet in het leger,' zei Edouard.

Nanée aaide Dagobert, die rustig op haar schoot zat, terwijl Varian zijn plan uiteenzette. Er was een aardige kleine sergeant geweest die iedereen voor tweehonderd frank voorzag van een *certificat de démobilisation et route de marche.* Je gaf een Frans klinkend pseudoniem op, plus een paar details over de plekken waar je voor Frankrijk had gevochten – hoewel je de sergeant natuurlijk niet in de arm zou nemen als je echt had gevochten – en dan produceerde hij een certificaat dat bevestigde dat je een Franse soldaat was die in Noord-Afrika woonde. Voilà, niet alleen kon je dan naar 'huis', maar je overtocht op een schip naar Casablanca – neutraal gebied waarvandaan een vluchteling overal naartoe kon reizen – werd ook nog eens door de Vichyregering betaald.

'Maar ik heb begrepen dat die vluchtroute is afgesloten,' zei Nanée. 'En dat de sergeant is gearresteerd, samen met iedere "soldaat" die bij het havenkantoor naar beschikbare plekken op de boot informeerde.'

'Er zijn altijd ondernemende individuen die op zoek zijn naar snelle winst,' zei Varian. 'We hopen dat iemand de taak op zich zal nemen.'

Waar zouden ze zijn zonder de tegenstrijdigheden en het inefficiënte beleid van Vichy?

'Maar zelfs als dat lukt, hoe moet het dan met Luki?' Edouard glimlachte verontschuldigend. 'Ze is pas vijf, niet bepaald oud genoeg om dienst te nemen.'

Varian keek naar de lege borden op de tafel. Er was nog geen broodkruimeltje over. Madame Nouget woog het brood elke ochtend af en verdeelde het in gelijke porties, die iedereen naar eigen inzicht in de loop van de dag op kon eten.

'Danny heeft me niet verteld dat je een dochter had,' zei Varian. 'Is ze nog in Frankrijk?'

'Ik heb Luki al meer dan een jaar niet gezien, sinds ik haar op een trein naar Parijs heb gezet.' Edouards wilgengroene ogen waren nu vochtig. 'Ze ziet er niet Joods uit, en ik durf niet naar haar te informeren, voor het geval ze haar voor niet-Joods laten doorgaan.'

Hij leek te suggereren dat hij haar zou gaan halen als hij maar wist waar ze was, maar uiteraard was het al sinds half augustus verboden voor Joden om terug te keren naar de bezette zone. Het zou zelfmoord zijn als Edouard zou proberen zijn dochter uit Parijs weg te halen.

'Ik kan niet weg zonder Luki.' Elke keer dat Edouard haar naam zei, leek hij sterker.

'Je bent ontsnapt uit een interneringskamp. Het is veel te gevaarlijk voor je om hier te blijven, niet alleen voor jou, maar voor ons allemaal.' Varian schoof zijn bril omhoog, een tic waaraan je kon zien dat hij zijn irritatie onderdrukte. 'Laat me uitleggen wat we moeten doen om je het land uit te krijgen. Voor je visumaanvraag moet ik je naam aan de Amerikaanse autoriteiten doorgeven zonder dat Vichy in de gaten krijgt waar je bent, anders eindig je weer in het kamp, of erger. Ik kan niet gewoon een telegram sturen. Die tijd is voorbij.'

Om de namen Frankrijk uit te smokkelen schreven ze die de laatste tijd op lange, smalle stroken papier, die aan de uiteinden aan elkaar werden geplakt en strak opgewonden, verpakt in rubber, in lege tubes tandpasta werden geschoven, die vervolgens weer in de juiste vorm werden gebracht en met vluchtelingen mee werden gegeven. Als hun spullen werden doorzocht, zouden er enkel kleren en toiletspullen worden aangetroffen.

'Iemand in de VS zal een aanvraag voor je moeten indienen bij het Inter-Departmental Committee on Political Refugees, dat al even log is als het klinkt: afgevaardigden van de FBI, het ministerie van Buitenlandse Zaken, de inlichtingendiensten van het oorlogsministerie en de marine, en de immigratiedienst van het ministerie van Justitie. Zij doen aanbevelingen en bieden hulp aan de consuls bij het afwegen van visumaanvragen. Wil je enige kans maken, dan zul je beëdigde verklaringen nodig hebben om je aanvraag te steunen, bij voorkeur van Amerikanen met enig aanzien.'

'Ik heb met een aantal Amerikaanse journalisten samengewerkt,' zei Edouard. 'Het is jaren geleden, maar misschien willen zij wel garant voor me staan.'

'Als het lukt om het comité te overtuigen,' zei Varian, 'dan heb je kans dat de Amerikaanse consul-generaal je op gesprek laat komen. Hij heeft zijn eigen kijk op de dingen, en om eerlijk te zijn is het een beetje een koele kikker, met weinig sympathie voor vluchtelingen. Hij denkt dat de Duitsers deze oorlog gaan winnen, dus waarom zou je ze tegen je in het harnas jagen? Als je politieke voorkeur of je religie of je kapsel of het simpele feit dat je Duits spreekt hem niet aanstaat, wordt je visumverzoek afgewezen. Misschien heb je geluk en heeft de consul-generaal geen zin om er tijd in te steken, en schuift hij je zaak door naar viceconsul Bingham.' Bingham was een geweldige bondgenoot voor vluchtelingen. Hij had André onderdak geboden in zijn villa en hij had Lion Feuchtwanger op een spectaculaire manier uit kamp Saint Nicolas gered, door de beroemde schrijver uit te dossen in een vrouwenjas, een zonnebril en een sjaal over zijn hoofd en hem door te laten gaan voor zijn eigen stokoude tante. 'Natuurlijk proberen we je aanvraag bij Bingham te krijgen, maar we hebben geen invloed op het moment of de manier waarop het comité je informatie naar het consulaat stuurt. En dat is dan nog het Amerikaanse visum, het makkelijke deel. Het lastige is om je Frankrijk uit te krijgen.'

Opnieuw verschoof Varian zijn bril. 'Laten we het als volgt aanpakken. Ik heb een lijst voor visa die morgen de deur uit gaat. Ik zal Lena vragen om jouw naam daar ook op te zetten. En ik kan een gecodeerd telegram sturen met het verzoek aan je journalistenvrienden om een verklaring voor je te schrijven. Gezien de gebrekkige communicatie zullen we waarschijnlijk niet weten of er vooruitgang wordt geboekt tot het Amerikaanse consulaat in Frankrijk je belt voor een gesprek, áls ze dat al doen. Maar op deze manier zetten we het proces in elk geval in gang.'

Nanée, die Edouards gezicht bestudeerde, moest denken aan die nacht in haar appartement in Parijs. *Jij vindt dat geen antwoord... Maar het is gewoon niet het antwoord dat je wilt horen.*

'Dat stel ik heel erg op prijs,' zei Edouard. 'Maar ik kan Frankrijk niet verlaten zonder Luki.'

Later die dag zat Nanée in haar eentje in de kleine kas, opgekruld in de oude rieten stoel naast het roestige tuingereedschap, toen iemand zachtjes op de glazen deur tikte en haar liet schrikken. Ze had in haar boek zitten staren, *Le Morte d'Arthur*, alsof ze de woorden betekenis kon geven, alsof ze zich kon verliezen in Malory's verhalen over koning Arthur, Lancelot, Merlijn en Guinevere, en Tristan met de mooie Isolde, de vrouw van zijn oom, de donkere kant van ridderlijkheid.

'Sorry dat ik je stoor,' zei Edouard toen de deur openzwaaide. Hij bleef staan, niet in de kas, maar ook niet erbuiten, alsof hij iets met haar moest bespreken maar ertegen opzag. 'Ik wilde... Ik wilde je bedanken.'

Heel even was ze bang dat hij op de een of andere manier had ontdekt wat er in Camp des Milles was gebeurd. Ze keek weer omlaag naar haar boek, de harde zwart-witte pagina's die een contrast vormden met het zachte bont van haar Schiaparelli-armband. Ze kon niet zeggen waarom ze die juist vandaag had omgedaan. Ze had hem in haar sieradenkistje zien liggen, naast de diamanten broche.

'Ik heb je papieren,' zei ze, zonder dat ze van plan was geweest het te zeggen. De papieren zaten nog in de zak van haar grijze trenchcoat. Ze zouden hem niet aan een Amerikaans visum of een Frans uitreisvisum helpen, maar ze zouden misschien wel voorkomen dat hij werd gearresteerd en weer in een kamp werd gegooid voordat ze hem Frankrijk uit konden krijgen.

'Mijn echte papieren?' Klonk er een beschuldiging achter de vraag? Hij zou er niets mee opschieten om te denken dat valse papieren echt waren. 'Nee, dat kan niet. Mijn echte papieren liggen in Camp des Milles.'

Ze keek weer naar het boek, al die letters die samen zinnen vormden, alinea's, bladzijden, een verhaal dat niet echt was maar dat wel een waarheid onthulde. 'Ik... De kampcommandant heeft ze me gegeven.'

'Zomaar?'

'Ik heb het vriendelijk gevraagd.' Ze glimlachte zo onschuldig mogelijk, hoewel ze zich niet onschuldig voelde. Robèrt. Bobby. Zijn geur hing nog om haar heen, ondanks het bad dat T de vorige avond voor haar vol had laten lopen en het tweede bad dat ze die ochtend had genomen. De geur zat aan haar handen en in haar haar, in haar neus en haar mond, op de knieën die ze zo verleidelijk in haar zijden kousen had gekruist, en tussen haar benen.

Ze keek door de glazen wanden van de kas naar buiten, naar de kale takken van de klimrozen. Wanneer waren de laatste blaadjes gevallen?

'Verachtelijke mannen doen soms de gekste dingen wanneer ze een meisje bewonderen,' zei ze.

Edouard nam haar lange tijd op, alsof hij kon zien dat de papieren inderdaad echt waren en wat ze wellicht had gedaan om ze te bemachtigen.

Ze wilde dat ze Dagobert bij zich had, maar hij was zo enthousiast geweest toen de kinderen met hem op stap wilden.

'Nu,' zei hij, 'het ziet ernaar uit dat ik niet onder mijn eigen naam kan vertrekken, zelfs met goede vervalsingen. Vichy laat een ontsnapte vluchteling niet zomaar gaan.'

'Het vrijlatingsformulier zit er ook bij,' hield ze vol, haar plotselinge boosheid zo stekelig als de rozentakken. 'Je hoeft niet bang te zijn dat je iemand in gevaar brengt door bij ons te blijven. Ik... Ik zal ze je brengen wanneer ik weer binnen ben.' Ze wilde dat hij vertrok voordat hij het zou begrijpen. 'Ik... Ik ben gewoon aan het lezen.'

'Natuurlijk.' Er klonk een ondertoon door in zijn stem die waarschijnlijk terug te zien was in zijn ogen, in de stand van zijn vierkante kaken, in die enkele moedervlek, maar ze staarde naar haar boek, niet in staat om hem aan te kijken. 'Het spijt me dat ik je heb gestoord.'

'Ik vind het niet erg,' zei ze, nog steeds starend naar de letters op de bladzijde, zwart op wit.

'Goed,' zei hij. 'Dan laat ik je maar lezen.'

Toch bleef hij staan. Ze voelde zijn blik op haar rusten terwijl ze deed alsof ze las.

Uiteindelijk veranderde het licht toen hij uit de deuropening stapte, en de deur van de kas klikte zachtjes dicht. Al die tijd was hij niet naar binnen gekomen.

Maandag 4 november 1940

VILLA AIR-BEL

Het voelde zo vreemd om muren om zich heen te hebben, een deur die dicht kon, een open haard om zich bij te warmen, en genoeg voedsel, dat hij at op een echte stoel aan een echte tafel, met porselein en tafelzilver en wijn in een kristallen glas, in plaats van waterige haverpap in een metalen beker, die hij dronk op zijn stromat op de betonnen vloer. Dat ging door Edouards hoofd terwijl hij in gedachten een brief aan Luki opstelde waarin hij deze villa beschreef, toen Nanée in de deuropening van zijn slaapkamer verscheen.

'Je papieren,' zei ze, en ze stak hem de documenten toe alsof ze zonder enige twijfel echt waren.

Haastig stond hij op, en hij voelde zich opgelaten toen hij haar naar het zorgvuldig opgemaakte bed in de kale kamer zag kijken. Hij had niets meer. Zelfs de kleren die hij droeg, waren van iemand anders. Rose, de dienstmeid, had opdracht gekregen om zijn eigen kleren te verbranden, samen met het ongedierte dat hij met zich mee had gebracht. Ze had het gedaan terwijl hij de vorige avond in bad zat. Ze had ook een uur lang de luizen uit zijn haar gekamd. Het had hem moeite gekost om de tranen te onderdrukken die in zijn ogen dreigden te springen door de simpele aanraking van haar vingertoppen. Vandaag was Jacqueline naar de stad om nieuwe, passende kleren voor hem te kopen. De mensen hier waren zo aardig dat het bijna ondraaglijk was.

Hij liep naar Nanée toe om de papieren aan te nemen, maar hij zorgde dat hij niet te dichtbij kwam. Hij wilde haar niet grieven, zoals hij op de een of andere manier in de kas had gedaan. Hij zou zijn kunst moeten gebruiken om dit verlangen te onderzoeken om Nanées trui aan te raken, gewoon om te voelen hoe zacht hij was, het verlangen om over het bont te strijken van de armband die hij ooit tegen Luki's wangen had gehouden. Hij had echter geen camera meer, en hij had al geen foto meer genomen sinds de reeks van de vrouw met de mantel die hij de dag voor Elza's dood had gemaakt.

Luki. Hoe moest hij haar vinden?

'Dank je wel,' zei hij, en hij nam de papieren aan en legde ze op het dressoir. Toen hij zich weer omdraaide, was de uitdrukking op haar gezicht veranderd, haar gezicht dat zo op dat van Elza leek. Had ze zijn twijfel gezien?

Als de papieren vervalst waren en ze wist dat, zou ze het hem vertellen. Ze was niet dom. Als het vervalsingen waren, zou ze begrijpen dat hij moest weten wanneer hij ze zou kunnen gebruiken en wanneer ze vernietigd moesten worden. Dus óf ze waren vervalst en zij wist het niet, of ze waren echt. Maar als ze echt waren, hoe kwam ze er dan aan?

Ze knipperde een emotie weg en glimlachte vol bravoure, alsof ze iets probeerde te verbergen. Even vroeg hij zich af waar haar hond was.

'Deze heb ik ook nog voor je,' zei ze. 'Eerst wilde ik hem niet meenemen, voor het geval je weer in het kamp terecht zou komen. Ik dacht niet dat ik je ooit weer zou zien. Maar je vrienden verzekerden me dat dat niet zou gebeuren. Dat je niet opnieuw in het kamp zou belanden, bedoel ik.'

Als hij werd gepakt, dan zouden ze hem naar een veel ergere plek sturen.

Ze stak hem de foto toe van Elza en Luki en hemzelf, het lijstje dat hij elke avond op zijn koffer had gezet voordat hij al die brieven naar Luki schreef die hij niet kon versturen.

Hij had zijn armen om Nanée heen geslagen voordat hij zelfs maar besefte wat hij deed, hoe ongepast het zou kunnen overkomen, hoe aanmatigend. Stel dat Rose niet alle luizen te pakken had gekregen?

'Sorry,' zei hij, haar met tegenzin loslatend.

Ze hield hem stevig vast, bijna alsof ze zijn aanraking net zo hard nodig had als hij de hare. 'Het geeft niet,' zei ze. Haar zachte stem was als een balsem.

Hij realiseerde zich dat hij huilde. Hij huilde om de simpele aanraking van een medemens, niet iemand die per ongeluk tegen hem aan botste en zich verontschuldigde omdat hij inbreuk maakte op het piepkleine beetje persoonlijke ruimte dat hij had. 14 oktober, een jaar en twintig dagen geleden, dat was de laatste keer dat hij iemand had omhelsd. Luki, op het station in Sanary-sur-Mer. Een vlug afscheid, omdat hij nog zoveel moest inpakken, en bovendien zou hij haar de volgende dag in Parijs terugzien.

'Het geeft niet,' herhaalde Nanée. 'Je bent nu hier. We gaan voor je zorgen.'

Op de een of andere manier waren ze op de rand van het bed beland, gewoon om te praten. Toen zaten ze naast elkaar, met hun rug tegen de kussens. Hij wilde haar hand of haar fijne wimpers aanraken, maar hij wilde niet het risico lopen dat hij haar weer zou grieven.

De foto van Elza en Luki stond op het nachtkastje; had hij die van haar overgenomen? Het was het enige voorwerp in de kamer, afgezien van de pyjama die André hem had geleend en die nu in de kledingkast hing, en het meubilair.

'Ik weet het, het is een beetje leeg,' zei hij. Hij bedoelde de kamer, maar terwijl hij de woorden uitsprak, besefte hij dat hij eigenlijk zijn leven bedoelde.

Luki was echter nog ergens. Max had gelijk. Edouard zou het weten als ze er niet meer was. En deze foto behoorde hem toe. Het was iets. Een gezin. Een toekomst.

'Je... Zou je het prettig vinden om te kunnen werken?' vroeg Nanée. 'Om foto's te maken?' Voordat hij antwoord kon geven, ging ze haastig verder: 'Je woonde in Sanary-sur-Mer, toch? Heb je je camera's bij iemand achtergelaten? Ik kan ze voor je gaan halen.'

Zijn camera's. De versleten leren band van zijn Rollei. De kille klik van de koffer. Het gladde metaal van zijn Speed Graphic-flitser. De dunne rand van een filmrol en de harde knop van zijn vergroter. Het gevoel van de kijker die tegen zijn gezicht drukte.

'Ik kan naar Sanary-sur-Mer gaan,' bood ze aan. 'Het huis zal wel weer verhuurd zijn, maar misschien –'

'Het is van mij,' zei Edouard. 'Het huisje. Ik heb het gekocht om Luki een thuis te geven.'

Was het huisje echter nog wel van hem? De Vichyregering had het waarschijnlijk al in beslag genomen met het excuus dat hij een buitenlander was, of een Jood, of omdat het aan de Middellandse Zee lag en daardoor een veiligheidsrisico vormde, of gewoon zonder excuus – precies zoals ze Edouard zelf hadden opgepakt.

'Ik heb mijn spullen niet nodig,' zei hij. 'Ik heb Luki nodig.'

'Het spijt me. Natuurlijk is niets belangrijk vergeleken bij het vinden van Luki.'

Hij raakte zijn zak aan, de zak waar Luki's brief aan hem in zat en de brieven die hij had geschreven maar niet kon versturen. 'Mijn vriendin Berthe heeft Luki meegenomen naar Parijs,' zei hij, 'maar ik heb geen idee of Berthe nog in Frankrijk is, en of Luki bij haar is. Ik kan hun zelf niet schrijven. Als Berthe doet alsof Luki haar eigen kind is, zou een brief van mij hen in gevaar brengen.'

'Natuurlijk,' zei Nanée. 'Als ik wat briefpapier en een pen haal, zullen we dan een brief schrijven in de bibliotheek?'

Zo simpel. Zo gemakkelijk. Ze konden samen een brief opstellen, van een vrouw die in Parijs had gewoond aan een vrouw die er nog woonde, als oude vriendinnen. Niemand zou iets vermoeden. Op deze manier kon hij contact zoeken met Berthe zonder Luki en haar in gevaar te brengen.

Maar hoe moest hij Luki wegkrijgen uit de bezette zone? De nazi's zouden hen ter plekke doodschieten.

Eén stap tegelijk, dacht hij. Eén stap, en dan nog één, zoals hij het kamp had overleefd. Eerst Luki opsporen. Misschien was ze al veilig Frankrijk uit.

Hij volgde Nanée naar de bibliotheek, waar André en Jacqueline aan een tafeltje in de hoek zaten te tekenen. Terwijl Nanée haar schrijfspullen ging halen, bestudeerde Edouard de speelkaart die Jacqueline maakte: felrode en gele en blauwe driehoeken en spiralen die van de hand van Miró zouden kunnen zijn.

'Het is Baudelaire,' legde ze uit.

Nanée, die weer terug was, vroeg: 'En die octopus is zeker ook een of ander "fantastisch" personage, André?'

Andrés octopus had tentakels die sterk op de tekening leken die hij die nacht in Parijs had gemaakt, en een lijf dat ingeklemd zat tussen het hoofd van Nanée dat Edouard had getekend en de benen van Edouard die zij had getekend.

Hoe was André in Nanées villa terechtgekomen, vroeg Edouard zich af. Met Jacqueline natuurlijk, maar het zou niet de eerste keer zijn dat een surrealist zich uitleefde in een ménage à trois.

'Ze maken een spel,' vertelde Nanée hem. 'Een kaartspel, dat we ongetwijfeld van André zullen moeten spelen met regels die hij zelf heeft bedacht.'

Ze glimlachte op die typische manier van haar, haar scherpe woorden verzachtend, en toen ging ze zitten en pakte die prachtige pen, mosgroen agaat met een gouden clip en een gouden bandje en tandafdrukken op de dop. De pen die hij gebruikt had om het gezicht te tekenen dat niet van Nanée was, dat hij had opgesloten in een geschetste vogelkooi; de ogen die ook niet van haar waren, die hij achter haar vliegeniersbril had verborgen, alsof zijn verdriet zo makkelijk vastgelegd en ingedamd zou kunnen worden.

Ze liet de punt van de pen op het papier rusten. 'Laten we op zoek gaan naar Luki.'

Dinsdag 5 november 1940
VILLA AIR-BEL

Langzaam at Edouard in de Grand Salon van Madame Nougets met druivensap gezoete polentapudding; hij moest zelfs nog rustig aan doen met de rantsoenen die de anderen als karig beschouwden. Ondertussen draaide Danny aan de knoppen van de radio en gaf het nieuws van de BBC door, dat hij als enige boven de ruis uit kon verstaan. Roosevelt was voor de derde keer tot president van de Verenigde Staten gekozen. De Duitsers hadden het Britse handelsschip Jervis Bay tot zinken gebracht, terwijl Ierland weigerde Groot-Brittannië gebruik te laten maken van zijn havens. Joden uit Zuidwest-Duitsland werden een halfuur van tevoren ingelicht voordat ze naar kampen in de Franse vrije zone werden getransporteerd. De Fransen protesteerden dat ze niet wilden dat Duitsland zijn Joden in hun land dumpte.

Die Franse behoefte om een etiket op hem te plakken, dacht Edouard. Een excuus om hun blik af te wenden. Voordat Frankrijk de oorlog had verloren, was het etiket 'Duits' geweest, met de suggestie dat hij wellicht sympathiseerde met de nazi's of zelfs voor hen spioneerde. Nu Frankrijk samenwerkte met Hitler was het etiket 'Joods'.

'Nu is het tijd voor het Moordspel,' kondigde André aan. Hij had al een pot met papieren strookjes tevoorschijn gehaald en liet iedereen er eentje uit halen.

'Dit is dus het probleem met André,' zei Nanée tegen Edouard. 'Hij weigert te geloven dat er mensen zouden kunnen zijn die niet precies hetzelfde willen als hij.'

Jacqueline en T waren echter al bezig de kinderen naar bed te brengen, Peterkin in het gezelschap van Dagobert, en Danny en Gussie trokken de gordijnen dicht om het maanlicht buiten te sluiten.

Het spel was eenvoudig. Ieder van de deelnemers bedacht een moordscenario, een wapen en een motief, en schreef dat op. Daarna haalde iedereen een strookje papier uit de ene pot om te bepalen wie de moordenaar was en wie de rechercheur, en een strookje uit een tweede pot om te bepalen wie het slachtoffer zou zijn. Alleen de moordenaar wist wie hij en het slachtoffer waren. De lichten werden uitgedraaid en de moordenaar zocht zijn weg naar het slachtoffer om zijn moordscenario na te spelen.

'Een wijsvinger tegen het hoofd als het moordwapen een pistool is,' legde Nanée uit. 'Een tikje tegen de lippen als je het slachtoffer vergiftigt.'

'Als je liever wurgt, handen om de nek, maar knijp alsjeblieft niet te hard,' zei André.

T, die weer beneden was, zei: 'Dan sterft het arme slachtoffer en begint de rechercheur aan de ondervraging. Alleen ja-en-nee-vragen.'

'Er zijn geen winnaars, geen verliezers,' verklaarde André. 'Alleen een verkenning van de geest.'

'We spelen tot de dood erop volgt,' zei Nanée. 'En dan spelen we verder.'

Zelfs Edouard lachte, hoewel hij dit verontrustend vond. Hij schreef een vlug idee op en stopte het in zijn zak, en daarna haalde hij een strookje uit de moordenaar/rechercheurspot: de moordenaar. Hij vouwde het papiertje weer op, zonder zichzelf te verraden, hoopte hij. De pot met slachtoffers kwam langs, en daaruit trok hij Nanée. Hij voelde zich nu al kwetsbaar door dit nieuwe spel van André.

Toen André de lichten uit ging doen, zag Edouard dat Nanée naast de enorme open haard met de dikke koperen vuurijzers stond, de wazige vergulde spiegel boven de schoorsteenmantel, de klok die niet gelijkliep. Een paar minuten lang stommelden ze rond door het donker, tot hij vlak bij haar was en tegen haar hals tikte, op de sjaal in het kuiltje in haar sleutelbeen, waar zijn moordenaar haar met een pen zou steken.

Toen ze zich met een melodramatische kreet op de grond liet vallen, liep hij vlug bij haar vandaan.

Iemand vond het lichtknopje en knipte het aan. Ze bleven allemaal roerloos staan, en iedereen moest lachen toen André over het zwart-witte marmer naar Nanée beende, deed alsof hij haar een telefoonhoorn gaf en zei: 'Nanée, Hollywood voor je aan de lijn.'

Terwijl hij nog over haar heen gebogen stond, nam hij de anderen nauwlettend op.

Verdorie, dacht Edouard. Niemand ontsnapte aan Andrés vorsende blik, tijdens spelletjes of anderszins.

André stak zijn hand naar Nanée uit, maar ze schudde haar hoofd. 'Ik ben te dood om overeind te komen.' Ze kuchte en gorgelde, en toen was ze weer dood.

Edouard bestudeerde André, die de anderen bestudeerde. Danny bij het lichtknopje. T een meter of twee verderop, met Maurice. Varian die nonchalant op de bank zat, met een schuldige uitdrukking op zijn gezicht, wat hij misschien voor de verandering wel prettig vond, omdat hij in het gewone leven altijd moest spelen dat hij onschuldig was. Ook Jacqueline keek schuldig, maar mooie vrouwen werden altijd geportretteerd als engelen of duivels, zonder iets ertussenin. Gussie bevond zich zoals zo vaak in de buurt van Jacqueline.

'Edouard,' zei André, 'je ziet er nog schuldiger uit dan gebruikelijk. Jij bent de moordenaar.'

'Je zou denken dat je een leerling van Freud was,' zei Edouard.

'Je zult al snel leren dat je op de anderen moet letten en niet op de speurneus. Dat verraadt je schuld.'

De ondervraging begon.

'Heeft er bloed gevloeid?' vroeg André.

'Ja,' antwoordde Edouard.

'Je ziet het toch zelf liggen op de tegels, liefste,' zei Jacqueline. 'Misschien moeten we het opdweilen voordat het een permanente vlek achterlaat op het marmer.'

'Een mes?' vroeg André.

'Nee.'

'Ik ben de enige die zo'n cliché zou kiezen,' zei Varian.

'Ik zou zeggen dat hij haar hoofd heeft ingebeukt met een van zijn camera's,' zei André, 'maar daarvoor zou hij er eerst eentje moeten oppakken.'

Edouard legde zijn hand op de schoorsteenmantel, koel en stabiel, en bekeek de vage, gevlekte reflectie van Andrés gezicht in de spiegel.

'André,' zei Jacqueline vermanend, 'Edouard heeft nog niet eens de tijd gehad om op krachten te komen, en hij heeft hier geen camera.'

Edouard keek naar de slechte landschappen die aan de muren van het vertrek hingen, terugdenkend aan de toneelstukken en de sketches die de gevangenen in Camp des Milles hadden geschreven en uitgevoerd, de kunst op de bakstenen muren, de muziek die ze hadden gecomponeerd om te spelen op de instrumenten waar ze over beschikten. Een kunstenaar werd zelfs in de zwaarste tijden gedreven tot het creëren van kunst. Misschien juist dan.

Hij keek naar Nanée, die nog op de zwart-witte vloer lag, en hij voelde zich misselijk, alsof er echt een lijk lag, uiteraard niet met de pen nog in haar hals, want een goede moordenaar zou die niet als bewijs achterlaten, die zou hem zorgvuldig schoonvegen en terugleggen op het bureau. Ze had echter geen littekens, behalve in zijn gedachten. Het was Elza die dood was. Elza die in Berlijn op straat was gevonden, doodgeslagen door nazicriminelen. Haar zus naast haar, ook doodgeslagen. Waarom had hij Elza terug laten keren naar Duitsland om haar zus te halen? Ze waren in Wenen geweest, in een land dat veilig was, hoewel Hitler tegen die tijd ook zijn oog op Oostenrijk had laten vallen.

Maar natuurlijk had hij Elza niet iets 'laten doen'. Elza was geen vrouw geweest die zich de wil van een man op liet leggen. Ze had beloofd het aan hem over te laten om haar zus weg te krijgen uit Duitsland, maar ze was ongeduldig geworden. Op een middag was Edouard vertrokken om een vrouw te fotograferen die hij in een rode mantel uit de matinee van de opera zag komen, en toen hij terugkwam, trof hij Luki aan tafel met de oppas en was Elza naar Duitsland vertrokken. *Een vrouw zal niet zo snel ondervraagd en verdacht worden*, had ze in een bericht aan hem geschreven. *De nazi's weten ook wie jij bent. En ik kan hier mijn brood niet verdienen; als er iets met jou gebeurt, zullen je dochter en ik berooid achterblijven, en dit nieuwe kind ook.*

Dit nieuwe kind.

Elza had haar zus weten te vinden, maar de Gestapo had hen allebei vermoord voordat ze uit Duitsland weg konden komen. Edouard, nog verdoofd door de klap, had diezelfde dag een telegram aan André gestuurd waarin stond dat hij direct naar Frankrijk zou komen, samen met Luki en zoveel van zijn foto's als hij kon dragen. Als de nazi's zijn vrouw en haar zus vermoordden vanwege de foto's die hij had gemaakt, zouden ze Luki ook vermoorden. Het was hun meest gruwelijke martelwapen: de mensen doden van wie je hield terwijl ze jou in leven lieten.

De dood was geen spel. De dood was niet iets waar je je een avondje mee vermaakte.

Maar daar was Danny, met de lachrimpeltjes nog rond zijn ogen. Danny, die zoveel mensen dood had zien gaan. Soldaten. Vrienden.

'Je vindt het vreemd, Edouard,' zei André. 'Het naspelen van geweld. Maar juist in het spel dringen we door tot onze eigen laakbare diepten en kunnen we ons van onze last verlossen.'

'André!' zei Jacqueline.

Ook Nanée kwam overeind, maar André hield haar tegen.

'Nee, nee, André heeft gelijk,' zei Edouard. De wreedheid zat in de beelden in zijn eigen hoofd, het geweld in hemzelf, en het was prachtig om Danny te horen lachen. Danny, die het net zo hard nodig had om te lachen als Edouard. Zelfs in Camp des Milles was er gelachen. Door te lachen kon je overleven.

André leunde tegen de rug van de bank. 'Zit er bloed op de sjaal?' vroeg hij.

Edouard bestudeerde hem, probeerde te begrijpen wat hij bedoelde. Dacht André dat hij Elza had gedood? Hij dacht aan Luki. Hij had Luki moeten laten dopen. Wat maakte het uit wat hij geloofde en wat niet? Wat hij geloofde, was dat hij wilde dat Luki in leven zou blijven.

'Op haar keel, waar je haar hebt gestoken,' verduidelijkte André. 'Ja of nee?'

'O.' Het spel was nog niet voorbij. 'Ja.'

'Nanée verbergt haar hals onder deze witte sjaal,' zei André, 'terwijl ze weet dat het verborgene ons intrigeert. We willen de sjaal weghalen, haar blote huid zien.'

'Lieve hemel,' protesteerde Nanée. 'Het is gewoon mijn vliegenierssjaal.'

'O ja?' vroeg André.

'Toen ik het scenario schreef, wist ik niet dat Nanée het slachtoffer zou zijn,' wierp Edouard tegen.

André had echter gelijk over hem, al kon hij ernaast zitten wat Nanée betrof. Hij wilde de sjaal losmaken. Hij wilde het kleine kuiltje aan de onderkant van haar bleke hals zien. Niet om haar geweld aan te doen, maar om haar hals aan te raken. Die gedachte sluimerde al onder de oppervlakte vanaf het moment dat ze als altijd met de sjaal om haar hals aan het diner was verschenen.

'Is het moordwapen een puntig voorwerp?' vroeg André Edouard.

'Ja.'

'Iets uit de keuken?'

'Nee.'

'Uit het kantoor?'

Edouard zag de pen in Nanées vingers, de tandafdrukken op de dop. Inkt die op een mooie kwaliteit briefpapier vloeide, *Beste Berthe*.

'Ja,' zei hij.

'Een briefopener?'

'Nee.'

André nam hem verbaasd op en glimlachte toen een beetje. 'Een vulpen.'

'Ja.'

'Een pen?' vroeg Nanée, voelend aan de witte sjaal om haar hals. 'Zou je me werkelijk kunnen omleggen met een vulpen?'

'Met genoeg kracht zou je de luchtpijp kunnen doorboren,' zei Danny.

'Geweld plegen met een instrument van creativiteit,' zei André, 'en toch niet je eigen instrument.'

'Niet mijn eigen instrument,' beaamde Edouard.

'Sterker nog, met het mijne,' zei André provocerend. 'En nu moeten we je motief vaststellen. Waarom zou je die arme Nanée vermoorden door haar hals te doorboren?'

Edouard voelde zich ineens kwetsbaarder, al wist hij niet precies waarom.

'Is het een crime passionel?' vroeg André.

'Ja.'

'Haat,' zei André. 'Dat is geen vraag. Dat is een conclusie.'

Edouard sloeg hem gade. Hij voelde zich ingesloten, in het nauw gedreven. André wist hoe Elza was gestorven.

'Wraak,' zei André, 'voor onrecht dat een vrouw is aangedaan van wie je houdt. Toen je je de moord voorstelde, stelde je je niet voor dat je slachtoffer een vrouw was. Je kunt je niet voorstellen dat je ooit een vrouw zou doden. Maar je kunt je wel voorstellen dat je mannen zou doden.'

Edouard knikte, denkend aan Elza die in Berlijn op straat lag, wensend dat hij Nanée kon vragen of ze alsjeblieft op wilde staan.

Nanée kwam overeind en klopte de achterkant van haar broek af. Natuurlijk kwam ze overeind. Het spel was voorbij.

'Het vormt een barrière voor het creatieve proces,' zei André. 'Dat ongemakkelijke gevoel over geweld.'

Het was geen vraag, maar toch dacht Edouard: dat is waar. Zoveel van het werk dat hij schiep, kwam voort uit geweld, maar hoe persoonlijker het geweld werd, hoe dichterbij het kwam, hoe minder het hem fascineerde. Dat had hij al gemerkt voordat Elza vermoord was. Toen had hij al beseft wat een voyeur hij was. En nu? Nu zag hij geweld zodra hij in de spiegel keek. Als hij ook maar even de tijd zou krijgen met de mannen die Elza en haar zus hadden vermoord, zou hij hen met alle plezier met zijn blote handen doden. Van dichtbij, zodat hij hun gezichten kon zien terwijl het leven uit hen vloeide.

Wat hem had gefascineerd toen hij het bij anderen zag, vond hij afschuwelijk bij zichzelf. En toch was het er. Het was er altijd geweest. Het kwaad in hem. Het kwaad in iedereen. In de mooie Jacqueline en de nog mooiere Nanée. In Varian, die het idee had dat hij hier uitsluitend was om goed te doen. In Danny en T, die Varian wilden helpen. In Elza. Ja, zelfs in Elza. Maar niet in Luki, dacht hij. Niet in Luki, hoopte hij.

Zondag 10 november 1940

VILLA AIR-BEL

Het lag op de tafel in de hal, waar Chagalls schilderij van een vliegende koe tot die ochtend nog had gehangen. Een envelop. Edouard kwam de trap af, op weg naar buiten om te helpen alles klaar te zetten voor de zondagse wapenstilstandontvangst. Die was georganiseerd ter ere van de gedenkdag, de volgende dag, van het staakt-het-vuren aan het westelijke front op het elfde uur van de elfde dag van de elfde maand, en daarmee de Franse overwinning op Duitsland in de Eerste Wereldoorlog. Natuurlijk mocht deze dag niet meer gevierd worden nu Duitsland over Frankrijk heerste. Maar ze hielden toch een ontvangst, waar ze de vliegende koe zouden tonen. Varian probeerde Marc Chagall zover te krijgen dat hij Frankrijk zou verlaten voordat de chaos van Vichy plaats zou maken voor de uitvoering van de nieuwe wetten van Alibert, anti-Joodse wetten die zowel tegen Franse burgers als buitenlanders waren gericht. Chagall geloofde echter niet dat zijn eigen regering zich tegen hem zou keren en hij vreesde Varians illegale vluchtroutes. Hij zei dat hij liever 'binnen de grenzen van de wet bleef'. Hij had Varian echter het schilderij van de koe gegeven, en Nanée en Danny hadden het die ochtend in voorbereiding op de ontvangst in een van de platanen gehangen.

Edouard was zo opgewekt dat hij floot. Hij verheugde zich erop om Max Ernst te zien, die op Varians lijst stond en met de hulp van viceconsul Bingham uit Camp des Milles was vrijgelaten. Hij bleef echter abrupt staan toen hij de brief zag liggen die Nanée aan Berthe had geschreven, met het opschrift *geadresseerde niet gevonden*.

Woensdag 13 november 1940

SANARY-SUR-MER

Toen het wrak van een bus waar Nanée op het station van Sanary-sur-Mer in was gestapt haar had afgezet en weer verder hobbelde, vervolgde ze haar weg te voet. Ze had een lege canvas tas bij zich die groot genoeg was voor haar om in te slapen, hoewel ze dat niet van plan was. Wat zou haar moeder ontzet zijn als ze haar op zo'n ordinaire manier zou zien reizen. De schaarse benzine moesten ze echter bewaren om vluchtelingen te vervoeren, en dit was iets wat ze voor Edouard kon doen: zijn camera's halen, hem iets te doen geven terwijl hij wachtte op reacties van haar vrienden in Parijs, die ze had geschreven nadat de brief aan zijn vriendin Berthe was teruggekeerd. Ondertussen vervloekte ze die kleine Franse kustplaatsjes en hun achterafweggetjes. Ze liep zoekend rond en moest een paar maal omkeren, tot ze eindelijk het gele huisje met het bord ATELIER-SUR-MER vond, en de sleutel onder de pot met dode planten bij de deur.

Het huis was verlaten en gehuld in spinnenwebben en stof. Op de ronde rieten tafel in het woonvertrek lag een beschimmeld brood, zo hard als de vloer van kleitegels. De zon, die achter zware wolken vandaan piepte, scheen door het smerige glas van de slecht passende tuindeuren. Binnen was het kouder dan buiten, waar de zee in donkere golven naar de kust rolde, niet ver weg en niet dichtbij. Een gedachte die zo donker was als het water overspoelde Nanée: dat ze hier misschien wel de botten van Edouards kind aan zou treffen.

Uit de kast in het woonvertrek haalde ze een Rolleiflex-boxcamera, een grotere Speed Graphic, een flitser, een driepoot, busjes met film waar wellicht foto's op stonden die Edouard nog niet ontwikkeld had, en allerlei accessoires die ze niet direct kon thuisbrengen. Ze stopte het allemaal in de tas. Ook de grijze vilten gleufhoed die Edouard had gedragen op de avond van hun eerste ontmoeting in Parijs lag op de plank, maar die paste er niet meer bij.

Ze liep door naar zijn slaapkamer, waar hij zijn leven van vóór de arrestatie al in kisten had verpakt. Je kon een leven alleen in een uur inpakken als je wist dat het niet anders kon. Ze blies het stof van de dichtstbijzijnde kist en keek wat erin zat. Een adresboek. Een paar brieven. Niet ingelijste foto's, die ze van Edouard achter mocht laten. 'De afdrukken heb ik niet nodig,' had hij gezegd. 'De negatieven zitten in één kist bij elkaar. Met de negatieven kan ik nieuwe afdrukken maken.'

En inderdaad, daar lagen ze, onder een stapel afdrukken: vellen met miniatuurversies van zijn werk, vier bij vijf centimeter, soms van elkaar gescheiden door papier dat was gemarkeerd met rechthoeken en stippellijntjes, pijltjes en krabbels en letters die geen woorden vormden.

In de kledingkast vond ze overhemden, waar ze de fotografiespullen in kon wikkelen. Ze overwoog om ook de broeken mee te nemen, maar die waren voor een grotere man, een man die niet was vermagerd door een jaar van hongerrantsoenen in een interneringskamp.

Het bureau in deze kamer was leeg, afgezien van een vel deels beschreven briefpapier en een ingelijste foto van acht bij tien die tegen de muur leunde, zoals *Het wezen van een engel* op haar dressoir stond in Villa Air-Bel. Ze blies het stof van het bericht en las: *Beste Nanée.*

Een brief aan haar?

Wat volgde was het begin van een bedankje, niet afgemaakt, voor haar gastvrijheid in de nacht na de surrealistische tentoonstelling bijna drie jaar geleden. Wat bizar.

Met haar mouw veegde ze een laagje stof van het glas op de foto, om de voorovergebogen man te kunnen zien, de man die een push-up leek te doen. Wat een griezelige foto was het toch. Ze herinnerde zich de blik die Edouard en André hadden gewisseld toen ze er op dat feestje iets over had gezegd, hoe opgelaten ze zich had gevoeld toen André vragen begon te stellen. *Soms ziet de kijker niet alles wat de kunst bevat.*

Was dit een foto van Edouard zelf? Ze overwoog om hem uit het lijstje te halen, zodat hij lichter zou zijn, en hem in de tas te stoppen. Het leek echter verkeerd om de man uit zijn huisje van bewerkt zilver te halen. Een donkere schaduw verborg de derrière van de man, onderaan de afdruk. Derrière. Het Franse woord was zoveel zachter en suggestiever dan 'achterwerk' of 'billen'. Ze bestudeerde de foto wat nauwkeuriger. Het wás toch een naakte torso? Dat moest wel een middel zijn, met de schouders ongemakkelijk naar voren gebogen. Maar wat maakte de foto zo verontrustend? De man was naakt, ja. Was dat het? De herinneringen aan naakte schouders boven haar in bed, mannen die de liefde met haar hadden bedreven. Nee, geen liefde. Mannen met wie ze het had gedaan terwijl ze zich verbeeldde dat ze verliefd op ze was.

Ze bekeek de achterkant van het lijstje om te zien of daar iets was verstopt. Dat was niet zo.

Ze ging de raamloze badkamer van het huisje binnen, waar volgens Edouard zijn ontwikkelspullen lagen. Met een theedoek veegde ze de spinnenwebben en het stof van het grote zwarte bolle voorwerp dat als vergroter diende voor het afdrukken van foto's, en van de houten onderkant en de metaal met houten ezel. Het bolle deel wikkelde ze in een van Edouards overhemden, en ze verschoof de spullen in de tas zodat het grote ding erbij paste.

Aan een waslijn die boven het bad was gespannen, hingen een stuk of zes foto's, met de achterkant naar haar toe. In het bad stonden lege bakken en flesjes ontwikkelingsvloeistof, die ze van Edouard niet hoefde mee te brengen. Ze maakte een van de foto's los, zich afvragend waar Edouard aan had gewerkt voordat hij was opgepakt en naar het kamp was gebracht.

Het was dezelfde foto die op zijn bureau in de slaapkamer stond, maar dan donkerder. De man die een push-up leek te doen.

Ze maakte nog een foto los: dezelfde foto, maar dan nóg donkerder. Een derde: weer diezelfde foto. De ene na de andere, donkerder of lichter, met meer contrast of minder, meer focus op een bepaalde plek in de afdruk, of juist op een andere plek.

Ze bekeek een van de afdrukken wat beter. De enigszins vreemde ronding van de schouders. De armen die naar elkaar toe waren gestoken. Uit elkaar geschoven benen?

Ze kneep haar ogen samen en tuurde naar de foto. Had ze het helemaal verkeerd gezien? Was het… Ja, het was de torso van een vrouw, niet die van een man. Een naakte vrouw die zich vanaf haar middel vooroverboog. De rondingen die ze voor de gebogen schouders van een man had aangezien, waren haar billen. En wat Nanée voor de armen van de man had gehouden, waren dijbenen, en onderaan de foto verdween de ruggengraat van een vrouw in een schaduw die over haar schouders viel. De schaduw van de fotograaf, van Edouard.

De foto die zij had gezien als een weergave van de kracht van een man, toonde in plaats daarvan het tegenovergestelde, een vrouw die zich naar voren stortte in verdriet of schaamte of verlies, een smeekbede. En toch zag je ook haar lange rechte ruggengraat, die je het gevoel gaf dat ze zich weer op zou richten.

Voorovergebogen naakt, zo had Edouard de foto in haar Parijse appartement genoemd. Of was dat André geweest?

Spookvrouw. De kwetsbaarheid van de pose. De intimiteit. Dit moest toch haast wel de ene geliefde zijn die de andere fotografeerde? Ze keek over haar schouder, huiverend, plotseling bevangen door het gevoel dat ze in de gaten werd gehouden.

Er was niemand.

Toch liep ze terug naar het woonvertrek en keek om zich heen. Ze deed de voordeur op slot. Toen pakte ze de hoed uit de kast en voelde aan de leren band aan de binnenkant, verzacht door jarenlang contact met haar- en huidoliën, maar met een etiket dat nog brandschoon was. De hoed was goed verzorgd, de initialen – ELM – slechts enigszins verschoten. Ze nam de hoed mee naar de badkamer om hem alsnog in de tas te stoppen, maar er was geen ruimte meer voor. Ze zette hem op haar eigen hoofd. Hij was te groot, maar op deze manier kon ze hem makkelijk meenemen. Hij rook naar Edouard, geruststellend.

Moest ze een van de afdrukken meenemen? *Voorovergebogen naakt. Spookvrouw*. Ze tuurde weer naar de foto. Zo intiem. Hij had op de tentoonstelling gehangen, maar Edouard had tegen André gezegd dat hij hem weg moest halen. En hij had heel duidelijk gemaakt dat hij de afdrukken niet wilde hebben.

Ze wilde er eentje voor zichzelf meenemen, maar toch hing ze de foto's zorgvuldig terug aan de waslijn en sleepte de tas, die inmiddels behoorlijk zwaar was, het kleine kamertje uit.

Ze zette zich schrap en opende de deur van de laatste kamer, Luki's kamer, bezaaid met kleren en net als de rest van het huisje bedekt met stof en spinnenwebben. Vlug opende ze het raam en liet het geluid van de golven binnen die tegen de rotsen sloegen, het geroep van de zeemeeuwen. Hoorde ze iemand zingen? Ze deed het raam wat verder open en stak haar hoofd naar buiten. Daar zag ze een tuin die was omheind door een hek tussen het huis en de zee. Het kon haast niet dat er iemand zong; het moest een combinatie zijn van het water en de wind en de vogels.

Ze veegde spinnenwebben weg en doorzocht de spullen, op zoek naar iets van Luki wat ze voor Edouard mee kon nemen. Als ze al Luki's bezittingen achter zou laten, zou het lijken alsof ze de hoop achter zou laten. Ze vond de prachtige rode jas, afgezet met zwart fluweel, die Luki in Parijs had gedragen, maar het kind was inmiddels drie jaar ouder en de jas zou haar niet meer passen. Er was een stoffen pop, schoon en weinig gekoesterd. Een boek waar Luki inmiddels te oud voor zou zijn.

Alle speciale bezittingen hadden ze waarschijnlijk ingepakt om mee te nemen, behalve dingen die te veel ruimte in beslag namen, zoals de rode jas. Maar hoe kon ze Edouard een jas geven die zijn dochter niet eens kon dragen, zelfs als ze haar zouden vinden?

Ze wierp de jas op het bed, bij de andere kleren. Er klonk een gedempt tinkelend muziekje, alsof er een piepklein muziekinstrument in de zak zat. Maar nee, toen ze keek, vond ze enkel een paar rode kinderhandschoenen, van zacht leer dat een idee gaf van het welvarende leven dat ze hadden achtergelaten toen ze Oostenrijk waren ontvlucht. Ze begon de andere kleren van het bed te halen, elk kledingstuk zorgvuldig doorzoekend voordat ze het opzijlegde. Onder een laatste witte kleinemeisjesblouse lag een versleten jas die een stuk groter was dan de rode. Tweedehands gekocht, veronderstelde ze. Verder niets. Ze pakte de jas en voelde in de zakken. Haalde er een klein wollen voorwerpje uit dat één enkele toon voortbracht.

Wat ze in haar hand had, was een piepklein pluchen diertje met een sleuteltje op zijn rug.

Ze draaide het sleuteltje om.

Toen de blikkerige tonen uit het schepseltje klonken, keerde ze terug naar haar eigen kindertijd, naar haar slaapkamer in het huis in Evanston. In haar herinnering opende ze het deksel van haar muziekdoos, een prachtig rond porseleinen voorwerp dat was beschilderd als een draaimolen op de kermis en was ingelegd met goud en parelmoer.

Wanneer ze het dekseltje optilde, draaiden aan de binnenkant drie miniatuurdraaimolenpaardjes in het rond terwijl het zachte muziekje klonk. De

Bloemenwals, uit *De notenkraker*. Een stuk van Tsjaikovski dat een flop was geweest toen hij nog leefde, maar dat na zijn dood een succes was geworden. Nanée kon niet veel ouder zijn geweest dan Luki nu was toen ze het voor het eerst had gehoord, gezeten in een donker theater in het centrum van Chicago. Een speciaal uitstapje, alleen papa en zijzelf. Hij had haar hand vastgepakt toen het leek alsof de Muizenkoning de arme gewonde Notenkraker zou doden en hij stelde haar gerust dat ze maar deden alsof en dat de Notenkraker de Muizenkoning sowieso te grazen zou nemen. *Akelige schepsels krijgen uiteindelijk altijd hun verdiende loon.*

Nanée staarde naar het harige diertje terwijl de muziek naar buiten dreef, naar de stilte van de zee achter de geopende ramen van het huisje, de golven die tegen de rotsen onderaan de palissade klotsten. Het was een kangoeroe, een jonkie dat in de buidel moest hebben gezeten van de grappige pluchen moederkangoeroe die Luki in de galerie in Parijs tegen zich aan had geklemd. Ze stak het beestje in haar zak en ritste de tas dicht, met Edouards grijze vilten hoed nog op haar hoofd. Ze deed het raam dicht en liep de voordeur uit. Toen sloot ze het huisje af en legde de sleutel terug waar ze hem had gevonden, onder de pot met dode planten.

Woensdag 13 november 1940

VILLA AIR-BEL

Edouard zat op een stenen muur in de donkere tuin toen hij voetstappen op het grind hoorde: Nanée, zelfs herkenbaar als schaduw in het maanlicht.

'Ik heb iets voor je meegebracht,' zei ze. Ze was nu zo dichtbij dat haar parfum zich mengde met het verval van de tuin.

Ze had ze gezien, dacht hij. Natuurlijk had ze ze gezien. Al die afdrukken van *Verlossing*.

Ze gaf hem zijn Speed Graphic.

'Dank je,' zei hij, opgelucht, ondanks het gewicht, de last die zwaar in zijn handen woog.

Hij schoof de lens uit en tuurde door de zoeker naar de schaduw van haar gezicht. Hij kon zich niet voorstellen dat hij ooit nog een foto zou maken.

Ze stak haar handen in de zakken van haar jasje en staarde terug, recht in de lens. 'Ik heb zoveel meegenomen als ik kon,' zei ze. 'Alle negatieven, zoals je had gevraagd. De vergroter en beide camera's.'

Beide camera's. Ja, hij had er nog maar twee, want de Leica had hij moeten achterlaten bij zijn vlucht uit Camp des Milles.

'Dank je,' zei hij nog een keer, en hij liet de Speed Graphic zakken tot hij aan de band om zijn nek hing.

Ze pakte zijn hand en opende die, met de handpalm naar boven. Toen haalde ze iets uit de zak van haar jasje en legde dat in zijn hand. Een enkele toon ontsnapte, een enkele speld die aan een enkele tand van een stalen kam plukte, een hoge toon van de muziek die hij na de dood van Elza elke avond voor Luki had gespeeld, om de overgang te verzachten van zijn eigen gezang naar de stilte van de eenzame nachten.

'Waar heb je die in vredesnaam gevonden?' vroeg hij. 'We hebben overal gezocht.'

'Hij zat in een jaszak,' zei ze.

Hij vouwde zijn vingers om het vertrouwde zachte beestje, blij dat het donker was, blij dat Nanée de tranen niet kon zien die zich in zijn ogen verzamelden toen hij terugdacht aan de wanhopige zoektocht op de ochtend dat Luki naar Parijs was vertrokken, zijn eigen belofte dat hij het kangoeroejong zou vinden. Zijn belofte aan Elza's nagedachtenis dat hij Luki altijd bij zich zou houden.

'Luki gaan we ook vinden, waar ze ook is,' zei Nanée. 'We zullen haar vinden en dan brengen we haar hiernaartoe, naar Villa Air-Bel.'

Hij sloot zijn ogen om de sluimerende tuin en de stille vijver buiten te sluiten, de donkere hemel, de schaduw van deze vrouw die geen idee had wat ze zei. Ze konden Luki niet eens traceren, laat staan dat ze haar veilig Frankrijk uit zouden kunnen krijgen. Het was hem niet gelukt om Elza te beschermen, en nu kon hij haar dochter ook niet beschermen.

In een van de platanen kraste een uil, een geluid waar ze allebei van schrokken.

Nanée zei: 'Morgenochtend ga ik naar het Amerikaanse consulaat en... en dan probeer ik documenten voor Luki te regelen. En ik heb een Amerikaans paspoort. Ik kan gaan en staan waar ik wil.'

Hij aarzelde. Voor een man was het al te gevaarlijk om iemand uit de bezette zone te smokkelen, laat staan voor een vrouw.

'Dat is veel te riskant voor je,' zei hij.

'Pffft,' zei ze. 'Ik heb ooit mijn leven op het spel gezet voor een vogel, moet je weten. Een prachtige zwarte zwaan. Ik ben bijna met mijn vliegtuig in het bevroren meer in het Bois du Boulogne gestort om te voorkomen dat ik hem te pletter zou vliegen.'

'Een zwarte zwaan,' herhaalde hij, terugdenkend aan een betere tijd met Elza, toen ze vlak na hun huwelijk in Parijs waren. Elza in een gehuurde roeiboot op datzelfde meer, verrukt door een zwarte zwaan die omlaagvloog en op het water landde. 'Wat een bijzonder schepsel,' had ze gezegd, en ze hadden lange tijd zitten kijken voordat hij zijn camera had gepakt en de vogel had gefotografeerd. Het resultaat was echter niet eens in de buurt gekomen van wat hij had gehoopt. Hij had geen idee waarom, misschien omdat de magie van het moment niet in de zwaan zelf lag, maar in Elza's verrukking, die nergens op de foto te zien was.

'Het zijn bijzondere dieren,' zei hij, bedenkend dat hij Luki zelf zou gaan halen, dat hij zijn belofte aan Elza zou houden.

'Ik kon het niet verdragen om hem te raken,' zei Nanée zacht, een bekentenis. Toen, resoluter: 'Ik vloog in zijn wereld. Het was mijn plicht om uit te weg te gaan.'

Terug in zijn kamer trof Edouard de tas met zijn spullen aan het voeteneind van zijn bed, waar Nanée had gezegd dat ze hem had achtergelaten. Voorzichtig haalde hij de bovenste voorwerpen eruit om de vergroter te bevrijden. Hij zette hem op de grond, deed de stekker in het stopcontact en zette hem aan. Ja, daar was het negatief. De omtrek van Elza, voorovergebogen.

Waarom was hij niet gestopt met fotograferen toen het hun al die ellende nog had kunnen besparen? Waarom was hij zelfs niet gestopt na die eerste afschuwelijke geweldpleging, die niets met Elza te maken had en alles met zijn werk? De weken waren maanden geworden, en Edouard was steeds vaker van huis geweest om te werken. Hij moest 's nachts weg omdat de nazi's dan hun ergste gruwelen begingen, had hij zichzelf voorgehouden. Na dat eerste gesprek hadden ze geen van beiden nog iets gezegd over wat er was gebeurd. Ze hadden geprobeerd het te negeren, hij in elk geval. Ze hadden geprobeerd te doen alsof het niet bestond.

Die ochtend, de ochtend dat hij deze foto had genomen, had hij Elza bij thuiskomst bij de deur aangetroffen. 'Kom met me mee,' zei ze op een toon die hem waarschuwde dat hij geen tegenwerpingen moest maken. Ze pakte zijn hand en ze nam hem, met de camera nog bij zich, mee naar hun slaapkamer. Ze deed de gordijnen dicht tegen het flauwe licht van de zonsopgang en ze ging voor hem staan en begon zich uit te kleden.

'Als je niet meer naar me kunt kijken, zullen ze alles hebben afgepakt wat ertoe doet,' zei ze. 'Je hoeft me niet eens aan te raken. Kijk naar me door je camera. Dat zal makkelijker zijn voor ons allebei.'

En hij probeerde het. Hij concentreerde zich op haar naakte lichaam. Hij kon de foto echter niet maken, hij kon zichzelf niet vergeven. Uiteindelijk was zij degene die vooroverboog. In wanhoop? In verdriet? Hij wist het niet, maar een nieuwe angst overspoelde hem, niet voor wat er was gebeurd, maar voor de gevolgen, hoe het hen kapot zou kunnen maken. Ze had gelijk. Ze had van het begin af aan gelijk gehad, toen ze hem had gesmeekt om geen aangifte te doen bij de autoriteiten. Die probeerden niet eens te ontkennen wat er was gebeurd. Ze zeiden dat Elza de nazi's had 'vermaakt' die haar in de Tiergarten van haar fiets hadden getrokken, en dat zij er niets aan konden doen dat zijn vrouw de voorkeur gaf aan andere mannen. Ze zorgden dat hij alle details te horen kreeg die zij hem had willen besparen. Vijf mannen. Op de route die ze naar huis fietste na de wiskundeles die ze elke dinsdagavond gaf. Ze noemden haar 'Frau Moss'.

Elza, die zich voor zijn ogen vooroverboog, die op de een of andere manier begreep wat hij zich niet kon voorstellen, dat het maken van deze foto hem de vrijheid zou geven om haar weer aan te raken, om haar in zijn armen te nemen, in hun bed.

Ze bleven in Duitsland. Dat was het juiste om te doen, dacht hij toen nog: zijn camera gebruiken om te vechten voor de redding van zijn land. Daar was zijn grootste schuldgevoel vandaan gekomen tot ze Elza en haar zus hadden vermoord, dat hij was gebleven, dat hij haar in gevaar was blijven brengen. Ze spraken nooit over de foto. Hij had de film niet ontwikkeld, laat staan afgedrukt, tot hij op een avond thuiskwam en nazi's in zijn eigen woonkamer aantrof. Elza serveerde hun bier, want wat kon ze anders doen? Luki keek toe, met grote, bange ogen. De volgende dag nam hij hen mee naar Oostenrijk, naar Wenen. Hij dacht dat ze daar veilig zouden zijn. Pas toen ontwikkelde hij het negatief en drukte de foto af, *Verlossing*, en durfde weer aanspraak te maken op Elza's liefde.

Donderdag 14 november 1940

HET AMERIKAANSE CONSULAAT, MARSEILLE

'Ik heb je vader gekend, natuurlijk,' zei Harry Bingham, de Amerikaanse viceconsul.

'O ja?' reageerde Nanée om wat meer details aan hem te ontlokken en hem zover te krijgen dat hij haar verhaal in het licht van dit feit zou beschouwen.

Hij nam haar op door zijn ronde metalen bril, meer haar eigen generatie dan die van haar vader. Zijn golvende lichte haar, rechte neus en ronde wangen gaven hem iets vriendelijks, ondanks de kleine mond met de smalle lippen.

'De dochter van mijn broer Dickey is hier in Frankrijk, en ze heeft een paspoort nodig.'

Bingham toonde zich verbaasd. 'Ik wist niet dat Dickey getrouwd was.'

Ze deed net alsof ze zich opgelaten voelde, zoals een fatsoenlijk meisje uit Evanston betaamde wanneer ze de suggestie deed dat haar broer een buitenechtelijk kind had. 'U kunt zich voorstellen dat het bestaan van zijn dochter voor ons een grote verrassing was.'

'Juist,' zei Bingham.

'Maar zijn kind heeft natuurlijk recht op een Amerikaans paspoort.'

Bingham wachtte. Zij wachtte langer.

Uiteindelijk zei hij: 'Ik neem aan dat de moeder niet Amerikaans is?'

'De moeder is overleden,' zei ze, zich houdend aan de waarheid voor zover die in haar verhaal te pas kwam.

Bingham zei: 'Dat –'

Komt wel heel goed uit, dacht ze, maar ze zei vlug: 'Ik begrijp dat u graag uw medeleven wilt uitspreken, maar eerlijk gezegd is mijn broer blij dat hij in staat is om de zorg voor zijn dochter over te dragen aan iemand die daar geschikter voor is, als u begrijpt wat ik bedoel.' Waarmee ze impliceerde dat een man die de verantwoordelijkheid voor zijn onwettige kind nam op de een of andere manier respectabeler was dan de moeder die het kind op de wereld zette. Nanée had een bloedhekel aan de dubbele standaard van de rijken, of misschien wel van de hele wereld.

'Ik begrijp het,' zei Bingham. 'En deze dochter bevindt zich...'

'Helaas bevindt ze zich in de bezette zone.' Nanée had geen idee waar Luki was, maar het zou Bingham tijd kosten om een Amerikaans paspoort voor het kind te regelen, áls hij dat al zou willen doen.

'Heb je een geboortebewijs?'

Ze gaf hem een doopcertificaat dat Vader Pierre Marie-Benoît had geleverd, met Luki's echte naam en geboortedatum erop, en Elza Moss als de moeder en Dickey als de vader.

'Aha, Père Barbiche,' zei Bingham, verwijzend naar de bijnaam die de kapucijn aan zijn lange baard te danken had. De katholieke Kerk steunde Pétain, die de mogelijkheid bood om meer 'traditionele' waarden in Frankrijk te herstellen, waarden die vereisten dat vrouwen thuis zouden blijven en hun echtgenoten zouden gehoorzamen en steunen. Het Vaticaan, zelf nogal autoritair, maakte zich niet erg druk om Hitler; enkele maanden nadat hij tot Duitse kanselier was verkozen, hadden ze een concordaat met hem gesloten. Goede mensen had je echter overal, ook binnen de Kerk.

'Ik neem aan dat de goede frater op bezoek was in Parijs toen het kind was geboren,' zei Bingham. 'Tot hij Rome eerder dit jaar ontvluchtte, zat hij in een Italiaanse abdij.'

'Hij is bevriend met de familie van de moeder,' zei Nanée, zoals de frater had gesuggereerd, mocht deze vraag aan de orde komen.

Bingham plaatste zijn vingertoppen tegen elkaar. 'Uiteraard zul je een verzoek moeten indienen bij de Duitsers om het meisje weg te halen uit de bezette zone.'

'Alleen als ik haar niet direct vanuit Parijs meeneem naar huis,' zei Nanée, de kwestie omzeilend van de documenten die ze nodig zou hebben om zelf naar de bezette zone te reizen.

Bingham leek de slimheid van dit kleine trucje wel te kunnen waarderen. Een list maakte meer kans van slagen wanneer je die zorgvuldig had gepland. 'Het zou beter zijn als je broer vanuit Chicago een aanvraag deed voor dit paspoort,' zei hij.

'Dickey heeft geen foto van haar, en gezien de huidige problemen bij de post... Ik zou haar het liefst zo snel mogelijk mee naar huis nemen, en ik heb van Varian begrepen dat u soms de paspoortprocedure versnelt voor vrienden.'

'Varian?' Bingham trok zijn wenkbrauwen op. 'Hij heeft me niet verteld dat je zou komen.'

Ze schoof een foto van Luki over zijn bureau – een oude, maar iets anders hadden ze niet. 'Het ligt een beetje gevoelig, deze kwestie,' zei ze. 'Mijn broer zou het liefst zien dat zo min mogelijk mensen hiervan weten tot hij de zaken recht heeft kunnen zetten.'

'De bezette zone is een gevaarlijke plek,' waarschuwde Bingham. 'Een Amerikaans paspoort zal je daar niet beschermen als je betrapt wordt op het overtreden van de naziwetten.'

'Ik heb veel tekortkomingen, Mr Bingham,' zei ze, 'maar dwaasheid zit daar niet bij.'

'Een dwaas herkent zichzelf maar zelden als zodanig.'

Opnieuw zweeg ze terwijl hij zweeg, wachtend tot hij verder zou gaan. Ze probeerde er niet aan te denken hoe dwaas ze had gehandeld in Camp des Milles. Deze keer zou ze Varian vertellen wat ze aan het doen was, nadat ze het paspoort voor Luki had geregeld. Ze zou een verzoek indienen bij Vichy voor een Frans doorgangsvisum voor zichzelf, maar ze wist niet of het verstandig zou zijn om toestemming te vragen voor een bezoek aan de bezette zone. Dat verzoek zou bij de nazi's ingediend moeten worden, en op die manier zou ze bij hen in beeld komen. Ze neigde ernaar om het niet te doen; het moeilijkste deel zou zijn om samen met Luki de bezette zone te verlaten, als Luki daar inderdaad was. Het was één ding om een viceconsul met sympathie voor vluchtelingen te vragen om een Amerikaans paspoort voor een in Duitsland geboren Joods meisje. De aandacht van de nazi's op jezelf vestigen terwijl je dat meisje het land uit wilde smokkelen, was iets heel anders.

'Ik zal zien wat ik voor je kan doen,' zei Bingham uiteindelijk. 'De officiële voornaam van je broer is Richard?'

'Samuel Dickey,' zei ze.

'Natuurlijk. Je moeder was een Dickey.'

Ze probeerde zich voor te stellen hoe Dickey zou reageren als het verhaal dat hij een onwettig Frans kind had hem ter ore zou komen. Het was echter haar bedoeling om Luki veilig en wel uit Frankrijk weg te krijgen voordat eventuele geruchten uit de hand konden lopen. Als Luki eenmaal in de Verenigde Staten was, kon de waarheid worden onthuld. *Natuurlijk was Dickey bereid zijn reputatie op het spel te zetten om het leven van een meisje te redden*, zou ze zeggen. *Hij is een eerzame man.*

Vrijdag 15 november 1940

VILLA AIR-BEL

Nanée, die vroeg was teruggekeerd van het afleveren van berichten in de Panier, liet zich in de zinken badkuip in de badkamer achter de keuken zakken, zoals ze inmiddels elke dag deed, en soms nog vaker. Toen ze iemand de keuken binnen hoorde komen – Madame Nouget die aan het avondeten zou beginnen, veronderstelde ze – liet ze zich nog wat verder zakken, zodat het water in haar oren de geluiden van de buitenwereld buitensloot. Ze schrobde en schrobde, haar huid en haar haren, en nóg kreeg ze de stank niet van zich af: de ratten en de riolen in de straten, de wanhoop en de mislukkingen en de fouten, de verrotte stank van de commandant en het kamp, die altijd om haar heen hing, hoe vaak ze zich ook waste. Ze leunde nog verder naar achteren, haar hoofd onderdompelend en haar adem inhoudend tot haar longen bijna knapten, zodat ze de zeep uit haar haar kon spoelen. Toen ze weer boven water kwam, met haar haren glad naar achteren en haar ogen nog dicht, legde ze haar hoofd weer op de rand van de badkuip.

'O! Sorry!' De stem van Edouard.

Hij had de deur alweer dichtgedaan, en vanaf de andere kant zei hij: 'Ik had geklopt. Er kwam geen reactie.' Hij klonk opgelaten.

'Ik... Ik kwam er net uit,' zei ze. 'Wacht heel even.'

Hemel, wat was het water koud geworden.

Ze stond op en wrong haar haar uit, wreef het water van haar huid. Was hij er nog, in de keuken? 'Ik ben bijna klaar,' riep ze.

Ze trok haar dikke badjas aan en droogde vlug haar haren met een baddoek. De kraag van haar badjas sloeg ze omhoog om de blauwe plek in haar hals te bedekken, die inmiddels vervaagd was tot geel. Toen deed ze de deur open.

Op het aanrecht stonden Edouards vergroter en ezel die ze uit Sanary-sur-Mer had meegebracht, met een verzameling ovenschalen en bakplaten, en het fotografische papier en de chemicaliën die Danny voor hem had gekocht. Edouard zelf had zich echter teruggetrokken, de beweringen van al die surrealisten ten spijt dat het menselijk lichaam natuurlijk was, of in elk geval het lichaam van de vrouw.

Ze haastte zich door de keuken, door de eetkamer en de Grand Salon, en vervolgens de trap op, zoekend naar Edouard, ervan overtuigd dat hij nieuwe foto's zou hebben gemaakt nu ze hem zijn camera's had gebracht.

Ze vond hem in zijn slaapkamer, waar hij een lucifer afstreek en een kaars op het dressoir aanstak. De deur was open, maar ze klopte op de deurpost om hem te laten weten dat ze er was.

'Sorry,' zei ze, zich bewust van haar naaktheid onder haar badjas, die ze nog wat dichter om zich heen trok. Waarom had ze zich niet eerst aangekleed? 'Ik neem die badkamer de hele tijd in beslag. Het is zo'n luxe, een bad.'

'Nee. Nee.' Hij blies de lucifer uit. 'Ik... Daar is een badkamer natuurlijk ook voor. Ik dacht alleen... Ik had een idee. Iets wat ik aan mijn werk zou kunnen doen. Ik wilde wat oude film afdrukken, en daarvoor heb ik een donkere kamer nodig, vandaar. Maar je hebt me wel een gunst verleend door me ervan te weerhouden om meteen aan de slag te gaan...'

Hij hield een negatief in het licht van het raam zodat ze het kon zien: een vrouw die een brug overstak, met haar rug naar de camera, een operamantel open en wapperend achter haar, zodat het leek alsof ze op zou stijgen van de stoep en weg zou vliegen.

'Dus je gaat iets afdrukken wat je al gemaakt hebt?' vroeg ze.

'Je bent van slag door Andrés opmerking dat ik mijn camera niet heb aangeraakt.'

'Nee,' zei ze, beseffend dat hij teleurstelling in haar stem gehoord moest hebben. 'Nee, natuurlijk niet. Je kunst is je kunst. Je moet het op je eigen manier doen.'

'Een foto is een kunstwerk dat je in twee delen maakt,' zei hij. 'Eerst neem je de foto, daarna bewerk en ontwikkel je hem. Hetzelfde negatief kan heel veel verschillende dingen zijn. Dezelfde lucht kan licht en vreugdevol zijn, of donker en dreigend, en dat wordt allemaal beslist door de beweging van mijn hand tussen de vergroter en het papier.' Hij liep met het negatief naar de brandende kaars op het dressoir. 'Volgens Ansel Adams is het negatief de score en de afdruk de uitvoering.'

Hij hield het negatief boven de vlammen.

'Wacht! Vernietig het niet!' riep ze. 'Ik zal het mezelf nooit vergeven dat ik in bad zat toen jij het wilde afdrukken.'

Hij haalde het negatief niet weg. Ze zag dat het heet werd. Het smolt niet, maar aan de bovenkant vormde zich een plasje, zodat zelfs zij kon zien dat de vrouw met de mantel haar vorm verloor. 'Ik maak haar beklemmender,' zei hij.

'Dus je vernietigt het negatief niet?'

'Soms kunnen we alleen door iets te vernietigen ontdekken wat we creëren.'

Vrijdag 15 november 1940
VILLA AIR-BEL

Edouard plaatste zijn vergroter in de geïmproviseerde donkere kamer in de badkamer. In de badkuip zette hij een ovenschaal klaar voor de ontwikkelvloeistof, bakplaten voor het stopbad en de fixeer, en een diepere pan voor het spoelwater. De kuip was nog vochtig van Nanées bad, en de geur van de zeep die ze gebruikte, citrus en verbena, riep het beeld op waar hij een glimp van had opgevangen: Nanée ondergedompeld in het badwater, de bedwelmende lijn van haar lange, overschaduwde hals, haar geheven kin. Datgene wat je kunt zien, is altijd een suggestie van wat verborgen is; de oppervlakte is niet interessant om wat die is, maar om wat die niet is. Dat gold voor foto's, en ook voor het leven.

'Hier ben ik.' Nanées stem bracht hem van zijn stuk.

Het was iets wat hij zelf had kunnen denken: hier ben ik, eindelijk, na al die maanden verloren te zijn geweest in het kamp.

Ze stond in de deuropening, haar haren nog nat, haar gezicht schoon en fris. Hij wilde dat hij haar de andere negatieven uit de reeks had laten zien, zodat ze de lange dagen kon begrijpen die hij kijkend door hun raam in Wenen had doorgebracht terwijl Elza haar leerlingen wiskundebijles gaf, het volle leven dat ze hadden geleid, en dit, een van de laatste momenten. Hij veronderstelde dat hij daarom de behoefte had gevoeld om het negatief te branden, om de chemicaliën te mengen tot iets als verlies, verdriet en schuld.

Hij goot de chemicaliën in de pannen en zette de bol van de vergroter over het enkele peertje van de badkamer. De flauwe dieprode gloed joeg hem minder angst aan nu hij niet alleen zou zijn met zijn demonen. Als Nanée er niet bij zou zijn, zou hij tientallen manieren verkennen om het negatief te bewerken, maar ze was nog nooit in een donkere kamer geweest, en hoe spannend was het om een teststrook in een schaal te zien verschijnen? Hij voelde zich ook goed over de brûlage, het branden van het negatief. Door de emulsie te laten smelten, door het proces aan het toeval over te laten, had hij misschien wel iets gecreëerd. Ook het afdrukken van de vrouw met de mantel zou hij aan het toeval overlaten.

Hij legde het negatief in de schaal, met de emulsie omlaag zodat de foto in spiegelbeeld zou worden afgedrukt, zoals zijn leven nu al zo lang was, alles het tegenovergestelde van wat het zou moeten zijn. Hij stelde de vergroter in tot het beeld scherp werd op de ezel. De duidelijke lijnen van de wapperende cape van de operabezoekster waren nu versmolten tot etherische golven, en haar gezicht was meer godin dan vrouw.

'Wie is ze?' vroeg Nanée. Haar eigen gezicht leek ook wel dat van een godin in het rode licht. 'Die vrouw in de dramatische mantel, die je op onverklaarbare wijze hebt gesmolten?'

Terwijl hij papier in de ezel schoof en de timer zette, borrelde er diep in zijn binnenste iets van een lach op. In Camp des Milles had hij gelachen, maar die lach was afkomstig geweest van een plek achter zijn ogen die eigenlijk tranen wilde produceren.

Toen het metalen belletje van de timer rinkelde, verplaatste hij het papier van de ezel naar de schaal met ontwikkelvloeistof en schudde die voorzichtig heen en weer.

'Kijk, daar is ze,' zei Nanée met een stem vol ontzag toen de vrouw vorm begon te krijgen.

De golvende randen van de mantel waren precies zo beklemmend als hij zich had voorgesteld toen hij, bij het zien van een piepklein stukje van Nanées lichaam dat golfde in het badwater, aan deze foto had gedacht.

'De godin van het chateau, wanhopig op zoek naar een visum voor Amerika, net als wij allemaal,' zei Edouard.

Hij haalde de afdruk door het stopbad en de fixeer, en toen legde hij haar in het water om te spoelen. Hij droeg haar in de schaal met water naar het licht van de keuken en zette haar op het aanrecht, zodat Nanée haar beter kon zien. De afdruk was donker, maar dat maakte haar nog beklemmender.

'Ze lijkt ons wel,' zei Nanée. 'Niet zoals we eruitzien... Maar zoals ik me vóél.'

Jij bént het. De gedachte was zo plotseling en zo waar dat Edouard bang was dat hij hem hardop had uitgesproken.

'Wil je zien wie ze eerst was?' vroeg hij, opnieuw denkend aan de reeks foto's die hij had genomen: een elegante Weense vrouw die na de middagvoorstelling het operagebouw verliet en op een onverwachte blokkade van een spontane nazidemonstratie was gestuit. Haar gezicht geschrokken. Vol walging. Ze had zich omgedraaid. Ze was weggelopen. Dit was het soort foto's dat hij maakte, dat wil zeggen, vroeger. Hij was een toeschouwer. Hij had een vrouw gefotografeerd zonder dat ze weet had van haar betrokkenheid. Hij was haar helemaal achternagelopen naar het kleine bruggetje over het kanaal in het Stadtpark waar hij deze foto had genomen, haar passen niet minder woedend nu ze verder bij de nazi's vandaan was, de nazi's die tegen die tijd door de Weense politie uit elkaar waren gejaagd. Zelfs nu nog kon hij niet zeggen waarom hij haar was gevolgd.

'Als ik haar op andere foto's zou zien, dan denk ik dat het dit aspect zou bederven, het licht op mezelf,' zei Nanée.

Het licht op mezelf. Hij vroeg zich af wat ze van zichzelf terugzag in de vrouw met de mantel. Haar trotse boosheid, dacht hij. Haar trots over haar boosheid. Hij zag zichzelf ook in deze foto, zijn vingers die scherpstelden terwijl Elza dat briefje schreef in het appartement, het briefje waarin ze uitlegde dat ze zelf naar Duitsland moest gaan om haar zus te halen. Hij had geloofd dat zijn eigen trotse boosheid hem boven anderen stelde. Het was iets wat hij zich pas had gerealiseerd nadat Elza was vermoord, een onbewuste aanname waarop zijn werk was gebaseerd.

'Dit is wat een foto boeiend maakt, of schokkend, of ontroerend. We denken allemaal dat we onschuldig zijn. Dat we walgen van wreedheid. Dat we empathisch zijn. Menselijk. We kunnen ons niet voorstellen dat we simpelweg door te kijken zorgen dat er een publiek is.'

We juichten of we jouwden, of misschien staarden we alleen. Hij was er niet zeker van of het ertoe deed. Doordat we toekeken, moedigden we aan. Dat was wat hij fotografeerde: de beschaafde maatschappij waaruit geweld omhoogsijpelde.

'We zien onze eigen nonchalante houding niet, onze loerende ogen, onze vrolijke triomf wanneer we getuige zijn van schande. De camera legt datgene vast wat we nooit in onze eigen harten zouden herkennen. En toch, wanneer we het in het gezicht en de lichaamshouding van anderen zien, ontdekken we het ook in onszelf.'

'Maar zij is niet nonchalant, en ze loert niet.'

'We zien niet dat onze eigen trotse boosheid ons in staat stelt om ons superieur te voelen.'

'Voel jij je superieur, Edouard?' Ze sprak zijn naam met zoveel warmte uit.

'Jij niet dan, Nanée?'

'Vind ik jou niet superieur?' Een klein plagend glimlachje rond haar lippen. 'Zouden we niet nóg meer leren door foto's van onszelf te bekijken?'

'We geloven nooit dat de camera ons waarheidsgetrouw heeft vastgelegd. We denken dat foto's waarop we lelijk zijn niet kloppen, dat de verhoudingen verkeerd zijn, dat de foto op een verkeerd moment genomen is. Dat die niet weergeeft wie we werkelijk zijn.'

Hij keek naar de gootsteen en de koperen pannen, de kan die ze gebruikten om de melk van Madame LaVache in te vervoeren. 'Schoonheid interesseert me niet,' zei hij. 'Dat is slechts het gezicht dat we aan de wereld laten zien. Ik wil vastleggen wat we verbergen. Datgene wat ons beschaamd maakt.'

'En nu dan?' vroeg Nanée zacht. 'Er is zoveel geweld en schaamte. We verbergen zoveel, we zeggen dat we het ene zijn, terwijl we het andere doen. Waarom kun je nu niet fotograferen?'

Edouard bestudeerde haar gezicht in het heldere daglicht dat door de ramen naar binnen stroomde. 'En nu dan? Waarom blijf jij in Frankrijk?'

Ze sloeg haar armen over elkaar.

Het was niet zijn bedoeling geweest om haar te ergeren. Het was nooit zijn bedoeling om haar te ergeren. Maar ze kon Frankrijk op elk gewenst moment verlaten.

'Ik denk dat ik er liever middenin zit,' zei ze.

Er stak waarheid in, dat zag hij aan haar directe blik.

'Ik heb het gevoel,' zei hij, 'dat ik de camera nu op mezelf zou moeten richten als ik de toeschouwers wil fotograferen. Ik weet niet hoe ik ooit heb kunnen denken dat ik iets anders was.'

'Maar door te fotograferen –'

'Nee. Dat heb ik mezelf jarenlang voorgehouden, dat ik anders ben omdat ik een camera heb, dat ik die gebruik om de toeschouwers te laten zien dat ze het kwaad aanmoedigen door het een publiek te geven. Maar door dat te doen geef ik het kwaad zelf ook het publiek waar het naar hunkert. Ik… Ik ben gaan denken dat mensen dit meer dan wat ook vrezen: niet dat aan het licht zal komen dat ze vreselijk zijn, maar dat ze helemaal niet belicht zullen worden, dat ze niets zullen zijn.'

Nanée tuurde weer in de bak met water, naar de godin die ooit gewoon een vrouw in een operamantel was.

'Ik moet eerst bij mezelf te rade gaan,' zei Edouard. 'Ik moet mezelf verlossen van de behoefte om gezien te worden.'

'Dat doe je niet door te weigeren foto's te maken. Dat doe je niet eens door te weigeren ze te publiceren. Als niemand de waarheid laat zien, is er geen uitweg. En misschien laten we ons juist van onze beste kant zien als we weten dat er naar ons gekeken wordt. Misschien moet er meer naar ons worden gekeken in plaats van minder.'

Hij was de vrouw met de cape gevolgd omdat hij zoals zij wilde zijn, omdat hij het kwaad een publiek wilde ontzeggen. En toch had Nanée ook gelijk. Kwaad dat zijn gang kon gaan zonder dat de wereld erop reageerde, kon nog weleens destructiever zijn.

'Om naar anderen te kijken,' zei hij, 'zou ik me in de wereld moeten wagen. En dat zou het nog gevaarlijker maken voor Varian om Luki en mij te helpen. Ik... Ik ben bang dat hij dan minder geneigd zal zijn om ons te helpen uit Frankrijk te vluchten.

Zaterdag 16 november 1940

VILLA AIR-BEL

Edouard en de anderen zaten bij elkaar in de Grand Salon en Danny draaide aan de knop van de radio, toen er in de hal een enorme klap klonk. Edouard schoot uit zijn stoel en vond Rose, het dienstmeisje dat de luizen zo zorgvuldig uit zijn haar had gekamd, liggend op de zwart-witte tegels onderaan de trap, omringd door een verontrustende hoeveelheid stinkende vloeistof die de kleur had van smerig bloed. Had het meisje een aanval gehad?

André verscheen naast Edouard, voelde aan de pols van het meisje en stelde vast dat ze bewusteloos was, maar dat kwam waarschijnlijk door de alcohol en niet door de val. 'Rode wijn,' zo verklaarde hij het braaksel dat om hen heen lag terwijl hij Rose voorzichtig optilde. 'Ik weet niet waarom we haar laten blijven, maar Nanée heeft een zwak voor alcoholisten.'

Hij droeg Rose de trap op, naar haar kamer op de bovenste verdieping.

'André is arts,' verklaarde Jacqueline. 'Je zou het bijna vergeten, maar dat is hij. Hij is de juiste persoon om haar te helpen. Hij laat het wel weten als hij hulp nodig heeft.'

Nanée en T kwamen de keuken al uit met doeken en sop om de vloer schoon te maken, zich bukkend terwijl Dagobert aan het braaksel snuffelde.

'Laat me hier in elk geval mee helpen,' zei Edouard. Hij nam de doek over van T en knielde op de harde marmeren tegels. Hoe vaak had hij dit niet gedaan in Camp des Milles, de troep van iemand anders opruimen? Hoe vaak hadden anderen zijn troep niet opgeruimd?

'Edouard,' zei Nanée met enige emotie in haar stem. Ze bestudeerde iets wat samen met een sleutelbos en een doosje lucifers uit de zak van Rose was gevallen. Ze liet hem een voorgedrukte interzonale briefkaart zien, waarop de afzender vakjes aan kon vinken en korte stippellijntjes in kon vullen, de enige post die de nazi's nog toestonden vanuit de bezette zone.

'Ik vind het niet erg dat ze drinkt,' zei ze, 'maar ik wilde verdorie dat ze niet steeds vergat om ons onze post te geven.'

De kaart was geadresseerd aan Nanée en afkomstig van een vriendin van haar in Parijs die ze had gevraagd naar het appartement van Berthe te gaan om te zien of ze iets over Luki's verblijfplaats kon ontdekken. Omdat de vriendin beperkt werd door de keuzemogelijkheden op de kaart zou Edouard moeten puzzelen om de betekenis eruit te halen.

Nanées vriendin was gezond, dat vakje had ze aangevinkt, en 'vermoeid', 'ernstig ziek', 'gewond', 'gevangen' en 'dood' waren allemaal doorgestreept. 'De familie maakt het goed' was aangevinkt. Ze had geen spullen nodig, maar wel geld 'voor de huur'. Geen nieuws op het banenfront. Het regeltje '... *aller à* ... *de* ...' was echter ingevuld, en er stond dat Berthe naar een adres in Dinard was verhuisd om bij haar broer te gaan wonen.

Dinard lag in Bretagne, aan de noordkust. Daar moest Berthe zijn, aan het Engelse Kanaal, diep in het bezette Frankrijk.

'Ik ga er meteen naartoe om haar te halen,' zei Edouard, die Luki in gedachten al over een winderig Bretons strand zag rennen. Het kostte hem moeite om niet te huilen bij het horen van dit flardje van mogelijk nieuws.

'Je weet niet eens of je dochter nog bij Berthe is,' zei Nanée voorzichtig. 'En zelfs als dat zo is, Edouard, dan zal het je nooit lukken om er te komen en weer veilig terug te keren.'

Edouard staarde naar de kaart. Hij veegde een druppeltje braaksel weg. Als hij in de bezette zone werd opgepakt, of als hij er zelfs maar op werd betrapt dat hij aan deze kant van de scheiding zonder papieren reisde, zou Camp des Milles een vakantieoord lijken vergeleken bij de plek waar ze hem naartoe zouden sturen. Maar hij moest naar Luki toe.

'Eén stap tegelijk,' zei Nanée. 'Laten we Berthe schrijven, uitzoeken of Luki nog bij haar is.'

'Nu meteen? Schrijf je haar nu meteen?'

'Zodra we dit hebben opgeruimd. Maar je weet toch dat de post om negen uur 's avonds niet meer wordt opgehaald?'

Edouard keek weer naar de kaart, het wonder van die woorden, *Berthe aller à 3 boulevard de la Mer, Dinard.* 'Wat betekent het dat je vriendin zegt dat ze geld nodig heeft voor de huur?' vroeg hij.

'Dat iemand de flat van Berthe huurt?' Toen, zekerder: 'Dat de informatie waarschijnlijk betrouwbaar is, aangezien de persoon die nu in Berthes appartement woont de cheque voor de huur naar dit adres stuurt.'

'Hoe maak je dat op uit een paar woorden?'

Nanée schokschouderde. 'Mijn vriendin heeft meer dan genoeg geld, dus het moet iets betekenen. En wat zou het anders kunnen zijn?'

Edouard knikte. 'Dus we kunnen de teruggekeerde brief aan Berthe naar dit adres in Dinard sturen.'

Nanée was klaar met het schoonmaken van de marmeren tegels en kwam overeind. Edouard deed hetzelfde, en hij gebruikte een lok loshangend haar om een klein beetje braaksel weg te vegen waar haar haar aan bleef plakken.

'Dank je wel,' zei hij.

Ze bleef hem aankijken.

Hij had haar bijna gekust, zij met de doek met het braaksel in haar hand, hij met zo'n zelfde doek en de bespatte briefkaart.

'Dank je wel,' herhaalde hij. 'Ik kan je niet genoeg bedanken voor alles wat je voor Luki en mij doet.'

Zondag 24 november 1940

VILLA AIR-BEL

De bewoners van Villa Air-Bel en de gebruikelijke groep kunstenaars en schrijvers speelden al urenlang Waarheid op de belvedère. De zondagse ontvangst was inmiddels een vaste gewoonte geworden. Jacqueline en T riepen naar Peterkin en Aube, die een zelfverzonnen spelletje deden rond een van de bomen die volgehangen waren met kunst. Op dit moment van de dag miste Edouard Luki het meest, wanneer de kinderen naar bed gingen. Het was Nanée gelukt om een Amerikaans paspoort voor haar te bemachtigen, maar het was nu acht dagen geleden dat ze de briefkaart hadden ontvangen die suggereerde dat Berthe in Dinard was, en er was nog geen reactie gekomen op de brief die ze direct de volgende ochtend hadden verstuurd.

Hij voelde aan de camera die voor hem op tafel lag, de nieuwe Leica waar iedereen in het chateau aan had bijgedragen. De avond daarvoor hadden ze hem ermee verrast, en de tranen waren hem in de ogen gesprongen toen Danny hem over de grote eettafel naar hem toe had geschoven. Nu en dan bracht hij de camera naar zijn gezicht om een tafereel in beeld te krijgen, maar hij had nog niet afgedrukt. En nu was het te donker. Er was net genoeg licht aan tafel om elkaar te kunnen zien, maar meer ook niet.

Nanée, de ondervrager in deze ronde Waarheid, raakte haar hals aan, die vanavond onbedekt was; dat was opmerkelijk, ze droeg de vliegenierssjaal niet. Ze vroeg Varian, haar slachtoffer: 'Als het Emergency Rescue Committee iemand naar Frankrijk zou sturen om jou te vervangen, zou je dan naar huis gaan?'

'Ik denk niet dat het zover zal komen,' wierp Varian tegen.

Edouard en Max wisselden een blik. Je kon je nooit voorstellen dat iets 'zover zou komen' tot het daadwerkelijk gebeurde. De Vichyregering wilde Varian echter niet in Frankrijk hebben, en de Amerikaanse regering leek het regime niet tegen zich in het harnas te willen jagen.

Danny maakte een grapje over zichzelf, en Nanée, die naast hem zat, lachte, haar hoofd achteroverwerpend zoals ze deed wanneer ze werkelijk geamuseerd was en niet enkel beleefd probeerde te doen. Zonder echt te weten wat hij deed, hief Edouard de camera en richtte de lens op Nanée.

Haar ogen waren verrassend donker in de donkere avond. Lieve hemel, hij kon dit niet terwijl zij naar hem keek.

En nu keek iedereen naar hen terwijl zij naar elkaar keken.

Hoe had hij kunnen denken dat het makkelijker zou zijn om een spontane foto te maken tijdens deze ontvangst dan om een of andere bizarre compositie te creëren, zoals Bellmer en zijn poppen, zonder dat er iemand bij was die kon oordelen of die het zelfs maar iets kon schelen?

'Je maakt me niet te lelijk, toch?' vroeg Nanée.

Hij glimlachte om de absurditeit van het idee, of misschien om de zorg die achter de vraag schuilging, de angst voor onze eigen lelijkheid. 'Ik heb je gewaarschuwd dat ik niet geïnteresseerd ben in schoonheid. Wil je je hoofd nog eens naar achteren laten leunen? Je kin heffen naar de sterren?'

'Mijn kin heffen!'

Hij voelde dat André hem gadesloeg. Allemachtig, wat had hij een hekel aan de manier waarop André mensen gadesloeg. Als er één toeschouwer was die een man kon laten ophouden met wat hij aan het doen was, dan was het André Breton wel.

'Je hebt een prachtige hals, Nanée,' zei André. 'Laat hem de foto maken die hij wil maken.'

Ze bracht haar hand weer naar haar keel, met een ongemakkelijke uitdrukking, alsof André haar zojuist had uitgelokt om iets te bekennen wat ze voor zichzelf had willen houden, of wat ze misschien zelf niet had geweten. 'Zelfs het prachtige oog van Lee Miller ziet er griezelig en lelijk uit wanneer het wordt losgemaakt uit haar gezicht,' zei ze.

'Maar Nanée, schoonheid ís schokkend,' zei André. 'Een schokkende ontregeling van de zintuigen.'

'Ik weet niet of ik erop zit te wachten dat mijn schoonheid, voor zover ik die bezit, ontregeld wordt,' zei Nanée, 'en al helemaal niet op een schokkende manier.' Het was een grapje, maar ook weer niet. Haar hand lag nog op haar keel.

Gesluierd-erotisch. Andrés term. Gebruikte André die om vrouwen te verleiden? Had hij Nanée verleid? Verleidde hij haar nu, in het bijzijn van zijn eigen vrouw?

André sloeg hem nog steeds gade.

'Doe je ogen dicht,' zei Edouard.

'Mijn ogen dichtdoen?'

'Stel je voor dat je die zwarte zwaan bent.'

'Welke zwarte zwaan?' vroeg André.

Waarom moest die man zich toch overal tussen wringen, zodat het onmogelijke nog onmogelijker werd?

'Doe je ogen dicht en laat je hoofd naar achteren leunen. Maak je hals zo lang als die van de zwaan, en denk aan niets anders dan die prachtige vogel.'

Ze glimlachte ongemakkelijk, maar ze deed haar ogen dicht, alsof ze wilde uitproberen of ze hem kon vertrouwen. Langzaam liet ze haar hoofd naar achteren vallen.

'Je hand,' zei hij.

Ze aarzelde, en toen haalde ze haar hand weg, zodat haar lange hals bloot kwam te liggen. Kwetsbaar. Gesluierd-erotisch.

Hij wilde zijn hand uitsteken en het kuiltje tussen haar sleutelbeenderen met het topje van zijn vinger aanraken.

'Ik hoop dat je niet het type bent dat graag kelen doorsnijdt,' zei ze.

Iedereen aan de tafel lachte, zodat de spanning even werd doorbroken.

'Maar dat is hij natuurlijk wel,' zei André.

'Hij heeft haar keel die avond niet doorgesneden,' zei Danny. 'Hij heeft hem doorboord met een vulpen.'

'Nog een klein stukje, Nanée,' zei Edouard. 'Iets verder naar achteren. Hef nu je kin naar de sterren.'

Haar borst welfde omhoog door de beweging, zoals die van Elza welfde wanneer ze de liefde bedreven. *Toe maar, Edouard. Ik wil dat je het doet*, had Elza die eerste keer gezegd, op een deken op de grond op klaarlichte dag. Ze waren gaan picknicken. De vrijpartij had hen allebei verrast, en toch ook weer niet.

Elza was al zoveel jaren dood. Elza was pas gisteren gestorven.

'Zo ja,' zei hij. 'Hou dat vast.' Hij maakte de foto. 'Mooi, dank je.'

Nanée leunde naar voren, alsof ze ontwaakte uit een droom.

'Is dat alles? Eentje maar?' vroeg ze, verward, maar misschien ook opgelucht. Ze legde haar hand weer op haar hals, voorzichtig, alsof ze daar een verklaring zou vinden.

'Ja,' zei hij.

'Alleen ik, met mijn hoofd naar achteren?'

'Ja.'

'Ik begrijp het niet.'

'Nee,' zei hij. 'Ik ook niet.'

Hij bleef haar aankijken, terugdenkend aan haar prachtige hals, uitgestrekt in het zinken bad, glinsterend van het badwater. Ook toen had hij haar nek willen aanraken. Hij vroeg zich af of ze de foto die hij zojuist had gemaakt obsceen zou vinden. Hij vroeg zich af of hij hem aan haar zou laten zien, of aan iemand anders. Hij wist niet waarom hij de foto had gemaakt, waarom hij had gedacht dat juist deze opname hem zou bevrijden.

'Het is een manier om mezelf te zien,' zei hij.

Toen stond hij op, pakte zijn camera en liep weg. Hij wist dat iedereen aan tafel naar hem keek, maar dat maakte niet uit, de anderen deden er niet toe.

Nanée zei ook niets. Ze keek hem slechts na. Ze was geen kijker, maar ze keek naar hem.

Maandag 25 november 1940
VILLA AIR-BEL

Madame Nouget was bezig het dagelijkse brood in gelijke porties te verdelen, en de kinderen waren net teruggekeerd van het melken van de koe, met Dagobert op hun hielen, toen Edouard de keuken binnenkwam. Hij was op weg naar zijn donkere kamer in de badkamer, maar Peterkins gezicht lichtte helemaal op en de jongen stond erop om zijn beker warme melk met Edouard te delen. T verdeelde de melk van haar zoon in twee porties, en Peterkin droeg de tweede beker heel voorzichtig naar hem toe.

'Het houdt de rest van de dag je buik warm,' zei de jongen.

Ze hadden allemaal voortdurend honger. Dit was een van de manieren waarop T voor haar zoon zorgde, door hem iets warms en troostends te geven, aan het begin van de dag en vlak voordat ze hem in bed stopte. Edouard wilde de jongen nog geen druppel ontnemen, maar hij stelde zich voor dat Luki hem deze beker zou geven, en hij bedacht hoe fijn deze kinderen het vonden om te delen wat ze hadden.

'Dank je wel,' zei hij, opgelucht toen hij zag dat T Peterkins beker stiekem bijvulde met de melk die apart was gehouden voor de buren.

Hij nam de eerste verwarmende slok. Het was ochtend. De dag was nog maar net begonnen. Alweer een ochtend waarop hij niet wakker was geworden op een mat van stro in een ruimte met duizenden snurkende, kuchende en kreunende mannen, omgeven door de geur van zweet en braaksel en uitwerpselen; maar in een bed in een zonovergoten kamer, met uitzicht op velden en bergen, de geur van koffie, al was het dan ersatz.

De deur naar de badkamer stond open en de rand van de zinken kuip was net zichtbaar. Geen latrine, maar een echte badkamer met een echt toilet. Geen rij waar je in moest staan. Geen stank.

Hij voelde zich schoon. Zo schoon, nadat hij zich maandenlang vies had gevoeld.

Schoon en warm, dacht hij. Schoon en warm.

Hij knielde zodat hij Peterkin recht in de ogen kon kijken. 'Wat ben jij een goede, gulle vriend, Peterkin,' zei hij, en hij omhelsde de jongen, de tranen in zijn ogen wegknipperend. Dagobert likte zijn schoen, alsof de hond zijn gedachten kon lezen. Hij deed zijn ogen dicht en stond zichzelf toe om zich voor te stellen dat dit Luki's kleine, smalle schouders waren, dat Luki en hij weer samen waren, dat ze elkaar vasthielden op een plek die net zo veilig en warm was als deze troostende melk.

Hij besloot dat hij zou wachten tot het huis leeg was. Tot Varian, Danny, T, Maurice, Gussie en Nanée naar het CAS-kantoor waren vertrokken, met of zonder Dagobert, afhankelijk van Nanées plannen voor die dag. Tot Jacqueline Aube naar school bracht en Maria iets had bedacht om Peterkin bezig te houden. Tot Rose klaar zou zijn met afwassen en Madame Nouget was vertrokken om de dagelijkse boodschappen te bemachtigen. Dan zou hij de foto van Nanées hals ontwikkelen.

Die middag trof hij Nanée lezend aan in de kleine kas, zoals zo vaak. Haar boek was deze keer niet de gebruikelijke fraaie Franse paperback met de witte omslag en de sierlijke letters, maar iets zwaars en bruins en Brits.

'Ik heb hem vanochtend ontwikkeld,' zei hij. 'Ik ga hem afdrukken. Je hals. Wil je helpen?' Hij gooide de uitnodiging eruit voor hij niet meer zou durven.

Toen ze een paar minuten later in de geïmproviseerde donkere kamer waren, stopte hij het negatief in de vergroter en stelde de f-stop en de kop van de vergroter in. *Wie is ze, die vrouw in de dramatische mantel, die je op onverklaarbare wijze hebt gesmolten*, had ze hem gevraagd toen ze de vorige keer in deze rode duisternis samen waren. Wie ben jij, wilde hij haar nu vragen.

Hij had de foto die ochtend ontwikkeld en een teststrip gemaakt, zodat hij een idee zou hebben van de belichting die hij wilde toepassen. Hij was van plan om de afbeelding te solariseren, een vorm van overbelichting die Lee Miller per ongeluk had ontdekt toen ze licht op een ontwikkelende afdruk liet vallen, waardoor het zwart en het wit in spookachtige zilvertinten veranderden. Als hij het goed deed, zouden de grenzen tussen donker en licht bij de hals en onder de kaaklijn er extra uit springen, waardoor de foto dramatischer en onwerkelijker zou worden, bovenaards.

Dé hals, niet haar hals, had hij gedacht. De kunst kwam tussenbeide, nam het over.

Hij ademde diep in – de geur van citrus en verbena, van Nanée die naast hem stond en toekeek. Hij zette de timer en keerde zich naar de machine toe.

Precies op dat moment klopte er iemand op de deur. Uiteraard.

'Ik ben bezig een foto te ontwikkelen,' riep hij. 'Kun je een van de toiletten boven gebruiken?'

Ze hoorden de stem van Maria die Peterkin vriendelijk vroeg of hij het nog even op kon houden, gevolgd door voetstappen die zich haastig verwijderden.

Toen het belichten klaar was, legde Edouard het papier in de ovenschaal met ontwikkelvloeistof. Zodra het beeld begon te verschijnen, haalde hij de afdruk uit de schaal en dompelde hem onder in water.

'Maar je kunt de omtrek nog maar nauwelijks zien,' protesteerde Nanée.

Hij wachtte tien seconden, en toen hield hij een zaklamp boven de afdruk en knipte die heel even aan

'Edouard! Verpest je hem nu niet?'

De zaklamp was alweer uit, en hij legde het papier terug in de ontwikkelvloeistof, zijn gedachten bij zijn kunst, bij deze foto, maar ook bij een andere, een zelfportret dat hij jaren geleden had gemaakt. Het zou interessant zijn om te zien wat er zou gebeuren als hij die ook zou overbelichten. Niet wie was zij, maar wie was hij? Het negatief zou tussen de stapel moeten zitten die Nanée uit het huisje had meegebracht. Pas toen ze hem zijn werk had gebracht, had hij beseft hoe hard hij het nodig had om herinnerd te worden aan alles wat hij had gecreëerd, om te geloven dat hij opnieuw kon creëren.

Toen het beeld zich op de afdruk begon te vormen, maakte Nanée een klein geluidje. Verrassing, dacht hij. Niet vrolijkheid, maar iets anders. Ongemak? Had hij haar verkeerd ingeschat? Hij had gedacht dat ze geamuseerd zou zijn. *We spelen tot de dood erop volgt. En dan spelen we verder*, had ze met zoveel pit en humor gezegd toen hij voor het eerst meedeed aan het moordspel. Hij had gehoopt dat deze foto haar aan het lachen zou maken.

Hij zette de ovenschaal in de badkuip.

'Ze is beeldschoon,' zei hij om haar gerust te stellen terwijl ze samen het beeld scherper zagen worden. Enkel Nanées kin, die hoog geheven was, zodat het beeld – haar hals en haar kaaklijn tot de onderkant van haar kin – een soort rorschachtest in spookachtige zilvertinten vormde. Was het de hals van een vrouw die uitdagend naar achteren was geworpen, of de penis van een man?

Ze bracht haar hand naar haar sleutelbeen, naar de plek waar op de foto een kleine verkleuring te zien was die een schaduw of een vlekje op de lens zou kunnen zijn, en ze lachte. Ze lachte inderdaad. 'Is dat obsceen? Of is het obsceen van mij om dat te denken? In elk geval zie je niet dat ik het ben!'

'Ah, maar uiteraard wordt de titel *Nanées prachtige hals*.'

Hij aarzelde, en toen stak hij zijn hand naar haar uit. Raakte haar nek aan. Haar huid.

Hij kuste haar op dat plekje, onderaan haar keel. Langs haar hals omhoog. Onder haar kin. Op haar kaak. Haar sensuele lippen.

Ze kreunde haast onhoorbaar.

Er klopte weer iemand op de deur. Allemachtig, wat een timing.

Nanée riep: 'We zijn hier iets aan het ontwikkelen. Zou je een van de andere toiletten willen gebruiken?' Haar stem klonk nu laag en een beetje schor.

Aan de andere kant van de gesloten deur hoorden ze Rose mopperen dat je onmogelijk iedereen in dit huis tevreden kon houden.

Nanée was al bezig zijn overhemd uit zijn broek te trekken, haar handen warm op zijn huid.

'Wacht,' zei hij, beseffend dat er geen goede plek was om de liefde te bedrijven, en dat hij niet wilde dat de eerste keer staand tegen het toilet was.

Hij tilde de schalen een voor een op, voorzichtig, zodat de chemicaliën niet over de rand klotsten, en stapelde ze op in de wasbak.

'De foto,' protesteerde ze.

Maar de foto kon hij opnieuw afdrukken.

'Weet je het zeker?' fluisterde hij. 'Ik wil niet...'

Ze aarzelde, en toen fluisterde ze iets terug, haar adem warm op zijn huid. Het klonk als: 'Ik ben liever wild dan getemd.'

Hij schopte zijn schoenen uit, liet zijn broek zakken, knielde om haar schoenen uit te trekken, haar broek, haar slipje, dat net zo glad en wit was als haar vliegenierssjaal. Zij trok zijn overhemd uit. Hij trok het zachte kasjmier over haar hoofd, maakte haar beha los en tilde haar op, zodat ze haar benen om zijn middel kon slaan. Hij droeg haar naar de zinken badkuip en ging met zijn rug tegen het koude metaal zitten, haar warme lichaam op het zijne in het rode licht, terwijl de enkele foto, nog niet gefixeerd of afgespoeld, donkerder en donkerder werd, tot er niets meer op te zien was. En dat was prima. Op de een of andere manier was dat precies zoals het moest zijn. Iets wat opnieuw gedaan kon worden, op elk gewenst moment.

Maandag 25 november 1940

VILLA AIR-BEL

Nanée had haar kleren weer aangetrokken voordat ze samen met Edouard de badkamer uit stapte, maar toch had ze het gevoel dat ze nog naakt was. Edouard moest het aan haar gezicht gezien hebben, want hij raakte haar arm aan en vroeg of het wel ging. Ze wendde zich af zodat hij het niet kon zien, net zoals ze zich heel eventjes had afgewend toen hij haar in de badkuip tilde, toen ze voelde hoeveel schade zijn lichaam had opgelopen: zijn knokige schouders, knokige heupen, knieën die net zo knokig waren als ze ze op de avond van hun ontmoeting op die tekening had afgebeeld.

Op het aanrecht in de keuken lag een nieuwe interzonale briefkaart te wachten, die Rose daar moest hebben neergelegd. Hij was geadresseerd aan haar, maar bedoeld voor hem, afkomstig van zijn vriendin Berthe. Uit Dinard in Bretagne. Op het stippellijntje in het zinnetje *La Famille … va bien* was een X ingevuld.

'Luki is in Amboise,' zei Edouard. De woorden kwamen over zijn lippen alsof hij zijn lang ingehouden adem uitblies. Hij stond naast haar en hield de kaart zo dat zij ook de tweede regel kon lezen: *Mon autre fille va entrer à l'ecole d'Église Saint-Denis en Amboise.* Berthes 'andere dochter' zou de school van de Saint-Deniskerk in Amboise bezoeken.

'Amboise,' herhaalde Nanée ademloos. Nadat Pétain om vrede had gesmeekt, hadden de laatste en dapperste Fransen nog twee dagen lang tegen de Duitsers gevochten vanuit de poort van het Château d'Amboise, een kasteel dat in voorgaande eeuwen gasten als Leonardo da Vinci had verwelkomd. Twee nachten lang hadden de Duitsers het stadje gebombardeerd en er grote delen van opgeblazen. Als Luki lang in Amboise was geweest, zou ze het wellicht niet hebben overleefd.

Die verdomde Duitsers. Dat verdomde Vichy. Die verdomde commandant.

'We kunnen een brief sturen,' zei ze. 'Naar Amboise. Naar de school.'

Ze wisten echter niets over de mensen van de school. Ze hadden geen idee of iemand daar wist dat Luki Joods was, of zelfs dat Luki Luki was. En een derde brief zou nog meer vertraging opleveren, terwijl elke dag die Edouard in Frankrijk doorbracht, een risico vormde.

Als ze Luki kon halen en haar mee zou kunnen nemen naar Marseille, dan kon Edouard vluchten. Edouard moest vluchten.

Natuurlijk kon Nanée met hem meegaan. Ze was Amerikaans. Ze kon altijd teruggaan naar Evanston, en dan konden ze de pot op met hun ideeën over een geschikte echtgenoot.

Ze ging te snel, dat wist ze. De vrijpartij in de badkuip was een momentopname, zoals een van zijn foto's. Wat eraan voorafging en wat erop zou volgen was nog onzeker, ongegrond, onwerkelijk. Wie verwachtingen koesterde, liep het risico op een gebroken hart.

Maar Amboise. Het lag in de bezette zone, ja, maar net aan de andere kant van de scheidslijn. Niet meer dan een kilometer of vijftien, dacht ze.

'Ik kan haar gaan halen,' zei ze. 'We hebben een Amerikaans paspoort voor haar. Ik heb een Amerikaans paspoort. Niemand zal een Amerikaanse vrouw van mijn leeftijd verdenken die samen met een kind reist.'

Woensdag 27 november 1940
AMBOISE

Het kostte Nanée de hele dinsdag om de ruim zevenhonderd kilometer af te leggen van Marseille naar Tours, waar ze woensdagochtend de eerste bus naar Amboise nam, het makkelijkste deel van deze zoektocht naar Luki. Ze reisde in haar eentje, met een geldig Frans doorgangsvisum en meer franken dan ze nodig zou hebben, maar zonder de door de Duitsers uitgegeven *Ausweis* of *Passierschein* die je nodig had om de bezette zone in te kunnen. Ze had echter nog wel een appartement in Parijs, zoals ze uitlegde aan de vriendelijke jonge douanier aan wie ze haar Amerikaanse paspoort gaf, met een discrete omkoopsom erin. Maandagavond had Varian geholpen Edouard ervan te overtuigen dat zij degene was die Luki moest gaan halen. Later die avond, toen ze de radio hadden uitgezet en iedereen naar bed was gegaan, had Edouard zachtjes op haar deur geklopt, was in haar bed gekropen en had opnieuw de liefde met haar bedreven. Toen ze dinsdagochtend naast hem wakker was geworden, nog voor zonsopgang, had hij haar nog meer over Luki verteld, haar deelgenoot gemaakt van zijn liefde voor dit kind van wie hij zo lang gescheiden was geweest.

De bus zette haar af in een stadje dat half in puin lag. Mansardedaken waren ingestort tot verruïneerde façades, of ze waren nog intact maar hingen over scheve muren en verbrijzelde ramen, of er was helemaal niets meer van over wat ooit nog iets zou zijn. Het enige wat resteerde van een kerk – misschien de Église Saint-Denis? – waren hoge stenen pilaren waar geen dak meer op zat. En toch werd op een wintermarkt langs de Loire de laatste herfstoogst aangeboden, uitgespreid op tafels, in stalletjes met tafellakens en servetten en een heleboel plaatselijke wijn.

Nanée had niet veel gegeten sinds ze uit Marseille was vertrokken, maar ze sprong te veel in het oog op de markt om zich er op haar gemak te voelen. Tegenwoordig vertrouwde niemand nog een vreemdeling, dus vroeg ze de vrouw in het eerste marktkraampje of ze haar de weg wilde wijzen naar de school.

'De school?' De vrouw fronste argwanend en wees naar de andere kant van de hoofdweg, op genadige afstand van de gebombardeerde kerk. 'De Église Saint-Denis is twee blokken verderop, aan de rechterkant. Een wit en bruin gebouw in tudorstijl. Maar er is geen school.'

Nanée onderdrukte de tranen die dreigden in haar ogen te springen. 'Is de school verwoest?'

De oude vrouw deed een stap naar achteren en herhaalde, nu met angst in haar ogen: 'Er is geen school.'

Nanée keek op naar de stenen en de dakleien en de gelukkig onbeschadigde glas-in-loodramen van de Église Saint-Denis en probeerde te bedenken waarom Edouards vriendin hen naar Luki liet zoeken in een school die niet bestond. De interzonale briefkaart bood echter maar weinig ruimte om informatie te geven. Ze stond op het punt om de kerkdeur open te trekken toen er een jonge non verscheen, die al evenzeer schrok van Nanée als Nanée van haar.

Ze vroeg de non of ze haar de weg kon wijzen naar de school.

'De school?'

De non bracht Nanée naar de moeder-overste van haar orde, een grote stevige vrouw die net als de jongere non was gekleed in een dik zwart gewaad met een eenvoudige zwarte hoofddoek. Haar gezicht en haar schouders waren zo strak in gesteven witte stof gewikkeld dat je alleen haar behoedzame gelaat zag, haar verrassend gave huid en haar ogen in de kleur van bruin pakpapier. Het was verontrustend om haar gezicht in al die stof te zien. *Gezicht dat zweeft in wit en zwart*, zou Edouard de foto kunnen noemen die hij van haar zou kunnen maken.

'Ik ben op zoek naar een meisje dat hier op school zou zitten, een vijfjarige,' zei Nanée. 'Het kind van een vriend. Ze zijn... van elkaar gescheiden. Haar familie wil haar dolgraag vinden.'

De moeder-overste stond op en deed rustig de deur dicht. 'U bent niet de moeder van het meisje?' Ze knipperde met haar lange wimpers, die dezelfde verschoten kleur bruin hadden als haar wenkbrauwen en haar ogen. Kon Nanée haar vertrouwen? Was Luki hier, en zo ja, kenden ze haar dan als Luki?

'Ik ben hier op verzoek van haar vader,' zei Nanée.

'En waar is hij?'

Nanée keek haar simpelweg aan. Ze was in bezet Frankrijk. Ze kon er niet van uitgaan dat iemand hier aan haar kant stond, laat staan iemand met een autoriteitspositie in de katholieke Kerk.

'Het is momenteel ingewikkeld om iemand te vertrouwen,' zei de non. 'Ik heb gemerkt dat de Heer mij leidt als ik mijn vertrouwen in hem stel. Misschien kunnen we beginnen met de naam van het vermiste kind?'

Nanée was er nog niet zo zeker van dat ze in welke heer dan ook geloofde, maar zij had als kind ook geen werkelijk trauma meegemaakt. Het was inmiddels moeilijk om te zien waar ze van was weggelopen toen ze Evanston had verlaten.

Ze koos haar woorden met zorg, zodat alles wat ze zei opgevat kon worden als iets wat minder illegaal was dan een poging om een Joods meisje over een grens te smokkelen die ze zelf niet eens mocht oversteken.

'We noemen haar Luki.' Niet 'Luki Moss', maar 'we noemen haar Luki', wat de mogelijkheid openliet van een koosnaampje dat helemaal niets met een echte naam te maken had.

'Zou het meisje u herkennen?' vroeg de non.

'Ik heb iets bij me waarvan haar vader denkt dat ze het zal herkennen, hoewel het moeilijk te zeggen valt wat zo'n jong meisje na zo'n lange tijd nog weet en wat ze is vergeten.'

De non wachtte tot ze verder zou gaan.

'Een tekening van een pluchen beest dat het meisje had toen ze wegging.'

'Toen ze wegging? Maar u zei dat ze van elkaar gescheiden zijn.'

Opnieuw keek Nanée haar alleen maar aan.

'Kent u de naam?'

'Sorry,' zei Nanée. 'Had ik dat niet gezegd? Luki.'

'Ik bedoel de naam van het pluchen vriendje.'

Nanée overwoog of het kwaad zou kunnen om dit feit te onthullen. 'Professor Ellie-Muis,' zei ze.

'En de vader van het kind? Kunt u me in elk geval vertellen hoe u het kind naar hem toe denkt te krijgen?'

Nanée wachtte.

De moeder-overste voelde aan de zware rozenkrans die onder haar witte kap hing en bijna tot haar middel reikte. Toen rinkelde ze met een bel die op haar bureau stond, en even later kwam er een andere non binnen.

'Zuster Amélie,' zei de moeder-overste, 'ik heb gehoord dat het chateau wat groen wil bijdragen voor het altaar deze zondag. Ik zou jou willen vragen om het op te halen bij de boerderij van het chateau, en de voorman te vertellen dat ik twee plekken vrij zal houden in de kapel, maar dat ik graag zou weten of we zijn vrienden morgen of later in de week kunnen verwachten.'

De moeder-overste sprak alsof dit gewoon een taak was die ze iemand opdroeg, maar Nanée vermoedde dat het meer was, een gecodeerde boodschap. En de Duitsers hadden zoveel chateaus in de bezette zone in beslag genomen dat ze zich onwillekeurig zorgen maakte. In Parijs hadden ze alle gebouwen aan Avenue Foch 82, 84 en 86 bezet, vrijwel naast haar eigen appartement. Ze had gehoord dat 84 werd gebruikt voor 'ondervragingen', dat voorbijgangers soms mensen in het Frans hoorden schreeuwen, en ook in het Engels.

Woensdag 27 november 1940

VILLA AIR-BEL

Edouard, gezeten aan de tafel in de Grand Salon, spitte door de negatieven die Nanée had meegebracht uit Sanary-sur-Mer. Hij zocht een zelfportret dat hij tien jaar eerder had genomen, op de avond van de verkiezingsdag in november 1929 waarop Duitsland de communisten en de nazi's aan de macht had gestemd. De Berlijnse politie had paraat gestaan voor massale rellen die niet waren uitgebroken, maar er was genoeg met stenen gegooid en er waren genoeg mensen gearresteerd voor Edouard om het vast te kunnen leggen met zijn camera. Daar was het negatief: zijn eigen gezicht, dat zo dicht bij de lens was dat het beeld enkel uit één oog bestond, met de moedervlek waar hij zo'n hekel aan had, zijn neus en een deel van zijn mond en zijn kin.

'Edouard?'

Edouard keek op van het negatief en zag dat Varian naar hem toe kwam, met Dagobert op zijn hielen.

'Je mag op gesprek komen bij het Amerikaanse consulaat,' vertelde Varian. 'En je boft. De consul-generaal heeft een paar dagen vrij genomen. Je hebt vrijdag een afspraak met viceconsul Bingham.'

Terwijl Edouard dit nieuws tot zich door liet dringen, boog Varian zich naar voren om Dagobert aan te halen. *Als ik niet terugkom, dan is hij voor jou,* had Nanée vlak voor haar vertrek naar Amboise tegen Varian gezegd. Ze had op luchtige toon gesproken, maar de woorden waren de halve nacht door Edouards hoofd blijven spoken. Had ze bezet Frankrijk veilig weten te bereiken? En zou het haar lukken om er weer uit te komen?

'Je zult onder een andere naam door Frankrijk en Spanje moeten reizen,' zei Varian. 'Zelfs als het klopt wat Nanée zegt en het vrijlatingsformulier van het kamp wettig is, dan blijft het een feit dat het is uitgegeven in de valse overtuiging dat je nog in het kamp was. Dat maakt het op zijn minst... omstreden. En het zal je niet beschermen als je naam op een lijst van de Gestapo staat. Zoals ik al zei, zelfs zonder een jong meisje –'

'Luki is heel competent voor een kind van haar leeftijd.'

Was dat zo? Hij wist nog maar zo weinig over haar. Hij had haar al meer dan een jaar niet gezien. En de herinnering aan haar moeder was zo vlug vervaagd. Hij had ervoor gezorgd dat er altijd een foto van Elza naast Luki's bed stond en dat hij veel over haar vertelde, en toch herinnerde Luki zich alleen nog de geur van haar moeder, 'zoals karamel en de witte bloemen in de tuin, en ook brood'.

Hij had Luki zelf moeten gaan halen, hoe riskant dat ook zou zijn geweest. Het zou echter niet alleen gevaarlijk zijn geweest voor hem; het zou ook gevaarlijk zijn voor haar als zij in zijn gezelschap werd aangehouden.

'Maurice is op dit moment in gesprek met een Duits echtpaar, Hans en Lisa Fittko, van wie gezegd wordt dat ze vluchtelingen helpen om door de Pyreneeën te ontsnappen, via een oude smokkelaarsroute vanuit Banyuls-sur-mer,' zei Varian. 'Het is vijftien kilometer over steil en gevaarlijk terrein, met temperaturen onder nul en harde wind, te zwaar voor veel vluchtelingen. Maar nu de mobiele garde de route vanaf de begraafplaats in Cerbère zo nauwlettend in de gaten houdt, is er geen alternatief.'

Edouard keek naar de stapel negatieven, werk waarmee hij hen allemaal in gevaar had gebracht, dat al de dood van Elza had veroorzaakt. Misschien was Luki veiliger waar ze nu was dan ze bij hem zou zijn. Maar als hij Frankrijk zonder haar zou verlaten, zou het zijn alsof hij zijn eigen hart uit zijn borst zou rukken en het op een rotsachtig pad over de grens achter zou laten om te verschrompelen en te sterven.

'Ze heeft een vader nodig. Ze heeft jou nodig,' had Elza gezegd toen ze Luki voor het eerst in zijn armen legde. 'Hoe zullen we haar noemen?' En toen hij geen antwoord gaf: 'Ik vind dat we haar Lucca moeten noemen.' Zo had ze het kind door zijn kunst aan hem verbonden, door zijn arrogantie. 'We zullen haar Luki noemen,' had Elza gezegd. Luki. Het kind dat Edouard met moeite had omarmd. Elza had het begrepen, ook al had Edouard zelf geweigerd het te zien. In dat laatste bericht, waarin ze uitlegde waarom ze haar zus zelf uit Duitsland moest redden, had ze geschreven: *als er iets met jou gebeurt, Edouard, dan zullen je dochter en ik berooid achterblijven*. Niet Luki, maar 'je dochter'. Niet 'mijn dochter'. Niet 'onze dochter'. Zijn dochter. *En dit nieuwe kind ook*, had ze geschreven, alsof ze wist hoe vaak hij zich voorstelde dat de nieuwe baby die ze in haar buik droeg een zoon zou zijn met zijn ogen of neus of kaaklijn. Hoe vreselijk was het dat hij dat had gedacht? Hoeveel verdriet had het Elza gedaan om te weten dat hij zo'n afschuwelijke man was? *Als er iets met mij gebeurt, beloof me dat je Luki dan bij je zult houden en dat je altijd voor haar zult zorgen*, had ze geschreven. *Beloof me dat je haar altijd voorop zult stellen, en dat je haar laat weten hoe geliefd ze is.* Een belofte die niet nodig had moeten zijn. Als hij een betere man was geweest, had Elza op zijn liefde voor Luki kunnen rekenen, en dan zou het niet het laatste zijn geweest wat ze in haar leven van hem had moeten vragen.

'Edouard?' zei Varian.

Edouard keek hem wezenloos aan.

'Ik zei dat we Luki op de trein zouden kunnen zetten, gezien haar Amerikaanse paspoort. We zijn wel bang dat we de aandacht op jou richten als we een Frans uitreisvisum aanvragen onder de naam Moss, maar –'

'Wil je dat we apart reizen?' Hij dacht aan Berthe, die meer dan een jaar geleden Luki voor het raam in de trein had gehouden. 'Nee. Ik draag haar zelf over de grens.'

Varian schoof zijn bril omhoog. 'Mensen die we over de grens sturen, kleden we aan als dagloners. Een man die druiven gaat plukken, draagt een jonge dochter niet de hele dag op zijn rug met zich mee.'

'Niemand zal ons de hele weg in de gaten houden.'

'Maar ze zullen je ook niet laten weten wanneer ze je wel in de gaten houden, zodat je het kind neer kunt zetten voordat ze zien dat je haar draagt. En je moet niet alleen op je hoede zijn voor de Franse douane. Het vrije Frankrijk is helemaal niet zo vrij. De Kundt-commissie, de Gestapo in Frankrijk, mag met vluchtelingen doen wat ze willen. En als ze er eentje oppakken die iets onwettigs doet, straffen ze die maar al te graag, als afschrikwekkend voorbeeld voor de anderen.'

'Fantastisch,' zei Edouard, een woord dat Nanée vaak gebruikte, een van de woorden die haar manier van praten zo fris en levendig maakten, zo vol van hoop. Hij zei het echter sarcastisch, met het tegenovergestelde van hoop.

Varian staarde naar de koude open haard. 'De Gestapo stelt net zo graag een vrouw als afschrikwekkend voorbeeld als een man. Misschien nog wel liever. En de tijd begint te dringen voor vluchtelingen in Frankrijk.'

Edouard keek naar de klok op de schoorsteenmantel, met de wijzers die nooit bewogen en op dit moment toch ongeveer de juiste tijd aangaven. Luki was nog maar een kind. Zelfs de Gestapo zou een kind toch niet aandoen wat ze Elza hadden aangedaan?

'Ik heb Elza beloofd dat ik Luki altijd bij me zou houden,' zei hij. Een belofte die hij al had verbroken.

Woensdag 27 november 1940

AMBOISE

Luki trok de zware kerkdeur open, voorzichtig, om geen vuil te krijgen op de witte jurk die eerst van Brigitte was geweest en de blauwe mantel die zuster Thérèse voor haar had gemaakt zodat ze op de maagd Maria zou lijken en de maagd Maria nog meer van haar zou houden. Eenmaal binnen hield ze Pemmy tegen zich aan geklemd en wachtte tot het niet zo donker meer was en ze de kleuren van de ramen kon zien. Voorzichtig liep ze over het middenpad, zonder op te kijken naar de bloedende man met de doorns op zijn hoofd. Ze stak over naar de kerkbank die dwars op de banken in het midden stond en uitkeek op de stenen maagd Maria. Er waren stukjes van de mantel af. Dat was gebeurd tijdens de lawaaiige, angstaanjagende verstopmomenten in de kelder toen er overal dingen kapot waren gegaan: huizen en auto's en de grote brug over de rivier. Ze knielde in de kerkbank en vouwde haar handen in elkaar, met de pootjes van Pemmy ertussen. Toen deed ze haar ogen dicht. 'Heilige Maria,' fluisterde ze, 'wilt u papa alstublieft vragen om Pemmy te komen halen en haar mee te nemen naar huis?' In de kerk hoefde je niet hardop te praten, want God kon je al horen als je iets zelfs maar dacht. En de maagd Maria was Gods Mutti. Waarschijnlijk zou ze God gewoon de boodschap doorgeven.

Ze bad nog steeds tot de maagd Maria toen ze iemand hoorde fluisteren.

'Wat een engel is ze, niet?' De stem van de moeder-overste.

Ze deed haar ogen open en dacht er zelfs aan om 'amen' te mompelen, terwijl ze Pemmy tegen zich aan klemde. Ze wist dat ze niet moest staren, maar ze dacht dat de maagd Maria het wel zou begrijpen en het aan God zou uitleggen.

'Mutti?' zei ze.

'Kind,' zei de moeder-overste vriendelijk, 'je maman is bij de engelen.'

Luki voelde aan de buidel van Pemmy, waar Joey zou moeten zitten. De foto die Pemmy eigenlijk niet mocht hebben, van Mutti en papa en Luki voordat Mutti bij de engelen was gaan wonen, zat daar verstopt, samen met platte Joey met de letters. Zo kon Luki ze altijd vinden zonder dat iemand anders ze ontdekte.

De Mutti-engel bukte om haar in de ogen te kijken, zoals papa altijd deed, en zei: 'Ik ben niet je Mutti, maar ik beloof je dat ik je naar je papa zal brengen.'

Luki dacht hier even over na. Misschien was het net als bij God, die drie mensen tegelijk was, en een van hen was een vader, en de andere was een zoon die helemaal niet op zijn vader leek, en de derde was een geest die Luki zelfs nog nooit op een schilderij had gezien.

De engel zei: 'Kijk, ik heb een brief van hem meegebracht.'

Ze gaf Luki een envelop, en Luki hield die onder haar neus. Hij rook net zoals de engel, naar bloemen.

Haar eigen naam stond erop. *Luki.*

Ze drukte de envelop tegen haar hart. Papa kon haar een brief schrijven. En als je bij de engelen was gaan wonen, kon je geen brieven schrijven. Papa was niet naar Mutti gegaan, maar hij was bij haar gebleven.

Toen kwamen de tranen. Het was net als met de plas toen ze zich in de kist verstopte in het huis van tante Berthe en Brigitte. Ze kon het gewoon niet tegenhouden.

'Waarom komt papa niet?' vroeg ze. De vraag die ze nooit hardop uitsprak, omdat ze bang was dat papa naar Mutti was gegaan zonder haar mee te nemen. Omdat ze bang was dat het waar zou zijn als ze het uitsprak.

'O, liefje.' De moeder-overste tilde Luki op in haar mollige zachte armen, samen met Pemmy, en ging op de kerkbank zitten. Ze rook naar de stoofpot van de lunch. 'Je papa houdt heel veel van je,' zei ze. 'En hij zou komen als dat kon. Maar onderweg zou hem iets kunnen overkomen, en daarom heeft hij zijn vriendin gestuurd. Vooruit, open de brief maar.'

Op de envelop nog steeds: *Luki.* De letters precies zo gevormd als haar naam op de platte Joey.

Voorzichtig maakte ze de envelop open, zoals ze ook had gedaan toen papa niet naar Parijs was gekomen en tante Berthe haar de brieven had voorgelezen, die ze Luki vervolgens woord voor woord zelf liet lezen, tot ze elk woord in haar binnenste had en ze de brieven wanneer ze maar wilde tevoorschijn kon halen en ze aan Pemmy kon voorlezen.

In de envelop zat een opgevouwen vel papier. Luki rook eraan: precies dezelfde bloemengeur. Voorzichtig vouwde ze het open, ervoor zorgend dat zelfs Pemmy het niet kon zien.

Het was een tekening van Pemmy en haar op de droomboomstam.

Toen herinnerde ze het zich weer, de warmte van papa's armen, de blikkerige geur van chemicaliën die soms van zijn handen kwam wanneer hij haar wang aanraakte, de liedjes die ze zongen, samen met Mutti en de engelen, terwijl de zee ruiste.

'Mutti is bij de engelen,' zei ze. 'Ze zingen allemaal voor me.'

'Je maman is in de hemel,' beaamde de moeder-overste.

'Maar papa is niet bij haar?'

'Je papa is in mijn huis,' zei de engel. 'Hij maakt de slaapkamer naast de zijne klaar voor jou. En hij kijkt steeds uit het raam, hopend dat je er al bent.'

Ze vroeg zich af of het huis in de hemel was, en of papa en Mutti daar allebei waren, en hoe ze daar moesten komen. Dat lange witte ding om de hals van de engel, waren dat haar vleugels?

'Zingt papa nog steeds bij de droomboomstam?'

De Mutti-engel bestudeerde papa's tekening. 'De droomboomstam is nu te ver weg, maar we dansen en zingen bijna elke avond met zijn allen. Er woont nog een ander meisje bij ons. Ze heet Aube, en ze is ongeveer even oud als jij. En een jongen die Peterkin heet.'

'Peterkin.' Luki giechelde. 'Dat klinkt alsof hij uit een verhalenboek komt!'

'We hebben ook een koe. Een lieve koe. Aube en Peterkin vinden het leuk om te helpen haar te melken.'

'Is dat moeilijk?'

'Om Madame LaVache te melken?'

Luki giechelde weer. Wat een grappige naam voor een koe, Madame de Koe. 'Zou Pemmy Madame LaVache kunnen melken? Kun je een koe melken als je geen vingers hebt?'

De engel lachte, een geluid dat tinkelend was en alle kleuren van de kerkramen bevatte, zoals de caleidoscoop van zuster Thérèse, waar Luki altijd door mocht kijken omdat Luki heel voorzichtig was met bijzondere dingen.

'Ik durf te wedden van wel,' zei de engel.

'Dus Pemmy mag ook mee?'

'Natuurlijk. We zouden Pemmy nooit achterlaten.'

Luki vouwde de tekening op, stopte hem weer in de envelop en schoof die in Pemmy's buidel, achter de platte Joey en de foto.

'O! Ik zou het bijna vergeten,' zei de engel. Ze stak haar hand in haar zak en daar was hij: Joey, zittend op haar hand.

'Pemmy, kijk!' zei Luki. Toen, tegen de engel: 'Is hij ook geen engel?'

'Het kangoeroejong?'

'Ja,' zei Luki. 'Als ik hem aanraak, verdwijnt hij dan niet?'

'Welnee!'

Luki pakte Joey en draaide zijn sleuteltje om, zodat hij begon te zingen. Toen opende ze Pemmy's buidel en stopte hem erin, naast de platte Joey en de foto en de tekening van de droomboomstam.

De engel stak haar hand naar haar uit.

'Als jij verdwijnt, kun je me dan nog steeds naar papa brengen?' vroeg Luki.

De engel glimlachte. Ze lachte heel erg mooi, maar anders dan Mutti's glimlach op de foto. 'Zou dat niet fantastisch zijn, als we konden verdwijnen? Dan zou het veel makkelijker zijn om je naar je papa te brengen. Luister, waarom noem je me niet tante Nanée?'

Donderdag 28 november 1940

AMBOISE

Nanée klom van de kar en klopte het hooi van haar geleende boerenkleding. Het was een kille ochtend; het milde weer maakte plaats voor een dreigende storm die beter paste bij wat thuis Thanksgiving Day was – in elk geval voor iedereen die net als de groep in Villa Air-Bel, haar familie in de VS en een derde van de achtenveertig staten het decreet van Roosevelt negeerde waarin hij de feestdag dit jaar een week naar voren had geschoven, zodat de mensen meer tijd zouden hebben om te winkelen. Ze begreep nu wat ze moest doen, en het naderende slechte weer kon in haar voordeel werken. De menner van de kar zou hen naar een chateau brengen dat over de rivier was gebouwd, precies op de scheidslijn tussen de verschillende zones. De voordeur lag in de bezette zone, maar de zuidelijke uitgang, gelegen op de galerij die de rivier overspande, kwam uit op de andere oever, in de vrije zone. De boodschap die de moeder-overste via zuster Amélie had gestuurd, was een code geweest die betekende dat het klooster twee mensen zou sturen die moesten ontsnappen.

Nanée ging het klooster via de dienstingang binnen en trof Luki aan op de schoot van zuster Thérèse. Ze hield haar kangoeroe vast en ze zag er net zo serieus uit als toen ze haar knielend in die kerkbank hadden aangetroffen, met de pootjes van de kangoeroe in de hare gevouwen voor het gebed. Ze was zo klein, Edouards dochter. Zo jong. Zo serieus. Was Nanée ooit zo serieus geweest? 'Ze bidt voortdurend tot de maagd Maria,' had de moeder-overste Nanée verteld. 'Ik laat haar maar begaan, want ze lijkt er troost in te vinden. En dus heb ik gezegd dat ze onze Maria mag lenen zolang ze bij ons is.' Waarop Nanée had gewenst dat ze zelf iemand was die troost kon vinden in gebed. 'Ik heb overwogen haar te vertellen dat ze weer Joods zou worden wanneer ze terugging naar haar vader,' had de moeder-overste gezegd, 'maar ik weet niet zeker of ze begrijpt dat ze Joods is, en in deze tijden is het sowieso veiliger als ze het niet weet.'

Luki was door de zus van de moeder-overste, Berthe, naar het klooster gebracht toen Berthe haar veiligheid niet langer kon garanderen. De moeder-overste had Luki niet te veel hoop willen geven, met haar vader in een kamp.

'U bent een goed mens, moeder-overste,' zei Nanée nu tegen haar.

'Zo zijn we in Amboise,' zei de non. 'Ook onder het bewind van de Duitsers blijven we vechten.' Ze wendde zich tot Luki. 'Onthou goed, kind, je moet heel stil zijn vanaf het moment dat je in de kar klimt tot tante Nanée zegt dat je kunt spreken. Je mag zelfs niet fluisteren. Maar nu mag je alles tegen me zeggen. Wil je iets zeggen?'

'Ik wil niet worden opgesloten,' zei het meisje.

Nanée vroeg zich af waar die opmerking vandaan kwam, de plotselinge angst in de zeebodemkleurige ogen van het meisje. Ze stelde haar gerust: 'De menner van de kar heeft een geheime verstopplek voor ons in het hooi gemaakt.'

In deze nieuwe wereld konden mensen elkaar echter verraden voor het kleinste persoonlijke gewin, en wat wist ze eigenlijk van deze menner?

Luki zei tegen zuster Thérèse: 'Pemmy is vergeten om de maagd Maria te bedanken, maar ik heb gezegd dat het niet geeft, want de maagd Maria is Gods maman, en zij weet alles.'

'Dat is inderdaad de overtuiging in ons geloof,' zei de moeder-overste. 'Maar onze maagd Maria is heel blij dat je naar je papa gaat, die van nu af aan voor je zal zorgen en je alles zal leren.'

'Ik ben niet bang, maar Pemmy wel.'

'Ik heb altijd gezegd dat Pemmy een bijzonder wijze kangoeroe is. Daarom is ze natuurlijk ook een professor. Nu is het tijd voor jullie om te vertrekken. Je papa kan vast niet wachten tot je er weer bent.'

'Gaan we niet vliegen?' vroeg Luki aan Nanée. 'Gaan we in de wagen rijden, onder het hooi?'

'Inderdaad,' zei Nanée, zich afvragend hoe het kind wist dat ze vloog.

'En gaan we dan later vliegen?'

'Nee, dat niet. We nemen de trein.'

'Omdat je je vleugels niet hebt.'

'Niet meer, nee.'

Zuster Thérèse pakte Luki's handen vast, en daarmee ook de pootjes van de kangoeroe. 'Ik heb ervan genoten dat je bij ons was, Luki. Nu gaat tante Nanée heel goed voor je zorgen tot je bij je papa bent. En hij zal de gelukkigste papa in de hele wereld zijn als hij jou weer ziet.'

Het kind keek met haar grote donkere ogen naar Nanée. 'Zul je Pemmy's hand onderweg steeds vasthouden?'

Nanée aarzelde. Ze voelde zich zo ontoereikend, zo ongeschikt om in de voetstappen van de maagd Maria en de moeder-overste en deze lieve jonge zuster Thérèse te stappen. Moest ze Luki bekennen dat zij ook bang was, of zou Luki dan nog banger worden?

Uiteindelijk zei ze: 'Ik hou Pemmy's hand vast, maar hou jij dan de mijne vast?'

Nanée voelde zich vreemd getroost door het ietwat kriebelige pootje van de kangoeroe en de warme vingers van het kind in de hare onder het ruwe hooi. Het gehobbel van de hooiwagen was onprettig, en de geleende boerenkleren zaten ook niet al te lekker. Ze was echter zo gewend geraakt aan ongerief dat ze zich er niet meer ongemakkelijk bij voelde, integendeel. Ze wilde alleen dat ze meer kon doen om het meisje op haar gemak te stellen.

Het leek een eeuwigheid te duren voor ze de twaalf kilometer van Amboise naar Château de Chenonceau hadden afgelegd, hun hoofden dicht bij elkaar op Nanées koffertje. Tijdens dit deel van de reis was het onhandig om het bij zich te hebben, maar zodra ze in de vrije zone waren, zou het hen helpen om minder achterdocht te wekken. (Wie trok er nu half Frankrijk door zonder bagage?) Soms nam de wagen een bocht, vertraagde of bleef zelfs staan, en dan hoopte Nanée dat ze er eindelijk waren. Het was echter steeds een kruising, of een andere kar of een hond op de weg.

Ze kwamen opnieuw tot stilstand. Ze luisterde. Eindelijk waren ze bij het poortgebouw van het chateau. Maar zelfs in het chateau waren slechts enkele mensen op de hoogte van madames inspanningen om mensen uit het bezette Frankrijk te helpen ontsnappen. De voorman van de boerderij van het chateau, zijn vrouw en zijn volwassen dochters, die in de keuken werkten, en zijn zoon, die bij madame in dienst was als chauffeur. Het viel niet te zeggen wie een geheim zou bewaren en wie het zou gebruiken om zijn eigen positie te verbeteren.

De poortwachter liep om de wagen heen en zei tegen de menner: 'Ik moet het hooi doorzoeken.'

Nanée wenste dat ze eraan hadden gedacht om mest met het hooi te mengen, voor de zekerheid, om het doorzoeken onplezieriger te maken. Ze was een vrouw die zich op een hooiwagen had verstopt en een Joods meisje een landgoed binnensmokkelde dat als vluchtroute dienstdeed. Als ze werden gevonden, zou ze zeggen dat ze onder het hooi was geglipt toen de menner niet keek, om hem te redden, of hem in elk geval een kans te geven.

'Zal ik het voor je doen? Ik kan er met een hooivork doorheen gaan,' bood de menner aan. Hij klom al op de achterkant van de wagen, met zijn voeten dicht bij die van Nanée.

Door haar aanraking liet ze hem weten waar ze lagen, zoals ze hadden geoefend. Ze hield Luki stevig vast, haar beschermend voor het geval de menner toch misprikte. Met ingehouden adem luisterde ze naar de hooivork die boven haar hoofd door het ritselende hooi sneed.

'Nog een keer,' zei de poortwachter.

De menner stak de hooivork opnieuw in het hooi, iets meer naar achteren deze keer. Hij schudde het hooi wel een keer of twaalf op.

Eindelijk gaf de poortwachter de menner toestemming om het landgoed op te rijden, en even later maakten ze weer een bocht. De wagen ging langzamer rijden en kwam tot stilstand tussen de geluiden van mensen die aan hun werkdag begonnen.

De menner zei tegen iemand: 'Ik heb vanochtend iets extra's bij het hooi, op verzoek van Madame Menier.'

Menier? De familie van de chocolade?

Ze zouden moeten opschieten, antwoordde de andere man; madame had gevraagd of een van de auto's over een paar minuten voorgereden kon worden.

Nanée gaf een kneepje in Luki's hand, het afgesproken signaal dat ze nog niets mocht zeggen.

Even later werden Nanée en Luki haastig door een kleine Fransman met uitpuilende, dicht bij elkaar staande ogen van de hooiwagen naar een Bugatti Coupé Spécial geloodst, hetzelfde zeldzame model en in dezelfde kleur koningsblauw waar Nanées moeder zich in liet rondrijden wanneer ze in Frankrijk was. Naast de auto stond een jongeman in een keurig chauffeursuniform. Achter de garage vormden kleine woninkjes met steile daken een piepklein dorp, allemaal rijtjes van drie huisjes met drie trappetjes die naar drie rode voordeuren leidden. Daar moesten de mensen wonen die op de boerderij werkten, en misschien ook wel het huispersoneel.

'Het gaat zo regenen,' fluisterde de oudere man. 'Met een beetje geluk wordt het een flinke stortbui.'

Hij maakte de kofferbak open. 'Als we bij het huis zijn, zullen mijn vrouw en dochters spullen brengen die in de achterbak worden geladen zodat madame ze mee kan nemen naar de stad. Als het eerste meisje teruggaat naar binnen, gaan jullie met haar mee. Doe net alsof jullie keukenmeiden zijn. Laat alles achter. Alleen u en het meisje.'

Door het naderende noodweer ging het allemaal zoveel sneller dan Nanée had verwacht. Het waaide hevig toen de voorman hen in de achterbak sloot, en zijn zoon reed weg in de eerste regen, die al snel zo zwaar op de auto neersloeg dat Nanée niets anders meer kon horen.

Luki raakte haar gezicht aan om haar aandacht te trekken. Nanée fluisterde in haar oor: 'Vlug. In de regen kan niemand je horen.'

'Mogen Pemmy en Joey ook mee?' fluisterde Luki. 'Ze willen hier niet alleen achterblijven. Het is eng.'

Nanée verstevigde haar greep op Luki's hand. 'Ik weet niet zeker of ze door kunnen voor keukenmeiden,' zei ze. 'Maar als Pemmy en haar jong in de auto blijven, dan kunnen ze naar binnen met de dame van het chateau, als een prinses en een prins.'

'Denk je dat de dame van het chateau net zo rustig en stil is en net zo goed kan luisteren als de maagd Maria?' vroeg Luki.

'Ik denk dat de dame van het chateau gebeden uit laat komen,' zei Nanée.

Even later kwam de auto tot stilstand en ging de achterbak open. Iemand schreeuwde. In het Duits.

Donderdag 28 november 1940

VILLA AIR-BEL

Edouard bekeek de net ontwikkelde afdruk: zijn eigen jongere gezicht, de man die hij was geweest voor hij Elza ontmoette, toen hij voor het eerst had geprobeerd om de toeschouwers vast te leggen waar Hitler op teerde. Hij dompelde de afdruk in het water, wachtte tien seconden, hield de zaklamp erboven en knipte die aan en uit. Soms hielp een beetje extra licht om te kunnen zien wat iets werkelijk was, wie hij werkelijk was.

Er klonken stemmen buiten de badkamer, Aube en Peterkin die terugkwamen van het melken van Madame LaVache. Vandaag zouden ze het Amerikaanse Thanksgiving vieren, dus zou Madame Nouget haar pannen terug willen om het feestmaal te bereiden – als je iets wat je moest samenstellen uit rantsoenen een feestmaal kon noemen.

Waar zou Nanée nu zijn? Had ze Luki gevonden? Waren ze de bezette zone uit?

Hij legde de afdruk weer in de ontwikkelvloeistof, en het beeld begon te verschijnen, zijn eigen gezicht dat in iets anders veranderde, niet zwart en wit, maar spookachtige zilvertinten die in contrast met elkaar donkerder en lichter leken dan ze waren. Soms moest je het feit omarmen dat niet alles was zoals het leek, zelfs bij jezelf. Het accepteren. Ermee leren leven.

Hij haalde het overbelichte zelfportret door het stopbad en de fixeer en dompelde het toen in de pan met water om te spoelen. Daarna haalde hij het negatief van de vergroter en schoof er een ander in, de werkelijke geest van zijn eigen verleden. *Verlossing.*

Donderdag 28 november 1940
CHÂTEAU DE CHENONCEAU

Luki, die nog steeds met tante Nanée in de achterbak van de auto lag, kuste Pemmy op haar voorhoofd en legde haar hand op haar buidel, waar Joey nu veilig weggekropen was met de foto van papa en Mutti en zij, en de brief met de tekening van papa die betekende dat hij geen engel was. Ze begreep er niets van. Ze had opdracht gekregen om te doen alsof ze in de keuken van het kasteel ging werken, terwijl Pemmy samen met Joey in de auto wachtte om het kasteel als een prinses binnen te gaan, maar iemand had hen weer ingesloten voordat ze uit de achterbak konden klimmen. Nu waren ze niet meer bij het kasteel, maar weer in de garage. De oude man met de uitpuilende ogen tilde haar uit de achterbak.

'Precies toen de auto naar de deur reed, kwam er een Duitse patrouille aan, maar het is hun gelukt om dat mooie koffertje van u het grote huis in te krijgen,' zei hij terwijl hij hen meenam naar een paar simpele vertrekken, zoals de kamers waar de nonnen in woonden.

'Volgens mij kunt u goed bluffen,' zei hij tegen tante Nanée. 'Als de storm eenmaal is gaan liggen, kunt u misschien te voet door de oranjerie glippen en de tuin oversteken, alsof u bloemen brengt voor het huis.'

'Hebben jullie bloemen in deze tijd van het jaar?' vroeg tante Nanée.

'Die kas daar in het midden, daar kweken we ze. Het hele jaar door, zodat het chateau er altijd kleurig bij staat. Maar u zult wel uw mannetje moeten staan, want het kan zijn dat u door een patrouille wordt ondervraagd. Er zijn niet veel mensen die een ondervraging door de Duitsers kunnen doorstaan.'

'Ik wel,' verzekerde tante Nanée hem.

'En het meisje?'

Tante Nanée vroeg aan Luki: 'Kun je beloven om tegen niemand iets te zeggen, zelfs niet tegen mij, tot we in het chateau zijn? Het kan zijn dat we mannen tegenkomen die niet aardig doen, en dan moet je doen alsof je niet kunt praten. Denk je dat dat lukt?'

Ze knikte.

'Geen woord?'

Ze schudde haar hoofd.

De voorman hurkte, zodat hij haar in de ogen kon kijken. 'Hoe heet je kangoeroe, liefje?'

Ze klemde Pemmy wat steviger tegen zich aan en zei niets.

'Wil je een snoepje?' vroeg de man.

Ze bleef hem slechts aanstaren.

'Goed dan,' zei hij tegen tante Nanée. 'Zodra het is gestopt met regenen. U doet alsof het meisje uw dochter is. Het is heel aannemelijk dat een meisje van die leeftijd haar maman helpt. Dat gebeurt wel vaker hier. U weet niet hoe het er op het chateau aan toegaat, dus u kunt hun het beste vertellen dat u nieuw bent, als er iets verteld moet worden.'

De modder voelde zwaar aan Luki's schoenen terwijl ze over een pad tussen de bomen door liepen. Ze gingen naar een kasteel, maar niet door de voordeur zoals prinsessen, want ze waren helemaal geen prinsessen. Tante Nanée kon haar hand niet vasthouden, omdat ze de mooie bloemen droeg die de man had gebracht, maar Luki hield Pemmy stevig vast, met Joey diep in haar buidel, zodat hij niet bang zou zijn. Pemmy mocht met hen mee, maar ze mocht niets zeggen. Wat er ook gebeurde, alleen tante Nanée mocht iets zeggen.

Wat er ook gebeurde, tante Nanée zou haar naar papa brengen. Ze zou haar niet naar de engelen brengen of haar laten verdwijnen. Dat had de moeder-overste gezegd, en de moeder-overste loog niet, want liegen was een zonde, en als je zondigde, mocht je niet naar de hemel om bij Mutti en God te zijn.

De man met de rare ogen bracht hen naar een magisch glazen huis dat helemaal vol stond met bomen. Het rook er naar de sinaasappels die Luki op speciale dagen kreeg. Ze was de sinaasappels helemaal vergeten, maar nu wist ze het weer. Mutti was gek op sinaasappels.

De man reikte omhoog naar een van de takken en plukte een sinaasappel. Zelfs tante Nanée en de man waren hier stil, alsof ze zich verstopten. Maar hij glimlachte, waardoor zijn ogen vriendelijk stonden, ook al puilden ze uit. Hij gaf haar de sinaasappel, en ze nam hem aan. Toen plukte hij er nog eentje en stopte die in de zak van haar jas. Hij zei niets, maar hij raakte de kop van Pemmy even aan. De tweede sinaasappel was voor Pemmy, want kangoeroes waren gek op sinaasappels.

Luki liet Joey even boven de buidel uit piepen. De man lachte geluidloos, alleen met zijn rare ogen, en hij plukte een derde sinaasappel en stopte die in haar andere zak. Toen raakte hij ook Joeys koppie aan. Joey had zijn eigen sinaasappel gekregen!

De man haalde een soort schaar uit zijn zak en knipte een tak met mooie rode bessen af. Er zaten stekels aan, maar hij legde de tak in Pemmy's handen en wikkelde die eromheen, en toen vouwde hij Luki's handen daar weer overheen, zodat de stekels niet in haar vingers zouden prikken. Pemmy had geen vingers, dus de tak zou haar geen pijn doen. Hij raakte een van de bessen aan, en toen zijn lippen, en hij schudde zijn hoofd. Ze mocht de bessen niet eten.

Ze verlieten het magische glazen huis door een andere deur, met de takken en de sinaasappels en de bloemen en met Pemmy en Joey, maar zonder de man met de rare ogen. Tante Nanée kon Pemmy's hand niet vastpakken, maar ze waren nu in een tuin die zo prachtig was – met hekjes en paden en een fontein die eruitzag alsof hij uit een sprookjesboek kwam – dat zelfs Pemmy niet bang was.

Er waren twee kastelen! Het ene was een minikasteeltje, een enkele cirkel met een rond puntig dak en alleen ramen aan de bovenkant, maar het andere was enorm en magisch, met ronde delen zoals het kleine kasteeltje op elke hoek, en hoge blauwe daken en schoorstenen en ramen en nog meer ramen en nog meer. Het was in de rivier gebouwd, met water eromheen. Een lang smal deel dat grotendeels uit ramen bestond, liep helemaal naar de andere oever. Daar gingen ze naartoe, naar het grote kasteel! Er stond een eng monster op de brug dat water spuwde, maar Luki liep dapper naast tante Nanée naar de kasteeldeuren waar ze niet doorheen mochten omdat ze geen prinsessen waren.

Een stem riep dat ze moesten blijven staan. Eerst dacht Luki dat het het watermonster was, maar het was een man die eronder stond. Hij was een soldaat in uniform en hij stond in een boot. Hij gebruikte de oude woorden. Hij klonk helemaal niet aardig, zoals een prins zou klinken.

Er was nog een andere man bij hem in de boot. Hij was ook geen prins. Ze waren Duits, en zij was Duits, maar toch vond ze ze niet aardig.

Tante Nanée liet de mannen haar bloemen zien en Pemmy's stekelige tak. 'We hebben bloemen en groen voor de kasteeldame,' zei ze.

Luki wilde 'en sinaasappels' zeggen, maar ze mocht niet praten.

De man begreep tante Nanée niet. Luki verstond de woorden die hij zei, maar tante Nanée herhaalde alleen maar in haar eigen woorden dat ze versieringen voor het chateau kwamen brengen.

Dekorationen für das Haus. Luki hielp Mutti altijd met versieren, dingen waardoor de kamers lekker gingen ruiken. Pemmy hielp ook.

De andere man in de boot richtte zijn geweer op hen.

Luki schrok. Ze wist dat de Duitse mannen geweren hadden, maar ze richtten ze nooit op haar.

Ze keek naar tante Nanée. Ze wilde de niet-aardige man in zijn eigen woorden uitleggen dat ze alleen maar mooie spullen naar het kasteel brachten, zodat zijn vriend het geweer weg zou doen en ze naar binnen konden. Pemmy leek te denken dat de man met de rare ogen dit had bedoeld toen hij had gezegd dat Luki niet mocht praten, maar Luki twijfelde. De enge man stelde Luki geen vraag. Hij bood haar geen snoepje aan dat ze niet mocht aannemen. Hij vroeg iets aan tante Nanée, en tante Nanée kon het hem niet duidelijk maken, en Luki kon dat wel, omdat ze dit soort woorden kende.

En Pemmy vond het helemaal niet fijn dat dat geweer op haar gericht was.

Donderdag 28 november 1940
VILLA AIR-BEL

Na het thanksgivingmiddagmaal van de gebraden kip die Madame Nouget had weten te bemachtigen, namen ze Varians notentaart (met een heleboel slagroom, dankzij Madame LaVache) mee naar de Grand Salon. Edouard prikte een stukje op zijn vork, zich voorstellend dat Luki zich bij dit vuur zou warmen, dat hij haar 's avonds naar boven zou dragen om haar in te stoppen, dat hij 's ochtends Madame LaVache met haar zou melken en met haar zou dansen op muziek die helemaal uit Boston kwam. Zijn dromen over de toekomst speelden zich hier af, op een plek die hij voor zich kon zien. Hoe zou het zijn in Boston of New York of Chicago? Wie zouden ze daar kennen? Hoe zou hij Luki van onderdak en kleding en voedsel kunnen voorzien?

'Misschien zet Nanée Luki wel op de trein,' zei Varian, hun gesprek voortzettend terwijl ze de taart aten. 'Dan zou je haar kunnen ophalen in Portbou, aan de andere kant.'

De noten voelden als kiezels tussen Edouards tanden. 'Maar ik heb dat al eerder gedaan. Ik heb Luki met een vriendin op een trein naar Parijs gezet, met de bedoeling haar te volgen.' Het was nu meer dan een jaar geleden dat hij Luki had omhelsd.

'Luister, ik zal het zo duidelijk mogelijk uitleggen,' zei Varian, die geïrriteerd begon te raken. 'Toen we hieraan begonnen, was het inderdaad misschien nog mogelijk geweest om jou samen met je dochter op de trein te zetten. Maar we kunnen niet langer rekenen of zelfs maar hopen op douaniers die een oogje toeknijpen. En de Gestapo in Spanje controleert elk verzoek voor een Spaans doorgangsvisum, en ze pakken vluchtelingen op zonder dat Franco lijkt in te grijpen.'

Edouard liep naar het raam en keek naar buiten, naar het lange lege terrein dat zich uitstrekte naar de zee in de verte. Er kwam niemand aan. Hij wist dat hij en Luki zo snel mogelijk moesten vertrekken. Vluchten werd steeds gevaarlijker en binnenkort zou het misschien helemaal onmogelijk zijn. Kapitein Dubois van de politie van Marseille, een contact dat viceconsul

Bingham voor Varian had gelegd, had enkele dagen geleden nog laten weten dat de politie inmiddels opdracht had om genoeg bewijs tegen Varian zelf te verzamelen om hem Frankrijk uit te kunnen zetten. Varians paspoort was geldig tot januari, maar zijn Franse visum was verlopen. Verlengen was geen optie, omdat de Amerikaanse ambassade hem de brief weigerde te geven die daarvoor vereist was.

'Hoe vaak moeten we je nog vertellen dat we niets voor je kunnen doen, Varian?' hield de ambassade steeds vol. 'Zelfs je vrouw wil dat je naar huis gaat.' En hun eigen CAS-collega Charlie Fawcett was zojuist gearresteerd in Spanje, in het bezit van een geheime lijst met vluchtelingen die ook visa nodig hadden. De lijst zat verstopt in het derde ventiel van Charlies trompet, waarop hij nummers had leren spelen waarbij hij dat ventiel niet nodig had. Andere documenten zaten in gipskoppen die eruitzagen als half voltooide kunstwerken. Noch de lijst, noch de documenten waren ontdekt, voor zover ze wisten. De andere CAS-medewerkers vernietigden inmiddels echter alles wat hen verdacht kon maken zodra ze het niet langer nodig hadden, en Varian nam de overgebleven documenten elke avond mee naar de villa.

'Luki kan samen met mij de grens te voet oversteken,' zei Edouard tegen Varian.

'Dat alternatief bied ik je niet, Edouard,' zei Varian. 'Als je wilt dat we je helpen om Frankrijk uit te komen, zal dat moeten zoals wij je voorstellen. We regelen documenten voor je onder een andere naam waarmee je naar Portugal kunt –'

'Vervalste documenten.'

'Ja. Documenten waar de naam van je dochter niet op zal staan. Het is te riskant om jullie met zijn tweeën door Frankrijk te laten reizen. Het is al riskant als jullie samen door Spanje reizen. Zodra je in Portugal bent, kun je je echte naam en je Amerikaanse visum gebruiken.'

Edouard drukte zijn vingers tegen het venster, waarvan het uitzicht al even beperkt was als dat van de lens. Wat hij ook deed, hij bracht Luki en alle anderen altijd in gevaar. Hij was een kijker, en hij werd bekeken.

Donderdag 28 november 1940
CHÂTEAU DE CHENONCEAU

Nanée deed haar best om als een deemoedig dienstmeisje op de Duitsers over te komen. 'Om het huis te versieren,' zei ze nog een keer. *Haus*, dat was het Duitse woord, maar zou een dienstmeisje dat weten? Ze wees naar het chateau, naar de dienstingang aan de andere kant van de binnenplaats. Luki, die godzijdank zweeg, staarde enkel naar de soldaat op de gracht en zijn geweer.

'Du arbeitest hier?' wilde de Duitser weten.

'Om het kasteel te versieren,' herhaalde ze, niet wetend wat ze anders moest zeggen.

Er verscheen een vrouw in de dienstingang die riep: 'Schiet een beetje op! Mevrouw wordt ongeduldig!'

De Duitsers overlegden met elkaar, maar ze lieten het geweer niet zakken.

'Kom, liefje,' zei Nanée tegen Luki. Ze knikte naar de vrouw in de deuropening. Als ze zeker wist dat het kind zou volgen, zou ze misschien gewoon doorlopen, maar ze kon niet het risico nemen dat het meisje daar in haar eentje zou blijven staan.

Luki keek haar aan en begon toen de brug over te steken.

Wat een dapper meisje ben je.

Nanée haastte zich achter haar aan, hopend dat zelfs een Duitser een kind niet in de rug zou schieten.

Ze struikelde over de drempel van de dienstingang en de bloemen vlogen alle kanten op toen ze op de harde stenen vloer smakte. De vrouw schopte echter haar voeten al opzij en trok de zware houten deur dicht voordat de Duitse soldaten de kans kregen om te reageren. Ze hielp Nanée weer overeind, raapte toen de bloemen bij elkaar en loodste Nanée en Luki een keuken in die warm was en droog en naar vers brood rook.

Nanée schrok van een bel die vlak boven haar rinkelde. Daar hingen zes bellen aan de muur, net zoals in Evanston, elk bedoeld om personeel naar een ander deel van het huis te roepen. De vrouw fluisterde dat ze moesten wachten en ze verdween, hen achterlatend in een keuken met een gewelfd stenen plafond, een enorme open haard met een kleinere oven in de muur ernaast, en kasten vol met koperen potten en pannen en aardewerk. Aan de muren hingen nog meer potten en pannen, samen met strengen knoflook en kruiden. In de ene hoek stond een waterpomp en tegen de muur stond een grote slagerstafel met hakmessen in alle soorten en maten. In een zijkamertje stonden kasten vol met porselein en voedsel. In het midden van dit alles prijkte een ijzeren fornuis dat nog vier keer zo groot was als het fornuis in Evanston, waar haar ouders geregeld feesten gaven voor minstens honderd gasten. Nanée vroeg zich af waar de kokkin, de keukenmeiden en de andere personeelsleden waren die het kasteel normaal gesproken tot leven moesten brengen.

Er tikte een klok. Een glas-in-loodraam bood uitzicht op een smalle stenen boog met water erachter. Was het de gracht? De rivier zelf? Het lag maar iets lager dan de keuken. Iedereen die met een boot in de buurt kwam, kon zo naar binnen kijken.

Luki keek naar haar op, nog steeds zonder iets te zeggen.

'Fluister,' fluisterde Nanée zo stilletjes mogelijk.

Luki fluisterde: 'Pemmy houdt van kastelen.'

De vrouw keerde terug en ging hun haastig voor op een trap, langs een extravagante galerij met een zwart-witte marmeren vloer en wel twintig hoge boogramen die zich boven de rivier de Cher uitstrekten. De donkere deuren aan het eind waren de deuren naar de vrije zone.

Ze liepen echter verder, naar een hogere verdieping, waar de vrouw hen in een kamertje liet dat niet veel groter was dan een kast, met één raam met tralies ervoor.

'Als jullie praten, doe dat dan zachtjes,' waarschuwde de vrouw. 'Blijf bij het raam vandaan. Ik heb je mooie koffertje hier neergezet, zodat jullie je kunnen verkleden. We komen jullie halen zodra het veilig is om over te steken.'

Nanée knikte. Ze was al bezig om Luki uit de boerenkleren te helpen en haar iets aan te trekken wat beter paste bij het nichtje van een rijke Amerikaanse vrouw die naar Marseille reisde.

'Loop zo snel als je kunt bij de rivier vandaan,' zei de vrouw. 'Blijf niet op de oever hangen. Als er Duitsers zijn, heb je grote kans dat ze schieten. Er loopt een smal voetpad naar de graftombe van Madame Dupin, van wie gezegd wordt dat ze Rousseau heeft overgehaald om haar te helpen de geschiedenis van de vrouw te schrijven, en misschien is dat wel zo en misschien ligt het hier nog ergens of misschien heeft een of andere heer het tweehonderd jaar geleden verbrand, maar haar graftombe, die zoeken jullie. Bij het graf van Madame Dupin zien jullie een pad dat rechts afslaat en naar een boerderij leidt. Ze zullen niet verrast zijn door jullie komst. Als het vroeg op de dag is, dan kunnen ze jullie misschien naar de trein brengen, maar dat merken jullie daar wel,'

'Hartelijk dank voor alles,' zei Nanée. Ze kleedde zich nu zelf ook om, zodat de vrouw het koffertje mee kon nemen. Ze wilde vragen hoe de vrouw heette, om haar fatsoenlijk te kunnen bedanken, maar het was altijd veiliger om namen niet te weten.

De vrouw glipte stilletjes weg en liet Nanée en Luki achter in de kleine kamer met het enkele raam, dat uitkeek over een enorme aangelegde tuin die op het water leek te drijven, alsof hij elk moment los kon breken en weg kon zweven. Toen ze weg was, wees Luki naar de sinaasappel die ze nog in haar hand had. Nanée aarzelde. Zou de geur van een sinaasappel hen verraden aan een minder meelevende portier of dienstmeid? Maar het hele chateau rook naar bloemen, en naar de rivier buiten het raam. Ze pakte de sinaasappel en duwde haar nagels erin om hem te pellen, zodat de frisse citrusgeur vrijkwam.

Luki lag diep te slapen toen Nanée schrok van een vrouwenstem.

'Die nieuwe Duitse patrouille blijkt zijn kamp voor de nacht bij de rivier te hebben opgeslagen, dus we brengen jullie naar een fatsoenlijke kamer,' zei de vrouw, die zich voorstelde als Simone Menier. Ze had geen lamp meegebracht. 'Over het algemeen vraag ik niet naar namen, Nanée, maar ik neem aan dat je weet wie ik ben, en bovendien ken ik je moeder.'

Nanée tilde Luki over haar schouder en volgde Simone Menier over de trap naar beneden, langs de galerij, die nu alleen nog door maneschijn werd verlicht, en door een raamloze hal met een gewelfd plafond dat was versierd met uitgesneden rozen en cherubijntjes. Daar zag Nanée in het elektrische licht dat Simone Menier al net zo elegant en mooi was als haar huis. Pas toen ze een adembenemende trap beklommen, alweer met een plafond waarin sleutels en gezichten, bloemen en fruit waren uitgesneden, kwam het bij Nanée op om zich af te vragen hoe de kasteeldame wist wie ze was.

Simone Menier haastte zich langs de ramen in de bocht van het trappenhuis, die uitkeken op de rivier. Omdat ze het licht in hun rug hadden, zou iedereen daar buiten hen kunnen zien. Ze bracht Nanée en Luki naar een slaapkamer met een prachtig beschilderd balkenplafond, een koude open haard en een uitnodigend hemelbed. De gordijnen zaten dicht en de kamer werd alleen verlicht door het licht dat vanuit de gang naar binnen viel.

'We stoken liever geen vuur in de open haard, want het licht en de rook uit de schoorsteen zouden de Duitsers kunnen waarschuwen dat er meer mensen in huis zijn dan normaal,' legde ze uit terwijl ze de dekens opensloeg zodat Nanée Luki neer kon leggen.

Het meisje had de kangoeroe niet in haar armen. Die moest ergens zijn gevallen.

Simone Menier ging Pemmy al zoeken voordat Nanée iets kon zeggen. Ze bleef alleen even in de deuropening staan om erop aan te dringen dat Nanée haar Simone zou noemen en om haar een glas cognac aan te bieden. Nanée aarzelde, heen en weer geslingerd tussen de herinnering aan de cognac die ze samen met de commandant in Camp des Milles had gedronken en de mogelijkheid om te gaan zitten en met deze moedige, ruimhartige vrouw te praten.

'Er is geen personeel meer in huis, alleen mijn huishoudster en haar zoon,' zei Simone. 'Mocht het erop aankomen, dan volgen ze me naar de galg. Als je niet van cognac houdt, dan misschien champagne? Het spijt me dat ik je niet meteen naar de vrije zone kan sturen, maar als ik heel eerlijk ben... Goed vrouwelijk gezelschap is tegenwoordig zo zeldzaam.'

Nanée dacht aan T die Peterkin voor het slapengaan zijn melk gaf in de Villa Air-Bel. 'Het chateau' noemden ze het oude huis, maar het leek helemaal niet op dit chateau. Ze dacht aan Miriam, die naar Joegoslavië was, naar haar verloofde.

'Goed vrouwelijk gezelschap is altijd zeldzaam,' zei ze.

Simone kwam terug met een dienblad met champagne en chocolaatjes, Pemmy en een boek. Ze zette het dienblad neer en stopte de kangoeroe onder de dekens bij Luki. Toen gingen ze bij elkaar zitten.

'Bibliothèque rose!' riep Nanée toen Simone haar het boek gaf. 'Als kind heb ik de hele reeks keer op keer gelezen met mijn Franse gouvernantes. *Les malheurs de Sophie. Dans la bonne voie.* En deze natuurlijk: *Thérèse à Sainte-Domingue*, over een klein meisje dat helpt om slaven te bevrijden. Het zou heel goed kunnen dat deze boeken me voor het eerst op het idee hebben gebracht om naar Parijs te verhuizen.' Verhalen over meisjes die zo dapper waren als zij ooit had gedacht in de ogen van haar vader te zijn, om achteraf te ontdekken dat de woorden die hij die avond bij het kampvuur bij de Marigold Lodge had gesproken, niets méér waren dan een losse opmerking die was bedoeld om een gewond kind te troosten. 'Die heroïsche Franse meisjes waren een hele verbetering na de varkens en de ratten en de paarden waar Engelse boeken mee vol stonden,' zei ze.

Simone lachte terwijl ze de champagne in gewone wijnglazen schonk. 'Ik wil je niet teleurstellen, maar ik vrees dat deze 'klassieke Franse verhalen' door een Russische zijn geschreven, Sophie Rostopchine, die schreef onder het pseudoniem 'la comtesse de Ségur'. Ze glimlachte warm. 'Jullie hebben een lange reis voor je. Ik veronderstel dat het meisje niet je dochter is?' Ze zei het niet zoals André Breton het zou zeggen, niet op een bemoeizuchtige manier, maar alleen omdat ze het wilde begrijpen.

'Ze is de dochter van een vriend,' antwoordde Nanée. Ze dacht aan Luki die naar de ingang van het chateau liep terwijl de Duitser haar onder schot hield, minstens zo dapper als de meisjes in deze boeken. Ze dacht ook aan het kind in haar vaders armen in Parijs, en haar verwarring omdat Nanée zo op de moeder leek die ze was kwijtgeraakt.

Mutti, wil je voor me zingen?

De combinatie van champagne en chocolade was verrassend verrukkelijk. De enigszins zoete perzik-sinaasappelsmaak van de champagne paste perfect bij het vleugje citrus dat ze in de donkere chocolade proefde, hoewel dat ook zou kunnen komen door de sinaasappelschil onder haar nagels.

Ze bedankte Simone voor alles wat ze voor hen deed.

'Dit is niets,' protesteerde Simone. 'Tijdens de Eerste Wereldoorlog hebben we meer dan tweeduizend mannen behandeld in een geïmproviseerd militair ziekenhuis in de galerij. Natuurlijk was alles makkelijker toen mijn schoonvader er nog was. Ze zijn allebei overleden, mijn schoonvader en mijn man. Net als jouw vader. Soms vraag ik me af of alle goede mannen in de wereld dood zijn.'

'Hoe weet je eigenlijk wie ik ben?' vroeg Nanée. Het klonk onbeleefder dan ze had bedoeld.

'Ik heb je gezien toen mijn huishoudster je vanuit de keuken naar boven bracht. Je weet het waarschijnlijk niet meer, maar we hebben elkaar een paar jaar geleden kort in Parijs ontmoet. Ik was toen toevallig in een restaurant waar jij en je moeder en een bevriende heer zaten te eten.'

Misha, dacht Nanée. Misha en haar moeder die te veel dronken en een scène schopten, zoals ze zo vaak deden.

Simone keek naar het bed, waar Luki nog steeds diep lag te slapen. 'Neem je het kind en haar vader mee terug naar de Verenigde Staten?'

'Haar vader en ik zijn niet...' Maar ze was verliefd op Edouard, ook al zou hij dat niet zijn op haar. Misschien was ze al verliefd op hem sinds die ene nacht in Parijs. 'Ik... Misschien. Ik weet het niet.'

Vrijdag 29 november 1940
CHÂTEAU DE CHENONCEAU

Nanée schrok wakker toen Simone Menier fluisterde: 'Het is zover. We moeten opschieten, voordat de ochtenddrukte op de rivier begint en het personeel arriveert.'

Nanée was direct helemaal wakker. Ze stapte uit bed, nog gekleed in haar reiskleren, en trok haar schoenen aan. 'Luki,' fluisterde ze, en ze wreef met de kangoeroe over de wang van het kind. 'Het is tijd om naar je papa te gaan.'

Luki maakte een tevreden slaperig geluidje en trok de pluchen kangoeroe dicht tegen zich aan. 'Pemmy, de engel gaat ons naar papa brengen.'

Op de galerij piepte de dageraad grijs en bewolkt door de boogramen, goed weer om te ontsnappen, maar toch zag de lange strook zwart-witte tegels er onheilspellend uit. Tot ze het kasteel uit waren, zou iemand Nanée en Luki makkelijk van buiten kunnen zien en hen kunnen arresteren, of erger. Ze stonden aan het begin van de galerij en keken naar de chauffeur die aan de andere kant door het laatste raam naar buiten tuurde, met Nanées koffertje in zijn hand.

Hij stak één vinger op en wenkte dat ze konden komen.

'Joey!' riep Luki uit.

Pemmy's buidel was leeg.

Nanée keek naar de chauffeur, die zijn hoofd schudde. Nee, er was geen tijd om een kangoeroejong te gaan zoeken.

Ze knielde voor Luki neer. 'Het jong zal hier moeten blijven, liefje, maar Simone zal goed voor hem zorgen en hem sturen zodra ze de kans krijgt.'

'Ben jij een koningin?' fluisterde Luki tegen Simone.

'Mijn man zei altijd van wel. Jouw Pemmy kan haar jong brieven sturen. Ik weet zeker dat hij terug zal schrijven.'

'Hij kan niet schrijven. Hij is nog maar klein.'

De chauffeur gebaarde ongeduldig. Ze moesten nu echt gaan.

'Kan Pemmy bij Joey blijven en een prinses zijn?' vroeg Luki. 'Ik heb papa straks weer. Joey heeft geen papa.'

'Jij mag het zeggen, Luki, maar je moet nu beslissen,' zei Nanée. 'Het is tijd om te gaan.'

Simone keek Nanée vragend aan boven het hoofd van het kind, maar Nanée had geen idee wat erger zou zijn voor Luki, om Pemmy achter te laten of om de moederkangoeroe van haar jong te scheiden. Ze gaf Simone het adres van Villa Air-Bel terwijl Luki de kangoeroe stevig tegen zich aan klemde en haar kuste, en nog een keer en nog een keer.

Nanée haalde de spulletjes uit de buidel van de kangoeroe – de foto en Edouards tekening van de droomboomstam – zodat Luki dat niet zou hoeven doen. 'Pemmy zou graag willen dat jij deze bij je hebt,' zei ze. 'Ze zal je nooit vergeten.'

Het kind kuste haar kangoeroe nog een laatste keer en gaf haar toen aan Simone. 'Pemmy kan niet achteruit,' zei ze. 'Dat kunnen kangoeroes niet. Ze kunnen alleen vooruit.'

Met Luki aan de hand haastte Nanée zich over de galerij naar de deuren, die de chauffeur een stukje openhield. Hij stak zijn hoofd naar buiten en keek om zich heen, en toen gaf hij Nanée haar reiskoffertje.

Ze dook naar buiten en trok Luki mee over het pad, weg van de rivier, in de richting van de graftombe, een enorm oud stenen gevaarte waar groen en zwart mos vanaf droop en waarin een vrouw was gebeiteld die haar ene hand op haar knie liet rusten en met de andere haar wang ondersteunde, alsof ze zat te peinzen. Niet echt verdrietig, maar wel belast door iets wat zwaarder was dan de rottende blaadjes die de onderkant en de treden van de graftombe bedekten.

Achter hen begonnen vogels te kwetteren, en Nanée schrok. Kwam er iemand aan?

Iemand schreeuwde, ruwe keelklanken.

Ze greep Luki vast en rende om de graftombe heen, terwijl de vogels ineens onheilspellend zwegen. Ze was van plan om zich aan de achterkant tegen het glibberige steen te drukken, maar bij nader inzien dook ze het bos in, waar ze zich beter konden verschuilen.

Er kwamen twee Duitse soldaten aanrennen, met getrokken wapens. Duitsers, in het vrije Frankrijk. Waren het dezelfde mannen als gisteren? Zouden ze Nanée en Luki herkennen?

De Duitsers bleven bij de tombe staan en liepen er toen behoedzaam omheen. Nanée legde haar hand op Luki's mond, haar in stilte smekend om geen geluid te maken, wensend dat ze de Webley had meegebracht. In gedachten oefende ze het verhaal dat ze in dat eerste kleine kamertje in het chateau had bedacht.

Een rode eekhoorn die doodstil op een tak had gezeten, schoot zigzaggend weg. De Duitsers vuurden er een aantal kogels op af.

Een van de Duitsers begon te lachen. *'Es ist zu schnell für uns!'*

Lachend gingen ze met zijn tweeën op de treden van de graftombe zitten, precies waar Nanée zich met Luki had willen verschuilen, en staken een sigaret op.

Ze hadden net hun wapens in de holsters gestoken toen een van de soldaten Luki ontdekte. Nanée gebaarde dat het meisje moest blijven waar ze was. Ze liet het koffertje op de bosgrond staan, zodat ze niet zou hoeven uit te leggen waarom ze het bij zich had, en toen stond ze op, zodat de stomverbaasde blikken van de Duitsers van Luki naar haar gingen.

De een trok zijn pistool en richtte het op haar. De andere keek weer naar Luki.

Vrijdag 29 november 1940

HET AMERIKAANSE CONSULAAT, MARSEILLE

'Je bent geen communist, hoop ik, en ook nooit geweest?' vroeg vicecon- sul Bingham aan Edouard. Op zijn bureau lag een opengeslagen dossier.

'Nooit,' bevestigde Edouard.

'En de Franse Republiek heeft je gevangengezet in Camp des Milles, en daarna heeft Vichy je vrijgelaten?'

Edouard aarzelde.

'Als je ontsnapt bent, is dat beter,' zei Bingham behulpzaam. 'Dan hoeven we ons niet af te vragen of je vrijlating betekent dat je een nazisympathisant bent, of zelfs een spion.'

'Ik ben ontsnapt,' zei hij. Het was de waarheid, zij het gedeeltelijk. Hij was zowel ontsnapt als vrijgelaten, volgens het verhaal van Nanée.

Bingham inspecteerde een document, en toen nog eentje. 'Je hebt goede vrienden onder de Amerikaanse pers.'

Dit moesten de verklaringen zijn die zijn aanvraag ondersteunden.

'Getrouwd?' vroeg Bingham.

'Weduwnaar.'

'Gecondoleerd met je verlies.'

Edouard knikte. 'Mijn Lucca –'

'Lucca Moss?' Harry Bingham trok glimlachend zijn wenkbrauwen op en legde zijn pen neer. 'Aha, dat is interessant. Ik heb onlangs een paspoort uitgegeven voor een meisje in Parijs dat Lucca Moss heet. Een Amerikaans meisje. Wat een vreemd toeval.'

Edouard zweeg.

'Zo'n ongebruikelijke naam,' zei Bingham.

Edouard wist niet of hij dit moest beamen of niet.

'Een schattig kind, afgaande op de foto.' Bingham glimlachte weer en zijn wangen werden nog ronder.

Hij schoof een van de documenten opzij, en er kwam een visum tevoorschijn met een foto van Edouard aan de linkeronderkant geniet. De linkerbovenhoek was leeg, om de details van Edouards aankomst in de Verenigde

Staten te kunnen noteren, maar de rechterbovenkant was ingevuld: *Amerikaans consulaat in Marseille, Frankrijk. Datum 29 november 1940. Gezien: de drager van dit visum, Edouard Moss, zonder nationaliteit... Dit immigratievisum verloopt op 29 maart 1941.*

En rechts onderaan, onder het kopje 'overige documenten': *Deze beëdigde verklaring dient ter vervanging van een paspoort en is door het Amerikaanse consulaat in Marseille, Frankrijk, verleend aan Edouard Moss, gedateerd op 29 november en oneindig geldig.*

Luki had een Amerikaans paspoort. Edouard was nu in het bezit van een visum. Als Nanée Luki naar Marseille wist te krijgen en het zou hun lukken om van Frankrijk naar Lissabon te vluchten, dan konden ze naar Amerika gaan en daar blijven.

Vrijdag 29 november 1940

DE GRAFTOMBE VAN MADAME DUPIN

De man die het pistool op tante Nanée gericht hield, sprak de woorden van Mutti en papa. Tante Nanée begreep hem niet. Ze zei dat ze waren gekomen om de tombe te bezoeken.

'Das Mädchen soll auch stehen,' zei de man. Het meisje moet ook gaan staan.

'De tombe,' herhaalde tante Nanée. Ze deed een stap in de richting van de man.

De Duitser stelde het pistool scherp. *'Das Mädchen!'*

Luki stond langzaam op.

'Was macht ihr hier?' wilde de soldaat weten. Wat doen jullie hier?

Tante Nanée verborg Luki achter haar rug. 'De tombe,' herhaalde ze. 'We komen ons respect betuigen.'

Das Grab, dacht Luki. Net als Mutti. Mutti was naar een graf gegaan, om naar de engelen te kunnen. Dat had papa haar verteld, of de moeder-overste.

'Das Mädchen!' herhaalde de man. Wilde hij dat Luki antwoord zou geven? Wist hij dat zij zijn woorden begreep?

'Sie ist deine Mutter?' vroeg de man op barse toon.

Luki keek op naar tante Nanée. 'Maman is bij de engelen,' zei ze in de oude woorden.

De gezichten van de soldaten verzachtten.

Tante Nanée gaf een kneepje in haar hand. Het was net als toen ze naar het kasteel waren gelopen. Ze had moeten doen alsof ze niet kon praten.

'Das ist das Grab deiner Mutter?' vroeg de man met het pistool.

Dat was niet zo. Het was niet het graf van haar moeder, maar dat zei Luki niet. Ze wilde dat Pemmy er was om haar te helpen dapper te zijn.

De man kwam op hen af. Tante Nanée probeerde tussen Luki en de man in te blijven, maar hij knielde zodat hij Luki recht in de ogen kon kijken.

'Ich habe eine Tochter in deinem Alter.' Hij had een dochter die ongeveer even oud was als zij.

Hij schoof zijn pistool in de holster. Toen stopte hij zijn hand in zijn zak en haalde er een hard snoepje uit. Het rook naar citroenen, zelfs in de overheersende geur van het bos en de met mos begroeide tombe.

Luki keek op naar tante Nanée, die knikte.

De man haalde het snoepje uit de wikkel, en Luki nam het aan en stopte het in haar mond.

Danke, dacht ze, maar ze zei: *'Merci.'*

'Danke?' vroeg de soldaat, en hij knikte alsof hij wist dat hij gelijk had.

Tante Nanée kneep weer in haar hand.

Luki knikte ook, maar ze zei niets meer.

Vrijdag 29 november 1940

VICHY

Nanée en Luki hadden het zich gemakkelijk gemaakt in een eersteklas-slaapcoupé met een privébadkamer, een rijke Amerikaanse en haar nichtje dat in Frankrijk was grootgebracht door haar moeder, die nu overleden was. Het grote bed was al opgemaakt en Nanée had het aanbod om het open te laten slaan afgeslagen. De zitkamer had een bank, een stoel en een tafel waar ze konden eten, zodat ze niet naar de restauratiewagon hoefden. Het was laat, nog steeds dezelfde dag waarop Luki, met het citroensnoepje van de Duitser in haar mond, Nanées hand had gepakt en naar de soldaten had gezwaaid. Ze hadden niet ver hoeven te lopen, en de man die bezig was werktuigen te repareren op de boerderij waar Simone Menier hen naartoe had gestuurd, was niet verbaasd geweest om hen te zien. Hij had hen naar een stadje een paar kilometer verderop gebracht, meter na welkome meter bij de grens tussen Vichy en de bezette zone vandaan. In het stadje hadden ze een stoptrein naar Vichy genomen, waar ze waren overgestapt op deze nachttrein naar Marseille.

'Pemmy zou dit geweldig vinden,' zei Luki. 'Een prinsessentrein.'

Buiten het raam van de trein: het station van Vichy. De vertrektijd was al verstreken. Toch reed de trein niet weg.

Nanée probeerde zich geen zorgen te maken. Bij de controle voor het instappen had ze simpelweg de twee Amerikaanse paspoorten met het enkele doorreisvisum overhandigd, alsof het vanzelf sprak dat een kind geen eigen visum nodig had. Niemand had vragen gesteld.

Ze sloeg het boek open dat Simone Menier aan Luki had gegeven en trok het meisje wat dichter naar zich toe. Ze bewonderden de perfect gedetailleerde illustratie tegenover de titelpagina, de jonge Thérèse en haar moeder, die gekleed in prachtige japonnen en oogverblindende hoeden over de kade van een haven liepen. '"Het was 1789,"' las ze. '"Een kille herfstregen kleurde de stad Le Havre donkergrijs, en toch heerste er opwinding op de kades, omdat een van de schepen naar Amerika op het punt stond om te vertrekken."' *Thérèse à Sainte-Domingue*, Nanée had het wel honderd keer gelezen. Een

Frans meisje dat met haar familie op Haïti verbleef, was doodsbang voor de slaven met hun donkere huid. Ze durfde de zwarte handen die naar haar reikten bijna niet aan te raken. Tegen het eind van het boek hielp Thérèse haar moeder echter om een eind te maken aan de slavernij op het eiland, wat bij Nanée altijd het verlangen had gewekt om iets belangrijkers te doen dan boeken te lezen in een saai huis in een saaie stad waar ze niets anders zou leren dan de foxtrot en borduren.

Ze schrokken toen er op de deur van de coupé werd geklopt. 'We moeten jullie papieren controleren voordat de trein kan vertrekken,' riep een Fransman.

Hún papieren in het bijzonder, of controleerden ze iedereen nog een keer? Nanée gaf een kneepje in Luki's hand, deed de deur op een kiertje open en zei dat hun papieren al waren goedgekeurd voordat ze opgestapt waren.

'Het is een extra voorzorgsmaatregel vanwege het bezoek van maarschalk Pétain,' zei de man verontschuldigend.

Ze gaf hem haar paspoort en het Franse doorgangsvisum dat haar toestemming gaf om zich door de vrije zone te begeven.

'En de papieren van het kind?'

'Pétain bezoekt Marseille dinsdag,' merkte Nanée op. 'Het is nu pas vrijdag.'

'De trein komt op zaterdag aan,' zei de man. 'We moeten voorzorgsmaatregelen nemen. U begrijpt het vast wel. De moeite die die lastpakken zich getroosten... Een anarchist heeft een bom in een tunnel bij La Pomme gelegd in de hoop de Prins van Wales te doden.'

Nanée probeerde haar schrik te verbergen: La Pomme, daar lag de Villa Air-Bel. 'Ik hoop dat er niemand gewond is geraakt?'

De man glimlachte toegeeflijk. 'Ik vrees dat de Prins van Wales Frankrijk de laatste tijd niet heeft bezocht. Dit was een jaar of acht geleden.'

'Juist.' Ze lachte, gespeeld luchtig, zich afvragend waarom de man over een bom begon die iemand bijna tien jaar geleden had geplaatst. 'U denkt toch zeker niet dat een vijfjarig meisje een brug zal opblazen?'

'We moeten echt iedereen controleren,' zei hij verontschuldigend.

Ze pakte Luki's paspoort, de verleiding onderdrukkend om te vragen hoe een anarchistische aanval van jaren geleden nu nog tot de noodzaak kon leiden om het paspoort van een kind te controleren. Ze was zich er pijnlijk van bewust dat Luki geen Frans doorgangsvisum had.

De man bekeek het paspoort vluchtig en gaf het terug. 'Bij voorbaat mijn excuses, het kan zijn dat u onderweg nog enkele keren lastig wordt gevallen.'

Nanée vroeg zich af hoe vaak ze tijdens de reis zouden stoppen, of liever gezegd, hoe vaak hun papieren zouden worden gecontroleerd. Ze zou koffie moeten bestellen om wakker te blijven. Ze kon het zich niet veroorloven om onderweg overvallen te worden door een controle. Maar in elk geval waren ze het bezette deel van Frankrijk uit en vielen er nu enkel nog Fransen voor de gek te houden of om te kopen.

'Hoeveel vertraging zullen we oplopen?' vroeg ze.

De man haalde zijn schouders op. 'U komt aan wanneer u aankomt, en geen moment eerder.'

Nanée kroop weer tegen Luki aan, die door had gebladerd in het boek en naar een illustratie van twee jaguars staarde. Op de achtergrond hield een jongen met een donkere huid een babyjaguar omhoog aan zijn nekvel terwijl een witte man een geweer op het arme beestje gericht hield.

'Wat doen ze met dat jonkie?' vroeg Luki.

Nanée sloeg de bladzijden om, op zoek naar een vriendelijker illustratie, maar het enige wat ze vond, was een jaguar die op zijn rug lag. Was hij dood?

'Die man is een slechte man,' zei Luki.

Op de tegenoverliggende bladzijde werd een man die met een ontbloot bovenlijf aan een boom was gebonden, geslagen met een stok.

Snel sloeg Nanée de bladzijde om en vroeg: 'Waar waren we gebleven?' Misschien waren de illustraties logischer met het verhaal erbij, of misschien kon ze het verhaal uitlezen en het boek dichtdoen.

Luki hield haar tegen bij een tekening van een man van wie de armen achter een boomstam waren vastgebonden en die door een andere man met een gesel op zijn blote borst werd geranseld.

'Hij is een slechte man, dus hij moet gestraft worden,' zei Luki, doelend op de man die werd geslagen.

Hoe legde je een kind uit dat sommige mensen onvergeeflijk wreed waren? Ze herinnerde zich een andere illustratie in een ander boek uit de Bibliothèque rose, van een vrouw die een kind sloeg. Wat waren die boeken vreselijk braaf en toch meedogenloos, een en al manieren en zeden, en altijd triomfeerde de deugd terwijl stoute kinderen straf kregen. Wat een afschuwelijk kind moest ze zijn geweest dat ze zo gek was geweest op die boeken.

'De Duitsers zijn slechte mannen,' zei Luki. 'Ik ben Duits. Daarom ken ik de woorden die de slechte mannen zeggen. Maar ik ben een meisje.'

Nanée knikte, terwijl ze ondertussen probeerde te begrijpen waar het kind naartoe wilde.

'Papa is een Duitser.'

'O, liefje.' Nanée trok Luki dicht tegen zich aan en kuste haar boven op haar hoofd. 'Zo'n Duitser is jouw papa niet. Jouw papa is een heel goede man. Hij zou nooit iemand kwaad doen.'

'Zelfs niet als het slechte mannen zijn, zoals op die tekening?'

'Dit is de slechte man,' zei Nanée, wijzend naar de walgelijke kerel die de zweep hanteerde. 'Maar Thérèse helpt ze, zodat niemand hun meer pijn kan doen.'

Ze bladerde verder terug. Waarom was dit niet het verhaal uit de Bibliothèque rose over de speelgoedwinkel en het prachtige hobbelpaard?

Ze keek door het raam, wensend dat de trein zou vertrekken voordat een of andere slechte man zou besluiten dat ze toch niet mochten gaan.

Ze las verder, nu en dan uit het raam kijkend en denkend aan de replica van het hobbelpaard dat haar vader als kerstcadeau voor haar had laten maken. Zelfs toen was ze er eigenlijk al te groot voor geweest. Zou het nu makkelijker zijn thuis, nu er geen papa meer was om teleur te stellen? Maar het zou onverdraaglijk zijn om Misha op zijn plek te zien.

Ze sloeg de volgende bladzijde op, gelukkig eentje zonder illustratie, hopend dat Luki in slaap zou vallen voordat ze veel verder kwamen.

'Die mannen die we zagen toen we weggingen uit het kasteel, waren dat goede mannen, ook al zeiden ze de Duitse woorden?' Luki keek Nanée aan met haar grote donkere ogen, die zoveel meer hadden gezien dan een vijfjarige zou moeten zien.

'Ik weet het niet,' gaf Nanée toe. Hadden de Duitse soldaten geweten dat ze op de vlucht waren en hen laten gaan?

'Ze gaven me een snoepje. Zuster Thérèse gaf me ook snoep. Haar naam is hetzelfde als die van het meisje in het verhaal.'

'Inderdaad.'

'Zuster Thérèse is een goed mens.'

'Ja.'

'Ze is niet Duits.'

'Nee.'

'De moeder-overste is een goed mens.'

'Heel goed.'

'De maagd Maria is goed, ook al is ze van steen.'

Nanée wist niet wat Edouard ervan zou vinden dat zijn dochter zo gek was op de christelijke moeder in wie hij niet geloofde. Of wel? Ze wist niet eens wat ze zelf geloofde. Wat betekende het woord 'geloof' eigenlijk? Ze geloofde in de onbaatzuchtigheid van mensen zoals de nonnen, de familie van de opzichter, Simone Menier. Mensen als Miriam, T en Danny, Varian, Gussie en Maurice.

'Ik heb de maagd Maria gevraagd of ze God wil vragen om ervoor te zorgen dat iemand Pemmy naar papa brengt,' zei Luki. 'Toen stond jij bij de moeder-overste.'

Nanée streek Luki's haar glad en klapte het boek dicht. 'Je papa heeft mij gestuurd om jou te halen.'

'Ben je dan geen engel?'

'Ik vrees van niet. Ik ben gewoon een meisje, net als jij.'

'De koningin van het kasteel is een goed mens,' zei Luki. 'Zij zal voor Pemmy en Joey zorgen.'

'Dat zal ze zeker doen.'

'Ze zal ze naar mij en papa sturen zodat ze bij ons kunnen wonen.'

'Ja.'

'Zuster Thérèse zegt dat papa en ik op een dag weer bij Mutti zullen zijn, maar dat we moeten wachten tot God ons bij zich roept.' Het kind haalde de tekening van Edouard uit haar zak en bekeek hem. 'Denk je dat God mensen belt om ze bij zich te roepen?'

Nanée moest toegeven dat ze dat niet wist.

'Papa zegt dat Mutti nog steeds van me houdt.'

'Ja.'

'Dat zei hij bij de droomboomstam.'

Nanée glimlachte treurig, denkend aan Edouard, die gezeten op die boomstam zijn dochter probeerde uit te leggen wat Nanée op haar eenendertigste nog steeds niet kon begrijpen: dat ze de rest van haar leven nooit meer met de ouder kon praten die een hobbelpaard voor haar had laten maken, gewoon omdat ze dat graag wilde hebben.

'Je papa is een heel goed mens,' zei ze.

Luki kroop tegen Nanée aan en deed haar ogen dicht. Haar warmte verspreidde zich door Nanée, die vroeger op precies dezelfde manier tegen haar vader aan was gekropen bij het kampvuur bij de Marigold Lodge, het huis in Michigan dat nu van haar was, maar dat ook altijd van de rest van haar familie zou zijn. Haar moeder en haar broers verbleven er waarschijnlijk nu, de dag na Thanksgiving, zich vermakend met bridge of backgammon of hints en elkaar op de zenuwen werkend. Ze zouden boordevol zitten met restjes, kalkoen en aardappelpuree met jus, pecannotentaart of pompoentaart of allebei, in een wereld waarin je nog steeds meer kon eten dan je nodig had en kon slapen zonder angst, een wereld waarin elke dag leek op de dagen ervoor en de dagen die erop volgden, waarin het er nog toe deed wat je droeg en met wie je omging, of ze wel tot jouw klasse behoorden. Waarin een meisje wit hoorde te dragen en de gelukkige echtgenote hoorde te worden van een man die zijn vrije tijd op zijn club doorbracht, een moeder van kinderen die zouden kibbelen en teleurstellen. Was ze daarom naar Frankrijk gekomen? Was ze daarom gebleven, ook al was er nooit genoeg te eten en was niemand er werkelijk veilig?

Ze keek door het raam, Luki's haar strelend en wensend dat de trein zou vertrekken. Eigenlijk zou ze het meisje wakker moeten houden voor het avondeten. Ze hadden die dag nog nauwelijks iets gegeten, en hier in de eerste klasse zouden ze ruim voldoende krijgen. Wanneer ze eenmaal terug waren in Villa Air-Bel zouden ze het weer met rantsoenen moeten doen.

'Ik hou van papa,' zei Luki.

Ja, dacht Nanée. Ik ook.

Misschien dacht ze aan haar eigen vader, of aan Edouard, of aan beide mannen.

Zachtjes begon ze woorden te zingen die ze bijna was vergeten, die haar vader altijd zong:

Engelen zullen over je waken
de hele nacht lang.
Ze zullen je angsten verjagen,
geen zorg zal je meer plagen,
niemand zal je kwaad doen,
de hele nacht lang.

Toen klonk het fluitje, en de trein begon langzaam, langzaam, langzaam te rijden, hen zachtjes heen en weer wiegend terwijl het station buiten het raam plaatsmaakte voor masten met draden ertussen, voor een lege maanverlichte weg en lege maanverlichte velden, en in de verte de donkere schaduw van de bossen.

Vrijdag 29 november 1940

LYON

Luki was bij Mutti. Ze wilde dat papa zou komen, maar Mutti zei dat ze papa met rust moest laten, zodat hij zijn foto's kon maken. Er kwam een man, maar dat was niet papa. Hij was geen engel en hij was ook niet God, en hij was niet de zoon van God, die de doornenkroon droeg waarvan Luki zou willen dat hij hem af zou zetten zodat hij er minder eng uit zou zien, en hij sprak niet de woorden van de slechte mannen, maar hij had een zweep en hij hield Pemmy bij haar nek vast!

Ze schrok wakker. Ze lag in een bed. Ze was niet bij de nonnen. Waar was ze? Waar was Pemmy?

Er viel een beetje licht door het raam, en de deur stond op een kier, en in de deuropening stond de Mutti-engel die niet Mutti was.

Wat deed die slechte man hier? Dat was degene die sprak, de slechte man die Pemmy had gepakt. Ze kon hem niet zien, maar het was zijn stem.

Ze durfde niet te bewegen. Ze deed net alsof ze sliep. Dan was het misschien niet echt, of de slechte man zou haar misschien niet zien.

De slechte man zei: 'Maar u hebt ook een Frans doorgangsvisum voor het kind nodig. In alle treinen met bestemming Marseille geldt een strikt protocol.' Hij gebruikte de gewone woorden. Hij was geen Duitse man.

Luki deed haar ogen een heel klein stukje open. Ze zat in de prachtige prinsessentrein en ze was op weg naar papa. Tante Nanée zou haar niet laten verdwijnen, want dat had de moeder-overste gezegd, en liegen is een zonde.

Ze deed haar ogen wat verder open. Ze waren op een treinstation. Het was avond, en buiten het raam stonden mensen in cirkels van elektrisch licht. Tante Nanée zei iets, maar ze sprak zo zacht dat Luki de woorden niet kon horen.

'Wie niet over de juiste documenten beschikt, mag niet verder reizen,' zei de slechte man. 'Zelfs als het een kind is.'

Tante Nanée stapte de gang op en deed de deur achter zich dicht. Luki staarde naar de deur, nu met haar ogen wijd open. Ze wilde naar tante Nanée roepen of ze haar alsjeblieft niet achter wilde laten. Ze wilde niet alleen zijn in het donker, zonder zelfs maar de stem van tante Berthe buiten de verstopkist. Papa was hier niet. Mutti was bij de engelen. Zelfs Pemmy was weg. Pemmy was een prinses, en Joey was een prins. Niemand zou ze kwaad doen, want ze waren bij de koningin in het kasteel. Maar zonder tante Nanée wist Luki niet hoe ze naar papa moest komen. Papa was niet bij de droomboomstam. Luki wist niet waar papa was.

Zaterdag 30 november 1940
VILLA AIR-BEL

Edouard klemde Luki in een lange, wanhopige omhelzing tegen zich aan, bang om haar los te laten, bang om haar te verpletteren, haar te verstikken, haar weer kwijt te raken. Luki hield hem al even stevig vast, en al zijn zorgen dat ze zich hem niet zou herinneren, spoelden weg. Uiteindelijk hield hij haar een piepklein stukje van zich af, en in het licht dat vanuit de villa op de belvedère viel, zag hij het zachte karamelkleurige haar en de opvallende blauw-zwarte ogen. Sinds de dood van Elza was ze al oud geweest voor haar jaren, maar nu zag ze eruit als een eeuwenoude ziel die naar hem keek vanuit het gezicht van een kind. Ze was doodmoe. Hij moest haar iets te eten geven en haar in bed stoppen. Misschien zou hij de hele nacht opblijven en naar haar kijken terwijl ze sliep.

Achter hem, in de openslaande deuren naar de villa, stond iedereen toe te kijken. Ze waren net klaar geweest met het avondeten en op weg naar de Grand Salon toen Edouard Luki en Nanée door het raam over de parkeerplaats had zien lopen, in de schaduw van de maan. Alleen Dagobert rende met hem mee naar buiten, en nu klauterde de hond helemaal over Nanée heen, een meter verderop.

Luki gooide haar armen weer om hem heen en begon te huilen. Hij kuste haar hoofd, ademde de licht zure geur in van een kind dat te lang onderweg was geweest. 'Rustig maar,' zei hij. 'We zijn weer bij elkaar. Dat is het enige wat telt.'

'Ik ben niet verdwenen,' zei ze snikkend.

'Nee,' zei hij. 'Nee. Je bent hier bij mij.'

'Ik wilde Mutti zien, maar ik was bang dat ik zou verdwijnen,' zei ze. Zo klonk het tenminste, maar door het huilen was ze moeilijk te verstaan. Hij hield haar lange tijd vast, steeds weer herhalend: 'Je bent nu hier, bij mij.'

Ze had Pemmy niet bij zich. Was ze te groot geworden voor de kangoeroe? Dat idee maakte hem onverklaarbaar verdrietig. Hij hield haar een klein stukje van zich af om haar aan te kunnen kijken, haalde een zakdoek uit zijn zak en veegde haar gezicht droog.

‘Heeft Pemmy weer een bad genomen en moest ze weer in je koffer reizen?’ vroeg hij.

Ze giechelde een beetje. Hij had nog nooit zo’n heerlijk geluid gehoord.

‘Pemmy is bij Joey gebleven,’ antwoordde ze, haar snotneus met haar mouw afvegend. ‘Ze zijn een prinses en een prins tot de koningin ze naar ons toe kan sturen. Zij gaat ze helpen om brieven te schrijven. We hadden een koffer, maar die hebben we in het bos achtergelaten, bij de graftombe.’

Edouard keek over haar hoofd naar Nanée, die Dagobert nu in haar armen hield.

‘We hebben in de trein geslapen, in een heel groot bed!’ vertelde Luki. ‘Veel groter dan toen ik met tante Berthe wegging uit Parijs. De trein zou vanochtend al aankomen, maar hij was veel te laat. Toen nam tante Nanée me mee over een geheime route. Hebben we je verrast?’

Zonder te wachten op zijn antwoord keerde ze zich naar Nanée toe. ‘Blijf jij hier bij ons wonen, tante Nanée?’

Nanée lachte haar ontspannen, diepe lach. ‘Dit is mijn huis, Luki. En dit is mijn hond, Dagobert. Weet je nog dat ik over hem vertelde?’

Luki glimlachte nu en ze keek Edouard aan. ‘Net als in het liedje,’ zei ze, en ze begon het kinderliedje te zingen. ‘“De goede koning Dagobert deed zijn broek binnenstebuiten aan.”’ Ze giechelde en riep: ‘Maar deze Dagobert dráágt niet eens een broek!’

Allemachtig, dit meisje zou zijn hart nog breken.

Nanée zette Dagobert op de grond en zei: ‘Daggs, dit is onze nieuwe vriendin, Luki.’

De hond keek van Nanée naar Luki en liep toen behoedzaam naar Luki toe, alsof hij haar niet wilde laten schrikken. Luki voelde aan Dagoberts oor, zoals ze ook altijd deed bij het kangoeroe-oor van Professor Ellie-Muis. Dagobert schudde een paar keer met zijn kop, wat Luki niet had verwacht. Ze lachte, en de hond zette zijn voorpoten tegen haar aan en begon haar gezicht te likken, waarop ze nog harder moest lachen.

‘Wil je je kamer zien?’ vroeg Edouard. Luki was helemaal opgewonden, maar ze zou zo dadelijk instorten. ‘Het zal alleen niet lang je kamer zijn,’ voegde hij eraan toe. ‘We gaan samen op avontuur, jij en ik. Heel binnenkort.’

‘Maar deze keer ga je met me mee in de trein,’ zei Luki.

Edouard aarzelde.

'De prinsessentrein waar tante Nanée en ik in zaten, was heel erg mooi,' zei Luki. 'Maar als we stopten, bonsde er steeds een man op onze deur.'

'Elke keer dat de trein bleef staan?' vroeg Edouard aan Nanée.

'Pffft, extra beveiliging, omdat Pétain dinsdag komt. Ze schenen te denken dat Luki van plan was om een brug op te blazen om de man voor gek te zetten, maar uiteraard waren een glimlach en een paar franken afdoende om een eind aan die zorgen te maken.'

'Nou, Moppelchen,' zei hij, 'misschien nemen we niet eens de trein. Misschien lopen we wel naar Spanje!'

'Naar Spanje?' vroeg Luki. 'Dat is een ander land!'

'Dat klopt,' zei hij. 'Je bent een heel slim meisje.'

'Mag Dagobert met ons mee naar Spanje?'

Nanée knielde, zodat ze Luki in de ogen kon kijken. 'Je hebt Madame LaVache nog niet eens ontmoet, en nu maak je al plannen om te vertrekken?'

'Madame LaVache!' riep Luki uit. 'Papa, kunnen we nu bij Madame LaVache gaan kijken? Tante Nanée zei dat ik haar mag melken.'

Edouard wilde dat hij een camera bij de hand had, dat hij dit moment kon vastleggen. Hij tilde haar op, genietend van het gevoel van haar armen om zijn hals, haar benen om zijn middel, haar adem op zijn wang.

'Ik denk dat er genoeg maanlicht is om een bezoekje aan Madame LaVache te kunnen brengen.'

Hij klemde Luki weer tegen zich aan, en plotseling wilde hij wanhopig graag weg. Dit kind ergens naartoe brengen waar ze veilig zou zijn.

'Die koe snapt er helemaal niets van als we haar in het donker komen vangen,' zei André, maar uit zijn toon viel op te maken dat hij het avontuur wel vermakelijk vond. Edouard liep met de hele groep over het hobbelige veld naar de kleine melkschuur en Madame LaVache. Peterkin en Aube vroegen Luki de hele tijd of ze het suikerklontje nog had, en ze leerden haar hoe ze Madame LaVache moest roepen. Jacqueline maande Aube voortdurend om op te passen dat ze niet in een koeienvlaai trapte – wat onmogelijk was in het maanlicht – maar het was Varian die als eerste de pineut was. Toen ze bij het omheinde veldje en de schuur kwamen, kwam er een donkere berg overeind. 'Ach, Madame, we verstoren je dutje!'

De koe zag er vriendelijk genoeg uit, maar ze had een schofthoogte van bijna één meter vijftig en ze woog meer dan vijfhonderd kilo, en dan had ze ook nog kleine hoorns, en dat hek was niet bijzonder stevig. Het goeiige dier bleef echter altijd braaf staan wanneer de kinderen naar haar toe kwamen. Haar witte snuit leek bijna te gloeien in het maanlicht, en haar grappige bruine oren staken opzij uit haar grote, komische hoofd.

Luki stak haar arm uit en opende haar handpalm om het suikerklontje aan te bieden. De koe deed een trage stap naar voren, stak haar nek over het hek en lebberde het suikerklontje met haar tong op.

Luki lachte en lachte.

De koe bleef rustig naar Luki staan kijken. Dat moest toch wel een koeienglimlach zijn op het gezicht van het dier.

Aube en Peterkin gingen naast Luki staan en aaiden de lange witte snuit en de natte roze neus van Madame LaVache. Om de hoorns maakten ze zich niet druk, voor hen konden het net zo goed extra oren zijn.

'Wie had ooit gedacht dat een koe zo vriendelijk kon zijn,' zei Nanée. 'Mijn moeder zou nog iets van haar kunnen leren.'

Edouard vroeg zich af wat voor vrouw Nanées moeder zou zijn. Haar familie. Haar thuis. Waarom ze hier in Frankrijk was en haar leven op het spel zette. Hij zou degene moeten zijn die hier bleef. Hij zou foto's moeten maken om te laten zien wat er in de kampen en in de straten gebeurde. Nanée was als de vrouw met de mantel die hem zo had gefascineerd. Of nog beter: ze bracht berichten naar vluchtelingen die zich schuilhielden. Ze bezocht kampen om mannen zoals hij te bevrijden. Ze was de grens naar bezet Frankrijk overgestoken om een meisje te redden dat ze maar nauwelijks kende, terwijl hij hier was gebleven met het excuus dat hij Varian en de andere mensen die hem hielpen niet in gevaar wilde brengen. Om diezelfde reden maakte hij geen foto's. De waarheid was echter dat ze zichzelf al in gevaar brachten. De waarheid was dat Luki degene was die hij niet in gevaar wilde brengen. Hij wist dat het onthullen van de praktijken van de nazi's veel belangrijker was dan het geluk van een klein meisje, zelfs het leven van een klein meisje. Hij kon zich er echter niet toe zetten om haar op het spel te zetten.

De kinderen waren naar bed gebracht en zelfs Luki lag diep te slapen, met haar slaapkamerdeur open zodat ze Edouard kon roepen als ze hem nodig had. Ze hadden de radio naar boven gebracht, naar de bibliotheek, zodat Luki Edouard kon zien terwijl de volwassenen bij elkaar zaten. Het was een heldere avond en het lukte Danny om af te stemmen op het radiostation van Boston.

'Mag ik deze dans van je?' vroeg Edouard aan Nanée.

Ze legde een hand in de zijne, haar andere hand op zijn schouder. Hij legde zijn vrije hand op haar middel. Haar haar was nog nat van het bad dat ze na het bezoek aan Madame LaVache had genomen, terwijl hij Luki instopte en voor haar zong en lange tijd bij haar zat om haar te zien slapen.

'Je ruikt lekker,' fluisterde hij, en hij trok haar dichter naar zich toe. Citrus en verbena, van de zeep die Varian volgens haar had meegebracht uit Portugal.

André Breton, die met Jacqueline naast hen danste, trok zijn wenkbrauwen op.

Edouard danste met Nanée bij hem vandaan, richting de open deur van Luki's kamer.

'Ze noemt je soms een engel,' zei hij.

'Daar zal ik je morgen over vertellen, als ik weer een beetje coherent kan praten.'

'Het spijt me,' zei hij. 'Je zult wel doodmoe zijn. Ik moet je naar bed laten gaan.'

'Ik ben niet moe,' zei ze, al even weinig overtuigend als Luki toen hij haar had ingestopt.

Hij glimlachte een beetje, en voor het eerst in lange tijd voelde zijn hart licht. 'Dank je wel dat je Luki naar me hebt teruggebracht.'

Ze keek naar hem op. Ik heb je gemist, dacht hij. Hij wilde haar kussen, maar niet hier, niet waar iedereen bij was. Bing Crosby zong op de radio dat hij met iemand samen wilde zijn terwijl de jaren zouden komen en gaan.

Hij fluisterde tegen Nanée: 'Overweeg je weleens om naar huis te gaan?'

Ze legde haar hoofd op zijn schouder en wiegde met hem mee op de muziek die helemaal uit Boston kwam, helemaal van de andere kant van de wereld.

DEEL IV

DECEMBER 1940

De trieste waarheid is dat het meeste kwaad wordt aangericht door mensen die nooit bewust hebben besloten om kwaad of goed te doen of te zijn.

– Hannah Arendt, *Het leven van de geest*

Zondag 1 december 1940

VILLA AIR-BEL

Het was zondag. Ontvangstdag. Stemmen stegen op van de belvedère, van de gasten die arriveerden, terwijl Edouard en Luki nog niet eens helemaal aangekleed waren. Ze hadden door het ontbijt heen geslapen, maar Madame Nouget had hun een dienblad gebracht met waterige pap, ersatz-koffie voor hem en melk voor Luki – die ze tot haar spijt niet zelf uit de koe had gemolken. Hij trok zijn jasje aan, deed een das om en bond toen een lint, dat ze van Aube had gekregen, in Luki's haar, dat lichter was dan dat van haar moeder, maar met dezelfde slag en dezelfde glans. Ze glimlachte, zodat hij de tand aan de onderkant kon zien die loszat. Ze kon inmiddels ook al een beetje lezen en schrijven. Hij had al zoveel gemist.

'Je bent mooi,' zei hij.

'Jij bent knap, papa.'

Hij omhelsde haar. Daar kon hij maar niet genoeg van krijgen. Hij had niet beseft hoezeer ze hem aanvulde tot ze weer was teruggekeerd in zijn leven.

Buiten stelde hij Luki aan iedereen voor.

'Marcel, dit is Luki. Luki, dit is Monsieur Duchamp, die schildert en beeldhouwt en heel goed kan schaken.' Duchamp had Edouard een aantal keer ingemaakt in Camp des Milles, op het bord dat op de vloer was gekrast.

'Ik kan van mijn papa winnen met schaken,' zei Luki.

'Dat verbaast me niets!' zei Duchamp.

Het ontroerde Edouard in het bijzonder om Luki aan Max voor te stellen, die in gesprek was met Nanée, maar bij Luki knielde en haar vertelde dat hij het gevoel had dat hij haar al kende. 'Van alle verhalen die je vader over je heeft verteld toen we in Camp des Milles zaten.'

'Was u daar samen met papa?'

'Ik sliep naast hem,' zei Max, 'en ik kan je vertellen dat hij elke avond tegen jouw foto zei dat hij van je hield en dat hij je elke ochtend kuste. Hij miste je vreselijk.'

Luki zweeg lange tijd, haar hand warm en klein in die van Edouard. 'Vannacht heeft hij de hele nacht naast me geslapen,' zei ze.

Max glimlachte. 'Ik hoop dat hij niet zo hard snurkte dat je er wakker van werd!'

Luki giechelde. 'Papa snurkt niet!'

'Nee?' vroeg Max. 'Nou ja, het viel daar moeilijk te zeggen wie welk geluid maakte. Je vader en ik hebben samen een paar schilderijen gemaakt. Wist je dat?'

'Papa maakt de mooiste foto's.'

'Ja, dat zegt hij ook altijd.'

'Kijk, een paard,' zei ze.

'Is er behalve een koe ook nog een paard?' vroeg Max.

'In de boom!' Ze wees naar een van de platanen die vlak bij de belvedère stonden.

Edouards foto van het kermispaard op de lege draaimolen, vervormd en scheef – wie had het daar opgehangen? Zijn eigen woede van die ochtend in Berlijn was terug te zien in het beeld, het kunstmatige paard dat vanaf de linkeronderhoek van de foto naar achteren steigerde, alsof het was geschrokken van de fotograaf, zoals Edouard was geschrokken toen het Luki werd verboden om plaats te nemen op de lege draaimolen. Elza had een hekel gehad aan deze foto, aan de herinnering aan haar dochter die iets werd ontzegd omdat ze iets was wat ze eigenlijk niet was. Maar Edouard vond dat de foto iets zei wat mensen moesten weten. Daarom had hij hem aan André gegeven, die hem een prominente plek had gegeven op de surrealistische tentoonstelling in Parijs.

Het was niet de enige foto van hem die in de kunstbomen hing. Daar was zijn overbelichte zelfportret, niet ingelijst, maar genesteld tussen de takken. En *Vrouw met mantel, bewerkt met brûlage*. Die foto kon Edouard inmiddels niet meer zien zonder aan de woorden van Nanée te denken. *Als ik haar op andere foto's zou zien, dan denk ik dat het dit aspect zou bederven, dit licht op mezelf.* Haar trots op haar boosheid, zoals die van hemzelf, had hij gedacht. Ze had geen antwoord gegeven toen hij haar had gevraagd wat ze er van zichzelf in zag, net zomin als ze de vorige avond antwoord had gegeven toen hij haar had gevraagd of ze weleens overwoog om naar huis te gaan. Ze was er goed in om te zwijgen wanneer haar een vraag werd gesteld die ze niet wilde beantwoorden omdat ze de ander niet wilde kwetsen.

Onder de kunstboom stond een groepje te lachen, op een vriendelijke, waarderende manier, terwijl een van hen omhoogwees naar een foto die hoog in de boom hing: *Nanées prachtige hals.*

'Was dit jouw idee?' vroeg hij aan Danny. 'Om mijn foto's op te hangen?'

Danny grijnsde schuldbewust. 'Maar ik had een medesamenzweerder.'

Ze keken naar Nanée, die bij Luki was.

'Papa bewaart mijn herinneringen voor me,' vertelde het kind haar.

'Hij bewaart je herinneringen voor je,' herhaalde Nanée. 'Wat een prachtige manier om dat te zeggen, Luki.'

Hij dacht aan Nanée in het badwater, met haar hoofd naar achteren. Hij dacht aan de tweede keer dat ze naakt in de badkuip had gelegen, toen ze de liefde bedreven. Aan de zachte uitdrukking onder de charmante bolhoed die ze vandaag droeg, zag hij dat Luki iets had bereikt wat hem nog niet was gelukt: het veroveren van Nanées hart.

'Wanneer ik vergeet hoe het klonk als Mutti voor me zong, dan kijk ik naar mijn foto.' Luki stak haar hand in haar zak en haalde de foto tevoorschijn van Elza en Luki en hem die hij in de buidel van haar kangoeroe had gestopt vlak voordat hij haar in Sanary-sur-Mer op die trein had gezet. 'Dan kan ik haar weer horen.'

Edouard kon Elza nu ook horen terwijl hij naar de foto keek. Elza die voor Luki zong. Het kind dat soms zoveel wijzer was dan hij. Al de foto's die hij niet had gemaakt in de jaren sinds de dood van Elza, dat waren verloren momenten, momenten die genegeerd zouden worden, vergeten, zonder een spiegel die de realiteit liet zien, zonder een hamer om er vorm aan te geven.

Hij keek weer naar het overbelichte zelfportret, hijzelf als een jonge man. Geaccentueerd door het scherpe contrast: een vleugje vermoeidheid onder het vertrouwen van deze jongeman in wat hij kon en moest doen, hoe hij de wereld zou veranderen. Iets in de zijdelingse manier waarop hij naar de lens keek, de rechte lijn van zijn mond. Toen was hij al bang geweest voor wat hij deed. Hij was zo vaak bang geweest, bang om foto's te maken van Hitlers fanatieke aanhang, die zich tegen hem zou keren als de wereld zo zou worden als hij inmiddels was. Het was echter nooit bij hem opgekomen om niet de foto's te maken die hij moest maken.

Was hij bang om te zien wat zijn lens over hemzelf zou onthullen? Waarom had hij sinds de dood van Elza geen foto meer gemaakt, zelfs niet in Camp des Milles? Waarom maakte hij nu geen foto's, waarom legde hij niet vast wat het betekende om gevangen te zitten in een wereld waar je niet gewenst was maar die je ook niet liet ontsnappen? Al die mensen die hier samenleefden, sommigen die dolgraag een visum wilden, anderen die hen dolgraag wilden helpen ontsnappen. André die elke ochtend naar de bibliotheek of naar zijn kas ging om te schrijven. Jacqueline die schilderde. Kunstenaars die elke zondag bij elkaar kwamen om het kleine beetje dat ze hadden te vieren. Zelfs op de donkerste momenten in Camp des Milles waren de mannen kunst en muziek blijven maken, literatuur, theater. Zo bleven ze in leven. Zo hielpen ze de wereld om zichzelf weer recht te zetten.

Nanée had gelijk: als zijn camera hem niet kon verlossen van zijn schuldgevoel als toeschouwer – als publiek voor mensen als Hitler, die het niet verdroegen om over het hoofd te worden gezien – dan hielp het in elk geval om hun wandaden te belichten. Hun wandaden en zijn eigen lelijkheid. De camera legde vast wat we nooit in ons eigen hart zouden herkennen en wat we toch in de gezichten en het gedrag van anderen kunnen zien. En was dat niet de manier om de wereld te genezen, door onze eigen fouten door te spitten en het beste in onszelf naar boven te halen?

Hij had tegen Nanée gezegd dat hij de camera niet meer op de toeschouwers kon richten, dat hij die op zichzelf moest richten. In dat eerste zelfportret, tien jaar geleden, had hij echter zijn camera op de toeschouwers gericht en enkel zijn eigen gezicht terug zien staren. Kunst was toch een hamer. Een hamer waarmee hij zijn eigen harde omhulsel kapot kon slaan, zijn eigen onware beeld van zichzelf.

Zondag 1 december 1940

VILLA AIR-BEL

In de hele villa scheen nog maar op één plek licht, en dat was hier, in Nanées eigen slaapkamer. De rest van de bewoners lag al te slapen. Ze zat in haar badjas op de rand van haar bed, met haar haren opgestoken, haar rug naar Edouard en zijn nieuwe Leica, die op een driepoot bij de deur stond.

Ze huiverde, hoewel het warm genoeg was in de kamer.

'Mag ik eerst iets vragen?' fluisterde ze.

'Natuurlijk. Wat dan?'

'De foto, die ene die...' Die ik *Spookechtgenote* noem, had ze bijna gezegd. De ene geliefde die de andere fotografeerde. Natuurlijk zou het best kunnen dat Edouard affaires had gehad tijdens zijn huwelijk; de surrealisten hielden er nogal vrije ideeën op na over seks. Maar ze stelde zich hem niet graag voor als een man die verklaarde dat hij van de ene vrouw hield terwijl hij de anderen proefde, zeker niet wanneer een van de vrouwen de vrouw op die foto was.

'*Voorovergebogen naakt*,' wist ze uit te brengen, maar het lukte haar niet om de vraag af te maken. Ze wilde niet weten wie *Vrouw met mantel* was; ze wilde zich kunnen voorstellen dat zij de vrouw op die foto was. Maar *Voorovergebogen naakt*?

'Ja,' zei hij. Uit de manier waarop hij het woord uitsprak, viel niet op te maken wat hij bedoelde. Was het een vraag: ja, wat wil je weten? Of was het een antwoord: ja, de foto is van mijn vrouw.

Nanée kon het woord 'vrouw' niet over haar lippen krijgen, laat staan haar naam. Elza. Ze wilde zich niet te diep in zijn persoonlijke verdriet wagen, ze wilde hem niet laten praten over dingen die hij misschien niet wilde delen, de hartverscheurende emotie die in de foto was vastgelegd. Ze wilde niet weten dat het Elza was, en toch wilde ze eerst weten of hij ook andere vrouwen had gefotografeerd voor ze zich zelf kwetsbaar op zou stellen.

Hij fluisterde: 'Het... Het was iets wat ze wilde doen. Een demon waarvan ze zichzelf wilde bevrijden. Nee, een... Een demon waarvan ze mij wilde bevrijden. Omdat ze wist dat ik me ervan wilde zuiveren.'

In zijn stem klonk iets van de pijn die Nanée met rust had willen laten. En ook iets van schaamte.

Die foto... de vrouw die zich zo kwetsbaar vooroverboog. Wat zou maken dat een vrouw zo gefotografeerd wilde worden, of dat een man zo'n foto wilde maken? Wat voor wond zou dat kunnen genezen?'

'Mag ik jou iets vragen?' fluisterde hij.

Ze knikte.

'Ik vraag het alleen omdat Varian zegt dat we misschien deze week al vertrekken.'

Deze week. Het gewicht van die woorden trok door haar heen. Edouard die niet meer in haar leven zou zijn. De vorige avond, onder het dansen, had ze heel even gedacht dat hij haar zou vragen met hem mee te gaan naar huis. Ze kon weg wanneer ze maar wilde; ze kon zich melden bij de Amerikaanse ambassade en ze zouden haar helpen om het te regelen. Maar kon ze weer met de regels van Evanston leven? Het zou ook iets heel anders zijn om samen met Edouard en Luki te gaan, samen met de geest van Elza. En haar enige poging om een moeder voor een kind te zijn was mislukt. T had Peterkin voor de val van Frankrijk aan haar overgedragen om hem naar de VS te brengen, maar ze was zo'n onwaarschijnlijke moeder dat ze zelfs die verdraaide bureaucraten in Biarritz niet had weten te overtuigen.

'Er is een nieuw pad door de Pyreneeën naar Spanje,' zei Edouard. 'Ik wil graag geloven dat mijn vrijlatingspapieren echt zijn, maar ik denk dat dat alleen kan als...'

Ze keek naar het raam, naar het donker daar buiten. Ze moest het hem vertellen. Net als zij kon hij het niet vragen, maar hoewel zij niet hoefde te weten van wie het lichaam op die foto was, moest hij wel begrijpen hoe zijn vrijlatingspapieren echt konden zijn.

'Ja,' fluisterde ze.

Ze probeerde zichzelf de woorden te laten zeggen waar hij niet naar kon vragen: hoe ze aan zijn papieren was gekomen, al had dat niet tot zijn vrijheid geleid, of wat moest doorgaan voor vrijheid voor een Joodse vluchteling. Ze wilde niet dat haar antwoord net zo verwarrend voor hem zou zijn als zijn antwoord voor haar. Maar hij zou anders naar haar kijken. Hoe kon het anders? Ze keek ook niet meer hetzelfde naar zichzelf.

Ze liet de bovenkant van de badjas omlaagglijden, zodat de zachte badstof zich ophoopte rond haar heupen.

Edouard zweeg lange tijd. Misschien wilde hij haar uitleggen wat zijn 'ja' betekende. Misschien wilde hij haar vragen om duidelijk te maken wat het hare betekende.

'Dit zal een beetje koud aanvoelen,' mompelde hij.

Ze knikte weer.

Ze wachtte terwijl hij een tube verf opende. Rook de chemische geur die opsteeg toen hij de verf op een schilderspalet spoot dat hij van Jacqueline had geleend. Hoorde hem de dop weer op de tube draaien.

Hij legde het palet naast haar op het bed.

De kwast op de huid van haar rug schokte haar, het contrast van de koude verf en zijn warme aanraking. Hij gebruikte zijn ene hand om zichzelf in balans te houden, of haar, terwijl hij iets aan de linkerkant schilderde, op het smalste deel van haar rug.

Hij zei niets, maar zijn adem was warm.

Zijn andere hand gleed omlaag en raakte haar achterste aan, niet op een erotische manier, maar alleen om zichzelf in evenwicht te houden terwijl hij schilderde.

Achterste. Wat een preutse manier om het te benoemen.

Mon derrière. Een mannelijk woord, ook al was haar eigen derrière uitgesproken vrouwelijk. Niet naakt. De opgehoopte stof van de badjas lag eromheen. Haar armen waren over haar naakte borsten geslagen.

Ma poitrine. Mijn borst. Zelfs de Fransen zagen dat als vrouwelijk.

Ze huiverde opnieuw. Wat zou haar vader teleurgesteld zijn dat ze net als haar moeder voor een berooide vluchteling was gevallen.

'Heb je het koud?' fluisterde hij. 'Ik zal zo vlug mogelijk werken.'

Hij was al bezig dezelfde afbeelding aan haar rechterkant te schilderen, dezelfde gelijkmatige krullen die een tweede fleur de lis zouden vormen – het symbool van het Franse koningshuis en katholieke heiligen, van de maagd Maria.

De maagd Maria waar Luki zo'n vertrouwen in had.

'Bijna klaar.'

Het palet en de kwast werden op een dienblad met een doek op haar dressoir gelegd. Edouard ging achter zijn camera staan, aan de andere kant van het bed. 'Ben je zover?'

Ze ging zo rechtop zitten als ze kon, haar naakte schouders naar achteren. Ze draaide haar hoofd naar links, zodat hij haar gezicht en profil zou zien, niet helemaal, maar ver genoeg om haar kaaklijn te zien, een glimp van haar lippen en neus en ogen. Haar linkerkant, die haar beste kant was, hoewel ze vermoedde dat niemand anders het verschil zou zien.

'Perfect.'

Zijn gedempte stem herinnerde haar aan alle anderen die in dit grote oude huis lagen te slapen, hun geleende familie.

De fluistering van een sluiter. Een klik. Een tweede. Een derde.

'Dank je wel. Het staat erop.'

Ze glimlachte een beetje.

Opnieuw de fluistering van de sluiter.

'Ik dacht dat je klaar was.'

'Die uitdrukking kon ik niet weerstaan.'

'Je zei dat ik neutraal moest kijken.'

'Zelfs ik zit er soms naast.'

Ze voelde zijn hand weer op haar rug, toen een doek die de verf wegveegde voordat hij kon drogen.

'Je bent mooi,' zei hij, zijn stem zo zacht dat ze hem bijna niet hoorde. 'Weet je dat? Weet je hoe mooi je bent?'

Ze keerde zich naar hem toe en ademde de geur van natte verf in die bij hem hoorde, en nu ook bij haar.

Zondag 1 december 1940

VILLA AIR-BEL

Nanée lag in bed – Edouard was teruggegaan naar zijn kamer voor het geval Luki hem midden in de nacht zou roepen, maar Nanée lag nog naakt onder de lakens, genietend van de herinnering aan hun lichamen die samenvloeiden – toen ze iets hoorde. De klik van de voordeur van de villa die openging? Op dit tijdstip?

Ze schoot haar badjas aan en griste haar Webley van de bovenste plank van de kast.

Soms kwam er 's avonds laat nog bezoek. Nanée had een keer bij thuiskomst na middernacht de eetkamerdeur dicht aangetroffen en Britse stemmen gehoord. Varian was tevoorschijn gekomen, net zo geschrokken van haar als zij van hem. Hij had naar haar geknikt ter begroeting en haar gevraagd om iets te eten te maken. Toen ze hem de wijn en een worst van dubieuze origine had gebracht, had hij de deur maar net ver genoeg opengedaan om het kapotte houten dienblad aan te kunnen nemen. Pas later had ze beseft dat hij haar had willen beschermen tegen kennis die haar in gevaar had kunnen brengen: dat de 'gasten' Britse soldaten waren die uit Frankrijk probeerden te ontsnappen.

Nu glipte ze stilletjes naar de bibliotheek. Varians gedempte stem dreef omhoog vanuit de hal onderaan de trap.

'Arrestaties?' Hij stond bij de voordeur, samen met kapitein Dubois, hun vriend bij de plaatselijke politie. Net die ochtend was Dubois hun nog komen vertellen dat Bill Freier was opgepakt, in het bezit van identiteitspapieren die hij voor Edouard had vervalst.

'Arrestaties,' bevestigde Dubois. 'Vanwege de komst van Pétain. We hebben opdracht om alle verdachte individuen op te pakken, zodat er geen heibel uitbreekt op straat. We beginnen bij zonsopgang.'

Maandag 2 december 1940
VILLA AIR-BEL

Edouard keek naar Luki, die samen met Aube en Peterkin bij de speksteen gootsteen stond terwijl T de kan met melk in de gootsteen zette en drie bekers van de open planken pakte. Niemand lette op hem. Hij bracht zijn Leica omhoog en richtte de lens op Luki, die de beker verse melk van T aannam en hem vasthield zodat de warmte in haar kleine vingertjes kon kruipen. Ze was inmiddels vijf, en in het jaar dat ze gescheiden waren geweest, was ze zoveel kwijtgeraakt waarin ze op Elza leek. Ze had haar eigen ogen, haar eigen mond en kaaklijn en haar eigen glimlach. Zelfs haar vierkante schouders waren anders dan Elza's meer verfijnde bouw. Het was alsof hij Elza opnieuw kwijtraakte. Of misschien alsof hij haar eindelijk los begon te laten.

Hij nam de foto.

Bij het horen van de sluiter draaiden ze zich alle vier om. Hij klikte nog een keer, de vier bij de gootsteen. De kinderen die melk dronken alsof het leven normaal was. Familie.

'Papa,' zei Luki, 'Madame LaVache heeft zoveel melk dat we de kan naar binnen moesten brengen voordat hij te zwaar werd. Maar we mogen zo weer terug en haar nog verder melken. En we hebben een arend met laarzen gezien.'

'Een dwergarend,' verklaarde T. 'Hij moet een nest in de buurt hebben.'

Luki grijnsde, en hij zag dat haar losse tand nog losser zat. 'Dagobert bleef maar tegen hem blaffen.'

Maandag 2 december 1940

VILLA AIR-BEL

'Waar zijn Danny en Lena in vredesnaam?' vroeg Varian aan Nanée. Ze werkten bij de warmte van de porseleinen kachel van de bibliotheek en Nanée probeerde Lena te vervangen terwijl Gussie deed wat Gussie altijd deed. Varian was chagrijnig en klaagde over de bijzonder smerige partij ersatzkoffie, over de foto's die Edouard nam, haar gebrekkige steno, dat ze nooit had beweerd te beheersen, en haar gebrek aan kennis over de hoeveelheid geld waar het CAS over beschikte – informatie die ze niet bezat, ook al had ze zojuist na de vijfduizend dollar in september nog eens tweeduizend dollar bijgedragen. De afgelopen weken hadden ze alles wat hen ook maar enigszins verdacht kon maken 's nachts van het CAS-kantoor naar het chateau gebracht. Na de waarschuwing van Dubois had Varian Danny echter met de eerste tram naar de stad gestuurd om het kantoor te sluiten en Lena mee terug te nemen. Hier waren ze ver genoeg van het centrum verwijderd om alleen in een heel breed uitgeworpen net gevangen te worden.

Lena arriveerde zonder Danny en excuseerde zich uitgebreid, alsof ze niet de meest competente en loyale assistente ter wereld was. De arrestaties waren begonnen, uitgebreide *râfles* door de hele stad. Onderweg naar het kantoor was ze gearresteerd en naar het Évêché gebracht, het voormalige paleis van de bisschop aan de rand van de Panier, dat nu dienstdeed als politiebureau. Ze hadden haar laten gaan, maar de meeste arrestanten hadden minder geluk. De gevangenissen en sommige militaire barakken zaten al vol, omdat agenten links en rechts mensen oppakten om te voorkomen dat zij de schuld zouden krijgen als er iets verkeerd zou gaan tijdens het bezoek van Pétain aan Marseille.

Varian stuurde Lena regelrecht terug naar het kantoor om Danny te gaan halen, en Nanée was weer bezig te notuleren toen T heel rustig van beneden riep: 'Nanée, politie.'

Geschrokken vroeg Nanée: 'Voor mij?'

'Aan de deur. Ze zeggen dat we allemaal onze papieren moeten laten zien.'

Nanée legde een hand op Edouards arm en drukte toen haar vinger tegen haar lippen. T had haar woorden zo gekozen dat ze de politie niet opmerkzaam zou maken op de aanwezigheid van Edouard. Konden ze hem naar buiten smokkelen? Als Poolse Jood liep ook Gussie gevaar, maar hij had in elk geval nog een vervalst identiteitsbewijs.

Ze haastte zich naar haar kamer en keek naar buiten. Bij het groene hek stonden een patrouillewagen en een arrestantenbusje te wachten. Het huis was omsingeld door politie.

Ze gebaarde naar het groepje in de bibliotheek, waar André en Jacqueline zich nu ook bij hadden gevoegd. Na slechts een heel korte aarzeling schoof Varian zijn adresboekje in de kachel, het boekje waarin de gegevens stonden van iedereen die hij probeerde te helpen, iedereen die hem probeerde te helpen, en alle illegale geldtransacties die het CAS ooit had gedaan. Nanée deed hetzelfde met haar notulen.

André gebaarde dat hij en Jacqueline naar beneden zouden gaan en tijd zouden rekken. Nanée probeerde hem tegen te houden; was hij, een schrijver wiens werk door Vichy verboden was, werkelijk de beste persoon om zijn gezicht te laten zien? Maar hij had zijn charme, en hij was Frans en niet Joods, en Varian en Nanée en Gussie hadden tijd nodig om alles te vernietigen.

Nanée liep naar haar kamer, haalde haar Webley uit de kast en verstopte het wapen in de kamerpot onder de wastafel. Ze zocht wat papieren bij elkaar die beter niet gevonden konden worden. Toen pakte ze de tekening die ze achter *Het wezen van een engel* had gestopt, de tekening van het eerste spelletje Voortreffelijk Lijk dat ze ooit had gespeeld: een hoofd in een vogelkooi dat van haar kon zijn maar ook niet, de octopus die zwaaide met het bloederige hoofd van Hitler, de knokige knieën en de kangoeroe. Ze scheurde het bovenste stuk eraf, het hoofd in de vogelkooi dat Edouard had getekend, en stopte het terug achter het lijstje. Toen haastte ze zich terug naar de bibliotheek om Andrés octopus met het Hitlerhoofd op het vuur te leggen, samen met de benen en de kangoeroe die zij had getekend.

Ze duwde Varians logboek wat verder in de vlammen.

'Zelfs Bill Freier,' fluisterde Varian tegen Edouard, 'die neerkijkt op het werk van ieder ander, dacht dat de papieren die Nanée voor jou heeft gehaald authentiek waren.'

'De papieren zíjn echt. Ik... Ik heb de kampcommandant omgekocht,' zei Nanée zo rustig mogelijk. Varian zou ervan uitgaan dat ze geld gebruikt had, ook al wist Edouard waarschijnlijk beter.

'De chaos van het bezoek van Pétain zal in ons voordeel werken,' zei Varian tegen Edouard. 'Nu er zoveel mensen worden gearresteerd, zullen ze niemand echt nauwkeurig natrekken. Blijf bij mij in de buurt. Volg mijn voorbeeld.'

André kwam de trap op en kondigde kalm aan dat de politie iedereen verzocht om naar de Grand Salon te komen. Door subtiel zijn hoofd te schudden liet hij hun weten dat hij niet nog meer tijd kon rekken. Maar misschien zouden Edouards papieren de controle doorstaan. Het waren echte documenten, al had Nanée ze dan onder valse voorwendselen verkregen. Had de bewaker in het kamp haar geheim bewaard? Zo niet, zou de commandant dan inzien dat het in zijn eigen belang was om Edouard op vrije voeten te laten? De officiële handtekening van de commandant stond op de papieren. Als de politie echter lont zou ruiken, zou iedereen in het chateau gevaar lopen.

'Zit er nog iets anders in je koffertje?' fluisterde ze tegen Varian, zich concentrerend op de dingen die ze wél in de hand hadden.

Varian bladerde door zijn eigen papieren toen Gussie Andrés manuscript op het bureau zag liggen, in zijn elegante handschrift, geschreven in zijn favoriete heldergroene inkt. Het manuscript was al net zomin positief over Vichy als de octopustekening die Nanée zojuist had verbrand. Toen Gussie het manuscript van het bureau pakte, verscheen er echter een politieagent in burger bovenaan de trap. Varian nam de bladzijdes over van de jongen en stopte ze in zijn koffertje alsof ze van hem waren. De agent droeg hem op om het koffertje te overhandigen, waardoor de beslissing of het gevaarlijker was om het koffertje mee te nemen of het achter te laten in de hoop dat het niet doorzocht zou worden hem uit handen werd genomen.

'Wat is hier gaande?' vroeg Varian op barse toon toen ze met Edouard en Gussie en de agent in burger de trap af liepen. Nanée was opgelucht. Zijn woorden dwongen de dikke *commissaire* en zijn metgezellen in de verdediging, de enige manier waarop je deze pestkoppen aan kon pakken.

T, André en Jacqueline stonden op de zwart-witte tegels van de hal te wachten, samen met Madame Nouget en Rose. Na enige discussie besloot de politie dat ze Maria, Luki en Peterkin, die buiten waren, later wel konden halen. Dat betekende dat iedereen er was, behalve Danny, die nog niet terug was van kantoor, Maurice, die 'op reis' was – bezig vluchtelingen de grens over te brengen, vermoedde Nanée – en Aube, die op school was.

'We moeten jullie papieren controleren,' zei de commissaire.

'Dat meent u niet,' protesteerde Nanée, bezorgd om Edouard. 'In ons eigen huis?'

De agenten waren ook van plan om het huis te doorzoeken. Ze hadden een huiszoekingsbevel.

'Mogen we dat dan zien?' vroeg Varian.

De man overhandigde een verkreukelde carbonkopie van een algemeen bevel om elk gebouw te doorzoeken dat verdacht werd van communistische activiteiten. Zelfs André, een toegewijde marxist, was al sinds Stalins nepprocessen van vijf jaar geleden geen lid meer van de Franse Communistische Partij.

'We tekenen protest aan en behouden ons alle rechten voor,' zei Varian. Het klonk als een zinnetje dat hij had gerepeteerd op aandringen van een of andere advocaat, voor het geval deze situatie zich zou voordoen.

'Dat kunt u aan de rechter voorleggen,' reageerde de commissaire.

Nanée vermoedde dat het nog dagen of zelfs weken kon duren voor ze een rechter zouden zien.

'We weten dat er een koffer van het station naar dit huis is gebracht,' vervolgde de commissaire. 'We zullen het huis op zijn kop zetten tot we die koffer hebben gevonden.'

'Maar dat is de koffer van mijn zus,' protesteerde Jacqueline. Ze legde haar vrienden uit: 'Ze is net gearriveerd uit Parijs. Ze heeft haar grote koffer hier gelaten terwijl ze een plek zoekt om te wonen.'

'En mag ik vragen wat er in die koffer zit?' vroeg de commissaire verrassend beleefd. Schoonheid had zijn voorrechten.

'Gewoon, haar kleren,' zei Jacqueline. 'Haar toiletspullen en haar sieraden en haar parfum.'

Nanée voelde zich enigszins opgelucht; als dit alleen om een koffer ging, zou het snel voorbij zijn.

Een agent in burger ging met Jacqueline naar boven om de koffer te halen, terwijl zijn collega's haar waarderend nakeken. De rest van het groepje werd naar de eetkamer gebracht, waar een klerk al een typemachine op de eettafel had gezet. Hij legde er voorgedrukte formulieren naast en vroeg T om te gaan zitten.

'Ik?' vroeg T.

'Uw papieren,' zei hij.

Ze gaf ze aan hem, maar ze ging niet zitten.

Hij begon haar vragen te stellen terwijl ze trots en met rechte rug naast hem stond. Hij typte haar antwoorden op het formulier.

De agent en Jacqueline kwamen terug met de koffer, die na opening inderdaad vrouwenkleding bleek te bevatten.

'Wat hadden jullie dan verwacht?' vroeg Jacqueline bits.

'Een bom,' zei de agent, die de vraag niet aan had zien komen.

'Een bom? Dat is belachelijk.'

'Dat is helemaal niet belachelijk,' wierp de man tegen. 'Precies op deze plek, aan het eind van het perceel van dokter Thumin – precies waar de trein van de maarschalk langs zal rijden – probeerde een anarchist de Prins van Wales te vermoorden door –'

'Ik kan u verzekeren dat we hier geen bommen hebben,' zei Nanée, zich afvragend waarom heel Frankrijk in vredesnaam zo geobsedeerd was door een poging tot een bomaanslag van bijna tien jaar geleden.

'Dat zullen we zelf wel bekijken,' zei de agent.

'Opnieuw, we tekenen protest aan en we behouden ons alle rechten voor,' zei Varian.

De agent nam André mee naar boven om zijn kamer te doorzoeken.

Madame Nouget en Rose kregen toestemming om terug te keren naar de keuken, maar wel met de opdracht om Maria en de kinderen te gaan halen en ze naar binnen te sturen.

'De kinderen! Dat menen jullie toch zeker niet,' zei Nanée. Het was echter Maria in wie ze geïnteresseerd waren. Maria was een buitenlandse.

'Madame Nouget wil vast wel bij de kinderen blijven,' stelde T voor. 'Het is toch zeker niet nodig om hen hierbij te betrekken?'

Haar suggestie werd genegeerd.

Een van de agenten ging met het personeel mee om de keuken te doorzoeken. Ze konden hem met de keukenkastjes horen rammelen toen André terugkeerde. De doorzoeking van zijn kamer had zijn dienstrevolver opgeleverd, tot ogenschijnlijke tevredenheid van de dikke commissaire. Nanée was er echter redelijk zeker van dat André het recht had om het wapen in zijn bezit te hebben; hij had in het Franse leger gediend.

Varian kreeg toestemming om naar boven te gaan, met het smoesje dat hij naar het toilet moest. Nanée veronderstelde dat het zijn bedoeling was om iets te vernietigen; het dichtstbijzijnde toilet bevond zich immers in de badkamer achter de keuken. Ze had geen idee wat het zou kunnen zijn waar Varian vanaf wilde, alleen dat het onwaarschijnlijk was dat het enige belastende materiaal in het hele huis het manuscript in zijn koffertje was, dat hij al naar beneden had gebracht.

Maria kwam binnen met Peterkin en Luki, die zich direct aan hun ouders vastklampten, en Dagobert.

'Misschien kunnen jullie mijn kamer als volgende doorzoeken?' opperde Nanée. Zo hoopte ze Varian wat tijd te geven, en bovendien kon ze hem wellicht helpen als zij ook op de bovenverdieping was. 'Jullie willen dit vast net als wij zo snel mogelijk achter de rug hebben, en er zijn heel wat kamers boven.' Ze zou weer terug zijn in de eetkamer voordat de typist klaar was met T, André en Jacqueline en aan Edouard en Gussie toe zou komen. Niet dat ze iets kon doen om hen te helpen, behalve net als de anderen met ingehouden adem afwachten.

Ze liep samen met een politieagent de trap op, met Dagobert op haar hielen. Terwijl de man haar laden doorzocht, hoorde ze Varian op de gang kletsen met de agent die hem vergezelde en meelevend reageren toen de man bekende dat de commissaire inderdaad altijd zo onplezierig was. De badkamerdeur klikte dicht. Even later hoorde ze het toilet doortrekken.

Varian kwam weer tevoorschijn en zei dat hij een zakdoek moest pakken. Nanée wilde net 'Hitler, Hitler' tegen Dagobert fluisteren, om hem te laten blaffen en iedereen af te leiden van wat Varian dan ook van plan was, toen ze de agent Varian hoorde verzekeren dat hij zijn tijd kon nemen. Eén paar voetstappen ging Varians kamer binnen.

Terwijl de agent in haar kamer de boeken onderzocht die overal opgestapeld lagen, keek ze weer naar buiten, naar het arrestantenbusje dat net buiten het hek geparkeerd stond. 'We moeten wel heel belangrijk zijn, dat we ons eigen busje krijgen,' zei ze. Ze wilde de man afleiden van zijn zoektocht, maar ze hoopte ook dat hij haar zou verzekeren dat het busje niet voor hen bedoeld was. Dat deed hij helaas niet.

Hij liep naar de wastafel toe, waar ze de Webley had verborgen. De kamerpot die daar stond, had ze nooit gebruikt, maar toch deed ze net of ze zich opgelaten voelde en zei: 'Sorry, maar ik weet niet zeker of mijn kamerpot sinds vannacht al geleegd is.'

Ze was terug in de eetkamer voordat de typist om Edouards papieren vroeg en de informatie op zijn Franse verblijfsvergunning controleerde. Luki zat bij haar vader op schoot, tegen zijn borst aan gekropen, alsof ze zoveel mogelijk afstand tussen de typemachine en zichzelf wilde creëren.

'Uw huis staat in Sanary-sur-Mer?' vroeg de klerk Edouard.

'Ja,' antwoordde Edouard, zonder te vermelden dat hij er al een jaar niet meer was geweest vanwege een verblijf in Camp des Milles, met hartelijke dank aan de Fransen.

'Sanary-sur-Mer,' herhaalde de klerk.

'Ja,' bevestigde Edouard nogmaals.

'Mijn zwager zit daar bij de politie. Misschien kent u hem wel?'

'Met alle respect,' zei Edouard, terwijl ook Nanée probeerde te peilen of dit een of andere valstrik was, 'u zult toch wel begrijpen dat ik er geen gewoonte van maak om contact te hebben met de politie.'

De klerk lachte en vertelde hoe zijn zwager heette.

'Aha,' zei Edouard. 'Een beste kerel, ongetwijfeld.' Een ontwijkend antwoord, om het risico te mijden dat hij zou beweren iemand te kennen die helemaal niet bestond.

Op dat moment verscheen de agent die de keuken had doorzocht in de deuropening, zwaaiend met een vel papier. 'Verstopt tussen twee borden!' riep hij triomfantelijk.

Dagobert, die schrok, blafte hevig tegen hem.

Het was een tekening die een van hun gasten de vorige dag tijdens een spelletje Voortreffelijk Lijk had gemaakt en die André bijzonder vermakelijk had gevonden. Hij had het *Le crétin Pétain* genoemd, de imbeciel Pétain. Het moest onder een van de borden hebben gelegen die Rose die ochtend had afgeruimd.

'Dit,' zei de commissaire, 'is hoogverraad.'

'*Le crétin Putain*?' vroeg André luchtig, suggererend dat de naam van de Franse premier die zo duidelijk in zijn heldergroene inkt was geschreven in plaats daarvan het Franse woord voor 'hoer' was. De imbeciele hoer. Het was Nanée nooit eerder opgevallen hoeveel die twee woorden op elkaar leken.

Maandag 2 december 1940

VILLA AIR-BEL

Edouard stond op de belvedère, met Luki in zijn armen. Het waren een paar gruwelijke uren geweest, met niets dan koffie en oud brood voor de lunch, omdat Madame Nouget haar ochtendboodschappen niet had kunnen doen. Luki was niet van zijn zijde geweken sinds ze met Maria naar binnen was gebracht. Hij had elke mogelijke seconde aandacht aan haar besteed. Mocht er iets met hem gebeuren, dan zou haar laatste herinnering aan hem niet zijn dat hij met zijn gedachten half ergens anders was, zoals toen hij haar op de trein naar Parijs had gezet, maar dat zij voor hem het allerbelangrijkste was in de hele wereld.

'Ik praat met de maagd Maria, ook al is ze hier niet in steen,' vertelde Luki. 'Ik vraag haar of ze God zou willen vragen om Pemmy en Joey op de prinsessentrein te zetten, net als tante Nanée en ik, zodat ze hiernaartoe kunnen komen.'

Edouard keek naar de mist die boven de vallei hing en de zee aan het oog onttrok. Het feit dat de politie hen op de belvedère had gelaten, terwijl het personeel door de ramen toekeek, gaf hem een klein sprankje hoop dat hij zich vergiste in het doel van het bezoek van de politie. Zijn camera had hij ook nog. Hij kon echter wel een maagd Maria gebruiken om vertrouwen uit te putten.

'Vooruit, iedereen in het busje,' droeg de dikke commissaire hun op.

Omwille van Luki probeerde Edouard kalm te blijven, terwijl André vergeefs protesteerde dat hij en Jacqueline Frans waren, en dat ieders papieren in orde waren. Wanneer je je woede richtte op mannen die wisten dat ze iets deden wat verkeerd was, reageerden die nooit met een erkenning of een verontschuldiging, maar steevast met woede; dat had hij keer op keer gezien in Camp des Milles.

'Jullie willen de kinderen toch zeker niet meenemen,' zei T geschokt.

'Papa, ik wil bij jou blijven,' fluisterde Luki.

Edouard wilde ook geloven dat Fransen geen kinderen zouden oppakken, maar de Fransen konden zelfs nog Duitser zijn dan de Duitsers. En ergens wilde hij Luki ook graag bij zich houden, waar hij ook naartoe ging. Maar als ze naar een kamp werden gebracht, zouden de kinderen bij de vrouwen blijven. Luki zou met T of met Nanée of met Jacqueline meegaan, hoewel zij geen van allen Joods waren; zij zouden toch niet naar een kamp worden gestuurd?

Nanée zei tegen de commissaire: 'Varian en ik zijn Amerikaans. Ik vrees dat u er spijt van gaat krijgen als u ons oppakt. En het moet toch zeker genoeg zijn als wij ons woord geven dat deze jonge kinderen en hun ouders geen deel uitmaken van een kwaadaardige communistische samenzwering tegen Pétain?'

'Het is maar voor even,' zei de corpulente functionaris, een leugenaar van niks.

'Hebt u zelf kinderen, monsieur?' vroeg T.

De man keek naar Peterkin, die de hand van zijn moeder stevig vasthield, en toen naar Luki in Edouards armen.

'Madame Breton heeft een dochter die op school zit, zegt u?' vroeg hij aan Nanée. Klaarblijkelijk was hij te zeer onder de indruk van de beeldschone Jacqueline om haar zelf aan te spreken. En, met een blik naar Gussie: 'En de jongen is ook van haar?'

Gussie keek verbaasd, alsof hij niet besefte hoe jong hij eruitzag, of dat hij net zo blond en mooi was als Jacqueline. Dat verklaarde waarom ze niet naar zijn papieren hadden gevraagd.

'Madame Breton mag bij de kinderen blijven,' besloot de commissaire, en hij waagde een glimlach naar Jacqueline.

Nanée zei: 'Maar de zoon van T en de dochter van Edouard –'

'Madame Bénédite moet meekomen; zij werkt bij het Centre Américain de Secours. En monsieur is een vluchteling. Madame Breton kan vast voor de kinderen zorgen tot jullie terug zijn.'

Edouard trok Luki tegen zich aan.

'Ik wil bij jou blijven, papa,' herhaalde ze.

'Dat weet ik. Ik wil ook bij jou blijven, liefje,' fluisterde hij, en hij streelde haar haar. 'Maar er zal niets aan zijn. Het is veel leuker voor je om hier te blijven, bij Madame Breton en Peterkin en Aube.'

T probeerde Peterkin op een vergelijkbare manier te troosten, en Madame Nouget was het huis uit gekomen om te helpen, Rose en Maria angstig achterlatend.

Edouard fluisterde tegen Luki: 'Misschien komen Pemmy en Joey vandaag wel. Misschien heeft de koningin ze al gestuurd. Ze zullen het vast fijn vinden als jij er bent om ze welkom te heten.'

'Maar de vorige keer zei je dat je de volgende dag zou komen.'

Hij knuffelde haar, zijn verdriet onderdrukkend. 'Ik weet het,' bracht hij uit. 'Ik weet het.'

Luki begon te snikken en Edouard wreef met zijn neus in haar hals.

'Ik hou van je, Luki,' zei hij.

Ze begon te jammeren: 'Laat me niet alleen, papa! Laat me niet alleen!'

Hij kon dit niet nog een keer, en toch had hij geen keus.

'Ik hou meer van je dan van wat dan ook,' zei hij, knikkend naar Jacqueline dat ze Luki moest overnemen, zoals Madame Nouget Peterkin overnam van T. 'Ik hou van je tot het eind van de wereld.'

Ze klampte zich zo wanhopig aan hem vast dat hij haar handen los moest peuteren van zijn hals en haar schoppend en jammerend van angst aan Jacqueline moest geven, die haar armen als een dwangbuis om het kind heen wikkelde terwijl hij haastig wegliep. Zelfs de agenten zagen dat ze hem vooruit moesten laten gaan als ze het Luki werkelijk aan wilden doen om opnieuw van hem gescheiden te worden.

Hij kon haar nog horen schreeuwen toen hij vlug in het arrestantenbusje klom, zodat ze hem niet meer zou kunnen zien. De anderen volgden, en de commissaire bedacht op het laatste moment dat ze Varians koffertje mee moesten nemen. Verdomme. Ze wachtten achter in het busje terwijl de agent die met Varian naar boven was gelopen naar het huis werd gestuurd om het op te halen. Toen hij terugkwam, gaf hij het koffertje aan Varian, die zijn verrassing probeerde te verbergen. Was dit onbedoeld of expres? Er waren overal mensen die zijn zaak steunden.

De agent deed de deur van het busje dicht, een stevige, definitieve klik.

'Maak je geen zorgen,' zei Varian. 'Wanneer Danny hiervan hoort, zorgt hij wel dat we vrijgelaten worden.'

Nanée opende het koffertje, haalde het belastende manuscript van André eruit en stopte het onder haar blouse, op haar rug, waar het klem zat onder de band van haar broek en waar het goed verborgen zat onder haar jas.

'Als het erop aankomt, dan dump ik het ergens op het politiebureau,' zei ze terwijl ze over de lange oprit reden.

Plotseling kwam het busje tot stilstand. Ergens buiten klonk een schermutseling. Even later ging de deur aan de achterkant open en werd Danny naar binnen geduwd.

Edouard nam een enkele foto voor de deur weer dicht werd geslagen.

'Lena adviseerde me om terug te gaan naar het chateau,' zei Danny. 'Volgens mij zei ze dat ik dan níét gearresteerd zou worden.'

Edouard keek door het raampje met tralies naar de villa achter hen. De belvedère was inmiddels leeg; Luki was gelukkig binnen en kon niet meer zien dat hij haar opnieuw in de steek liet.

Maandag 2 december 1940
HET ÉVÊCHÉ, MARSEILLE

Het arrestantenbusje bereikte het Évêché-politiebureau in het oude paleis van de bisschop via een verrassend fraaie binnenplaats niet ver bij de kelder vandaan waar Edouard zich aanvankelijk schuil had gehouden. Ze reden een oud stallenblok in dat was omgebouwd tot een garage voor voertuigen. Het hek viel kletterend achter hen dicht, een geluid dat griezelig veel deed denken aan het hek van Camp des Milles, en ze werden over de binnenplaats en via een krakende oude trap naar een overvolle zolder met een laag plafond gebracht. Op een groot bord stond gekalkt: VIVE LE MARÉCHAL. Leve de maarschalk.

Nanée was al bezig een jonge klerk te charmeren. Nee, alstublieft, zij en T wilden niet van hun vrienden worden gescheiden, maar ze moest wel dringend gebruikmaken van het toilet. Ze bleef erg lang weg, maar ze kwam terug met een glimlach waar Edouard uit opmaakte dat Andrés belastende, in groene inkt geschreven manuscript was verscheurd en weggespoeld.

De commissaire ontplofte zowat toen hij hoorde dat Varian het koffertje had. Varian gaf het hem met een uitgestreken gezicht.

Ze werden de hele dag vastgehouden en Edouards vrees groeide. Hij wist heel goed dat een ondervraging van een uur kon uitmonden in dagen of maanden of jaren in een kamp. Hoe kon Varian zelfs nu nog aan zijn Amerikaanse naïviteit vasthouden?

Uiteindelijk nam hij Nanée apart; hij wilde het niet vragen, maar hij moest het weten. 'Nanée, het vrijlatingsformulier en mijn papieren. Ik... Het is moeilijk voor te stellen hoe je eraan bent gekomen.'

Ze keek naar de andere kant van het kleine, volle vertrek. 'De kampcommandant wist niet dat je was ontsnapt,' zei ze ten slotte. 'Ik wist ook niet dat je was ontsnapt.'

Een krantenjongen onderbrak hen met de avondbladen, met koppen die het aanstaande bezoek aankondigden van Pétain, de 'Held van Verdun'. Varian kocht een aantal kranten en gaf er eentje aan Edouard om te delen met Nanée. Toen stopte hij de krantenjongen wat geld toe, met de belofte van meer geld als hij wat broodjes en iets te drinken voor hen zou gaan halen.

Edouard bestudeerde Nanées gezicht, dat ze omlaaghield om de krant te bekijken. 'Ik... Als ik begreep...' Hij dwong zichzelf om het zo direct mogelijk te zeggen. 'De commandant is geen man die gevangenen vrijlaat alleen maar omdat een mooie vrouw het hem vraagt.'

Nanée streek met haar hand over de voorpagina, alsof ze het nieuws met dat gebaar kon laten verdwijnen. 'Ik heb hem vermaakt,' zei ze zonder op te kijken.

Hij wendde zijn blik af, maar in gedachten zag hij Nanée die zich vooroverboog, in verdriet en schaamte. Edouards eigen schaamte, zijn onwaardigheid.

Nanée, met haar blik strak op de krant gericht, fluisterde: 'Het was niet wat je denkt. Ja, ik ben 's nachts bij hem gebleven, maar alleen om... Ik heb hem dronken gevoerd, zodat... Zodat hij het zich niet zou herinneren. Zodat hij zou denken dat hij me iets verschuldigd was.'

Hij verlangde ernaar om zijn vinger onder haar kin te leggen en haar op te laten kijken, zoals hij bij Elza had gedaan nadat hij haar had gefotografeerd, voordat hij haar wang en haar schouder had aangeraakt, voordat hij de liefde met haar had bedreven omdat hij niet kon toestaan dat ze hun alles zouden afpakken. Hij wilde in Nanées ogen kijken en daar zien dat het waar was wat ze hem vertelde. Hij durfde haar echter niet aan te raken. Hij durfde haar niet aan te kijken. Hij was bang om in haar ogen te lezen dat het maar een verhaal was, bedoeld om hem voorzichtig naar de realiteit te loodsen waar hij mee moest leven. Een waarheid die alleen draaglijk was wanneer die niet werd uitgesproken.

Ze werden een uur lang ondervraagd, standaardgesprekken, waarna T mocht vertrekken. Varian bepleitte Edouards zaak als Luki's enige ouder, en de ondervrager zei dat hij het verzoek aan de commissaire zou voorleggen. De klok tikte verder. De man keerde niet terug.

Om zeven uur smeekte Edouard Varian om opnieuw te informeren, beseffend dat Luki doodsbang zou zijn als hij niet op tijd terug zou keren om haar in bed te stoppen.

De commissaire bleek al naar huis te zijn.

Ze werden verplaatst naar een groter, al even vol vertrek op de begane grond, en tegen tienen werd Edouard benaderd door een rechercheur, die zei: 'We hebben nog meer vragen voor u.'

'Voor mij?' vroeg Edouard, zijn Leica onopvallend opzijschuivend, zodat de camera minder op zou vallen.

'U bent Monsieur Breton?'

André maakte zich met tegenzin kenbaar en liet zich door de man meenemen naar een tafel in de hoek voor verdere ondervraging. Iets in het stille vertrouwen van Andrés leeuwenkop bracht Edouard ertoe om de twee te fotograferen terwijl ze door de volle ruimte liepen.

André kwam niet veel later terug en bleek meer te hebben opgestoken dan hij had prijsgegeven. 'Ze gaan ons naar de ss Sinaia brengen,' vertelde hij.

'Dat is het schip waarmee ik een aantal jaar geleden naar Europa ben gekomen,' zei Varian.

Edouard wist niet of dat een goed of een slecht voorteken was. Hij kon zich niet voorstellen dat het gunstig was om midden in de nacht op een schip gezet te worden.

Aan dek kregen ze matrassen van jute en stro en dekens uitgereikt – zeshonderd gasten van de Vichyregering, in de niet zo luxe accommodatie van de ss Sinaia aan de Quai du Président Wilson. Ze hadden geen idee waarom ze hier waren, en of het schip daadwerkelijk weg zou varen en Edouard bij Luki vandaan zou halen, of dat ze op enig moment vrijgelaten zouden worden. Nanée protesteerde toen ze van het groepje werd gescheiden, maar ze werd onder schot gedwongen om zich bij de vrouwen en de ouderen in de derdeklassehutten te voegen. Edouard haastte zich omlaag naar het ruim en wist het bovenste deel van een ijzeren stapelbed te bemachtigen, vlak bij een patrijspoort die zicht bood op een van de meerkabels aan de kant van de kade. Als iemand de kabel los zou maken zodat het schip weg kon varen, zou hij proberen om weer naar het dek te komen en overboord te springen zonder te worden neergeschoten.

Varian ging op een bed naast hem liggen, Danny onder hem, en André naast Danny, onder Varian.

Edouard lag opgekruld op de stromat onder de dunne, kriebelige deken en staarde door de patrijspoort naar een koude, met sterren bezaaide hemel. Hij wilde dat hij eraan gedacht had om een foto van Luki mee te nemen. Hij begreep de wanhoop die Walter Benjamin tot zelfmoord had gedreven toen hij na zijn ontsnapping weer gevangen was gezet. Hij zou Frankrijk verlaten zodra hij hier weg was, áls hij hier weg zou komen. Hij zou een manier vinden, en hij en Luki zouden weggaan. Hij en Luki en Nanée.

Die gedachte overviel hem. Hij was stilletjes opgelucht geweest toen Nanée met de vrouwen mee had gemoeten. Zelf had hij dit leven al eerder geleid. Hij wist hoe hatelijk het eraan toe kon gaan, hoe onvergeeflijk mensen onder stress konden worden. Hij wist niet zeker wie hij door de scheiding hoopte te beschermen. Hij had dit eerder doorstaan en het was hem gelukt om zijn vrienden te behouden. Zij was een rijk meisje, gewend aan luxe.

En toch had ze ervoor gekozen om in het bezette Frankrijk te blijven terwijl ze makkelijk weg had gekund. Ze had gekozen voor een leven waarin ze als een gevangene op een schip terecht was gekomen, terwijl ze tussen fijne katoenen lakens had kunnen slapen in een villa in een plaats die Evanston heette, omringd door de luxe van de vredestijd in de Verenigde Staten.

Hij pakte zijn Leica, die hem tot zijn verbazing niet was afgepakt, en fotografeerde de mannen in de stapelbedden.

Ze keken hem verrast aan.

'Vergeef me,' zei hij. 'Ik leg dit leven alleen maar vast. Ik weet niet wat ik met de foto's ga doen, of ik er überhaupt iets mee ga doen. Ik weet alleen dat ze genomen moeten worden.'

Dinsdag 3 december 1940

OP DE SS SINAIA

Edouard fatsoeneerde zichzelf zo goed mogelijk voordat Nanée zich de volgende ochtend op het dek bij hen voegde, terwijl André, die deze taak toebedeeld had gekregen, hun ontbijt uit de kombuis ging halen – het was net Camp des Milles.

'Zo gaat dat als je gevangenzit,' stelde Edouard de anderen gerust, veinzend dat hij minder bang was dan hij eigenlijk was. 'Je moet overal voor in de rij staan.'

Uiteindelijk keerde André terug met zwart brood, nepkoffie en het nieuws dat ze geen van allen met mensen buiten het schip mochten communiceren. Varian niet, Nanée niet, en de andere woedende Amerikanen ook niet. Zelfs niet de vooraanstaande Franse journalist die uitgebreid notities maakte.

Na de lunch – rundvlees dat in het midden nog bevroren was, en, omdat ze nu eenmaal in Frankrijk waren, een heleboel wijn – werden ze zonder uitleg opgesloten in de scheepsromp. Deze keer mocht Nanée met hen mee. Het luik werd bewaakt door een klungelige jongen met een pokdalig gezicht, die verlegen begon te stralen toen Nanée naar hem toe liep en van onderaf een praatje met hem aanknoopte.

'Ik ben Nanée,' zei ze.

De arme jongen kon alleen maar naar haar staren.

'Wil je me niet vertellen hoe je heet?' vroeg ze.

'Ik... Ik ben Paul,' stamelde de jongen.

'Paul,' herhaalde ze. 'Je bent een lieverd, Paul. Heeft iemand je dat weleens verteld?'

'Mijn moeder,' antwoordde de jongen.

Nanée glimlachte vriendelijk, terwijl iedereen die het gesprek aanhoorde, moeite deed om niet te lachen.

'Paul,' zei ze, 'jij hebt zeker geen idee hoelang ze ons hier willen vasthouden?'

Paul schudde zijn hoofd.

Nanée bedankte hem en ze keerde terug naar de anderen.

‘Dat ging lekker,’ zei Danny. ‘Kwam het niet bij je op om hem te vragen of hij het uit kon zoeken?’

‘De sneue sukkels zijn het makkelijkst voor de gek te houden, maar je kunt niet alles in één keer vragen,’ zei ze. ‘Maar er klonken stemmen door het luik, en daar maakte ik uit op dat Pétain op het punt staat om het schip te bezoeken met een sloep van de kustwacht.’

André zei opgewekt: ‘We kunnen het de oude man toch niet aandoen om oog in oog te komen staan met de gevangenen die namens hem zijn opgepakt.’

Toen ze weer aan dek mochten, schreef Varian een bericht aan viceconsul Bingham. Hij wikkelde het papiertje om een munt van tien frank, wachtte zorgvuldig tot het ernaar uitzag dat niemand hem in de gaten hield en wierp de munt toen op de kade, naar een paar boodschappenjongens. ‘Ik schat de kans ongeveer één op tien dat een van die jongens het briefje bezorgt, in plaats van de munt in zijn zak te steken en het briefje weg te gooien,’ zei hij.

‘Wat ben je toch een optimist,’ zei André. ‘Ik zou die weddenschap nog niet aannemen bij honderd tegen één.’

Maar een paar uur later arriveerde er een pakje met Varians naam erop. Er zat een flinke hoeveelheid goed belegde broodjes in, met het visitekaartje van Bingham.

‘Wat stond er precies in dat briefje, Varian?’ vroeg André.

‘Dat ik, als ik de keus zou krijgen tussen vrijheid en een lekker broodje rosbief met tomaat, uiteraard voor dat laatste zou kiezen. Wat dacht je dan dat ik zou schrijven?’

‘Vraag de volgende keer ook om een flesje goede whisky, wil je?’ zei André.

Edouard lachte met de anderen mee. Net als kunst was lachen een manier om te overleven.

Woensdag 4 december 1940

VILLA AIR-BEL

Luki wilde het liefst met Peterkin meehuilen toen de mannen het touw om de dikke nek van Madame LaVache bonden, maar Aube huilde niet en Luki was groter dan zij. Papa was nu al twee nachten weg, en de papa's van Aube en Peterkin ook. Peterkins mama, die met papa was meegegaan maar toen terug was gekomen, was net als zuster Thérèse. Ze schonk melk voor Luki in en ze bracht haar 's avonds naar bed en zong voor haar. En wanneer Luki wakker schrok omdat de slechte mannen kwamen, kwam ze samen met Dagobert naar haar kamer en beloofde haar dat de slechte mannen niet echt waren. Maar Peterkins mama was papa niet. Luki wenste dat papa terug zou komen. Papa had beloofd dat hij niet meer weg zou gaan, en toch was hij er niet meer.

Ze voelde aan het lint dat Aubes mama in haar haar had gedaan. Een groen lint dat ze had uitgekozen omdat het bijna dezelfde kleur had als het lint om Pemmy's nek en de kleur van papa's ogen. Ze wilde dat Pemmy het zat zou worden om een prinses te zijn en de koningin zou vragen om haar naar Luki te sturen. Ze wilde dat ze de stenen maagd Maria kon vragen om papa terug te brengen, en Mutti ook. Ze wilde dat ze met zijn drieën op de droomboomstam konden zitten en samen konden zingen.

Ze knipperde met haar ogen om de tranen weg te laten gaan.

Koude vingers verstrengelden zich met de hare, de hand van de mama van Aube. Madame Nouget pakte haar andere hand terwijl Peterkins mama hem omhelsde. Ook Rose en Maria keken toe terwijl de mannen de koe over de plank in hun vrachtwagen dreven.

'Dag, Madame LaVache-à-Lait,' fluisterde Luki. 'Je bent een brave koe.' Ze zou hebben gezwaaid, maar ze wilde de handen niet loslaten die de hare vasthielden.

Woensdag 4 december 1940

OP DE SS SINAIA

Op de derde dag lukte het Nanée om de arme jonge bewaker met het pokdalige gezicht zover te krijgen dat hij een briefje naar de kapitein bracht. Tot hun stomme verbazing werden zij en Varian daarop uitgenodigd in de hut van de kapitein. Hij schonk bier voor hen in, zich verontschuldigend dat hij niets beters kon serveren en dat hij hen ook niet kon helpen.

'De regering heeft mijn schip gevorderd,' zei hij. 'Ik heb er niets over te zeggen.'

Hoewel ze al dagen aan boord was zonder mogelijkheid om zich te wassen, vreesde Nanée deze gevangenschap niet echt. Ze kon zich niet voorstellen dat ze een Amerikaanse vrouw naar een kamp zouden sturen. En er was niemand afhankelijk van haar, alleen Dagobert, die goed verzorgd zou worden door T en geliefd was bij Peterkin en Aube en Luki, hoewel het arme beest net zo verward moest zijn als toen ze hem vlak voor de val van Frankrijk in Brive bij T had achtergelaten. Het moest zoveel erger zijn voor Edouard, die een vijfjarige dochter had die hem miste.

Ze begreep eigenlijk niet waarom de kapitein hun niet minstens de mogelijkheid bood om een bericht aan het consulaat te sturen, en dit wilde ze net voorstellen toen het knechtje van de kapitein Harry Bingham binnenliet, alsof Nanée de man op miraculeuze wijze tevoorschijn getoverd had.

'Varian,' zei de viceconsul, 'hoe ben je in vredesnaam in deze puinhoop beland?' Hij zag Nanée en grinnikte. 'Nanée,' zei hij terwijl ze elkaar ondanks haar sjofele staat op de wang kusten. 'De laatste keer dat ik je zag, was je op weg naar Parijs. Ik dacht dat je daarvandaan direct naar huis zou gaan.'

'Pffft. En deze buitengewone gastvrijheid aan me voorbij laten gaan?'

'Gastvrijheid,' zei de kapitein, en hij opende een kast en haalde er een fles goede whisky en vier kristallen glazen uit. Kennelijk had hij toch iets anders dan bier te bieden. *'À votre santé,'* zei hij.

Zodra Gussie Bingham over de arrestaties had verteld, had de viceconsul geprobeerd om iemand bij de autoriteiten zover te krijgen dat ze vrijgelaten zouden worden. Er waren echter zoveel mensen opgepakt dat het onmogelijk vast te stellen viel waar ze naartoe waren gebracht. En zelfs nadat hij het briefje van Varian had ontvangen, was er niet zoveel dat hij kon doen, aangezien de Fransen als de dood waren dat zij de schuld zouden krijgen als er iets verkeerd zou gaan tijdens het bezoek van Pétain. De Vichyleider zou echter de volgende dag vertrekken, en Bingham hoopte de ochtend daarna meer succes te hebben.

'Kun je mijn vrienden ondertussen niet verhuizen naar fatsoenlijke hutten in de eerste klasse?' vroeg hij de kapitein.

Helaas, er waren niet genoeg bewakers om dat mogelijk te maken. Maar in elk geval wist iemand nu dat ze hier waren.

Rechercheurs, gewapend met dossiers, namen de volgende ochtend hun intrek in de lounge van de eerste klasse, en aan dek begonnen soldaten namen af te roepen. Een voor een werden de gevangenen vrijgelaten, en slechts enkelen werden naar de lounge gestuurd om verder vernederd te worden. Dit waren allemaal buitenlanders.

'Neem mijn papieren,' zei Danny tegen Edouard. 'Doe alsof je mij bent. Volgens mij doen ze weinig anders dan namen afvinken op een lijst.'

Ze zaten dicht bij elkaar en bespraken op gedempte toon of het veiliger zou zijn als Edouard Danny's Franse paspoort zou nemen of als hij zijn eigen verblijfsvergunning zou gebruiken, waarvan Nanée hun opnieuw op het hart drukte dat hij authentiek was. De naam van Danny werd echter omgeroepen, en er moest een knoop worden doorgehakt.

Danny vertrok om zich te melden. Ze keken toe terwijl de jonge bewaker waarmee Nanée vriendschap had gesloten zijn lijst afspeurde, Danny's naam vond en die afvinkte. In plaats van hem aan wal te laten gaan, stuurde de bewaker hem echter de andere kant op, naar de lounge.

Nanée probeerde al te bedenken hoe ze in kon grijpen – ze kon de jonge Paul vast wel overhalen om hen te helpen – toen hij de naam van Edouard riep.

Ze keek toe terwijl Edouard het dek overstak. Het leek een eeuwigheid te duren tot de jongen zijn naam had gevonden, ook al had hij hem nota bene net omgeroepen.

Het arme joch leek hevig in de war te zijn. Hij had een fout gemaakt en probeerde te bedenken hoe hij dat kon verbergen, dacht Nanée.

Ze liep naar hen toe en vroeg: 'Paul, staat mijn naam niet ook op die lijst?'

Hij verbleekte, precies de afleiding die ze zocht. 'Nee,' zei hij. 'Ik zou willen van wel, maar iemand anders heeft de lijst waar de dames op staan.'

'Dan zie ik je op de kade,' zei ze tegen Edouard, die meteen vertrok, voordat de jongen zou inzien dat zij hem het besluit uit handen had genomen.

Ze bleef achter, vriendelijk babbelend, terwijl Edouard het schip via de loopplank verliet en uit het zicht verdween. Pas toen hij weg was, bekeek ze de lijst van de jongen beter. Danny's naam, en daaronder die van Edouard, en een kolom waarin een markering bij de naam van Edouard stond, maar niet bij die van Danny. Ze liet haar blik langs de bladzijde omhoogglijden naar een andere naam die gemarkeerd was.

'Wat betekent dat, Paul?' vroeg ze.

Hij keek naar de markering die ze aanwees.

'Dat zijn de mensen die we niet mogen laten gaan.'

Hij had niet goed gekeken en de markering aan de andere kant van de pagina aan de verkeerde naam gekoppeld. Danny had toestemming moeten krijgen om te vertrekken en Edouard had moeten blijven.

'Is het de bedoeling dat het schip ons ergens naartoe brengt?' vroeg ze. Ze wilde weten hoeveel tijd ze zouden hebben om Danny aan wal te krijgen, maar ook wat de rechercheurs in de lounge met Edouard van plan waren geweest.

De jongen haalde zijn schouders op. 'Volgens mij niet. Maar ik stuur ze alleen maar de ene kant of de andere kant op. Meer weet ik niet.'

Halverwege de middag waren Nanée en iedereen behalve Danny vrijgelaten en zaten ze in de tram, Edouard en André op weg naar Villa Air-Bel en hun dochters, terwijl Nanée met Varian de stad in ging om te zien hoe ze Danny konden helpen. De straten van Marseille waren nog steeds versierd met vlaggetjes en verpieterde slingers. Een deel van de Garde du Maréchal paradeerde nog door de straten, waar de stratenvegers al hard aan het werk waren.

De arrestatieronde had niets met illegale activiteiten van doen; de politie had gewoon iedereen opgepakt die herrie zou kunnen schoppen terwijl Pétain in de stad was. Zonder de koffer van Jacquelines zus zouden zij waarschijnlijk gespaard zijn gebleven.

Op de ochtend van de invallen was het Danny gelukt om het kantoor af te sluiten, zodat geen van de andere werknemers was opgepakt. De legale activiteiten van het CAS waren alweer in volle gang toen Nanée en Varian arriveerden. In Varians kantoor zat een onbekende man met zijn voeten op het bureau. Varian reageerde ongelooflijk kalm. Onaangedaan. Hij had dit moment al zien aankomen en op zijn Varians had hij al bedacht hoe hij het zou spelen. Zelfs toen Jay Allen – een krantenjournalist die door het Emergency Rescue Committee vanuit New York was gestuurd om Varian te vervangen – uitlegde dat hij het CAS parttime zou runnen en zijn assistente de leiding zou geven wanneer hij door Europa reisde om het nieuws te verslaan, knikte Varian alsof hij dat prima vond. Hij stelde voor dat Nanée op zoek zou gaan naar kapitein Dubois om te kijken of ze Danny van het schip konden krijgen, terwijl Varian zijn zaken overdroeg aan Mr Allen en Miss Palmer. Op die manier zou hij de schijn wekken dat hij hielp om de overgang soepel te laten verlopen, terwijl hij ondertussen tijd voor zichzelf won voordat hij gedwongen zou worden om terug te keren naar de VS.

Allen was echter niet bereid om Nanée meteen te laten vertrekken. Er was die ochtend een pakketje voor haar gearriveerd, zonder afzender, en hij wilde dat ze het zou openen waar hij bij was. Hij was duidelijk niet iemand die de regels aan zijn laars zou lappen of zijn eigen veiligheid op het spel zou zetten om vluchtelingen te helpen.

Nanée stelde voor dat Allen het pakketje zelf zou openen, en dus was hij degene die Pemmy uit de doos haalde. Toen hij zichtbaar schrok van het kleine kangoeroejong dat uit de buidel van het pluchen beest viel, kostte het haar moeite om het niet uit te proesten. En Varian ook, afgaande op zijn gezichtsuitdrukking.

'Dit is van een klein meisje met wie ik heb gereisd,' verklaarde ze, wat strikt genomen waar was.

Wie het gebracht had? Ze had geen idee. Dat was óók waar.

'Hoe weten we dat het niet wordt gebruikt om iets te smokkelen?' vroeg Allen.

'Een speelgoedbeest?' vroeg Miss Palmer met opgetrokken wenkbrauwen.

'Onderzoek die arme, stukgeknuffelde kangoeroe en haar kindje vooral,' zei Nanée, 'om te zien of er met een van de naden is gerommeld.'

Allen trok een gezicht. 'Ik moet een trein halen. Miss Palmer, regelt u dit maar.'

Zelfs Miss Palmer leek opgelucht toen hij vertrok. Nanée raapte het kangoeroejong van de vloer en wilde het aan de vrouw geven, maar ze weigerde het aan te pakken.

'Ik weet zeker dat het kind van wie hij is, heel blij zal zijn om hem terug te krijgen,' zei ze.

Nanée aarzelde. 'Wees voorzichtig, Miss Palmer. Niet iedereen in Marseille heeft goede bedoelingen.'

Varian was niet van plan om Allen en Palmer te vertellen over hun geheime routes, de plekken waar ze vluchtelingen verstopten of hoe ze Nanées dollars omzetten in franken; zoveel begreep Nanée wel. Hij zou deze nieuwkomers inwijden in het wettige deel van het werk, het bieden van hulp aan vluchtelingen op de beperkte manieren die Vichy toestond, terwijl zijn eigen mensen vanuit Villa Air-Bel hun pogingen zouden voortzetten om vluchtelingen uit Frankrijk te helpen ontsnappen.

Nanée liet Varian achter bij Miss Palmer en ging op zoek naar kapitein Dubois, die ziedend was omdat er medewerkers van het CAS waren opgepakt. En waarom hadden ze hem niet om hulp gevraagd? Ze reed met hem mee terug naar het schip en wachtte op de kade. Een paar minuten later verscheen Danny. Net zomin als de rest had hij enig idee waarom hij was vastgehouden of waarom ze überhaupt gearresteerd waren.

'Gewoon de efficiëntie van Vichy,' zei Nanée.

Donderdag 5 december 1940
VILLA AIR-BEL

Luki hield eerst Pemmy en toen Joey omhoog zodat papa ze welterusten kon wensen. Ze lagen allemaal onder de warme dekens, en papa was net klaar met voorlezen uit de brieven die hij haar had geschreven toen hij ze niet kon versturen.

'Luister, Pemmy,' zei papa, 'hou jij Luki gezelschap en zorg dat ze een paar minuten lang geen tand verliest. Ik moet het een en ander bespreken met Mr Fry.'

Luki knikte. 'Over Amerika.'

'Ja.'

'Daar gaan we samen naartoe.'

Papa keek zoals hij altijd keek wanneer hij iets probeerde te besluiten. 'Ja, samen.'

'En gaan we dan met de trein?'

'We vertrekken met een trein. Het kan zijn dat we onderweg een stuk moeten lopen. En daarna zullen we een hele tijd op een boot zitten.'

'Amerika is heel ver weg.'

'Ja.'

'Daar wonen de engelen.'

'De engelen?'

'Tante Nanée woont daar, alleen woont ze nu hier. Dat heeft ze in de trein verteld. Dit is haar huis. Gaan we met dezelfde trein?'

Papa zweeg, op de manier waar Pemmy altijd zenuwachtig van werd.

'Ja,' zei hij na een poosje, 'deze keer vertrekken we met dezelfde trein.'

'We zouden de trein kunnen nemen waar tante Nanée en ik in hebben gezeten. Er stond een heel groot bed in, en een bank, en we hadden onze eigen wc. Gaat zij ook mee?'

'Nanée?' Papa streelde haar haar.

Ze deed haar ogen dicht en voelde zijn hand zachtjes op haar voorhoofd. Ze raakte Pemmy's voorhoofd op dezelfde manier aan, zodat zij zich ook warm en veilig zou voelen.

'Zou je dat fijn vinden?' fluisterde hij.

Zou ze het fijn vinden als tante Nanée met hen meeging? Ze was bang dat tante Nanée geen engel was, maar ook dat ze wel een engel was, dat ze met haar naar Mutti zou kunnen vliegen, maar dat ze papa dan achter moesten laten.

Ze fluisterde: 'Ik wilde dat Mutti met ons mee kon gaan.'

Papa trok haar dicht tegen zich aan. Luki voelde dat hij huilde, ook al maakte hij geen geluid.

'Hebben ze droomboomstammen in Amerika?' fluisterde ze.

Papa legde zijn handen op haar wangen en keek regelrecht in haar binnenste, zoals hij altijd deed wanneer hij verdrietig was en zij verdrietig was. Hij kuste haar wang en fluisterde: 'We vinden daar wel een droomboomstam.'

Vrijdag 6 december 1940

VILLA AIR-BEL

Die verdomde politie had de koe meegenomen. Nanée was blij dat ze weer in haar eigen bed sliep, schaarse rantsoenen at en uitgebreid in het zinken bad kon liggen, maar zonder de melk van Madame LaVache was er niet genoeg te eten voor de kinderen. Danny en T besloten dat ze Peterkin terug zouden sturen naar Danny's moeder in Juan-le-Pins. De Bretons zouden wellicht hetzelfde hebben gedaan als ze familie hadden gehad waar ze Aube naartoe konden sturen, en als Aube niet in de buurt had moeten blijven voor het geval ze hun Amerikaanse visa zouden krijgen. Voor Luki maakte het niet uit. De piepjonge bewaker had een fout gemaakt en Danny in plaats van Edouard op het schip gehouden, maar bij de arrestatieronde had de politie van Marseille Edouards gegevens genoteerd. Ze wisten dat hij op het chateau was, en als de Gestapo nog niet op de hoogte was gebracht, dan zou dat snel gebeuren.

'We sturen Edouard via de F-route,' vertelde Varian Nanée de ochtend nadat ze waren vrijgelaten.

Ze begreep dat Edouard zo snel mogelijk moest vertrekken, maar waarom vertelde Varian dit aan haar? Hij deelde nooit informatie, tenzij dat strikt noodzakelijk was.

Hij had haar gevraagd om zich bij hem en Maurice in de bibliotheek te voegen. Maurice was zojuist van de grens teruggekeerd met het verontrustende nieuws dat Azéma, de burgemeester van Banyuls – die bekendstond om de joviale manier waarop hij mensen op het strand of in de haven begroette terwijl hij ondertussen stilletjes hielp om vluchtelingen over de grens te smokkelen – was vervangen en sindsdien niet meer was gezien. Maurice hoopte dat de burgemeester Spanje had weten te bereiken via dezelfde route die hij voor hen had uitgestippeld, maar dat viel niet te zeggen. En zijn vervanger was loyaal aan Pétain.

'En onze andere vrienden daar?' vroeg Varian.

Maurice legde Nanée uit dat Hans en Lisa Fittko een nieuwe vluchtroute vanuit Banyuls over de Pyreneeën runden. 'Hans en Lisa zijn nog op hun plek,' vertelde hij Varian. 'De nieuwe burgemeester heeft Lisa bij zich laten komen en gezegd dat hij zich niet voor de gek laat houden; hij weet precies wie ze is.'

Varian keek geschrokken. 'En is dat ook zo?'

'Hij denkt dat ze een Britse spion is. Hij zei dat hij recht door haar heen kon kijken, maar dat hij ook zou kunnen "zwijgen" als ze hem "geen problemen zou bezorgen". Misschien wilde hij laten weten dat hij openstaat voor omkoping, of misschien dekt hij zich gewoon in tegen de beschuldiging dat hij een collaborateur is, mocht het tij keren. Ik hoef jullie niet te vertellen dat Hans en Lisa nerveus zijn. Ze zullen blij zijn als de laatsten van onze vluchtelingen Frankrijk uit zijn en ze de Amerikaanse visa in handen hebben die we hun hebben beloofd.'

'Ik weet niet hoe Edouard een kind over de Pyreneeën moet krijgen,' zei Varian. 'Het is te riskant om reisdocumenten voor Luki aan te vragen. Dat zou te veel aandacht trekken, en Edouards naam staat op de lijst van de Gestapo.' Ze hadden vastgesteld dat dat de reden moest zijn waarom sommige mensen op het schip werden vastgehouden terwijl de rest vrijgelaten werd: dat zij werden gezocht door de Gestapo. 'En er is sowieso geen tijd. Ze moeten Frankrijk meteen uit. Met het kind erbij kan Edouard niet doen alsof hij een boerenknecht is, dus moeten ze zich voordoen als dagjesmensen. Ze zullen niet meer kunnen meenemen dan een schoudertas met een stuk brood en een fles wijn, alsof ze gaan picknicken. Maar misschien lukt het de Fittko's om een deel van Edouards werk per trein het land uit te smokkelen.'

Varian gaf Nanée de helft van een doorgescheurde strook gekleurd papier met cijfers erop.

'Hebben de Fittko's de andere helft?' Nanée had nog niet nagedacht over de details van deze operatie; hoe de Fittko's er zeker van konden zijn dat de mensen die zich bij hen meldden werkelijk protegés van het CAS waren en geen bedriegers die hen op het smokkelen van vluchtelingen probeerden te betrappen.

Varian stond op en porde in het vuur, dat vonkte en knetterde. 'Een man die in zijn eentje met een dochter als Luki reist, zal te veel aandacht trekken.'

'Ik snap het.' Zij zou Luki brengen. 'Alleen naar de grens?'

'Dat is aan jou, Nanée.'

Haar Franse doorgangsvisum was nog geldig, maar ze had geen Frans uitreisvisum en niet genoeg tijd om er eentje aan te vragen. Als ze op illegale wijze vertrok, zou ze niet makkelijk terug kunnen keren naar Frankrijk.

'We zouden het allemaal begrijpen als je ervoor kiest om te gaan,' zei Varian.

Dagobert maakte een zacht jankend geluidje, en Varian stak zijn hand uit en aaide de hond over zijn kop. 'Ik heb bedacht dat ik zelf ook wel een hond zou willen,' zei hij. 'Denk je dat Dagobert het goed zal vinden als hij het chateau met een andere hond moet delen?'

'De villa verwacht een nieuwe hond,' zei Nanée. Ja, Varian zou een goede hondeneigenaar zijn.

'We hebben Edouards Amerikaanse visum, en Luki's paspoort,' vervolgde Varian. 'Edouard zal onder een valse naam naar Portugal moeten reizen; die documenten worden op dit moment vervaardigd.'

Ze waren getipt over de mogelijkheid om de identiteitskaart te gebruiken van iemand die die ochtend was overleden. Edouard beantwoordde goed genoeg aan de beschrijving van de dode man om op zijn documenten te kunnen reizen.

'Met een beetje geluk gebeurt het zondag,' zei Varian.

'Overmorgen? Ik... Maar hoe moet het dan...' Ze keek omlaag naar Dagobert, die verwachtingsvol naar haar opkeek.

Varian wreef over de oren van de hond, zoals Nanée altijd deed, en Dagobert schudde zijn kop. 'Ik ben bang dat hij de aandacht te veel op jou en Luki zou vestigen.' Varian wist wel beter dan de naam van Dagobert hardop uit te spreken.

Zaterdag 7 december 1940

VILLA AIR-BEL

Nanée bleef een klein stukje voor de deur naar Edouards slaapkamer staan. Ze was gekomen om Luki's spullen op te halen, die ze in haar eigen koffer mee zou nemen tot ze in Banyuls zouden zijn. Edouard zou reizen als de welvarende zakenman Henri Roux, omdat de rijken nu eenmaal minder kans liepen om te worden ondervraagd dan de armen. Nanée zou Nanée zijn, en Luki haar nichtje. Edouard zou de eersteklascoupé naast die van hen hebben; de kaartjes had Varian al geregeld. Het was veiliger voor Nanée en Luki om apart te reizen, voor het geval Edouard zou worden ontmaskerd. De nabijheid van haar vader zou Luki echter geruststellen en het zou Nanée de kans geven om hem te hulp te schieten wanneer hij in het nauw dreigde te raken en haar waarschuwde door bijvoorbeeld op de tussenwand te kloppen.

Edouards slaapkamerdeur stond op een kiertje. Hij was aan het inpakken, met zijn rug naar haar toe, zijn knokige schouders naar voren gekruld onder een overhemd waarvan de mouwen opgerold waren, zijn knokige heupen in een broek gestoken die hij op de avond van hun eerste ontmoeting nooit zou hebben gepast, vóór de interneringskampen die eerst Frans waren en toen Vichy. Op zijn bed had hij de espadrilles klaargelegd die Varian had gekocht zodat ze meer grip zouden hebben op het rotsige pad door de Pyreneeën, met een leren bovenkant tegen de kou. Eén paar voor hem en één paar voor Luki. In keurige kleine stapeltjes naast de schoenen lagen dikke wollen sokken en warme kleren voor de tocht door de bergen, plus zijn Leica, acht filmbusjes vol met alle negatieven die hij erin kwijt had gekund, een muf stokbrood en een boek uit de Bibliothèque rose – het boek met het hobbelpaard, dat Nanée in Marseille had gevonden en dat ze had gekocht zodat Luki en zij het samen zouden kunnen lezen. De brief van Luki die hij had meegebracht uit Camp des Milles lag er ook bij, en de brieven die hij haar had geschreven maar nooit had verstuurd.

Hij had een foto in zijn hand.

Varian had voorgesteld dat Edouard een deel van zijn werk in zou pakken, hoewel hij voorzichtig moest zijn met foto's die belastend zouden kunnen zijn als hij ermee gepakt werd. 'Je zult ze niet kunnen meenemen door de Pyreneeën,' had Varian gezegd, 'maar misschien kunnen de Fittko's iemand vinden die ze voor je kan vervoeren. Het is niet gezegd dat het lukt, maar wie weet.'

Het was Nanée die op het idee was gekomen om een aantal van Edouards busjes voor vijfendertigmillimeterfilm met negatieven te vullen en die te verstoppen in een uitgehold stokbrood, dat ze in papier konden wikkelen en in Edouards schoudertas konden stoppen. Op die manier kon hij een groot deel van zijn werk meenemen en het opnieuw afdrukken wanneer hij in de VS was, zonder het veel grotere risico van een stapel foto's waarmee hij betrapt zou kunnen worden. Nanée vroeg zich af welke negatieven hij mee zou nemen. Negatieven die zij uit Sanary-sur-Mer had meegebracht? De foto's die hij de afgelopen paar weken had gemaakt? De foto's van hun gevangenschap in het Évêché en op het schip?

Ja, de beelden van het Évêché en het schip. De publicatie ervan zou helpen om de ogen van de wereld te openen voor wat hier gebeurde, voor de levens van de mensen die Frankrijk in wanhoop probeerden te ontvluchten, die op zoek waren naar een veilige plek die ze nergens konden vinden. Misschien zou hij ook de negatieven meenemen waarop hun leven in Villa Air-Bel was vastgelegd – een plek waar Edouard misschien dol op was, maar die net zo goed een soort gevangenis was. Die zou hij bij zich kunnen houden tot Varian Frankrijk uit werd gezet. Op die manier zouden ze geen gevaar vormen voor protegés als André, wiens status als voormalige communist het verkrijgen van een Amerikaans visum in de weg stond. Als Danny hun werk kon voortzetten nadat Varian was gedwongen te vertrekken, zouden de foto's van Villa Air-Bel wellicht pas na maanden of zelfs jaren kunnen worden gepubliceerd. Maar wanneer het werk niet langer uitgevoerd kon worden, kon Edouard de foto's openbaar maken. Dat was wat hij zou moeten doen. Wat ze wílde dat hij zou doen.

Als hij echter betrapt werd terwijl hij met deze negatieven uit Frankrijk probeerde weg te komen, zou hij worden gearresteerd wegens misdaden tegen Vichy en Frankrijk. Hoogverraad. Al zouden ze alleen maar in zijn bezit worden aangetroffen, zonder dat hij probeerde te vluchten, dan zou dat genoeg zijn voor een doodvonnis.

Edouard boog zijn hoofd naar voren, zodat ze de rafelige onderkant van zijn kapsel kon zien, de haren die in zijn hals groeiden, vlak boven zijn kraag.

Als ze niemand anders konden vinden om de koffer mee te nemen over de grens, kon Nanée het doen. Ze kon een versneld Frans uitreisvisum aanvragen en vertrekken zodra ze het in haar bezit had. Natuurlijk zou het kunnen dat haar bagage bij de grens werd doorzocht. Ze zouden negatieven kunnen vinden van datgene wat Vichy voor de wereld verborgen hield. Wat zouden ze dan doen? Zouden ze het werk in beslag nemen en haar verder laten reizen, of zouden ze haar arresteren?

Edouard wreef over de achterkant van zijn hals alsof hij een moeilijk besluit moest nemen. Daarbij draaide hij zich een heel klein stukje om, zodat Nanée de foto in zijn handen kon zien.

Voorovergebogen naakt. Spookechtgenote. De foto waar hij zoveel afdrukken van had gemaakt in Sanary-sur-Mer. Al die afdrukken had ze weer teruggehangen en in het huisje achtergelaten. Hij moest hier een nieuwe hebben gemaakt, in Villa Air-Bel. Was hij van plan die mee te nemen? Zou hij zijn leven op het spel zetten, en misschien ook dat van Luki en haar, voor die ene foto? Een naakte vrouw. Als de foto bij een doorzoeking zou worden gevonden, zou hij als aanstootgevend worden beschouwd en aanleiding geven om Edouard te arresteren, ongeacht wie hij pretendeerde te zijn.

Zaterdag 7 december 1940

VILLA AIR-BEL

Edouard stond in zijn slaapkamer, starend naar *Verlossing*, zich pijnlijk bewust van het verdrietige afscheid van de enige wereld die Elza ooit had gekend, de enige wereld die ze ooit samen hadden gedeeld. Hij ademde diep in en probeerde zichzelf bij elkaar te rapen. Het zou beter zijn, zowel voor hem als voor Luki. Om opnieuw te beginnen. Om een start te maken met het nieuwe leven dat hij in Sanary-sur-Mer had willen opbouwen, maar waar hij toen nog niet aan toe was geweest omdat hij nog te diep in het verlies verzonken was. Zelfs nu was de herinnering aan Elza zo tastbaar dat hij haar in deze foto kon ruiken, proeven, haar ademhaling kon horen.

Toen draaide hij zich om, beseffend dat het niet Elza's ademhaling was die hij hoorde, niet Elza's parfum dat hij rook, maar dat van Nanée.

Nanée liep door de gang, voorbij de deur van Luki. Ze verdween door de deuropening in haar eigen kamer, waar ze de vorige nacht en de nacht daarvoor de liefde hadden bedreven, waar hij haar rug had beschilderd en haar had gefotografeerd nadat ze Luki had teruggebracht. Was dat echt nog maar een week geleden?

Hij keek weer naar de foto, *Verlossing*. Hij vouwde hem dubbel, en toen hij Nanées deur dicht hoorde gaan, nam hij de foto mee naar de open haard in de bibliotheek en legde hem op de vlammen. Het negatief zat al verstopt in het stokbrood, in een van de filmbusjes. Op een dag zou hij hem wellicht weer afdrukken, wanneer hij dacht dat hij het op de juiste manier zou kunnen doen, wanneer het hem werkelijk zou helen.

De brieven, die van Luki aan hem en die van hem aan Luki, legde hij in de lege koffer. Eigenlijk zou hij die ook moeten verbranden; er stonden te veel details over het leven in de kampen in om ze veilig bij zich te kunnen dragen. Hij haalde ze weer uit de koffer en stopte ze in de zak van het overhemd dat in zijn kast hing, een van de overhemden die Jacqueline voor hem had gekocht op de dag na zijn aankomst in Villa Air-Bel. Hij zou het de volgende dag dragen, wanneer ze vertrokken.

Zaterdag 7 december 1940

VILLA AIR-BEL

Nanée ging terug naar haar eigen kamer, nog steeds denkend aan Edouards foto. *Spookechtgenote.* Tot haar verrassing stond de deur van haar kamer open. Ze probeerde steeds voorzichtig te zijn, probeerde niemand die het niet hoefde te weten te laten merken dat zij Edouard naar de grens zou brengen. Maar iedereen in Villa Air-Bel wist dat Edouard en Luki op het punt van vertrekken stonden.

T zat op de rand van het bed, met het Robert Piguet-pakje opgevouwen op haar schoot.

'Trek het voor mij aan, Nan,' zei ze. 'Het enige andere fatsoenlijke kledingstuk dat je bezit is een broek, en daarmee zul je uit de toon vallen. Je hebt een overtuigend pakje nodig. Wat je gaat doen is zo gevaarlijk.'

'Wat denk je dan dat ik ga doen?' protesteerde Nanée. T was niet iemand die het hoefde te weten.

T wierp haar een blik toe. 'Je gaat een Duitse vluchteling die wordt gezocht door de Gestapo door half Frankrijk smokkelen, zo niet over de grens.'

Nanée deed de deur achter zich dicht.

'Dus je bent van plan om Frankrijk samen met hem te verlaten?'

Nanée bestudeerde haar vriendin, zoveel kleiner dan zij, en toch had ze zoveel meer bereikt. Ze was een echtgenote. Een moeder. Een rots in de branding voor Danny.

'Dat moet je ook doen,' zei T. 'Je moet met Edouard meegaan. Eén keer in je leven de sprong in het diepe wagen. Verschuil je niet achter het excuus dat je hier moet blijven om Varian te helpen. Varians dagen in Frankrijk zijn geteld.'

Edouards stem dreef naar binnen vanuit de kamer naast de hare. Hij was bezig Luki in te stoppen, en zoals elke avond las hij haar voor uit de brieven die hij haar had geschreven. Altijd grappige stukjes. Luchtige stukjes. Nanée vroeg zich af of dat het enige was wat hij had geschreven, of dat het gewoon was wat hij nu uitkoos om voor te lezen.

'Je vindt dat ik Frankrijk moet verlaten voor een man die ik nauwelijks ken?' vroeg ze met een luchtigheid die ze niet voelde. Edouard was nog maar net een maand in Villa Air-Bel.

'Aan het werk dat we hier doen, zal snel een eind komen. Of je nu blijft of weggaat.'

Zou dat zo zijn? Of zou Danny na het vertrek van Varian de leiding overnemen en het werk voortzetten? Nanée sloot haar ogen, luisterend naar Edouards stem, zich afvragend of hij vanavond naar haar kamer zou komen, of hij haar naam zou fluisteren en met haar zou vrijen voordat hij terug zou glippen naar zijn eigen kamer, voor het geval Luki wakker zou worden en hem zou roepen.

'Ik denk niet dat het goed zou zijn voor Luki,' zei ze.

'Als je zou gaan of als je hier zou blijven? Ik had erop moeten aandringen dat je hem beter zou leren kennen in Parijs.'

'Hij vertrok de volgende dag naar Sanary-sur-Mer.'

'Je had hem kunnen schrijven, zoals Danny en ik. En Sanary-sur-Mer is niet zo ver weg voor een meisje dat vliegtuigen bestuurt.'

Als Edouard dat briefje had verzonden dat ze op zijn bureau in Sanary had gevonden, dan zou ze hebben teruggeschreven. Waarom had hij dat niet gedaan? Waarom had zij hem niet eerst geschreven? Hoe konden ze werkelijk iets over elkaar weten na de paar weken die ze samen hadden doorgebracht? Kon ze hem meenemen naar een wereld waarin ze altijd zou worden veroordeeld omdat ze niet aan de heersende verwachtingen kon en wilde voldoen? Een wereld waarin iedereen die ze kende ervan uit zou gaan dat hij een berooide vluchteling was die niet van háár maar van haar geld hield? En als ze Frankrijk eenmaal had verlaten, zou ze niet terug kunnen keren.

'Edouard ziet zijn vrouw in mij. Na de oorlog zal hij niet met de herinnering aan haar geconfronteerd willen worden.'

'Dat kun je hem laten beslissen.'

'Luki –'

'Luki ziet je al als haar moeder.'

'Maar dat ben ik niet.'

T glimlachte mild. 'En toch ben je bezig afscheid van deze plek te nemen. Je prent dit huis in je geheugen.'

Nanée wilde protesteren, zeggen dat het niet waar was, dat ze geen afscheid had genomen van de zinken badkuip en het kleine stoeltje in de kas waar ze graag las, de klok op de schoorsteenmantel die het verstrijken van de tijd weigerde te erkennen, de vijver die ze van de ondergang hadden gered, het uitzicht van de belvedère op de zee, op de bomen die zo vaak volhingen met kunst.

'Stel dat,' zei ze aarzelend. 'Stel dat ik...' Niet dat ze naar huis zou gaan. In deze villa voelde ze zich meer thuis dan op alle andere plekken waar ze had gewoond, en hun geïmproviseerde familie was meer haar familie dan wie dan ook in Evanston. 'Stel dat ik terug zou gaan.'

T veegde een traan weg. 'Hoe zal ik het hier verdragen zonder jou? Ik weet dat je moet gaan. Ik wil dat je gaat. Maar ik wil ook dat je blijft. Ik wil heel egoïstisch dat je blijft. Ik vraag me af: wie zou er weg kunnen komen met alles waar jij mee wegkomt? Wie zal regelen dat het geld wordt gewisseld? Wie zal al die berichten afleveren in de straten van Marseille? Maar in mijn hart denk ik: wie zal elke avond het vuur in de open haard stoken en beginnen met zingen? Het maakt niet uit dat je zo vals zingt als een kraai. Wie zal Danny aan het lachen maken?

'Ik zing helemaal niet vals.'

'Jawel, maar toch luister ik dolgraag naar je. We luisteren allemaal dolgraag naar je.' T streek het pakje glad, dat ze nog in haar handen had. 'Ik kan je laten gaan, maar ik kan je niet kwijtraken. En dit is... Het zou kunnen dat je... Je zult er zo overtuigend mogelijk uit moeten zien. Een vrouw met aanzien. Een vrouw die niemand zou –'

'Ik heb geen kousen.'

'Nan, niemand heeft nog kousen.'

'Dat pakje is niet bepaald geschikt voor een tocht door de Pyreneeën.' Opnieuw met een luchtigheid die ze niet voelde.

'Het is geen Aero-Chanel, dat geef ik toe. Maar wanneer heb jij je ooit op de gelegenheid gekleed? Je doet alleen graag alsof.'

Wat had ze zich prettig gevoeld in dat Chanel-jurkje en het vliegeniersjack, zelfs op de surrealistische tentoonstelling die haar zo van haar stuk had gebracht. En natuurlijk had T gelijk. De rokken die Nanée droeg wanneer ze berichten afleverde in de Panier waren niet geschikt voor een rijke Amerikaanse vrouw die eerste klasse reisde. Haar broek was elegant genoeg, maar hij zou het verkeerde soort aandacht trekken. En ze was te groot om iets van T te lenen en te klein voor de kleren van Jacqueline.

Ze liep weg van het verdraaide pakje op T's schoot, naar het raam. Het was donker buiten en licht in de slaapkamer, waardoor het vensterglas een vage versie van haar gezicht weerspiegelde. 'Ik heb hem niet eens bevrijd.'

'Edouard?' De stem van T, die zich naar haar toe keerde. 'Maar je kon niet weten dat hij niet in het kamp was.'

'Ik heb hem niet eens bevrijd,' herhaalde ze.

'Toch was het moedig wat je hebt gedaan, Nan. Moedig en onbaatzuchtig. Om jezelf aan die kerel te geven. Je deed het om het leven van een man te redden.'

'Ik heb mezelf niet aan hem gegeven.' Ze wilde het T vertellen, ze wilde haar woede en haar schaamte opzijzetten.

'Maar...'

In de reflectie van het raam zag Nanée dat T het pakje tegen haar borst hield.

'Ik wilde niet... Het spijt me. Ik dacht alleen... Ik dacht dat je seks met hem had gehad. Ik dacht dat je zo aan Edouards vrijlatingspapieren was gekomen.'

Nanée bleef naar hun reflectie in het vensterglas staren terwijl T overeind kwam en van het jasje in haar handen naar de koude open haard keek waar het had kunnen branden. 'Pffft,' zei ze na een korte stilte, dat handige geluidje dat ze van Franse meisjes had geleerd, een manier om iets van je af te zetten wat je niet onder woorden kon brengen.

T legde het pakje op het bed, kwam naast haar staan en sloeg haar armen om haar heen. 'O, Nan,' fluisterde ze.

Haar lichaam voelde zo tenger aan, haar vriendschap zo warm.

'Sorry,' zei T. 'Sorry. Ik wilde niet...'

Ze legde haar handen op Nanées wangen en dwong haar om haar aan te kijken, zoals ze met Peterkin had gedaan toen ze afscheid van hem had genomen in Brive, toen ze hem had willen laten merken hoeveel ze van hem hield.

'Ik beloof je, Nan, jij hoeft je nergens voor te schamen.' Ze veegde een traan van Nanées wang. 'Hij is degene die zich moet schamen. Alleen hij.'

Zaterdag 7 december 1940

VILLA AIR-BEL

Nanée stond bij haar slaapkamerraam en staarde naar de maanverlichte platanen en de belvedère en de tuin. Ze probeerde niet te denken aan het Robert Piguet-pakje in haar kast; haar koffer zat inmiddels vol met haar spullen en die van Luki, waarmee zij minder risico zou lopen dan Edouard. In de stilte van de late avond dacht ze terug aan de eerste keer dat ze hier naar de stilte had geluisterd, op de belvedère met Miriam en T.

Als Edouard vanavond niet zou komen, zou dat zijn keuze zijn. Zijn dochter. Zijn beslissing. Luki wilde nog steeds dat haar moeder terug zou keren uit de hemel. Hij zou moeten besluiten wat het beste was voor hen allemaal.

Net toen ze dacht dat hij niet meer zou komen, dat dat haar beslissing makkelijk zou maken – wat ze ook hadden, het was voorbij, er zou geen laatste nacht samen zijn, en als ze terugkeerde naar de Verenigde Staten, zou ze alleen gaan – klopte hij zachtjes op haar deur.

De schaduw van Edouard die binnenkwam, die de deur achter zich dichtdeed. Die niet onder de dekens kroop, zoals anders, maar stilletjes op de rand van het bed ging zitten.

'Ik ben hier,' zei ze.

Hij keek haar kant op, maar hij zei niets. In de verte klonk het gefluit van een stoomtrein.

'Ik moet je iets vragen...' zei hij ten slotte. 'Het is meer dan ik van je mag vragen, maar...'

Ja, wilde ze zeggen.

'Wat je maar wilt,' zei ze.

Hij kwam bij het raam staan en stopte een klein bundeltje papieren in haar handen. Zijn brieven.

'Wil je Luki meenemen?' fluisterde hij. 'Als er morgen iets misgaat, laat mij dan achter, maar neem Luki alsjeblieft mee. Zorg dat ze met je meegaat.'

'Edouard, er gaat niets –'

'Ze is niet Joods,' zei hij. 'Je zult niet echt risico lopen. Laat Luki geloven dat je een engel bent. Laat haar alles geloven wat haar zover zal krijgen dat ze met je meegaat, naar de Verenigde Staten, waar ze veilig zal zijn.'

In het maanlicht stak ze haar hand uit naar zijn gezicht en voelde dat zijn huid nat was van de tranen, zoals de hare daarnet met T.

Hij boog zich naar voren, kuste haar voorhoofd en vertrok, de deur zo stilletjes achter zich dichttrekkend als hij gekomen was.

Zondag 8 december 1940

VILLA AIR-BEL

Nanée bleef halverwege de trap naar de hal staan, waar iedereen afscheid nam van Edouard en Luki. Het haar van het meisje hing in twee keurige karamelkleurige vlechten op haar rug. Nanée vroeg zich af hoeveel mannen het haar van een klein meisje konden vlechten.

Dit gebeurt echt, dacht ze. Ze gingen weg.

Dagobert bleef naast haar staan, zonder zijn riem.

Toen T opkeek, probeerde Nanée zichzelf te zien zoals haar vriendin haar zag. Haar nieuwe reiskoffer in haar hand, met Luki's spullen en die van haarzelf, inclusief haar eigen espadrilles. 'Voor het geval Hans en Lisa je hulp nodig hebben om Edouard en Luki het land uit te krijgen; op de bergpaden heb je een paar stevige schoenen nodig,' had Varian gezegd toen hij ze aan haar gaf, hoewel hij Nanées naam niet had genoemd toen hij iedereen aan de ontbijttafel had verteld dat Edouard en Luki die ochtend zouden vertrekken. Haar grijze jas hing los, en daaronder droeg ze het blauwe krijtstreeppakje dat ze nooit meer had willen aantrekken. Wanneer ze bij de Fittko's in Banyuls waren, zou ze het pakje verwisselen voor de broek, het vliegeniersjack en de sjaal in haar koffer.

Ze nam de laatste paar treden voorzichtig, terugdenkend aan Rose die onderaan de trap op de tegels lag, aan André die het dienstmeisje optilde en naar haar kamer droeg, aan het opruimen van het braaksel en de briefkaart die ze op de vloer had gevonden, die leek te suggereren dat Berthe in Bretagne was. Ze voelde aan de spulletjes in haar eigen jaszakken. Wat zou het huis leeg lijken zonder het zachte gegiechel van Luki, zonder de geur van ontwikkelvloeistof, het incidentele geluid van een sluiter wanneer je het niet verwachtte, de verontschuldiging die altijd volgde, Edouards zachte stem die zei dat hij alleen zijn leven vastlegde, dat hij niet wist wat hij met de foto's zou doen, maar dat hij ze moest maken.

Dagobert drukte zijn neus tegen haar been alsof hij aanvoelde wat er ging gebeuren, dat ze, net als in Brive, het kind mee zou nemen en hem achter zou laten.

Verlegen bood Gussie Nanée zijn geluksboek aan, *L'envers et l'endroit*. 'Je moet het onder je linkerarm dragen, niet je rechter,' zei hij.

'Maar je hebt het geluk zelf nodig.'

'Het zal me meer geluk brengen om te weten dat jij het bij je hebt.'

'Gussie...' Nanée kuste zijn wangen, niet in staat haar gedachten te verwoorden. Als ze tien jaar jonger was geweest en ook maar over enig gezond verstand beschikte, zou ze voor hem zijn gevallen.

'Ben je zover?' vroeg ze aan Luki.

Het meisje knikte. Ernstig. Vastberaden. Wat afschuwelijk dat zo'n jong kind al zoveel van de lelijkheid van de wereld had gezien. Toen Nanée zo jong was als Luki, sliep ze in een hemelbed met kanten gordijnen, zonder te hoeven vrezen dat ook maar iets in de wereld haar nachtrust zou verstoren, laat staan haar hele leven. Elke ochtend kon ze kiezen uit een hele kast vol kleren, en dan speelde ze op het strand van Lake Michigan, las ze welk boek ze maar wilde en leerde ze Frans van haar gouvernante. De zomers bracht ze door in het prachtige de Marigold Lodge, die nu van haar was. Ze verbleef dagenlang op het jacht van de familie, en ze stond er nooit bij stil waar de melk vandaan kwam die ze dronk. En toch had haar vader nooit haar haar gevlochten. Een welvarend leven en een rijk leven zijn niet altijd hetzelfde.

Ze keek naar Edouard: zijn vierkante gezicht, de moedervlek aan het uiteinde van zijn linkerwenkbrauw, de opvallende wilgengroene ogen, die net zo triest stonden als op de avond van hun eerste ontmoeting, op de tentoonstelling die ze niet had willen bezoeken. Zijn Leica hing aan een leren riem aan zijn zij. Hij knikte al even ernstig als zijn dochter had gedaan. Zijn koffer, met het stokbrood met de negatieven erin, stond naast de deur op de grond. Geen rugzak. Alleen Duitsers droegen rugzakken, en hij mocht absoluut niet op een Duitser lijken terwijl hij over het pad door de Pyreneeën liep.

Edouard zei dat hij graag een groepsportret wilde maken als herinnering, en dus gingen ze op de belvedère staan om gebruik te maken van het natuurlijke licht, met de armen om elkaar heen geslagen om allemaal op de foto te passen. Nanée tilde Dagobert op en hield hem met haar ene arm vast. Toen legde ze haar hand op Luki's schouder en keek naar het lange, brede stuk Frankrijk dat zich voor hen uitstrekte: de dennen en de olijfbomen, de daken met de rode dakpannen, het spoor van de trein en de tram, en, deze ochtend, een prachtige diepblauwe zee. Gek genoeg kon ze zich bij daglicht makkelijker voorstellen dat ze hier afscheid van zou nemen. Ze hield van Frankrijk, maar ze zou het kunnen verlaten, als ze Danny en T en Dagobert maar mee kon nemen, als ze het gevoel maar mee kon nemen dat ze nuttig was, dat ze onverschrokken was, dat ze goede daden verrichtte.

Edouard zette zijn camera op de driepoot die hij achter zou laten. Hij stelde de lens in en liet Madame Nouget zien op welk knopje ze moest drukken. Toen ging hij bij de rest staan, met zijn ene arm rond Nanées middel en zijn vrije hand op Luki's andere schouder. Nanée liet Luki los nu haar vader naast haar stond, zodat ze de kop van Dagobert naar Madame Nouget toe kon draaien toen ze de foto maakte.

Edouard pakte de camera en hing hem weer om zijn nek, en toen zette hij zijn grijze vilten gleufhoed op. 'Goed,' zei hij.

'Wacht.' Nanée zette Dagobert neer, nam de hoed van Edouards hoofd en keek naar de leren zweetband aan de binnenkant, waar zijn initialen op stonden, ELM. Hij zou reizen onder de naam Henri Roux.

Ze viste de vulpen die van haar vader was geweest uit haar jaszak en kraste Edouards initialen door.

'Ik ben genoodzaakt me als een crimineel te gedragen,' zei Edouard.

Bij het horen van de pijn in zijn stem zei Nanée zo opgewekt mogelijk: 'Je kunt veel plezier beleven aan wangedrag als je jezelf de kans geeft.' Ze wilde de hoed weer op zijn hoofd zetten en hem kussen, maar ze gaf hem de hoed alleen maar terug en stopte de pen weer in haar zak.

'Voor ik het vergeet, ik heb iets voor Pemmy,' zei ze. Ze haalde de zilveren broche met het rode bakeliet tevoorschijn, die ze die ochtend als eerste in haar zak had gestopt. Ze knielde voor Luki neer en ze speldde het kangoeroejong veilig aan zijn moeder vast. 'Zo kan Pemmy Joey niet kwijtraken op weg naar Amerika.'

Het gebeurt echt, dacht ze weer. Ze gingen echt weg.

'Daar wordt Joey zo blij van dat hij voor je wil zingen,' zei Luki, en ze draaide aan het sleuteltje op de rug van het kangoeroejong, zodat het kleine muziekdoosje in zijn binnenste de Bloemenwals speelde.

Nanée glimlachte naar Edouard, wensend dat er een manier was waarop ze hem en Luki aan elkaar vast kon maken. 'Volgens mij wordt Pemmy er ook blij van.'

'Ja, Pemmy ook,' beaamde Edouard.

'Alleen kan Pemmy niet zingen,' zei Luki. 'Joey is de enige die kan zingen.'

Ze namen nog een laatste keer afscheid. Iedereen omhelsde Edouard en Luki en wenste Nanée geluk; alleen T en Varian wisten dat ze wellicht niet terug zou keren.

'Ik zie je in New York,' zei Varian, de afscheidsgroet die Nanée minder als een teken van Varians optimisme was gaan zien en meer als zijn manier om zijn protegés wat vertrouwen mee te geven aan de start van een gevaarlijke reis.

Alleen T omhelsde haar en fluisterde: 'Vraag Lisa of ze het pakje terug kan sturen naar mij, als dat lukt. Het zal me eraan herinneren dat ik onzelfzuchtig en dapper moet zijn.'

'Vergeet niet,' zei Edouard tegen Luki, 'dat Nanée de hele weg je hand zal vasthouden. En ik ben steeds dicht bij je in de buurt.'

'Maar ik wil samen met jou gaan, papa. Ik wil met jou in de trein zitten.'

'Ik zit in de coupé naast de jouwe. Als we instappen, kun je achter me aan lopen, dan zie je waar ik ben. Je kunt op de wand kloppen wanneer je maar wilt, en dan klop ik terug.'

Luki keek weifelend, maar ze draaide zich naar Nanée toe. 'Kunnen we samen lezen, zoals we in die andere trein deden? Wil je me de woorden leren?'

'Dat zou ik heel leuk vinden,' zei Nanée.

Ze hurkte bij Dagobert. Hij likte haar blote pols, en toen haar gezicht. Dit gebeurt echt, dacht ze nog een keer. Ze gingen weg. Ze zou met hen meegaan naar een plek die niet als thuis voelde. Ze zou Dagobert achterlaten in Frankrijk, dat niet haar thuis was en toch meer als een thuis voelde dan alle andere plekken waar ze ooit had gewoond.

Ze woelde door zijn rommelige vacht en kuste hem twee keer. 'Je bent de beste hond aller tijden,' fluisterde ze, en ze wreef haar gezicht tegen zijn snuit, met haar mond open, zodat ze hem zou proeven, zodat ze zijn vacht zou proeven en zijn kleine zwarte neus, zijn ogen, die altijd van haar zouden blijven houden.

DEEL V

DECEMBER 1940

Helaas was de route langs de muur van de begraafplaats in Cerbère te gevaarlijk geworden... Die werd inmiddels nauwlettend in de gaten gehouden door de *gardes mobiles*. Klaarblijkelijk gebeurde dit op bevel van de Duitse Kundt-commissie, die de Gestapo in dat deel van het nog onbezette Frankrijk vertegenwoordigde... Dat betekende dat we de Pyreneeën verder naar het westen moesten oversteken, waar de bergkammen hoger waren en de klim dus zwaarder.

– Lisa Fittko, *Mein Weg über die Pyrenäen*

Zondag 8 december 1940

MARSEILLE

Edouard volgde Nanée, die Luki's hand stevig vasthield en haar elegante koffertje met zich meedroeg terwijl ze de brede witte trap van het Gare de Marseille-Saint-Charles beklommen. Ze lieten het kaartjesloket en de controleur links liggen en gingen de stationsrestauratie binnen, die volgens Nanée direct toegang gaf tot de perrons; ze konden de controle van hun documenten simpelweg ontlopen door hier een kop slechte nepkoffie te drinken. Zijn lot lag nu in haar handen. En dat van Luki ook.

Hij ging aan een van de tafeltjes zitten, en Luki en Nanée aan een ander, de schijn ophoudend dat ze apart reisden. Ze bestelden ieder voor zich koffie en luisterden ieder voor zich naar de omroeper tot hun trein zou worden aangekondigd. Edouard sloeg Gussies boek open, dat hij volgens het advies van de jongen in zijn linkerhand had gedragen. Nanée had het hem gegeven zodra Gussie hen niet meer kon zien, en ze had erbij gezegd dat ze het echt niet zelf kon dragen, met de koffer en Luki erbij, en dat hij sowieso nog meer geluk nodig zou hebben dan zij.

Hield die politieagent hem in de gaten, of bewonderde hij Nanée? Ze droeg een onopvallende grijze jas, maar een vrouw als zij zou de aandacht nog trekken als ze in slagerspapier was gewikkeld.

Ja, Nanée zag de agent ook. Hij kwam regelrecht op hen af, alsof hij precies wist wie Edouard was. Was het een van de agenten die erbij waren geweest in het Évêché, voordat ze op dat schip waren opgesloten om te voorkomen dat iemand Pétain in verlegenheid zou brengen?

Hij schoof zijn Leica naar zijn heup, uit het zicht van de naderende agent. Dit was niet het moment om nieuwsgierigheid te wekken. De koffer met zijn werk stond onder de tafel; als deze man hem wilde oppakken voor ondervraging, zou hij hem daar gewoon laten staan. Nanée zou hem wel meenemen, zodat zijn foto's niet verloren zouden gaan.

De agent aarzelde even toen hij bij Edouard was, maar liep toen langs hem heen naar Nanée.

Nanée pakte Luki's hand en gaf er een kneepje in. Luki klemde Pemmy wat steviger tegen zich aan terwijl ze opkeek naar Nanée. De twee leken een blik van verstandhouding te wisselen.

Nanée keek de man met een opmerkelijk ontspannen, vragende blik aan – niet onvriendelijk, en toch zag Edouard dat ze van plan was de man resoluut af te poeieren als hij met haar zou proberen te flirten.

'Sorry,' zei de politieagent. 'Ik zag u voor iemand anders aan.'

Nanée glimlachte en nam een slok van haar koffie.

De agent keek naar Luki. Hij vroeg Nanée: 'Maar u bent Amerikaans, toch?'

'Pffft. Ligt het er zo dik bovenop? Ik woon al tien jaar in Frankrijk.'

'Het is de blik in uw ogen. Amerikaanse meisjes hebben een ander soort zelfvertrouwen dan Françaises. Directer. Een Française probeert altijd te charmeren.'

Nanée lachte luchtig. 'Dus u zegt dat ik niet charmant ben.'

'Nee, nee, dat zeg ik helemaal niet.' In een poging zijn à propos te hervinden, vroeg hij aan Luki: 'Hoe heet je kangoeroe?'

Edouard probeerde zijn schrik niet te laten blijken. Gelukkig zweeg Luki. Moppelchen, dacht hij. Mijn kleine mollige meisje, nu zo mager.

'Waar gaan jullie naartoe?' vroeg de man. Luki zei nog steeds niets. Ze keek alleen maar naar Nanée, alsof zij de ouder was, en niet hij. Nanée glimlachte alleen een klein beetje.

'Misschien lust je wat chocola?' bood de man Luki aan, en hij viste een kleine reep Chocolat Menier uit zijn zak.

Nog steeds keek Luki hem alleen maar aan.

'Volgens mij wordt onze trein omgeroepen,' zei Nanée, hoewel Edouard geen enkele aankondiging had gehoord. 'Ze is verlegen, maar ik zal het voor haar aannemen, dank u wel.' Ze stond op en pakte haar koffertje. 'Nog een prettige dag, agent,' zei ze. En toen, tegen Luki: 'Deze kant op, liefje.' Ze knikte alsof ze Luki duidelijk wilde maken waar ze naartoe moesten, zodat Edouard het ook zou zien en voor hen uit naar de trein kon lopen, die inderdaad net het perron op kwam rijden.

Hij stapte als eerste in, zodat Luki hem kon zien, en ging in zijn eentje zijn eersteklascoupé binnen. Zijn koffer stopte hij weg, zodat hij niet zo snel doorzocht zou worden, en hij luisterde naar Luki's stem, die vanuit de coupé naast de zijne door de wand drong. Zouden zijn vervalste papieren goed genoeg zijn als hij ze hier in de trein moest laten zien? Het echte Amerikaanse visum, dat op zijn eigen naam stond en tegelijk als paspoort diende, was in de voering van zijn jasje genaaid, samen met zijn echte Franse verblijfsvergunning en het vrijlatingsformulier van het kamp. In zijn zak zat een Franse identiteitskaart, die ook echt was; de kaart had toebehoord aan ene Henri Roux, wiens foto zorgvuldig door Varians nieuwe vervalser was vervangen door een foto van Edouard. Edouard had alles uit zijn hoofd geleerd wat op het formulier was geschreven, alle gegevens over de echte Henri Roux, onlangs overleden: geboren op 9 december in het jaar voor Edouards geboortejaar, in de Dordogne. Ouders Pierre en Marie Roux. Lengte een meter achtenzeventig, terwijl Edouard een meter tachtig was. Alle andere gegevens op de kaart zouden Edouard kunnen beschrijven, met uitzondering van het laatste regeltje, *Signes particuliers: Néant.* Geen opvallende kenmerken. De echte Henri Roux had geen opvallende moedervlek bij zijn linkerwenkbrauw. Als het regeltje leeg was gelaten, zoals de regel voor gezichtsbeharing, had de vervalser Edouards moedervlek erop kunnen zetten, maar er stond duidelijk 'Geen'. Bill Freier zou wellicht in staat zijn geweest om het enkele woord om te vormen tot iets wat op Edouards moedervlek leek, maar dat ging de vaardigheid van deze nieuwe vervalser te boven. Toch had Varian hem verzekerd dat dit het veiligste pseudoniem was. Een controle zou aantonen dat Henri Roux een echte Franse zakenman was, en de kans was heel klein dat nu al boven water zou komen dat hij nog maar twee dagen geleden was overleden.

Een paar minuten later vertrokken ze, zonder dat hun documenten waren gecontroleerd.

De trein zou de hele dag nodig hebben om Perpignan te bereiken, waar ze zouden overstappen op een stoptrein naar Banyuls-sur-Mer. Al die tijd liepen ze het risico op ontdekking. Op elk moment tijdens de reis zouden hun documenten gecontroleerd kunnen worden. Maar toen Edouard Marseille door het raam uit het zicht zag verdwijnen, begon hij toch te denken dat hij het geluk misschien eindelijk aan zijn kant had.

Zondag 8 december 1940

MONTPELLIER

'Wat is uw bestemming, Monsieur Roux?' vroeg de geüniformeerde treinbeambte bij de deur van Edouards coupé. Nou ja, vragen, het klonk meer alsof hij een antwoord eiste, maar Edouard wilde niet defensief overkomen. Ze stonden op het station van Montpellier en waren dus een heel eind gekomen zonder dat hun documenten waren gecontroleerd. En de man was Vichy, dat bleek duidelijk uit zijn woorden, zijn toon, zelfs zijn lichaamshouding. Beter Vichy dan Duits.

Edouard gaf hem het kaartje naar Banyuls, een echt treinkaartje, maar op naam van Henri Roux. Terwijl de man het bekeek, er een gaatje in knipte en het weer teruggaf, probeerde Edouard ontspannen over te komen.

'En uw papieren?'

Edouard overhandigde de identiteitskaart met de vingerafdrukken van een dode man die nog niet eens begraven was.

'Wat is het doel van uw bezoek aan Banyuls?' vroeg de beambte. Opnieuw die strenge toon. 'En waar hebt u een camera voor nodig?'

Edouard glimlachte en hield de Leica een stukje omhoog, twijfelend of de man gevleid zou zijn als hij een foto van hem zou maken of achterdochtig.

'Ik overweeg om mijn zaken uit te breiden naar Banyuls,' zei hij. 'Foto's zijn vaak heel nuttig om je dingen te herinneren.'

De man fronste zijn wenkbrauwen. Hij was duidelijk niet overtuigd.

Tot Edouards schrik begon de man de details op de identiteitskaart van Henri Roux te bestuderen. Hij las ze stuk voor stuk mompelend voor en keek vervolgens naar Edouard om te kijken of ze klopten.

'Lengte: een meter achtenzeventig.'

Edouard kromp een beetje ineen, in de hoop dat hij twee centimeter korter zou lijken.

'Gezichtsvorm: vierkant.

'Teint: lichtbruin.

'Haar: bruin.

'Geen snor.'

Geen snor, dacht Edouard. Maar wel opvallende kenmerken. Zou hij de beambte ervan kunnen overtuigen dat zijn moedervlek niet opvallend genoeg was, of dat hij per ongeluk van de kaart was weggelaten?

'Voorhoofd: doorsnee.

'Ogen: groen.

'Neus: doorsnee.'

De man bestudeerde Edouards neus, en Edouard moest denken aan de foto die hij zoveel jaren geleden had genomen, van de nazi die de neus van een man met een schuifmaat had gemeten.

'Mond: doorsnee.'

De volgende regel zou over zijn kin gaan, en dan was er niets meer over behalve *Signes particuliers: Néant.*

Edouard legde zijn Leica opzij en stootte daarbij expres met zijn elleboog tegen een van de lampen in de coupé, zodat die de arm van de man raakte en toen met bevredigend kabaal op de grond viel.

'Het spijt me, wat onhandig van me,' zei hij verontschuldigend, zich bukkend om de lamp recht te zetten en de documenten op te rapen die op de grond waren gevallen. In de coupé naast die van hem hoorde hij Nanée een angstige kreet slaken.

De beambte haastte zich naar de coupé van Nanée. Edouard legde zijn valse papieren op het tafeltje.

Nanée stond trillend midden in de coupé, met Luki tegen zich aan getrokken, en riep iets tegen de inspecteur over een spin. 'Daar,' hield ze vol. 'Hij zat daar.'

Er volgde een uitgebreide zoektocht.

Er werd geen spin gevonden. Er was natuurlijk ook geen spin.

'Aan het andere eind van het rijtuig is een lege coupé waar u misschien liever gebruik van maakt?' bood de beambte aan.

Nanée gaf een kneepje in Luki's hand en zei tegen haar: 'Heeft dat beest je bang gemaakt, liefje?'

Luki schudde haar hoofd.

'Echt niet? Maar hij was zo groot als mijn hand. En harig. Heb je hem gezien? Ik haat harige spinnen.'

Opnieuw schudde Luki haar hoofd.

'Heb je hem niet gezien?' vroeg Nanée op stomverbaasde toon. 'Het leek wel iets uit een surrealistisch schilderij.' Ze keek verward. 'Lag ik… Lag ik te slapen?' Toen, verontschuldigend, tegen de beambte: 'Het spijt me vreselijk. Misschien ben ik in slaap gevallen. Nu ik er zo op terugkijk, lijkt die spin ook een beetje te groot om echt te kunnen zijn. Ik… Ik schaam me dood.'

De beambte zei dat het helemaal niet gaf, hij was er om haar van dienst te zijn. Maar als het werkelijk goed met haar ging, dan kon hij misschien haar reispapieren controleren?

Edouard wilde stilletjes weglopen, maar de man zei: 'O ja, ik moet uw documenten ook nog zien, meneer.'

Tot zijn eigen verbazing hoorde Edouard zichzelf zeggen: 'Maar u hebt ze zojuist gecontroleerd. Mijn treinkaartje naar Banyuls? Mijn identiteitskaart en mijn Franse doorgangsvisum. Maar als u ze nog een keer wilt bekijken, ze liggen in mijn coupé.'

'Ach ja, natuurlijk, u hebt gelijk,' zei de controleur.

Nanée verontschuldigde zich tegenover Edouard omdat ze zo'n lastige buurvrouw was, en ze beloofde dat ze een betere droom zou hebben als ze weer in slaap zou vallen. Edouard wuifde haar excuses weg en verliet haar coupé.

Luki glimlachte een beetje toen ze hem zag vertrekken. Nanée had haar hand de hele tijd stevig vastgehouden, en Luki had geen woord gezegd.

Zondag 8 december 1940

PERPIGNAN

Als zich op het station van Perpignan iemand bevond die géén vluchteling was die probeerde te ontsnappen, dan zou dat Nanée verbazen. Een venijnige wind beet in haar vingertoppen, zelfs hier op de vlakte, en ze vroeg zich af hoe koud het zou zijn in de bergen, waar al sneeuw lag. De nabijgelegen cafés zaten echter vol, en venters schreeuwden luidkeels de dollarwisselkoersen van de zwarte markt, die schandalig hoog waren. Zelfs de mensensmokkelaars boden openlijk betaalde gidsen aan voor de tocht over de grens, diplomatieke limousines en kaartjes voor schepen naar Gibraltar, waar je als vluchteling vanaf moest springen om het laatste stukje van de reis zwemmend af te leggen. Iedereen hier hoopte zo snel mogelijk te kunnen vertrekken; de paar overgebleven vluchtroutes zouden elke dag, elke minuut, afgesloten kunnen worden. Uiteraard moest je wel voorzichtig zijn. Sommige zogenaamde gidsen namen je mee de berg op, pakten je al je bezittingen af en lieten je daar achter. Anderen vroegen geld om je de grens over te brengen en leverden je vervolgens uit aan Vichy om hun beloning op te strijken.

Nanée zat naast Luki op een bankje voor het station van baksteen en kalksteen, wachtend op de stoptrein naar Banyuls-sur-Mer. Edouard zat aan het andere uiteinde van het bankje, alsof hij niets met hen te maken had. Gussies boek lag opengeslagen op zijn schoot, maar hij keek naar de petanquespelers op het plein, mannen die samen lachten en in het Catalaans kletsten terwijl de kleine ballen die ze wierpen over het zand rolden – Spanjaarden die voor Franco waren gevlucht.

Edouard stond op en hief zijn camera. Hij fotografeerde de spelers. Toen liep hij een paar stappen verder, draaide zich om en richtte de lens op het bankje en het station erachter – een excuus, zo veronderstelde Nanée, om zijn dochter te fotograferen.

Nanée ademde diep in, zeelucht met een vleugje kolenuitstoot van de treinen en de menselijke geur van reizigers die te lang onderweg zijn. Ze schoof wat dichter naar Luki toe om haar warm te houden tijdens het wachten. Zo'n groot deel van de levensreis wordt doorgebracht met wachten.

'Ze hebben andere woorden,' zei Luki.

Nanée keek naar de petanquespelers. 'Ja, ze spreken Catalaans.'

'Waarom hebben sommige mensen andere woorden dan andere?'

'Dat weet ik niet precies,' gaf Nanée toe.

'Sommige van de woorden die zij zeggen, lijken op de woorden die wij nu gebruiken. Niet de woorden van maman.'

Edouard kwam wat dichter naar hen toe, hen bekijkend door zijn camera. Te vertrouwelijk, dacht Nanée. Maar misschien wist ze te veel. Misschien zou ieder ander denken dat hij gewoon het station fotografeerde, en daarmee ook de onbekenden op het bankje.

'In Amerika,' zei Luki, 'gaan we andere woorden gebruiken dan hier.'

'In Amerika gebruiken de mensen inderdaad andere woorden,' beaamde Nanée.

'Tante Nanée heeft me er een paar geleerd,' zei Luki tegen Edouard. Nanée pakte Luki's hand en kneep erin, maar Luki zei al in het Engels: *'I love you, father.'*

Edouard liet zijn camera zakken, zijn glimlach stralend en warm. Zo zou hij zichzelf zeker verraden.

Een stukje verderop landde een zeemeeuw, op zoek naar kruimels die de petanquespelers misschien zouden knoeien. Luki hupte van de bank en liep net zo voorzichtig naar de vogel toe als ze altijd bij Madame LaVache-à-Lait had gedaan. Pemmy liet ze achter op het bankje.

Edouard ging weer naast zijn koffer aan de andere kant van het bankje zitten, alsof de achtergelaten kangoeroe hem er op de een of andere manier aan herinnerde dat hij niet verondersteld werd samen met hen te reizen. Hij pakte het boek van Gussie. In de verte klonk een fluit; de trein met bestemming Banyuls-sur-Mer kwam eraan.

Nanée streek de keurige blauwe rok met de lichtgele krijtstreep glad, bedenkend hoe leeg haar eigen kleine koffer was vergeleken bij die van Edouard. Geen negatieven. Geen foto's. Weinig meer dan een broek, een schone blouse en trui, haar vliegeniersjack voor de tocht, haar espadrilles, haar zijden vliegenierssjaal. En Luki's spullen, ja, maar die waren niet van haar.

'Mag ik je iets vragen?' vroeg ze onder het gefluit van de trein en het gejuich van het team dat zojuist het potje petanque had gewonnen. Edouard hield zijn blik gericht op de spelers, die de but, het kleine balletje waar ze op moesten mikken, alweer hadden gegooid om een nieuw spel te beginnen. Zij en hij zouden twee vreemden kunnen zijn die een gesprek begonnen over het kind dat met haar meereisde. *Voorovergebogen naakt*, wilde ze zeggen. *Spookechtgenote.* Maar ze keek slechts zwijgend toe terwijl een bal door de lucht zeilde en op de grond viel, een heel stuk bij de but vandaan.

De fluit van de trein klonk opnieuw, nu veel dichterbij. Ze zagen een tweede bal door de lucht vliegen, op de grond ploffen en een heel stuk doorrollen, verder en verder van het doelwit, terwijl de trein het station binnenreed. Edouard ging staan, en zij ging ook staan, en ze riep naar Luki alsof het kind echt haar eigen nichtje was. Luki liet de zeemeeuw voor wat hij was en pakte Nanées hand. Nanée gaf haar Pemmy, met Joey nog steeds veilig in haar buidel gespeld, en pakte haar koffer. Ze liep onder een van de kalkstenen poorten door naar het station, waar ze in de stoptrein stapten zonder dat iemand om hun kaartjes vroeg. Zij en Luki gingen aan de ene kant van het gangpad zitten, en Edouard koos een bankje aan de andere kant, en zo begonnen ze aan het laatste lange uur naar Banyuls-sur-Mer.

Zondag 8 december 1940

BANYULS-SUR-MER

Het was avond. Banyuls-sur-Mer bood de verlaten aanblik van een plaats waar niemand wilde zijn. Het kleine stationnetje was niets meer dan een klein gestuukt gebouw met een perron ernaast, aan de kant van het stadje die het verst verwijderd was van het huis aan zee waar ze Hans en Lisa Fittko zouden treffen. Edouard, met zijn koffer in zijn rechterhand en Gussies boek in zijn linker, stapte voor Luki en Nanée uit de trein, zodat Luki hem steeds kon zien. Hier zou het moeilijker zijn om gescheiden te blijven. Als de kust veilig leek, zouden Nanée en Luki zich bij hem voegen, alsof ze een gezin waren dat samen reisde.

Ze waren de enige passagiers die de trein verlieten en het koude, winderige perron op stapten.

'Goed,' zei Edouard tegen Nanée toen ze bij hem kwam staan. Hij gaf haar Gussies boek, en hij knielde en kuste Luki. Toen knoopte hij haar jas dicht en hielp haar haar handschoenen aan te trekken. 'We zijn er,' zei hij. 'We zijn er.'

'Mag ik het geluksboek nu dragen?' vroeg Luki, en Nanée hielp haar om zowel Pemmy als het boek vast te houden.

Hij trok zijn eigen handschoenen aan en knoopte zijn eigen jas dicht, en ze liepen heuvelafwaarts door het kleine vissersdorp. De heuvels met de wijngaarden verdwenen uit het zicht terwijl ze smalle weggetjes volgden langs kleurrijke gebouwen, roze en geel stucwerk met helderblauwe luiken, precies zoals in Sanary-sur-Mer.

Het kostte hun slechts een paar minuten om de zee te bereiken, waar de palmbomen zwiepten en het zand over het lege strand werd gejaagd. Het licht uit de gebouwen langs de zee weerkaatste op het woelige water, waar de wind witte schuimkoppen op toverde. Op het dorpsplein werd net als bij het station in Perpignan fanatiek petanque gespeeld, en de spelers lachten zo enthousiast dat Edouard Luki's hand losliet om hen te fotograferen. Hij hoorde het geluid van wielen pas toen de auto vlak achter hen was. Zo'n ongebruikelijk geluid, een automobiel.

Een grote zwarte limousine kwam tot stilstand, en toen een tweede, en Edouard werd even door de koplampen beschenen voordat die doofden. Hij keerde zich instinctief naar Luki toe toen er mannen uit de limousines stapten, zich schrap zettend tegen de wind. Zwarte laarzen. Zwarte uniformen. De een na de ander na de ander. Gestapo-soldaten van de Kundt-commissie, die tot taak hadden gezochte Duitsers in het vrije Frankrijk op te sporen en te arresteren onder de autoriteit van artikel 19 van de wapenstilstand. Het waren er meer dan tien.

Luki liep zo'n twintig passen voor hem, samen met Nanée. Ze waren allebei veiliger zonder hem. Hij kon nergens naartoe, hij kon alleen doen alsof hij in zijn eentje was en alsof de aanwezigheid van deze mannen hem niet deerde.

Als ze hem arresteerden, zou Nanée Luki naar de VS brengen.

Ook de petanquespelers waren nu stil en gooiden zwijgend hun kleine ballen, onschuld en onverschilligheid veinzend. Hun stilte was echter veelzeggend. Edouards instinct gaf hem in om hen te fotograferen, de toeschouwers die deden alsof ze niet keken, maar hij wilde de aandacht niet op zichzelf vestigen.

De mannen van de Gestapo liepen een rondje om het plein, intimiderend zonder iets te doen, louter door hun aanwezigheid. Eentje ging naast Nanée lopen, die Luki's hand stevig vasthield. Het kostte Edouard grote moeite om zich er niet mee te bemoeien toen de man haar in het Duits vroeg of ze misschien de avond met hen zou willen doorbrengen. Ze leek zijn bedoeling te begrijpen, al verstond ze zijn woorden niet.

Ze zette haar koffer neer en streek met haar vrije hand de kraag van haar jasje glad, alsof ze kracht aan de stof ontleende. 'Ik kan me nog voorstellen dat ik de aandacht zou trekken als ik een korte rok droeg,' reageerde ze in het Engels, 'maar als u onder mijn jas kon kijken, zou u zien dat mijn rok tot halverwege mijn kuiten reikt.'

De man probeerde te begrijpen wat ze zei. *'Amerikanerin?'* vroeg hij.

'Ik vrees van wel,' zei ze. 'Niet het superieure ras.'

'Ich heiße Robert.'

Nanée aarzelde, en toen tilde ze Luki op. Wat was ze van plan? Ze nam het boek van Gussie in haar linkerhand.

'Robert,' herhaalde ze, de naam op zijn Frans uitsprekend in plaats van op zijn Duits. 'Natuurlijk heet je zo.' Ze leek zichzelf bij elkaar te rapen en vroeg: 'Ben je een eerbare man, Robert?' Opnieuw sprak ze de naam uit alsof hij Frans was.

'Liefje,' zei ze tegen Luki, 'ik vraag me af of deze man een chocolaatje voor je heeft.'

Luki staarde de man met een schokkend vaste blik aan.

'Schokolade?' herhaalde de Duitser. *'Nein, ich...'*

Hij riep naar zijn Gestapo-vrienden, die rond de petanquespelers op het plein stonden. *'Hat jemand Schokolade für das Kind?'*

Geen van de spelers keek op. Ze bleven aandachtig naar de ballen kijken, zonder iets te zeggen. De vrienden van de Duitser lachten hem echter uit en zeiden dat hij mee moest komen.

Nanée stopte Gussies boek in Luki's linkerhand, pakte haar koffer en liep verder, met Luki nog op haar heup. Een moeder en dochter die vanaf het station naar huis liepen, misschien.

De Gestapo-soldaten maakten hun rondje om het plein af en keerden terug naar hun auto's. Ze reden maar een klein stukje verder, naar het mooiste hotel in de omgeving.

Zondag 8 december 1940

BANYULS-SUR-MER

Edouard klopte op de deur van een goed onderhouden huis van drie verdiepingen dat rechtstreeks aan het strand lag, tegenover de openbare toiletten, onprettig dicht bij het hotel van de Duitsers. Deze plek zag er nog verlatener uit dan het treinstation, maar Varian had daar al voor gewaarschuwd. Maurice bezocht de Fittko's elke paar weken om te laten weten wie er zou komen en wanneer, maar door de vervanging van de burgemeester was de situatie er niet eenvoudiger op geworden. Als Hans en Lisa er niet zouden zijn, moesten Edouard en Nanée Luki meenemen naar het strand en op hun terugkeer wachten.

Ze lieten hun koffers en Gussies boek naast de deur tegen de muur staan, voldoende uit het zicht, en liepen door naar het strand, bij het hotel vandaan. Ze wilden niet dat een van de Duitsers hen vanuit zijn hotelraam zou zien. Toen ze een geschikt bankje hadden gevonden, gingen ze zitten om te wachten. Gewoon een gezin dat een avondwandelingetje maakte en op een bankje ging zitten om naar de zee te kijken. In de winter. In het donker. In een snijdende wind. Maar in elk geval konden de koffers hen nu niet meer verraden.

'*I love you, father,*' zei Luki, het Engelse zinnetje oefenend dat Nanée haar had geleerd.

'Volgens mij kun je me zelfs in het Engels "papa" noemen,' zei hij.

'Ik wil het niet verkeerd zeggen,' zei Luki. 'De moeder-overste zei dat ik Mutti's woorden niet mag gebruiken. Ik mag Mutti zelfs geen Mutti noemen. Ik moet de taal van de maagd Maria gebruiken. Ik moet haar maman noemen.'

Edouard keek om zich heen. Er leek geen betere plek te zijn om te wachten. Hij trok Luki bij zich op schoot en streelde haar haar.

'Spreekt de maagd Maria Frans?'

Nanée lachte een beetje, en Edouard lachte met haar mee. Het voelde goed om de spanning weg te lachen.

'Ik heb altijd begrepen dat ze in onze eigen taal tot ons spreekt,' zei Nanée.

Luki vroeg: 'Als de slechte mannen Mutti's woorden gebruiken, begrijpt de maagd Maria dan wat ze zeggen, zoals ik?'

Edouard keek naar de wilde zee, zoekend naar een manier om haar iets te helpen begrijpen wat hij zelf niet begreep. Hij omvatte haar gezicht en ontmoette haar directe blik. 'De Duitse taal is niet slecht, Moppelchen. Dat wij die taal begrijpen en kunnen spreken, maakt geen slechte mensen van ons. Het zijn de mannen die de woorden op een slechte manier gebruiken die slecht zijn. Slechte mannen zijn slecht in elke taal.'

'Dus ik mag Mutti's woorden nog steeds gebruiken?'

'Ja, alleen moet je begrijpen dat... dat de meeste mensen die je nu zult spreken, die woorden niet zullen begrijpen. En... En sommige mensen denken dat iedereen die Duits spreekt slecht is. Ze hebben het mis, maar dat is wat ze denken.'

'Dus het is beter als ik de andere woorden gebruik, zoals de moeder-overste zei.'

'Ja, ik denk dat ik het in dit geval met de moeder-overste eens ben.'

'Ik vind het fijn als je me Moppelchen noemt, net als Mutti.' Ze gaapte en deed haar ogen dicht, en even later dommelde ze in, in slaap gesust door het regelmatige ritme van de wilde golven.

Edouard zat naast Nanée en keek niet naar de zee, maar naar de deur van het huis met de drie verdiepingen. 'Je wilde me iets vragen?'

Toen ze niet reageerde, zei hij: 'In Perpignan? Maar toen kwam de trein.'

'Het was niets,' zei ze. 'Ik moest alleen... Ik dacht aan *Voorovergebogen naakt*. Dat ik eerst dacht dat het een man was. Een man die push-ups deed.'

Hij bestudeerde haar in het donker, in het maanlicht dat weerspiegelde op de zee. Herinnerde ze zich de foto van de tentoonstelling of had ze de afdrukken gezien die in Sanary in de badkamer hingen te drogen? Met de voorkant naar de muur, zodat Luki ze niet zou zien, of misschien zodat hij ze zelf niet zou hoeven zien.

'Die foto heet niet *Voorovergebogen naakt*,' zei hij. 'Dat is de naam die André ervoor had verzonnen.'

'Hoe heet hij dan wel?' vroeg ze.

'Hij heeft geen officiële naam,' zei hij. 'Hij is nooit bedoeld geweest om tentoongesteld te worden.' De woorden klonken barser dan ze bedoeld waren. 'Sorry,' zei hij. 'Dat was niet...'

Ze wuifde zijn excuses weg. Het gaf niet. En toch voelde hij aan haar iets stijvere houding dat hij haar opnieuw had gegriefd.

Ze zaten lange tijd zwijgend naast elkaar, het huis zo onopvallend mogelijk in de gaten houdend. Het lukte Edouard niet om de foto uit zijn hoofd te zetten, de ochtend waarop hij hem had genomen.

Na lange tijd zag hij eindelijk een droevig ogende man die in het donker richting het huis liep. Was dat Hans Fittko? Hij hoopte half van niet. De man bleef staan; zo te zien had hij moeite met lopen, en niet alleen vanwege de wind. Hoe kon hij dan een berg beklimmen?

De man liep naar het huis toe, zo hard hoestend dat hij moest blijven staan voordat hij de sleutel in het slot kon steken. Toen hij zich weer oprichtte, zag hij de koffers.

Hij keek eerst de andere kant op, en toen de kant van Edouard en Luki en Nanée.

Edouard stond op en tilde Luki op.

'*Verlossing*,' zei hij tegen Nanée. 'Ik noem hem *Verlossing*.'

Zondag 8 december 1940

BANYULS-SUR-MER

Edouard haastte zich naar de man bij de deur, en in zijn armen werd Luki wakker door de beweging. Nanée volgde met Pemmy en Joey.

'We zijn op zoek naar Jean en Lise,' zei ze, de afgesproken codenamen, en ze gaf de man het afgescheurde papiertje dat Varian hun had gegeven.

Het was de bedoeling dat de Fittko's de andere helft van het papier zouden laten zien, maar de man gaf het papiertje alleen maar terug aan Nanée. Misschien hadden ze de verkeerde te pakken? Hij beantwoordde aan de beschrijving die Varian had gegeven, maar dat gold voor zoveel mannen, net zoals Edouard genoeg op de dode Henri Roux leek om voor hem te kunnen doorgaan. Alles gemiddeld. Gemiddelde leeftijd, ongeveer dertig. Genoeg haar voor zijn leeftijd, maar niet meer dan dat, in een typische kleur bruin. Een scherpe neus onder een stevig voorhoofd. Als er iets opmerkelijk was aan Hans Fittko, had Varian gezegd, waren het zijn oren. Maar in het huidige Frankrijk kon je maar beter niet te veel opvallen.

Toch moest dit het goede huis zijn, drie verdiepingen aan zee, recht tegenover de openbare toiletten. En de man leek niet verbaasd te zijn over hun aanwezigheid of het afgescheurde stuk papier. Hij leek simpelweg uitgeput.

'Mijn vrouw ligt in het ziekenhuis,' vertelde hij.

'Wat akelig,' zei Nanée. 'Wat is er gebeurd?'

'Ze heeft geelzucht,' zei de man. 'De koorts bleef maar stijgen.'

Edouard keek ongemakkelijk naar Nanée. Eigenlijk mochten ze niets zeggen tot ze het bijpassende stukje papier hadden gezien. Maar Nanée gaf niets prijs over henzelf. Ze toonde simpelweg medeleven, zoals iedereen met een beetje fatsoen zou doen.

'De dokter wilde niet komen omdat de jongen hem had verteld dat we Duits zijn,' vervolgde de man. 'Godzijdank was Hermant er.'

'Wat akelig,' zei Nanée opnieuw, die zo te horen net als Edouard een beetje ontspande bij het horen van de naam Hermant. Hermant – Beamish – was een van hen, iemand aan wie Varian sinds lange tijd de taak van het begeleiden van vluchtelingen toevertrouwde.

'Sorry,' zei Hans. 'Vergeef me. Kom binnen.'

Nanée aarzelde nog steeds.

'Nogmaals mijn excuses,' zei Hans. 'Ik vergeet mezelf. Wacht heel even.'

Hij verdween in het huis, opnieuw kuchend. Even later verscheen hij met het bijbehorende stukje papier, en hij nodigde hen opnieuw uit om binnen te komen.

'Maar ik kan jullie niet over de grens brengen,' zei hij. 'Zelfs onder de meest gunstige omstandigheden zou ik de tocht niet alleen met jullie kunnen maken.'

Nanée gaf Pemmy aan Luki. Edouard pakte zijn koffer, blij dat hij Luki uit de wind en de kou kon halen. Nanée liet de uitgeputte Hans Fittko met tegenzin haar koffer dragen. Zelf nam ze Gussies boek mee, in haar linkerhand.

Het huis bestond uit kamer na kamer met fraaie houten lambriseringen en prachtige haarden en uitzicht op zee, zonder ook maar één enkele badkamer. 'Ik ben bang dat we niet eens stromend water hebben,' zei Hans Fittko, 'maar we kunnen gebruikmaken van de openbare toiletten aan de overkant.'

Het huis was geen eigendom van de Fittko's, maar van een arts van wie niemand meer iets had gezien of gehoord sinds hij dienst had genomen in het leger. De burgemeester zelf – Azéma, de oude burgemeester – had voorgesteld dat de Fittko's er zouden gaan wonen. Er waren meer dan genoeg kamers waarin ze vluchtelingen konden onderbrengen tot die de grens over konden steken. De burgemeester had de Fittko's een ondertekende verklaring op zijn eigen briefpapier gegeven waarop was vastgelegd dat ze inwoners waren van Banyuls, en ze stonden ook officieel als zodanig ingeschreven. Ze hadden dus geen gebruik hoeven te maken van de vervalste identiteitskaarten die ze in Marseille van Varian hadden gekregen, samen met rantsoenkaarten en extra voedselbonnen voor de vluchtelingen. Aan die tijd was echter een eind gekomen met de komst van de nieuwe, door Vichy benoemde burgemeester.

'Kies alsjeblieft kamers voor jezelf uit, welke je maar wilt,' zei Hans Fittko. 'Ik zal iets te eten voor jullie maken, hoewel ik bang ben dat onze voorraadkast niet meer zo goed gevuld is als eerst.'

Edouard stelde voor dat Luki en Pemmy het huis zouden verkennen en een kamer zouden uitkiezen, maar Luki aarzelde.

'Je kunt een kamer kiezen waar je de zee kunt horen,' zei hij.

'Zoals op de droomboomstam.'

'Maar je mag niet naar buiten zonder mij. Kies een kamer uit voor jezelf, en eentje ernaast voor mij. Dan heb je er geen last van als ik snurk.'

Luki grijnsde, en het gat van de tand die ze was verloren toen hij vastzat op het schip, herinnerde hem eraan hoeveel hij gemist had. Ze zei dat zij het snurken niet erg vond, maar dat Pemmy en Joey er wakker van werden. 'Misschien kunnen we onze deuren open laten staan? Je bent de hele tijd hier, toch, zodat ik naar je toe kan komen?'

'Ik ben de hele tijd hier,' verzekerde hij haar.

'Mag ik ook een kamer uitkiezen voor tante Nanée?'

'Misschien kan ik de kamer aan de andere kant van jouw kamer nemen, net zoals in Villa Air-Bel,' stelde Nanée voor.

Toen Luki was vertrokken om het huis te verkennen, trokken Edouard en Nanée hun jas uit en zetten hun hoed af. Hans schonk wijn in voor hen en voor zichzelf en bood hun een stuk droog brood aan.

'In de meeste kamers liggen dekens en linnengoed in de kasten,' zei hij. 'Ik zou jullie graag helpen, maar...'

'Je moet uitgeput zijn,' zei Nanée.

'Jullie kunnen hier niet lang blijven,' zei Hans. 'Dat zou niet goed zijn voor het kind. Mijn Lisa, ze waste haar haar in de kou, en nu... Ze moest direct naar het ziekenhuis in Perpignan worden gebracht, en als ik dat zelf zou hebben gedaan, zonder reispapieren, zouden ze me hebben opgepakt. Precies op dat moment arriveerde Hermant, alsof hij wist dat we hem nodig hadden. Hij heeft haar naar het ziekenhuis gebracht, en hij kwam terug om me te vertellen dat ze was opgenomen, al zou het nog drie dagen duren voordat de dokter zou komen.'

Nanée verzekerde Hans dat het niet zijn fout was of die van zijn vrouw, dat geelzucht veroorzaakt werd door slechte voeding, en dat ze vast te gul waren geweest met het uitdelen van hun voedsel aan vluchtelingen.

'We zullen geen dag langer blijven dan noodzakelijk, omwille van Luki en omwille van jou,' zei ze.

'Jij bent Amerikaans, toch?' zei Hans. 'Misschien kun je mijn Lisa opzoeken in het ziekenhuis in Perpignan en me laten weten hoe het met haar gaat?'

'We zijn daar overgestapt,' zei Nanée. 'Had ik het maar geweten.'

Maar natuurlijk had ze het ziekenhuis niet kunnen bezoeken, niet terwijl ze met Luki en Edouard reisde.

Edouard vond het vreselijk om erover te beginnen nu Lisa Fittko in het ziekenhuis lag, maar hij moest het vragen. 'Ik... Ik begrijp dat je nu onmogelijk iemand over de grens kunt brengen, maar misschien heb je een kaart van de route?'

Hans verontschuldigde zich en keerde even later terug met een potlood en een klein, dun vel papier. 'Mijn Lisa,' zei hij, 'zij is degene die de route kent. We kunnen geen kaart in huis hebben. Dat is te gevaarlijk.'

Hij deed zijn best om een plattegrond te tekenen.

'Hier, net voorbij de beek,' zei hij, 'daar gaan jullie door de Puig del Mas. Het ligt nu aan de buitenrand, maar daar is het stadje Banyuls ooit begonnen. Je moet er zijn wanneer de wijnarbeiders op pad gaan voor de dag, want er zijn vaak grensbewakers. Je moet doen alsof je bij de arbeiders hoort.' Hij gebaarde naar Edouards gleufhoed. 'Die is veel te chic voor een arbeider. Het moet lijken alsof je erbij hoort. Als je geluk hebt, vinden de grensbewakers het misschien te koud om te komen.'

Hij ging verder met het tekenen van het pad en legde uit wat de herkenningspunten en de risico's waren.

'Hier loopt de route langs een lege stal. Daarna kom je langs zeven dennenbomen op het plateau, die de juiste richting zullen aangeven. Hou ze steeds aan je rechterkant.

'Hier loopt het pad langs een lage stenen muur.

'Hier wordt het pad gemarkeerd door een grote kei.

'Hier steek je een open plek over, en daar volg je een steile wijngaard waar geen pad doorheen loopt, dus je moet gewoon tussen de wijnranken door klimmen.'

Edouard maakte een foto met zijn Leica: Hans die de vluchtroute tekende. Dit was wat hij en zijn vrouw deden. Heimelijk. Verboden. Dit was een man die zijn leven op het spel zette voor anderen. Een Joodse Duitser, net als Edouard.

'Hier moet je heel voorzichtig zijn. Het pad is gevaarlijk. Het zal niet makkelijk zijn. Bovenaan is een smalle bergkam, en als het lukt, moet je daar uitrusten. Maar kijk eerst goed of het wel veilig is.'

Hij markeerde een plek op de kaart waar je makkelijk de weg zou kunnen kwijtraken als je niet goed oplette, omdat het pad daar nauwelijks zichtbaar was en de zeven dennenbomen tegelijkertijd schuilgingen achter een rotswand.

'Hier ligt het pad heel dicht bij de weg,' zei hij. 'Je moet doodstil zijn en goed luisteren of er verkeer is of er mensen lopen. Vanaf de weg zul je niet snel gezien worden, maar je kunt wel gehoord worden, en je wilt niemand aanleiding geven om een kijkje te komen nemen.'

Vanaf dat punt zou het pad minder steil zijn, maar met zoveel kilometers achter de rug zou het niet veel makkelijker voelen.

'Er is een grijze kei die de grens markeert,' zei Hans. 'Lisa en ik gaan nooit verder dan dat, maar het pad loopt regelrecht door naar het stadje Portbou. Je komt langs een vijver, en als er niets meer in je veldfles zit, zul je in de verleiding komen om eruit te drinken. Maar dat moet je niet doen. Je zult ziek worden van het water. Tyfus. Begrijp je dat?'

Edouard knikte. Tyfus veroorzaakte hoge koorts, diarree en overgeven. Zelfs iemand die helemaal gezond was, kon er dood aan gaan.

'Je moet de rotswand volgen tot je de vallei en het stadje ziet. De weg die daar loopt, zal je langs de Spaanse grenspost leiden, en daar moet je je melden. Laat hun je reisdocumenten zien, je Spaanse en Portugese doorgangsvisa. Je loopt nog steeds enig risico dat ze je terugsturen, omdat je geen stempel van de Franse douane hebt. Het zou zelfs kunnen dat ze je oppakken en je uitleveren aan de Gestapo. Het verschilt van dag tot dag. Als het helemaal verkeerd gaat, moet je hun geld aanbieden.'

'Je bedoelt omkopen?' vroeg Edouard.

Hans haalde zijn schouders op, alsof het geen zin had om het zo te noemen als het in je voordeel zou kunnen werken.

'Hoe dan ook,' zei hij, 'je moet een stempel halen bij de Spaanse douane, anders kom je de Spaanse treinen of Portugal niet in. Vanaf de grenspost ga je regelrecht naar het station en neem je de eerste trein naar Lissabon. Als de laatste trein naar Lissabon al weg is, neem dan een andere. Je moet diezelfde avond nog een trein pakken, voordat de regels worden aangepast of iemand simpelweg van gedachten verandert.'

'Ja, natuurlijk,' zei Edouard. 'Je zei dat we het beste 's ochtends kunnen vertrekken, zodat we niet opvallen tussen de arbeiders. Als we 's middags zouden vertrekken –'

'Jullie allebei?' vroeg Hans verward. Hij keek naar Nanée. 'Maar jij werkt samen met Varian. En het kind dan?' En toen tegen Edouard: 'Je gaat toch in je eentje over de bergen?'

'Ik kan Frankrijk niet verlaten zonder Luki,' zei Edouard.

'Maar dit is niet... Een kind? Nee. De weg omhoog kost op zijn best drie of vier uur. Soms wel meer dan tien. Die berg kan een volwassen man eronder krijgen. Zelfs in je eentje zou het veiliger zijn als er iemand voor je uit ging en als iemand je volgde, voor het geval de Kundt-commissie op het oorlogspad is. Dan kan iemand hen afleiden terwijl jij vooruitgaat, of juist terug. Je mag niet worden gepakt.'

'Als het zover komt, kan ik ze afleiden,' zei Nanée. 'Ik heb een Amerikaans paspoort. Dat hebben Luki en ik allebei.'

'Maar het meisje is Edouards dochter?' vroeg Hans verward.

'Ja,' zei Nanée.

'En toch heeft ze een Amerikaans paspoort?'

'Ja.'

'Nou, dan is het makkelijk genoeg. We sturen het meisje met de trein en jij gaat te voet, Edouard. Misschien kan ik het regelen met de vriend die ons helpt om bagage het land uit te krijgen. En Nanée kan de trein terug nemen naar Perpignan en mij laten weten hoe het met Lisa gaat.'

'Luki is geen bagage,' zei Edouard.

Hans keek beledigd.

'Het spijt me,' verontschuldigde Edouard zich. 'Voor ons is het ook een lange dag geweest. Maar Luki moet bij mij blijven.'

'Jij kunt niet met de trein de grens over,' zei Hans.

'Luki kan niet in haar eentje gaan.'

'Nee,' zei Hans. 'Ze is nog zo jong. Daarom stel ik voor om het te regelen met –'

'We hebben geen Frans uitreisvisum voor haar,' zei Nanée.

Hans fronste zijn voorhoofd. 'Maar ze heeft wel een Amerikaans paspoort?'

Als er iets met mij gebeurt, beloof me dat je Luki dan bij je zult houden en dat je altijd voor haar zult zorgen. Het laatste wat Elza hem had gevraagd, een belofte die hij had gedaan – te laat voor haar om het te weten toen ze stierf, maar evenzogoed een belofte. Misschien nog wel meer. Een belofte die hij al een keer had verbroken. Dat zou hij niet nog een keer doen.

'Helaas heeft Luki dezelfde naam als ik,' zei Edouard. 'Varian was bang dat het mij in gevaar zou brengen als we een uitreisvisum voor haar zouden aanvragen. Bovendien was er geen tijd.'

Hans knikte. Hij begreep het probleem.

'Varian zei dat Luki en ik misschien kunnen doen alsof we gaan picknicken.'

'Op klaarlichte dag? Nee, dat kan niet. Hier loop je het grootste risico, bij het vertrek uit Banyuls.'

Met de Gestapo in een hotel een paar honderd meter verderop, en de patrouille bij de grens.

'De enige manier is om voor zonsopgang te vertrekken, samen met de wijnarbeiders,' hield Hans vol. 'In het donker, zodat de wachtposten niet zien dat één arbeider helemaal geen arbeider is. Maar er werken geen kinderen in de wijngaarden. Niet zulke jonge kinderen, in elk geval. Wil je het kind werkelijk meenemen over de bergen?'

'Ik kan Luki dragen,' zei Edouard.

'Ik wil je niet dwarszitten,' zei Hans, 'maar soms is de mist zo dicht dat je nauwelijks ziet waar je loopt. En het kan wel tien uur duren, of nog langer. We kunnen jou vooruitsturen en je dochter met de trein laten volgen. Als we een uitreisvisum voor haar regelen zodra je weg bent –'

'Walter Benjamin heeft deze route gelopen met een koffer vol met manuscripten, die waarschijnlijk meer woog dan Luki. Ik ben jonger en sterker dan hij was.'

Hans keek weifelend, maar hij gaf zijn verzet op. 'Dan kunnen jullie maar beter zo snel mogelijk vertrekken.' Hij kreeg een nieuwe hoestbui.

'Ja,' stemde Nanée in. 'We gaan zo snel als we kunnen.'

Het beviel Hans niets dat ze later wilden vertrekken dan hij had voorgesteld, of dat ze zonder hem zouden gaan, of dat ze ook nog maar één nacht in Banyuls zouden doorbrengen, wat het risico zou vergroten dat Edouard gepakt zou worden of dat de Spanjaarden de grens zouden sluiten. Alles was een risico, maar uiteindelijk hield hij vol dat het daglicht en het tijdstip de grootste risico's vormden.

'Ik kan jullie een stukje op weg helpen,' zei hij. 'Maar het moet voor zonsopgang gebeuren.'

'Maar je bent ziek,' zei Nanée. 'Je bent uitgeput.'

'Als je het kind mee wilt nemen, laat me je dan in elk geval naar het plateau brengen,' zei hij tegen Edouard. 'Ik weet beter waar ik op moet letten, hoe ik je moet beschermen. Edouard, je moet haar heel dicht bij je houden, zeker in het begin. De grensbewakers blijven meestal aan de kant van het stadje. Hou haar dicht bij je op de berg, dan wordt ze misschien niet opgemerkt in jouw schaduw.'

Toen Hans klaar was met het tekenen van de kleine kaart gaf hij die aan Nanée. 'Als jullie worden aangehouden, dit is rijstpapier, en het is klein genoeg om op te kunnen eten. Mochten jullie worden aangehouden, dan krijg jij daar misschien de kans voor, want de aandacht zal vooral naar Edouard uitgaan. En zoals je zegt, jij hebt een Amerikaans paspoort.'

Ze zouden ruim voor zonsopgang vertrekken. Hans zou hen vergezellen zolang hij het volhield. De weg omlaag was veel sneller en makkelijker dan de weg omhoog, dus zodra hij moe werd, zou hij om kunnen keren. Hij wist niet of hij het helemaal tot de grens zou redden, maar de kaart zou hun de weg wijzen. Verder dan de grens kon hij niet gaan. Hij kon niet riskeren dat hij buiten Frankrijk vast kwam te zitten terwijl zijn vrouw hier in het ziekenhuis lag.

'Nu moeten we allemaal gaan slapen,' zei hij, 'of je zult de tocht nooit volbrengen.'

Zondag 8 december 1940
BANYULS-SUR-MER

Nanée lag wakker, wachtend op het zachte klopje op haar deur. Ze hoorde echter alleen het knappen van het brandende hout in de haard, het regelmatige rollen van de golven, de wind, en nu en dan het geluid van Hans die ergens anders in het huis kuchte. Het pakje van Robert Piguet lag netjes opgevouwen op het bureau, samen met Gussies boek en een briefje waarin ze Hans verzocht om Beamish te vragen ze terug te brengen naar T.

Het klopje kwam uiteindelijk, en haar deur ging een klein stukje open.

'Nanée?' fluisterde Edouard.

'Ja,' zei ze, geen vraag maar een antwoord, een uitnodiging.

De deur kraakte een beetje en de schaduw van Edouard verscheen in de deuropening, verlicht door het vuur in de haard, gevolgd door het zachte geluid van de deur die de deurpost weer raakte.

Ze keek naar zijn schaduw. Zijn armen die omhooggingen naar zijn gezicht. De fluistering van een sluiter.

'Ik weet niet of ik iets vast kan leggen in dit licht,' fluisterde hij, 'of wat ik ermee zal doen als het lukt.'

Hij legde de camera op het bureau, naast het boek van Gussie en het keurig opgevouwen pakje. Zijn schaduw bewoog zich tussen haar bed en de haard. Toen sloeg hij de dekens open en kwam naast haar liggen.

'Luki?' fluisterde ze.

'Slaapt als een blok.'

Hij raakte haar haren aan, haar gezicht, haar kin, haar hals. Zijn lijf voelde eerst koud aan, toen warmer. Haar eigen lichaam bewoog naar hem toe, reageerde, begeerde.

Hij tilde het haar in haar hals op en ze voelde zijn adem op haar huid.

Ze raakte de moedervlek aan het uiteinde van zijn rechte, stevige wenkbrauw aan. Ze deed haar ogen dicht en luisterde naar het gejammer van de wind en het geraas van de zee, half verwachtend dat het zou gaan stortregenen, zoals zou gebeuren wanneer dit soort weer over de punt en de Marigold Lodge zou trekken.

'Ik heb een huis in Michigan,' zei ze. 'Aan een meer. Het is het zomerhuis van mijn familie, maar het is nu van mij. Mijn vader heeft het me nagelaten.'

Hij keek naar haar, maar hij zei niets.

Ze volgde een van de groeven op zijn voorhoofd, en toen eentje naast zijn mond. 'Het is heel groot. Het zou een prima plek zijn om een nieuwe start te maken. Luki zou het er fijn vinden.'

Hij legde zijn wijsvinger op haar mond en streek over haar lippen. Om haar te liefkozen, of om haar het zwijgen op te leggen?

Ze drukte haar lippen op de zijne en kuste hem.

Hij kuste haar terug, net zo wanhopig als zij hem. Hij zei niets. Hij kuste haar en zij kuste hem, en hij trok zijn shirt over zijn hoofd.

Ze voelde zijn hand onder haar nachtjapon. Zijn huid op haar huid.

Ze vrijden stilletjes, zo intens als de wind die de luiken liet rammelen.

Maandag 9 december 1940
BANYULS-SUR-MER

Het was nog donker toen ze vertrokken voor de lange wandeling met tante Nanée en de treurige man met het wilde haar en de rare uitstekende oren.

'Blijf vlak bij me,' zei papa. Ze kwamen langs de plek waar de slechte mannen de vorige avond naar binnen waren gegaan. Papa tilde haar op en liep heel snel door, tot ze bij de plek waren waar de grote zwarte auto's waren gestopt en waar de man was geweest die geen chocola voor haar had. Luki was een beetje bang.

Ze bleven lopen, tot ze uit het zicht van het gebouw met de slechte mannen waren, en toen zette papa haar weer neer.

'Blijf vlak naast me. Dan heb je het warmer.'

'Pemmy heeft het koud,' zei Luki.

'Zal ik je bovenste knoop dichtdoen, Luki?'

'Nee, Pemmy heeft het koud. Zij heeft geen jas.'

Tante Nanée haalde de witte engelenvleugels van haar hals en bond die om Pemmy's nek. Ze moest hem er een heleboel keer omheen winden, want Pemmy was klein, zeker bij haar kop.

'Je zult er versteld van staan hoeveel warmer je het hebt met een sjaal,' zei tante Nanée. 'Daarom draag ik deze altijd wanneer ik vlieg.'

'Draag je die bij het vliegen?' vroeg Luki.

'Jazeker. Ik denk niet dat ik zou kunnen vliegen als ik hem niet om had.'

Luki voelde aan de zachte, soepele witte stof. 'Kan Pemmy vliegen?'

'Of Pemmy kan vliegen?' Tante Nanée lachte haar gekleurde-kerkramen-lach. 'Tja, dan zou ze eerst vliegles moeten nemen. Dat zou wat zijn, hè? Een vliegende kangoeroe?'

Luki knikte. Ze wilde vragen hoe moeilijk de lessen waren, en of zij ook zou kunnen vliegen.

'Als je net zo hoog vliegt als de engelen,' vroeg ze, 'kun je dan nog terugkomen?'

Tante Nanée knielde en keek haar aan zoals papa altijd deed. 'Het punt met vliegen,' zei ze, 'is dat het altijd moeilijk is om terug te keren naar de aarde, waar je ook gevlogen hebt.'

Maandag 9 december 1940

BANYULS-SUR-MER

Edouard had slechts de schoudertas bij zich die Hans Fittko had gevuld met brood en surrogaatjam en waar hij zelf de Leica, verscheidene filmrolletjes, twee veldflessen met water en het muffe stokbrood met de negatieven in had gestopt. In die van Nanée zaten broodjes en nog meer water. Met zijn vieren – Edouard en Luki en Nanée, voorgegaan door Hans Fittko – staken ze een kleine beek over aan de rand van Banyuls-sur-Mer en zochten hun weg door een groep huizen omringd door hoge bomen. Hans had hen gewaarschuwd dat het hier vaak wemelde van de grensbewakers, maar ze zagen er niet één. Hans hoestte vanochtend iets minder erg en hij zei dat het hem misschien wel zou lukken om hen helemaal naar de grens te brengen.

Ze mengden zich onder arbeiders die Catalaans spraken en voorzien van spades en manden heuvelopwaarts naar de wijngaarden trokken. Hans sprak een paar woorden met twee van de arbeiders, die hun manden overhandigden, eentje aan Hans en eentje aan Edouard.

Hans gaf de mannen een aantal sigaretten, die ze in hun borstzakje stopten voordat ze zonder hun manden verder liepen.

Ze liepen langs een lage, begroeide stenen muur toen Hans Edouard wat dieper tussen de arbeiders duwde. 'Daar links,' zei hij. 'Kijk niet om.'

Twee in capes gehulde schaduwen stonden op een open plek tussen bomen en struiken. Niet de Gestapo-soldaten van de vorige avond, dacht Edouard. Franse grensbewakers. Gevaarlijk genoeg. Hij hield Luki dicht bij zich zodat zijn eigen lichaam en de lichamen van de arbeiders haar aan het zicht zouden onttrekken.

De arbeiders die Hans en Edouard hun manden hadden gegeven, stapten op de schaduwen af. Een lucifer vlamde. Er verscheen een gloeiend rood sigarettenpuntje, toen een tweede en een derde voordat de lucifer werd gedoofd. Een afleidingsmanoeuvre, begreep Edouard. Ja, een sigaret. Een beleefd verzoek om een vuurtje.

Toen de dag aanbrak, was hij prachtig helder, met dank aan de wind die deze ochtend nog stevig waaide. Volgens Hans was dat eerder een zegen dan een vloek. De wind was niet zo koud als een tramontane vaak was, en zolang het waaide, hoefden ze niet bang te zijn dat ze de weg kwijt zouden raken in de mist.

'Dit is de derde dag dat het zo hard waait,' zei Hans. 'Volgens de plaatselijke folklore zal een tramontane die na drie dagen nog waait, nog eens drie dagen waaien, en dat gaat zo door tot twaalf dagen.' Zelfs het gehuil van de wind kon in hun voordeel werken, zei hij. Het zou immers elk geluid dat ze maakten, overstemmen.

Het pad draaide naar links. Daar lag de kei die Hans had beschreven toen hij de kaart tekende. Tot nog toe had Luki hen niet veel vertraagd; ze liep dapper tegen de wind in op haar kleine espadrilles. Bij de kei vroeg ze Edouard of ze even konden stoppen om uit te rusten.

'Als Pemmy en Joey ook schoenen van touw hadden, konden ze lopen,' zei ze.

Hans schudde subtiel zijn hoofd.

'We gaan straks stoppen om uit te rusten, maar nu nog niet.'

Na een uur of twee bereikten ze de eerste open plek. Ze hadden een derde van de route afgelegd – maar wel het makkelijkste deel, concludeerde Edouard toen hij achteromkeek en het land geleidelijk af zag lopen naar de daken en de kust en de zee. Vóór hen lagen bergtoppen.

De arbeiders hadden ze inmiddels achtergelaten.

'Pemmy is moe van het lopen,' zei Luki. 'En ze is het lawaai van de wind zat.'

Edouard tilde haar op zijn schouders.

'Dat zal de aandacht trekken,' waarschuwde Hans.

Edouard keek omlaag, naar het stadje onder hen. Langs de zee kroop een van de donkere limousines van de Gestapo, als een alziende surrealistische kever die op zoek was naar een prooi. De afstand waar zij te voet uren over hadden gedaan, kon via de weg in minuten worden afgelegd door iedereen die het zich kon veroorloven om op te vallen in een auto. Hij zette Luki weer neer.

Hans deed een stap in haar richting en stak zijn hand uit om haar te helpen. Hij bleef echter met zijn voet achter een boomwortel haken en viel voorover op de grond, Luki stevig vasthoudend en opzijrollend om haar tegen de val te beschermen. Edouard, die ze allebei probeerde op te vangen, viel ook. Luki was zo verbaasd dat ze niet eens huilde.

Edouard tilde haar vlug op en suste haar: 'Niets aan de hand, niets aan de hand.' Hij keek om zich heen, hopend dat niemand de commotie had opgemerkt.

Op het voorhoofd van Hans zat een dun streepje bloed.

Edouard zette Luki weer op de grond en keerde zich naar Hans toe. 'Gaat het?' vroeg hij. 'Kom, dan help ik je overeind.' Hij klopte de aarde en de steentjes van zijn handschoenen.

Hans haalde een kleine verbanddoos uit zijn schoudertas. Hij sneed een stuk verband af en verbond zijn enkel, die al dik begon te worden. Het overgebleven verband stopte hij terug in de doos.

'Wanneer jullie bij het plateau zijn,' zei hij, 'zien jullie de zeven dennenbomen.'

'We kunnen je niet alleen laten,' protesteerde Edouard. 'Zonder hulp kom je die heuvel nooit af.'

'Hou die dennenbomen steeds aan je rechterkant,' ging Hans verder terwijl hij hem de verbanddoos gaf. 'Op die manier kun je nooit te ver afdwalen naar het noorden en het pad kwijtraken.'

Nanée raapte Pemmy op, met Joey vastgespeld in haar buidel. Het muzikale kangoeroejong liet een enkele toon horen toen ze haar pakte.

Edouard ontmoette haar blik. Hij wist wat ze ging zeggen voordat ze het zou zeggen, en hij wilde haar tegenhouden, hoe onvergeeflijk egoïstisch dat ook was.

'Ik kan Hans naar beneden brengen,' zei ze. 'Ik heb een Amerikaans paspoort. Ik kan op elk moment weggaan.' Ze gaf de kangoeroes aan Luki.

'Je moet Edouard en Luki volgen tot ze bij de grens zijn,' zei Hans. 'Als iemand ze in de gaten krijgt, kun jij die persoon afleiden. Zoals je zegt, je hebt een Amerikaans paspoort.'

'Pemmy en Joey kunnen met u meegaan, Monsieur Fittko,' bood Luki aan.

Hans glimlachte. 'Ik heb al zwaardere dingen doorstaan dan een kleine wandeling heuvelafwaarts op een enkel die waarschijnlijk alleen maar verstuikt is. Bovendien kunnen je kangoeroes me zonder espadrilles niet goed helpen, en ik weet zeker dat ze heel verdrietig zouden zijn als ze afscheid van je moesten nemen, net als ik.'

Tegen Nanée en Edouard zei hij: 'Toen Walter Benjamin deze route met Lisa liep, vertelde hij dat je beter rust kunt nemen voordat je helemaal uitgeput bent, om je krachten te sparen.'

Er is niets wat van mijn geduld kan winnen, had Benjamin geschreven in 'Agesilaus Santander', een essay over een schilderij van Paul Klee dat hij achter had moeten laten en dat voor hem alles vertegenwoordigde waar hij afscheid van had moeten nemen. Benjamin had echter een dodelijke dosis morfine verkozen boven uitlevering aan de Gestapo. Iets was zo vaak niets, tot het jou overkwam.

Het gevoel van ergens thuishoren dat Edouard achter had moeten laten. Een hoed waarin de initialen die altijd de zijne waren geweest, waren weggekrast. De hoed zelf nu ook achtergelaten.

'Onthou goed,' zei Hans, 'dat het pad over de bergkam parallel loopt aan de officiële weg. Het is een oud smokkelpad dat onder de weg loopt, grotendeels aan het oog onttrokken door een overhangende rotswand, zodat de grenspatrouille je niet zo makkelijk zal kunnen zien. Maar als ze je horen, hoeven ze alleen maar over de rand te kijken om je ook te kunnen zien.'

Hij keerde zich naar Nanée. 'Vlak bij de top ligt een wijngaard die jullie recht naar het punt zal leiden waar jullie over de bergkam kunnen klimmen.'

'De wijngaard,' herhaalde Nanée, en Hans verzekerde haar opnieuw dat er zelfs zo hoog in de bergen druiven werden verbouwd.

'Wees voorzichtig. Blijf voortdurend alert. Er zijn wilde stieren in deze bergen, en smokkelaars. Jullie hebben niet genoeg voorraad bij je om interessant te zijn voor de smokkelaars, maar dat weten zij niet wanneer ze je zien.'

'De grensbewakers en de Gestapo… denk je dat zij zich zo hoog op de berg zullen wagen?' vroeg Edouard, denkend aan de limousine.

'Ik vrees van wel,' zei Hans.

Edouard vond een gevallen tak en brak die af tot een handige lengte, zodat Hans hem als wandelstok zou kunnen gebruiken. 'Dank je wel voor alles wat je voor ons allemaal doet, Hans,' zei hij. 'Voor iedereen zoals ik. Ik hoop… Het komt vast helemaal goed met Lisa, maar…'

'Ja,' zei Hans. 'Het moet goed komen met haar.'

Toen Hans vertrok, de heuvel af strompelend, hief Edouard zijn Leica en maakte de foto: *Portret van de man die ik zou moeten zijn.*

Maandag 9 december 1940
DE PYRENEEËN

Nadat ze Hans en de open plek hadden achtergelaten, werd de route steiler. Het was moeilijk om te bepalen waar ze precies waren door de heuvels aan beide kanten, goudkleurig in het ochtendlicht, en de rotswand voor hen. Wat weinig meer was geweest dan een steil, rotsig geitenpaadje – Edouard nam aan dat de door de zon gebleekte schedels langs het pad van geiten waren – was hier vernauwd tot een smal spoor van steentjes dat tussen keien door slingerde. Ze moesten steeds vaker blijven staan om te bepalen wat het pad was en wat niet. Een groot deel van de ondergrond bestond uit verbrokkelde schalie en gladde steentjes. Eén misstap en je kon in het ravijn storten. Hij hield Luki's in een handschoen gestoken hand zo stevig vast dat ze meer dan eens klaagde: 'Papa, je doet me pijn.'

Waarom had hij per se gewild dat Luki deze route met hem zou afleggen?

Ze konden de wijngaarden nu in de verte zien liggen: kale wijnranken op grond die zo steil omhoogliep dat hij in Edouards ogen bijna verticaal leek. De zon scheen nu volop en gaf verrassend veel warmte. De wind leek wat af te nemen, maar dat zou illusie kunnen zijn, ingegeven door hoop.

Samen tuurden hij en Nanée vooruit, zoekend naar het pad dat vanaf de plek waar ze stonden omhoogleidde.

'Daar,' zei Nanée.

Hij zag het liggen: het pad op de berghelling boven hen. Maar er was geen manier om er te komen.

Hij bestudeerde de rotsachtige klif en hees Luki toen op zijn rug. Nanée nam Pemmy over, zodat Luki Edouard steviger vast kon houden.

Een regen van steentjes daalde op hem neer voordat hij zelfs maar houvast had gezocht met zijn hand om aan de klim te beginnen. Los zand blies in zijn ogen. Achter hem was Nanée plotseling stil. Ook Luki klemde zich zwijgend aan hem vast.

Hij keek omhoog. Hoorde iets boven de wind uit suizen, die nu beduidend minder hard waaide.

Er rolden nog meer steentjes omlaag.

Was dat een man in de schaduw van dat overhangende stuk rots daar boven? Vlak bij de wijngaard die ze moesten bereiken? Hij draaide zich stilletjes om zodat Luki schuil zou gaan achter zijn rug, zij het dat ze haar benen om zijn middel had geslagen.

Ja, Nanée had de man ook gezien. Zij had hem als eerste gezien en ze bewoog al achteruit, zwijgend gebarend dat hij haar moest volgen.

Er rolden nog meer steentjes omlaag. De man kwam hun kant op. Zijn pet piepte boven een kei uit en verdween toen weer.

Ze schrokken toen de man omgeven door vallende steentjes op het pad sprong. Een magere man met een gezicht dat verweerd was door de zon en een lichaam dat volgehangen was met pakjes.

'Wat doen jullie hier?' vroeg de onbekende terwijl hij hen opnam. Ze waren geen professionele smokkelaars. Ze vormden geen bedreiging voor hem, slechts een mogelijkheid.

De smokkelaar keek naar Nanée, die de kangoeroes in haar ene hand had en haar andere hand in de zak van haar vliegeniersjack had gestoken. Ze zag eruit alsof ze op het punt stond de man te bespringen.

'Ik kan jullie de weg wijzen over de berg,' bood hij aan – tegen betaling, bedoelde hij. 'Niemand kent deze paden zo goed als ik.' Toen zag hij Luki. 'Neem je een kind mee over de berg?' Hij deed een paar stappen naar achteren.

Edouard schoof Luki wat hoger op zijn rug, zei dat ze hem stevig vast moest houden en richtte zijn aandacht weer op de klim. De smokkelaar, die naar een van zijn pakjes reikte, kwam naar hen toe. Edouard draaide zich om en wilde hem afweren.

De smokkelaar bleef staan. Hij hield zijn handen omhoog om te laten zien dat hij geen kwaad in de zin had. 'Voor het meisje,' zei hij.

Hij maakte een van zijn pakjes los en wikkelde er een lap stof af, waar een gedroogde worst uit tevoorschijn kwam. De geur van het vlees vermengde zich met het zwakke aroma van tijm en rozemarijn en lavendel, dat hier in de zomer heel sterk moest zijn. De man gaf Edouard de worst echter niet. Hij bood hem het lange stuk stof aan waarmee de worst aan zijn lichaam vast had gezeten.

'Voor het meisje,' drong hij aan. 'Dan is ze veiliger.'

Edouard aarzelde.

'Zo,' zei de man, wijzend naar de kangoeroes die Nanée nog steeds vasthield. Joey was uit Pemmy's buidel gevallen, maar hij zat nog met de speld aan haar vast.

De stof wapperde in de inmiddels sterk afgenomen wind. Edouard nam de lap aan van de man en gebruikte hem om Luki om zijn middel aan zich vast te binden.

'Een kind. *Bonne chance.*' De smokkelaar schudde zijn hoofd terwijl hij verder afdaalde langs het pad dat zij net hadden beklommen, met de worst nog in zijn hand.

Edouard reikte naar een uitstekend stuk rots boven hem, zette zijn voet op een lagergelegen steen en begon te klimmen.

Maandag 9 december 1940
DE PYRENEEËN

Ze bevonden zich nu heel dicht bij de weg, op een smal pad tussen twee rotswanden. Vanaf de weg waren ze nauwelijks zichtbaar, maar iemand die daar liep, zou hen wel kunnen horen. Ze liepen zo stilletjes mogelijk, met gespitste oren. Edouard hield Luki's hand stevig vast. Bij elke stap was hij bang dat hij of Luki zou uitglijden. Als ze het had toegestaan, dan zou hij haar de rest van de weg hebben gedragen; maar ze was het kind van haar moeder, ze had een eigen willetje.

Ze volgden Nanée, hij en Luki. Hij en Luki en Pemmy en Joey, zou Luki zeggen. Hij was Madame Menier dankbaar dat ze de kangoeroes had opgestuurd. Hij was dankbaar dat ze Nanée had geholpen om Luki weg te krijgen uit het bezette deel van Frankrijk. Hij was de voorman en de huishoudster en de chauffeur dankbaar die haar hadden geholpen. Hij was de nonnen dankbaar die haar daarvoor veilig onderdak hadden geboden. Berthe. Iedereen die Luki had beschermd toen hij dat niet kon.

Nanée bleef staan. Ze verroerde zich niet. Toen hoorde hij wat zij hoorde. Geen stemmen, maar voetstappen. Niet één persoon, maar meerdere, zo te horen.

Nanée drukte zich tegen de rotswand, zodat ze niet zichtbaar zou zijn vanaf de weg.

Hij deed hetzelfde, Luki met zich meetrekkend, wensend dat de wind weer zou aanwakkeren, zodat niemand hen kon horen.

Er klonk een klein, gedempt geluidje.

Edouard keek geschrokken om zich heen, en tot zijn afschuw zag hij dat Pemmy en het kleine jong met het speeldoosje aan de andere kant van het pad op de grond waren gevallen. Een centimeter of vijf verderop en ze zouden in het ravijn zijn getuimeld.

'*Was war das?*' vroeg een stem boven hem. Wat was dat?

Maandag 9 december 1940

DE PYRENEEËN

Nanée hurkte voorzichtig, stilletjes. De voetstappen boven hun hoofd waren gestopt en de stemmen klonken zo dichtbij dat ze de eigenaren ervan een veldfles zou kunnen aangeven voor een slokje water. Ze dacht niet dat ze Edouard en Luki en haar zouden kunnen zien, maar als ze over de rand keken, zouden ze de kangoeroes zien liggen.

Stemmen reageerden op die eerste bekende stem, de stem van Robert – de Gestapo-soldaat die de vorige avond had geprobeerd haar te versieren in Banyuls-sur-Mer. De soldaten spraken onderling met elkaar, Duits waar ze weinig van begreep.

Kon ze de pluchen kangoeroes pakken voordat de Duitsers ze in de gaten kregen? Haar wapperende sjaal rond Pemmy's nek was zo dichtbij dat ze hem bijna vanaf deze plek kon pakken.

'*Musik,*' zei Robert. '*Ich höre Musik.*'

Nanée pakte de kangoeroes. Ze deed zo voorzichtig mogelijk, maar toch klonk het muziekje weer, een enkele toon uit Tsjaikovski's *De notenkraker*, de Bloemenwals. *Akelige schepsels krijgen uiteindelijk altijd hun verdiende loon,* had papa haar verzekerd.

Maar dat was gespeeld. Dit was echt.

Er klonk nog een zacht metalig geluidje.

'*Hört ihr das?*' drong Robert aan. '*Musik.*'

De soldaten zwegen allemaal.

Nanée hield haar adem in en luisterde. Robèrt, dacht ze. Kleine Bobby. Ze stelde zich deze Robert voor zoals ze zich de commandant had voorgesteld, als een sneu klein jongetje dat zich verkleedde in een sjofele oude kamerjas die van zijn grootmoeder was geweest. *Ben je een eerbare man?*

Nu begonnen de mannen boven hun hoofd door elkaar te praten, op zoek naar de bron van Roberts muziek.

Vlug probeerde ze een plan te bedenken. Ze had een Amerikaans paspoort. Luki had een Amerikaans paspoort. Maar Edouard was een stateloze vluchteling, met één set vervalste documenten en één set documenten op zijn eigen naam, die op de lijst stond van mensen die door de Gestapo naar Duitsland gedeporteerd moesten worden.

Hoeveel van deze mannen waren er de vorige avond bij geweest? Met hun zwarte laarzen en hun zwarte uniformen, hun zwarte limousines, hun zwarte harten. Waren ze er allemaal?

Ze voelde aan het pluchen oor van de kangoeroe, zoals ze zo vaak aan het oor van Dagobert had gefrummeld. Zou ze de hond ooit nog terugzien?

Wat een dapper meisje ben je. Je huilt niet eens.

'Die Musik ist in deinem Kopf,' zei een van de andere Gestapo-soldaten boven hun hoofd. Niet Robèrt.

Daarop werd met veel hilariteit gereageerd.

'Die Musik muss aus der Tiefe der Höhle kommen. Mach weiter, Robert. Springen!'

De andere soldaten proestten het uit.

Er klonken opnieuw stemmen, en ze hoorden geschuifel en rollende steentjes. Klom er eentje omlaag?

Nanée keek om zich heen, maar zij en Edouard en Luki konden zich nergens verstoppen en er was geen ontsnappingsroute. Er was enkel het smalle, rotsige pad in beide richtingen, en het diepe ravijn.

Nog meer gescharrel. Een vechtpartij?

Meer woorden. Meer gelach.

Jongens die elkaar uitdaagden, zoals ze hadden gedaan toen Robèrt de vorige avond was blijven staan om met haar te flirten. Kleine Dickey en zijn vrienden hadden haar uitgedaagd toen ze met papa op duiven gingen jagen.

De soldaten liepen door, nog steeds lachend. Ze verschenen een stuk verderop in een bocht in de weg, drie mannen in zwarte uniformen en zwarte laarzen. Niet meer dan drie.

Als zij hen kon zien, konden zij haar zien. Ze hadden hun rug naar haar toe en ze liepen de andere kant op, maar als ze zich nu zouden omdraaien, zouden ze Edouard en Luki en haar ontdekken.

Ze gebaarde dat Edouard achter haar tegen de rotswand moest blijven staan. Ze was al bezig haar handschoenen uit te trekken en stak haar hand in de zak van haar vliegeniersjack om de Webley met het parelmoeren handvat te pakken.

Er waren maar drie Duitsers.

Ze stopte de kangoeroes tussen haar bovenbenen om haar handen vrij te hebben en nam het pistool stilletjes in haar hand.

De nazi's liepen verder, nog steeds lachend.

Ze richtte de revolver op hen, met beide handen om het handvat en haar vinger op de trekker, haar armen recht voor zich uit, zoals haar vader haar had geleerd.

Zich concentrerend op het doelwit.

Wensend dat ze iets anders met de kangoeroes kon doen, zodat ze haar voeten verder uit elkaar kon zetten.

Wensend dat ze een revolver met een langere loop had om beter te kunnen schieten.

Biddend dat de mannen zich niet om zouden draaien, dat ze hen niet zouden zien.

Perfect stil en geconcentreerd.

Haar gezichtsveld volledig vrij.

Ze waren nog niet ver weg, maar met elk moment dat verstreek, werd de afstand groter.

Luki, achter haar, hield zich stiller dan Nanée bij een kind voor mogelijk had gehouden. Ondertussen omklemde ze het handvat van de revolver en hield de kangoeroes tussen haar dijen, biddend tot de maagd Maria dat er geen muziekje meer zou klinken. Biddend dat de wind weer zou gaan jammeren.

De mannen liepen door, kletsend en lachend.

De groeiende afstand was gunstig. Misschien zouden ze gewoon doorlopen. Maar met elke stap zou het ook moeilijker worden om gericht te schieten.

De soldaat genaamd Robert keek om.

Zag hij hen?

Nee, hij keerde zich weer naar zijn kameraden toe. Hij liep door.

Het parelmoeren handvat van de revolver voelde koud aan onder haar vingers. Net zo koud als haar jachtgeweer had aangevoeld, hoewel de hagel die ze uit de fragiele borst van de duif had gepeuterd warm was geweest.

Robert keek opnieuw om en liet tot zich doordringen wat hij tot zijn ongeloof zag. Zijn gezicht stond stomverbaasd.

Ze bad uit alle macht dat hij zou doen alsof hij haar niet zag. Dat hij hen zou laten gaan, zoals de Duitsers bij de graftombe van Madame Dupin hadden gedaan.

Het leek wel of hij een eeuwigheid nodig had om te beslissen.

De zon scherp op haar gezicht. Haar blote vingers om het handvat van de revolver.

Doe alsjeblieft alsof je ons niet ziet, Robèrt.

Zijn mond die openging. Die de anderen waarschuwde.

Ze haalde de trekker over.

Lieve hemel, ze had gemist.

Ze zette haar voeten verder uit elkaar om beter te kunnen mikken, terwijl de nazi naar zijn eigen wapen greep.

Nu hadden zijn kameraden zich ook omgedraaid, gealarmeerd door het geluid van het schot.

Ze trokken hun wapens.

Ze haalde de trekker een tweede keer over.

Hij zakte in elkaar. Had ze hem gedood?

Een tweede loop die recht op haar gericht werd. Die vuurde.

Ze schoot nog een keer, op de andere nazi, die tegelijk op haar schoot.

Een felle steek. Brandende pijn.

Ze schoot nog een keer, een vierde schot.

En nog een keer, de pijn onderdrukkend.

En nog een keer.

Nu mikte ze op de man die voor haar op het pad landde. Allemachtig, waar was hij vandaan gekomen?

Een droge klik. Haar kogels waren op.

Maandag 9 december 1940
DE PYRENEEËN

Luki drukte haar gezicht tegen papa's borst. Hij maakte zich klein, met haar tegen zich aan, zodat ze niet kon zien wat er gebeurde.

Het angstaanjagende knallen was gestopt. Ze voelde papa's borst bonzen, en trillen, zoals altijd wanneer hij verdrietig was. Ze wilde naar hem kijken om te zien dat hij er nog was, ook al kon ze zijn hart voelen. Maar hij hield haar hoofd zo stevig tegen zich aan dat ze niet op kon kijken, ze kon alleen maar iemand zwakjes om zijn Mutti horen roepen, in de oude woorden. Toen niets meer, alleen het stille ruisen van de wind.

'Luki,' fluisterde papa, 'ik wil dat je je ogen dichthoudt. Beloof je me dat je je ogen dicht zult houden?'

Ze knikte, met haar hoofd nog tegen zijn borst.

Ze voelde de kriebelige vacht van Pemmy die in haar handen werd gedrukt, met de gladde engelenvleugels nog om haar hals. Een van de slechte mannen had Joey horen zingen. Het was niet Joey's bedoeling geweest om te zingen. Het was Luki's fout. Luki had hem laten vallen. Het was niet haar bedoeling geweest om hem te laten vallen, en het was niet zijn bedoeling geweest om te zingen.

Papa tilde haar op, dicht tegen zich aan, zodat ze het niet kon zien, en hij begon te lopen met haar in zijn armen.

Maandag 9 december 1940
DE PYRENEEËN

Ze bewogen zich zo snel voort als ze konden, langs de rotswand, om zo ver mogelijk uit de buurt te zijn voordat iemand de lichamen van de soldaten zou vinden. Ze bleven pas staan toen ze de man op het pad niet meer konden zien. Nanée had de mouw van haar vliegeniersjack steeds tegen de zijkant van haar hoofd gedrukt gehouden en ze durfde hem bijna niet weg te halen. Zoveel bloed, alsof het uit haar hoofd kwam en zich in haar oor verzamelde.

Ze haalde haar hand weg zodat Edouard kon kijken. Als het een ernstige wond was, zou ze het überhaupt niet overleven.

Het was haar oor – niet bepaald een oppervlakkige wond, maar het was vooral bloed.

'Twee centimeter verder en het was dodelijk geweest,' zei Edouard.

Dodelijk.

'Denk je dat ze… Alle drie?' vroeg Nanée.

'Zelfs degene die om zijn moeder riep, werd stil voordat we buiten gehoorsafstand waren,' zei Edouard, eerder opgelucht dan spijtig.

'Dat kon ik niet meer horen met mijn afgeschoten oor,' zei ze. Ze maakte er een grapje van, terwijl Edouard haar wond verbond met spullen uit de verbanddoos van Hans. Ze lachten en lachten, niet omdat het grappig was, maar omdat Nanée zojuist drie Gestapo-soldaten had doodgeschoten. Het was de schok die een uitweg zocht.

Ze dacht dat Edouard gelijk had, dat de mannen dood waren, maar het was allemaal zo snel gebeurd, binnen luttele seconden. Robert, op het pad, was zeker dood – midden in zijn borst geschoten. Zijn dode lichaam was over de rand van de klif op het pad gegleden terwijl Nanée op de anderen schoot. Daar moesten zij en Edouard ook om lachen nadat hij haar oor had verbonden: dat Nanée een lege revolver had afgeschoten op een man die al dood was.

Een heel stuk verderop, bij een smalle bergkam vlak bij de top van de klim, stopten ze voor een iets langere pauze. Ondanks de inspanning van het snelle lopen rilde Nanée. Dat zou ook de shock wel zijn. Ze moest iets eten. Een paar zoete druiven zouden haar goeddoen, maar de wijnranken waren kaal, wat haar de ondankbare handeling bespaarde van het stelen van fruit van een pad dat naar de vrijheid leidde. Ze haalde een veldfles uit haar schoudertas en gaf die aan Luki.

'Jij moet ook drinken,' zei Edouard. 'Je ziet schrikbarend bleek.'

Nanée deed net of ze een slokje nam, zonder echt iets te drinken. Het water begon op te raken.

Edouard gaf Luki nog een slok.

De wind was inmiddels zoveel milder, maar de kou beet in haar gezicht. Of misschien was dat de pijn van haar wond.

Hier boven lag sneeuw. Niet zoveel dat je erin wegzonk, maar genoeg om het pad glad te maken.

Ze liepen verder, het pad volgend, dat nu minder steil omhoogliep. Ongeveer een uur lang ploeterden ze zo snel mogelijk voort.

Toen ze de top bereikten, bleven ze staan. In de verte zagen ze een klein stadje met rode daken liggen, en daarachter het heldere blauw met de witte schuimkoppen van de Middellandse Zee, die uiteindelijk overging in het blauw van de hemel. Was dat de Spaanse kust?

Aan de andere kant liep het pad dat ze hadden genomen omlaag naar Banyuls en wat een tweede zee leek te zijn. Achter hen was een boog van hogere pieken – het Catalaanse Roussillon – bedekt met sneeuw.

Het was werkelijk adembenemend. Edouard vond dat kennelijk ook; hij stond het roerloos in zich op te nemen. Zelfs Luki keek alleen maar.

'Het lijkt wel of er twee zeeën zijn,' zei Nanée.

Zaten ze nog op de juiste route? Bij het tekenen van de kaart had Hans hun van alles verteld, maar over dit adembenemende vergezicht had hij niets gezegd.

'Kijk, papa, een droomboomstam!' Luki liet zich van Edouards rug glijden en rende weg. Ze glibberde even op de sneeuw, maar ze herstelde zich en haastte zich naar de boomstam.

'Moppelchen, we kunnen hier niet blijven,' riep Edouard. 'We moeten verder tot we in Spanje zijn.'

'Ik kan me niet herinneren dat Hans over dit uitzicht heeft verteld,' zei

Nanée. 'Jij wel? We moeten de kaart raadplegen, om te kijken of we wel op de goede plek zijn.'

Ze zag Luki op de boomstam klimmen en ze dacht terug aan haar grote broer die in Michigan op een boomstam zat en haar uitlachte toen ze probeerde naast hem te klimmen, en aan haar vader die haar optilde en naast haar kwam zitten, met zijn arm om haar heen, zodat ze er niet vanaf zou vallen. Was dat een echte herinnering? Hij leek tegelijk onwerkelijk en onbetwistbaar. Ze had jarenlang geprobeerd om papa tevreden te stellen, om te voldoen aan het ideaalbeeld van een dapper meisje dat hij in haar gedachten koesterde.

Maar ze was nu niet in Michigan. Ze was niet in Evanston. Ze was geen kind dat verhalen las over meisjes die net zo opmerkelijk waren als zij wilde zijn, verhalen die altijd goed afliepen en nooit echt waren. Ze was in Frankrijk. Ze smokkelde een Duitse vluchteling en zijn dochter over de grens. Zelfs op het doodschieten van één Gestapo-soldaat stond al de wreedst denkbare straf.

Ze hadden de twee mannen op de weg niet kunnen zien. Ze stonden niet meer overeind. Zou ze zich beter voelen als ze wist dat ze dood waren, of slechter? Het waren de zoons van iemand, misschien broers of echtgenoten. Vaders. En zij had hen gedood. Maar ze zouden haar hebben gedood. Ze zouden Edouard hebben gedood. Ze zouden Luki hebben gedood. Toch?

Ze zaten in de zon, in de wind, die nu mild was en bijna stil. Op deze bergtop was geen ravijn om jammerend doorheen te jagen. Edouard zat naast Luki, en Nanée zat naast hem. Ze viste een stukje brood uit haar schoudertas. Ze nam het kleinst mogelijke hapje, zodat het leek alsof ze at terwijl ze het brood voor de andere twee overliet. Toen gaf ze het aan Edouard, voorzichtig, zodat het niet op de grond zou vallen. Hij deed niet eens alsof hij een hap nam voordat hij het doorgaf aan Luki.

'Je moet iets eten,' zei Nanée. Hij was zichtbaar vermoeid door het dragen van Luki. 'Je moet op krachten blijven.'

'Jij moet juist eten,' zei hij. 'Jij...'

'Met mij gaat het prima.'

Ze dwong zichzelf zijn blik te ontmoeten, zijn opvallende groene ogen, die nog steeds triest en vermoeid stonden, maar ook wild en alert, oplettend. Vol medeleven.

'Ze zouden ons hebben gedood,' zei hij. 'Je hebt het juiste gedaan. Ze zouden ons hebben gedood.'

Ze knikte.

Ze trok haar handschoenen uit en haalde de kleine kaart van rijstpapier uit haar zak, die ze moest opeten als ze in de problemen zouden raken. Nu hield ze hem echter alleen vast met haar koude vingers.

Edouard kuste Luki boven op haar hoofd.

Nanée zat zwijgend naast hen terwijl een grote vogel, een havik of een arend, hoog boven hen door de lucht zweefde. Zouden de Duitsers als eerste hebben geschoten als zij dat niet had gedaan? Ze wist het niet. Ze kon niet eens zeggen dat ze er op dat moment bij had stilgestaan, dat ze de afweging had gemaakt dat ze niet kon riskeren wat die mannen wellicht zouden doen. Ze had zich alleen geconcentreerd, zoals haar vader haar dat had geleerd. Ze had zich een bull's eye voorgesteld, een schietschijf zoals bij die eerste schietwedstrijd die ze had gewonnen. Ze had instinctief gevuurd, zoals ze ooit op die arme duif had geschoten, die alleen maar door de lucht had gevlogen waar hij thuishoorde.

'Ze was zwanger,' zei Edouard zacht. 'Op die foto.'

Voorovergebogen naakt. Spookechtgenote. Verlossing.

Hij sprak Elza's naam niet uit, of die van Luki. Zijn blik bleef gericht op de roofvogel, die nu nog hoger zweefde en steeds kleiner werd voordat hij zwenkte en zich naar de aarde liet storten.

Ze wachtte zonder iets te zeggen.

'Nadat… Nadat ze was…'

Welk woord kon hij niet zeggen? Of wilde hij niet zeggen met zijn dochter erbij?

'Het was een manier om… Om… Ik weet het niet. Ze wilde dat ik de foto zou nemen. Ze dacht dat het mij zou helpen helen.'

Nadat ze was vreemdgegaan? Maar waarom zou hij de foto dan houden?

'Ons,' zei hij. 'Ons zou helen.'

Ze keek naar zijn gezicht. Ze wilde hem geen ongemakkelijk gevoel bezorgen, maar ze wilde niet alleen horen, maar ook zien wat hij zei. Ze wilde het begrijpen. Op de foto was Elza zwanger van Luki, maar Elza was Edouard nooit ontrouw geweest. Dat had hij bedoeld toen hij haar vertelde dat Luki niet Joods was. Dat Luki zijn dochter niet was.

Onder de Duitse wet was een kind alleen Joods als beide ouders dat waren. Dat was de... Niet alleen de schaamte, maar ook het verdriet dat ze zelf had gevoeld toen ze die foto voor het eerst zag, *Verlossing*. Toen ze had gedacht dat het een man was in plaats van een vrouw. Ze zag nu dat het beiden was: Edouard die zijn eigen schaamte en verdriet vastlegde in de foto van een vrouw van wie hij had gehouden, maar die hij niet had kunnen beschermen. Een foto die, door hun verdriet vast te leggen, ook Nanées eigen verdriet onthulde, haar eigen verlies, al was dat van een heel andere aard.

Luki nestelde zich tegen Edouard aan, haar kangoeroes vergeten op de grond, en hij trok haar dicht tegen zich aan. Boven hun hoofd spreidde het solitaire schepsel aan de koude blauwe hemel zijn vleugels en liet zich meevoeren door de wind.

'Vanwege je werk?' vroeg ze. 'Vanwege je foto's?'

'Ja.'

'En toch blijf je ze maken.' Het meisje dat voor Hitler salueerde. De jongen die gedwongen werd om de baard van zijn vader af te knippen. De mensen die gevangen werden gehouden op de ss Sinaia.

'Ze zei dat sommige dingen belangrijk waren en andere dingen niet. Ze zei dat we niet in makkelijke tijden op de proef worden gesteld, maar in moeilijke tijden, zoals deze.'

Nanée legde een hand naast hem op de boomstam, bedenkend dat niets betekenis had tot je het betekenis toekende. Bedenkend dat schaamte een te sterke kracht was om de controle erover in handen te geven van mensen die die zouden manipuleren – niet alleen schaamte, maar ook verwachting. Bedenkend dat de persoon die ze hier geworden was, de enige persoon was die ze wilde zijn.

Ze schoof haar hand opzij tot haar vinger die van hem raakte. Even later legde hij zijn pink over de hare.

Ze keek naar de twee zeeën die één waren en ze voelde de warmte van zijn enkele vinger op de hare terwijl ze naar het oogverblindende blauwgroen staarde, de schuimkoppen, de enkele vogel die een zwarte schaduw vormde tegen het licht. En hij keek met haar mee. Samen zagen ze de arend elegant hun kant op zwenken, zijn vleugels breed en indrukwekkend gespreid. Ze keken samen terwijl achter hem het wilde water tegen de kusten van twee verschillende landen klotste, die elkaar ergens achter de horizon raakten, op een plek die ze nog niet konden zien.

Maandag 9 december 1940

DE PYRENEEËN

Edouard stond op om verder te gaan, kijkend naar de horizon, maar met zijn hart nog in het pijnlijke verleden. *Ik ben zwanger,* had Elza hem verteld. Zwanger van het kind dat Luki zou worden. Hij was niet in staat geweest haar aan te raken. Hij was niet in staat geweest het haar te vragen. Maar natuurlijk zou ze net zomin als hij hebben geweten wiens kind ze droeg. *Ik wil dat je me fotografeert,* had ze gezegd. *Dat je ons fotografeert. Ik ken je. Ik weet dat dit makkelijker voor je zal zijn als je me door middel van je kunst weer terugneemt in je hart. Als je ook dit kind door middel van je kunst in je hart sluit.*

Hij nam het kleine vel rijstpapier over van Nanée, die ook was opgestaan. Ze raapte Pemmy en Joey van de sneeuw en gaf ze aan Luki terwijl hij de markeringspunten bestudeerde die Hans had getekend. Zijn toekomst, en die van Luki, en die van Nanée.

Waren ze hier? Of hier? Of hier?

Het duurde een poosje voor hij zijn stem hervond. 'Ik denk dat we hier zijn,' zei hij ten slotte.

'Waar?'

Hij wees naar de plek op de kleine plattegrond waar Hans had aangegeven dat het pad af zou buigen naar de Spaanse grenspost.

'Daar?' vroeg Nanée.

'Ja.'

Met zijn wijsvinger volgde hij de lijn van het pad dat omlaagliep naar de Spaanse grenspost waar ze zich moesten melden, waar ze hun reispapieren moesten tonen en moesten hopen dat ze niet werden weggestuurd, of erger.

'Zijn we in Spanje, papa?' vroeg Luki.

'Ja,' zei Edouard. 'We zijn weg uit Frankrijk. We zijn weg uit Frankrijk. Nu moeten we de mensen in Spanje nog zover krijgen dat ze ons door laten reizen naar Portugal. Maar we zijn weg uit Frankrijk.'

Luki klemde haar kangoeroes tegen zich aan en begon te snikken. Ze was uitgeput. Natuurlijk was ze uitgeput.

'Moppelchen,' zei hij. 'Mijn Moppelchen.' Hij trok haar tegen zich aan, kuste haar op het hoofd en streelde haar haren. Voorzichtig tilde hij haar op en ging weer op de boomstam zitten om haar heen en weer te wiegen. Ondertussen bedacht hij, zoals zo vaak, dat hij zowel Elza als Luki in de steek had gelaten. En hij dacht aan het laatste briefje dat Elza hem had geschreven – *Als er iets met mij gebeurt, beloof me dat je Luki dan bij je zult houden en dat je altijd voor haar zult zorgen* – terwijl zijn liefde voor Luki onbetwistbaar had moeten zijn vanaf de dag van haar geboorte.

Maar nu hij uitkeek over de twee zeeën, met Luki warm in zijn armen, begreep hij dat het briefje van Elza geen verzoek was geweest, maar een herinnering. Elza was al zeker geweest van zijn liefde voor Luki toen hij nog aan zijn eigen hart twijfelde. Ze zou haar dochter nooit hebben achtergelaten om haar zus in Duitsland te gaan zoeken als ze niet zeker was geweest van die liefde.

Hij keek naar Nanée en zag dat ze Luki gadesloeg terwijl het kind kalmeerde nu haar angst via haar tranen was weggevloeid. Ja, Luki had ook háár hart veroverd.

'We moeten gaan,' zei hij uiteindelijk. 'We willen de laatste trein vanuit Portbou niet missen.'

Nanée keek hem recht in de ogen. 'Ja,' zei ze.

Ze legde haar hand op die van Luki. 'Ik ga je missen, Luki,' zei ze.

Woorden die ook voor hem bedoeld waren. Dat hoorde hij in haar stem, hij voelde de klap. Haar milde manier om afscheid te nemen van Luki, en van hem.

Hij staarde naar de markeringen op de kaart. Hoe had hij zichzelf wijs kunnen maken dat Nanée bij hem hoorde? Dat ze hem had gekozen. Dat ze alles waar ze van hield achter zou laten om met hem mee te gaan. Om naar huis te gaan, had hij gedacht, maar waar hij naartoe ging, was net zomin thuis voor haar als het thuis voor hem was.

Hij zocht naar iets wat hij kon aanvoeren om haar van gedachten te laten veranderen. Het was te gevaarlijk voor haar om te blijven, zelfs nog gevaarlijker voor haar dan voor hem, omdat zij de Duitsers had neergeschoten; als een van hen het had overleefd, zou hij op zoek gaan naar de vrouw die haar voeten stevig op het pad had geplant en op hem had geschoten, niet naar de man en het kind die zich achter haar tegen de rotswand hadden gedrukt. Varian zou binnenkort Frankrijk uit gezet worden, en wat zou ze dan doen, zelfs als zij mocht blijven? Luki zou willen dat ze met hen meeging. Híj wilde dat ze met hen meeging.

Hij zei: 'Als die Duitsers gevonden zijn –'

'Ik weet het, maar van bovenaf zal ik iedereen kunnen zien die mijn kant op komt.' Ze had er dus over nagedacht, over deze terugkeer.

'Het is te gevaarlijk,' hield hij vol.

'Niemand verdenkt Amerikaanse vrouwen van iets anders dan borduurwerk. Mannen kunnen zich zo zelden voorstellen dat we in staat zijn tot de dingen waartoe we in staat zijn.'

'Ik –'

'Al het goede dat ik ooit heb gedaan,' zei ze, 'heb ik hier gedaan.'

Toen keek ze hem eindelijk aan, op dit moment van vrijheid en wanhoop. Doordringend, zoals hij haar die eerste avond had opgenomen, vanaf het moment dat hij had geëist dat André *Verlossing* weg zou halen.

Hij wilde vragen of ze Frankrijk zou verlaten wanneer Varian vertrok. Maar niemand kon haar vervangen. Dat wist hij. Als Postbezorgster liep ze elke dag gevaar, maar niemand anders bij het CAS kon doen wat zij deed.

Hij gaf haar de kleine plattegrond. De vraag of hij haar ooit terug zou zien, lag op het puntje van zijn tong.

'Die zul je nodig hebben om de weg te vinden,' zei ze, de kaart weigerend. 'Ik zou hem alleen maar op moeten eten.'

Hij lachte een beetje. Hoe had ze geweten dat hij daarom zou moeten lachen? En dat hij óf moest lachen, óf moest huilen?

Al het leven dat hij achterliet. Het gevoel thuis te zijn.

'Ik zou ook kunnen blijven,' zei hij. Eigenlijk was er ook niemand die kon wat hij kon. Als hij bleef, zouden zijn foto's de ogen van de wereld openen. Hij was altijd bang geweest; dat kon je al zien in dat eerste zelfportret. En toch had hij zijn foto's gemaakt en gepubliceerd, beseffend dat hij een enorm risico nam, ook al had hij zich de gevolgen niet kunnen voorstellen: dat hij Elza en het kind dat ze samen hadden gemaakt, zou kwijtraken, dat hij het leven zou moeten achterlaten dat ze samen hadden opgebouwd, dat hij alleen Luki en zijn camera's en zoveel mogelijk van zijn werk zou kunnen meenemen. Zijn foto's had hij zelfs nu nog bij zich.

'Ik zou moeten blijven,' zei hij.

'Je zou iedereen in gevaar brengen die jou kent,' zei ze. 'Varian. Danny en T. Gussie en Lena en Maurice en Beamish.'

Haar wangen waren rood van de wind en de kou, en haar neus ook.

En jou, dacht hij. Als ik zou blijven, zou ik jou ook in gevaar brengen.

Ze haalde haar veldfles uit haar schoudertas en duwde die in zijn hand. 'Voor Luki,' zei ze.

'Ik –'

'Je hebt al foto's genomen die het verhaal van hier vertellen.' Ze haalde zijn brieven uit haar schoudertas en gaf die aan hem. 'En je hebt deze. Gebruik ze voor iets goeds, als je de kans krijgt.'

'De engelen hebben je nog nodig,' zei Luki tegen Nanée, alsof ze dit op haar eigen manier had uitgevogeld.

'Ja,' zei Nanée. 'Ja, ik denk inderdaad dat de engelen me nodig hebben hier in Frankrijk. Volgens mij kunnen ze alle hulp gebruiken die ze kunnen krijgen.'

'En Dagobert,' zei Luki.

'Ja,' zei Nanée. 'Ja, Dagobert heeft me ook nodig.'

'Hij zal voor je zorgen, zoals ik voor papa zorg, en papa voor mij.' Ze keek nu naar hem.

'Ja,' beaamde Nanée.

'Maar zul je over ons waken, zoals de maagd Maria?'

Nanée raakte Luki's wang aan, en toen liet ze haar vinger over haar arm omlaagglijden naar Joey en Pemmy, naar de sjaal om Pemmy's nek. 'Ik zal altijd aan je denken, Luki,' zei ze.

Luki begon Nanées witte zijden sjaal van de nek van de kangoeroe te wikkelen, maar Nanée hield haar tegen.

'Hou jij hem maar,' zei ze. 'Ik wil graag dat jij hem houdt, zodat Pemmy het niet koud krijgt.'

'Maar zonder de sjaal kun je niet vliegen.'

Nanée trok Luki tegen zich aan en omhelsde haar stevig. 'Bewaar jij hem maar voor mij, Luki,' wist ze uit te brengen. 'Bewaar jij hem, en wanneer deze waanzin op een dag is afgelopen, dan zoek ik je op en dan gaan we samen vliegen.'

'En papa?' vroeg Luki.

Edouard keek naar de havik die op de wind zweefde, zodat Nanée niet kon zien hoe diep hij geraakt was, zodat Luki het niet kon zien.

'En je papa,' zei Nanée, 'als hij mee wil.'

'Maar niet naar de hemel,' zei Luki. 'We zouden terugkomen naar de aarde.'

'Ik ben bang dat we altijd terugkeren naar de aarde.'

Nanée keek Edouard aan en zei: 'Wees voorzichtig. Wees de rest van de reis voorzichtig. De Gestapo zit ook in Spanje.'

'Laat mij...' Hij keek naar de zak van haar vliegeniersjack, waar de revolver in zat. 'Je moet daar niet mee worden gevonden.'

'Je kunt niet gewapend bij de Spaanse grenspost verschijnen.'

'Zo dadelijk komen we bij die smerige vijver waar we van Hans niet uit mochten drinken.'

Nanée bukte tot ze op dezelfde hoogte was als Luki en wees naar de hemel. 'Kijk,' zei ze. 'Volgens mij is dat een steenarend. Die zijn heel zeldzaam. Ze kunnen urenlang of zelfs dagenlang roerloos in een boom zitten. Niemand kan ze dan vinden.'

Terwijl Luki omhoogtuurde naar de vogel, haalde Nanée vlug de revolver met het parelmoeren handvat uit haar zak.

Edouard nam hem van haar aan en schoof hem in zijn eigen zak.

'Ze kunnen geweldig goed vliegen, steenarenden,' vertelde Nanée aan Luki, 'maar ze bouwen ook nesten hoog in de bergen, waar ze jaar na jaar terugkeren.' Ze kuste Luki op haar hoofd en richtte zich weer op. 'Ik ga je echt verschrikkelijk missen, Luki Moss.'

Edouard raapte haar vrijwel lege veldfles op, en zijn schoudertas met het oude stokbrood met de negatieven erin. Hij verdronk haast in wat hij achterliet, wat hij kwijtraakte: de wereld die hij kende, de plekken die hij met Elza had gedeeld, en met deze vrouw, die hem tegen alle waarschijnlijkheid in had geleerd om weer lief te hebben.

Nanée glimlachte triest, een prachtige glimlach zonder het minste spoortje koketterie in de boog van haar wenkbrauwen of de ronding van haar wang, haar tikje ondeugende mond.

Hij hief zijn Leica en maakte de foto: Nanée die op de bergtop stond, met de twee zeeën achter haar die dezelfde zee waren, de vogel die door de lucht zweefde en die, zo zag hij nu, niet de havik was waar hij hem voor aan had gezien, maar inderdaad een steenarend.

Hij pakte Luki's hand, de hand van zijn dochter. Ten slotte wist hij uit te brengen: 'Dag, Nanée.'

'In Frankrijk zeggen we au revoir,' zei ze. 'Tot ziens.'

Dinsdag 10 december 1940

VILLA AIR-BEL

Nanée hurkte in de hal en hield Dagobert lange tijd vast. Ze liet hem haar handen en haar hals en haar gezicht likken en vertelde hem steeds opnieuw dat ze hem ook had gemist, terwijl Varian en de anderen haar feliciteerden met haar succesvolle tocht. Varian had bericht gekregen van zijn contactpersonen in Madrid dat Edouard en Luki die stad hadden bereikt, en dat ze waarschijnlijk de volgende dag in Lissabon zouden aankomen.

Ze gaf Gussie zijn boek terug, en ze kuste hem op elke wang, en ze vertelde hem dat het boek ontzettend veel geluk had gebracht en dat ze het misschien nog een keertje zou willen lenen. Daarna excuseerde ze zich door te zeggen dat ze doodmoe was en ging ze naar haar kamer, met Dagobert op haar hielen.

T volgde.

Nanée legde haar koffer op het bed. Dagobert sprong op het matras en ging naast de koffer zitten terwijl ze die opende, het pakje eruit haalde en het aan T gaf.

'Deze keer wil ik het niet terug,' zei ze.

T gaf geen antwoord.

'Ik zal het echt verbranden als...'

Toen zag ze het, wat T al had gezien. Op haar dressoir, tegen de muur naast de foto van de naakte vrouw die door ondoorzichtig water zwom: het gezicht van een man, in driekwart profiel gefotografeerd en zo dicht bij de camera dat het even duurde voor ze zag wat het voorstelde, net als de eerste keer dat ze de foto had gezien, toen ze Danny had geholpen hem voor een zondagse ontvangst in een boom te hangen. Een deel van een kin, onder in de ene hoek, een oorlel in de hoek erboven. Een oog. Een wenkbrauw die nog het meest op een zilvervisje leek. Een stuk van een neus. Een deel van twee lippen. Edouards overbelichte foto van zichzelf als jonge man.

De afdruk was niet ingelijst, en er stond een envelop naast waar haar naam op was geschreven, in de kenmerkende groene inkt van André Breton. Ze zag het voor zich: Edouard, gezeten aan de tafel waar André zo vaak schreef, met in zijn hand een pen die André daar had laten liggen.

Ze raakte de foto aan, op de plek waar Edouards moedervlek zat. 'Ik vrees dat je gelijk hebt, T. Dat ik inderdaad een goede man heb weggeduwd.'

'O, lieve hemel, open dat briefje, Nan,' zei T. Ze legde het pakje neer en opende de envelop zelf, vouwde het vel briefpapier open en gaf het aan Nanée. Daar stonden Edouards woorden in Andrés groene inkt:

> Mijn Nanée,
>
> Ik denk dat ik al die tijd heb geweten dat je dit zou lezen, dat Luki en ik alleen naar Spanje zouden reizen. Naar Portugal. Naar Amerika. Ik denk dat ik daarom ook verliefd op je ben geworden, omdat je Luki en mij niet zult verkiezen boven alle mensen die je kunt redden door in Frankrijk te blijven. Dat je dat niet eens zou willen. Dat je het niet zou kunnen, omdat je bent wie je bent.
>
> Als het niet te veel zou zijn om te vragen, zou ik je zeggen dat ik op je zal wachten tot je terugkeert naar Amerika, of tot Hitler is verslagen en ik terug kan gaan naar Frankrijk en naar jou.
>
> In plaats daarvan laat ik dit zelfportret voor je achter, om je te herinneren aan alles wat je voor mij en voor Luki hebt gedaan. Je hebt weer licht gebracht op de donkere plekken in ons leven. Je hebt mij laten zien dat er duisternis is in ons allemaal. Dat is domweg wie we zijn.
>
> ELM

Nanée gaf het briefje aan T, die het aannam en het las. 'Die Edouard Moss is veel slimmer dan je gebruikelijke vriendjes, Nan, dat hij zonder jou naar Amerika vertrekt,' zei ze. 'Iemand vertelde me ooit dat een relatie op afstand zijn voordelen heeft. "Dan laat je hem verlangen naar iets wat net buiten zijn bereik ligt."'

Nanée haalde de foto van de zwemmende vrouw uit het lijstje en stopte het zelfportret van Edouard erin. Ze deed het lijstje weer dicht en klemde de kleine tekening er aan de achterkant tussen, het bovenste deel van dat Voortreffelijke Lijk. Het hoofd in een vogelkooi. Een gezicht dat het hare zou kunnen zijn, of ook niet. Maakte het uit? De deur van het kooitje had altijd opengestaan.

'Varian wilde het niet zeggen voordat hij je welkom thuis had geheten,' zei T, 'maar hij wil graag dat je een boodschap voor hem aflevert.' Toen vertrok ze, met het pakje. Voordat ze de deur achter zich dichttrok, zei ze over haar schouder: 'ik ben blij dat je weer thuis bent.'

Woensdag 11 december 1940
LISSABON

De receptionist van het hotel vond hun reservering onder Edouards echte naam, die hij weer kon gebruiken nu ze Portugal hadden bereikt, doodmoe maar eindelijk veilig.

'Welkom in Lissabon, Mr Moss,' zei de man. Hij glimlachte naar Luki, haalde een prachtige koperen sleutel uit een van de ronde houten vakjes en gaf die aan haar.

'Met uw permissie zal ik onze gezamenlijke vriend Mr Fry een bericht sturen dat u en Miss Moss zijn gearriveerd,' zei hij tegen Edouard. 'Tegenwoordig halen onze gasten vaak post op voor anderen. Kan het zijn dat er pakjes en brieven voor u arriveren onder een andere naam? Dan leg ik die voor u apart.'

Edouard zei dat het zou kunnen dat er post voor zijn vriend Henri Roux zou komen.

'Aha, ja, ik geloof...' De receptionist opende een la en doorzocht een stapeltje enveloppen en vellen papier. 'Hier is het.' Hij legde een telegram op de balie, geadresseerd aan Henri Roux. 'Deze is vanochtend gestuurd vanuit Marseille. Ik vertrouw erop dat u hem aan uw vriend doet toekomen.'

Zondag 2 februari 1941
DE MARIGOLD LODGE

Edouard zat samen met Luki op de grote boomstam waar Nanée hem over had verteld, met uitzicht op het meer, op deze nieuwe kust in het rode ochtendlicht.

'Soms vergeet ik hoe Mutti klonk,' zei Luki, 'maar ik weet nog hoe het was als ze voor me zong.'

Edouard luisterde naar het kabbelende water van Lake Macatawa, dat alleen vlak bij de oever bevroren was, ondanks het dikke pak sneeuw dat de grond en de wilgen in stilte hulde.

'Soms weet ik ook niet meer zo goed hoe ze eruitzag,' zei Luki. 'Dan weet ik niet meer welk gezicht van Mutti is en welk gezicht van de engel.'

Edouard legde zijn hand op de wollen muts op haar hoofd, twijfelend of hij haar zou corrigeren, of hij 'Nanée' zou zeggen of dat hij het gewoon zo zou laten.

'Misschien is het net als met de maagd Maria,' zei ze, 'of zoals de drie goden die allemaal hetzelfde zijn. De goden van de moeder-overste, die niet onze goden zijn.'

Hij dacht: Nanée doet Gods werk, onder elke definitie van god, of geen enkele definitie.

De volgende week zou hij naar Ypsilanti gaan, waar de Ford Motor Company een fabriek bouwde om vliegtuigen in elkaar te zetten. Zijn eerste opdracht in dit nieuwe leven was het fotograferen van de constructie. In diezelfde week zouden de foto's worden gepubliceerd waarop hij had vastgelegd wat het betekende om bij de zeshonderd gasten van de Vichyregering te horen die waren ondergebracht in de niet zo luxueuze verblijven van de ss Sinaia. Ze zouden in een groot Amerikaans tijdschrift verschijnen, waar ze mensen mogelijk tot nieuwe inzichten zouden brengen.

'Als de engelen haar niet meer nodig hebben,' zei Luki, 'denk je dat ze haar dan aan ons terug kunnen geven?'

Edouard bestudeerde haar vragende gezichtje. 'Wie?'

'Tante Nanée.'

'Zou je dat fijn vinden?'

Luki knikte.

Hij legde zijn vinger op het telegram van Nanée dat in Portugal op Henri Roux had liggen wachten en dat hij steeds bij zich droeg, samen met de brief die Luki hem in Camp des Milles had geschreven. *Het is niet te veel gevraagd.*

'Ik hoop het,' zei hij. 'Ik denk van wel.'

Hij keek naar het gazon met de wilgen en het meer erachter, zich voorstellend dat het jonge meisje dat Nanée ooit geweest was hier haar zomers had doorgebracht. Hij deed zijn ogen dicht en dacht terug aan Nanées hals, uitgestrekt in de zinken badkuip in Villa Air-Bel. De ronding van haar rug op de rand van haar bed toen hij de fleurs de lis had geschilderd. Haar rechte schouders in haar leren vliegeniersjack toen ze de berg weer af liep, richting Banyuls-sur-Mer en de trein naar Marseille, de tram naar Villa Air-Bel.

'Ja,' zei hij. 'Ik denk dat we Nanée terug zullen krijgen.'

In de stilte raapte hij de kangoeroes op die Luki had laten vallen. Hij klopte de sneeuw van ze af en gaf ze haar terug. Ze wond de kleine kangoeroe op en liet zijn muziekje spelen: een wals, die de inwoners van Wenen als hun eigendom beschouwden.

'Als het weer veilig is, gaan we misschien wel terug naar Frankrijk,' zei hij.

'Dan kan tante Nanée samen met ons zingen op de droomboomstam.'

Edouard knuffelde haar en hij probeerde zich voor te stellen wat Nanée op dit moment aan het doen was. Het was middag in Marseille. Ze zou op pad zijn om berichten voor Varian te bezorgen, haar weg zoekend door de smerige steegjes van de Panier om een vluchteling te spreken die zich daar schuilhield, net zoals hij ooit had gedaan. Misschien was ze vandaag vroeg klaar geweest en was ze alweer terug in het chateau, bukkend om zich liefdevol door Dagobert af te laten slobberen. Misschien vulde ze de badkuip en liet ze zich in het water zakken. Misschien zou het een heldere avond zijn en zou Danny kunnen afstemmen op het radiostation in Boston, en dan zou ze dansen op muziek die hiervandaan kwam, uit de wereld die de hare was, en nu ook die van Luki en van hem.

'Op een dag krijgt ze vliegles,' zei Luki.

'Nanée?'

Luki wierp hem een blik toe die hem sterk aan Elza deed denken. 'Pemmy! En ik ook. Denk je dat tante Nanée me zal willen leren vliegen?'

Hij wikkelde de witte zijden sjaal los van de nek van de kangoeroe, en toen legde hij zijn vinger onder de kin van zijn dochter en tilde die een beetje op zodat hij in haar donkere ogen kon kijken. Hij sloeg de sjaal losjes om haar hals, eenmaal, en knoopte hem vast, zodat de uiteinden wapperden in de wind.

'Ik denk dat ze dat geweldig zou vinden.' Hij trok haar dicht tegen zich aan om haar warm te houden, en zichzelf ook. 'Mijn Moppelchen,' zei hij.

Samen keken ze naar een kleine mollige kardinaal die op een wilgentak vlak boven hun hoofd landde, helderrood tegen het witte kant van de takken. De vogel hield zijn kopje scheef en zijn kleine zwarte oogjes namen hen nieuwsgierig op. Hij tjilpte één keer, een verrukkelijk geluid, en toen vloog hij omhoog en zweefde elegant weg over het meer.

Nawoord en dankwoord van de schrijfster

Het volgende is waar over Mary Jayne Gold, de Amerikaanse erfgename wier werkelijke moed die van mijn romanfiguur Nanée heeft geïnspireerd: ze groeide op in een villa in Evanston en bracht de zomers door in de Marigold Lodge in westelijk Michigan, ze bezocht een etiquetteschool in Italië en vloog in een rode Vega Gull (die in werkelijkheid geen alarmhoorn had). Ze was bevriend met Danny Bénédite, die zijn positie bij de Parijse politie werkelijk gebruikte om gevluchte kunstenaars aan Franse verblijfsvergunningen te helpen. Ze bleef in Frankrijk nadat Hitler het land binnen was gevallen, en ze ontvluchtte Parijs met Theo Bénédite en probeerde hun zoon Frankrijk uit te krijgen door te doen alsof hij haar onwettige kind was. Na de wapenstilstand ging Mary Jayne naar Marseille, met de bedoeling Frankrijk te verlaten. In plaats daarvan bleef ze en sloot ze zich aan bij Varian Fry's hulporganisatie voor vluchtelingen, waar ze niet alleen haar tijd maar ook duizenden dollars aan bijdroeg. Ze huurde een landhuis dat Villa Air-Bel heette, en daar woonde ze samen met de Bénédites, Fry, de Bretons en Dagobert. Ze hielden er ontvangsten, waarbij ze surrealistische spelletjes speelden en kunst in de bomen hingen.

Dit is echter niet het persoonlijke verhaal van Mary Jayne Gold. Ze werd niet verliefd op een kunstenaar genaamd Edouard Moss, die alleen in mijn verbeelding bestaat, op de bladzijden, en, als ik mijn werk goed gedaan heb, in jouw verbeelding en misschien in je hart. Voor zover ik weet, is ze niet naar het bezette deel van Frankrijk gereisd om een Joods meisje te redden. Ik weet niet of ze kon schieten, laat staan of ze er goed in was.

Toch is dit boek voor mij begonnen met Mary Jayne Gold, Villa Air-Bel, de kunstenaars en intellectuelen in Camp des Milles bij Aix-en-Provence, het werk van Varian Fry en het Centre Américain de Secours, en dat van Hans en Lisa Fittko. Andere personages die zijn gebaseerd op bestaande mensen zijn Miriam Davenport, Justus 'Gussie' Rosenberg, Marcel 'Maurice' Verzeanu, Charles Fawcett en Leon Ball, Lena Fischmann, Bill Freier en Hiram 'Harry' Bingham IV. Met uitzondering van Edouard Moss hebben de kunstenaars en schrijvers in dit boek, onder wie André en Jacqueline Breton en Max Ernst, echt bestaan. Mijn beschrijvingen van deze mensen zijn bedoeld als eerbetoon aan iedereen die bij de reddingsacties betrokken was, maar ze zijn allemaal in zekere mate producten van mijn verbeelding, inclusief Varian Fry.

Ik hoop dat lezers door dit boek geïnspireerd worden om meer te weten te komen over de werkelijke verhalen die eraan ten grondslag liggen. Enkele van de bronnen die ik heb gebruikt, zijn Mary Jayne Golds *Crossroads Marseille, 1940*; Varian Fry's *Varians oorlog*; Miriam Davenports ongepubliceerde *An Unsentimental Education*; Justus Rosenbergs *The Art of Resistance*; en Lisa Fittko's *Escape through the Pyrenees*. Verder heb ik gebruikgemaakt van de geschriften van werkelijke kunstenaars en intellectuelen die gered zijn, waaronder Lion Feuchtwangers *The Devil in France*, André Bretons *Letters to Aube*, Victor Serges *Notebooks 1936-1947* en Hans Sahls *The Few and the Many*.

Andere bronnen die ik bijzonder nuttig vond, waren onder andere het vraaggesprek met Mary Jayne Gold op de website van het US Holocaust Memorial Museum, *Villa Air-Bel* van Rosemary Sullivan, *Surrealism* van Amy Dempsey, *The Holocaust & the Jews of Marseille* van Donna F. Ryan, *In Defiance of Hitler* van Carla Killough McClafferty, *A Quiet American* van Andy Marino, *André Breton in Exile* van Victoria Clouston, *Marseille • New York* van Bernard Noël, en de vele geweldige bronnen die beschikbaar zijn gesteld door de Varian Fry Foundation op varianfry.org, en die op AndréBreton.fr en villaairbel1940.fr.

Vaak word ik geïnspireerd door foto's. In dit boek is de foto die afwisselend *Voorovergebogen naakt, Spookechtgenote* en *Verlossing* wordt genoemd, geïnspireerd door *Nude Bent Forward* van Lee Miller, uit 1930. De foto die Nanée aanschaft wanneer ze deze foto niet kan kopen, is geïnspireerd door Francesca Woodmans fascinerende foto *On Being an Angel #1, Providence, Rhode Island* uit 1977. De naam van deze foto kende ik niet toen ik hem koos als model voor een foto die ik aanvankelijk geen naam wilde geven. De scène waarin Edouard Nanées rug beschildert, is geïnspireerd door Man Ray's foto *Le Violon d'Ingres* uit 1924, waar ik mijn eigen invulling aan heb gegeven. Edouards zelfportret is geïnspireerd door Maurice Tabards *Untitled (solarized face)*. De vrouw met de mantel is gebaseerd op een foto die Mac Clayton in Parijs heeft genomen, en de brûlageversie ervan op Raoul Ubacs *La Nébuleuse.* En *Nanées prachtige hals* vertoont een treffende gelijkenis met Man Rays *Lee Miller ('The Necklace')* uit 1929.

Ik ben deze keer zoveel mensen dank verschuldigd, te beginnen met mijn redacteur, Sara Nelson. Haar onvermoeibare toewijding en opgewekte humeur zijn de droom van iedere schrijver. Verder dank aan alle mensen bij Harper Books die me zo geweldig steunen, onder wie Jonathan Burnham, Doug Jones, Leah Wasielewski, Robin Bilardello, Katie O'Callahan, Katherine Beitner, Juliette Shapland, Carolyn Bodkin, Virginia Stanley en Mary Gaule, en iedereen bij HarperCollins Holland en de andere buitenlandse vestigingen. Dank aan Joanne O'Neill voor het prachtige omslagontwerp en voor haar geduld. En dank aan mijn agente, Marly Rusoff, en de bescheiden Mihai Radelescu, die me op zoveel manieren ondersteunen.

Dank aan de vele boekverkopers die zo aardig voor me zijn geweest en mijn boeken zo enthousiast hebben ontvangen – het liefst zou ik jullie allemaal bij naam noemen, maar dan zou dit een erg dik boek worden. Eveneens dank aan iedereen bij de Jewish Book Council en de vele boekenfestivals die me de kans hebben gegeven om lezers te ontmoeten.

Mijn vluchtteam – gezagvoerder Christopher Keck en crew Dylan Rich en Brittney Kaniecki – nam me mee voor een virtuele vlucht boven Parijs om me het uitzicht van Nanée te laten zien en me te helpen begrijpen hoe het zou zijn als je boven het meer van het Bois du Boulogne een duikvlucht zou maken om een zwaan te ontwijken. Ook dank aan Sue Hulme, wier vader, David Hulme, een Vega Gull bezat en bestuurde, voor het delen van foto's, videomateriaal en technische details.

Tot mijn spijt heb ik zelf niet door de Pyreneeën kunnen wandelen, ondanks drie geplande tochten die ik noodgedwongen af moest zeggen wegens griep, recordhitte en coronareisbeperkingen. Mijn dank gaat uit naar Patrick Jouhanneau en Tom Pfister, die hun tijd en hun foto's met me hebben gedeeld. Tom stuurde mij ook zijn *Eva and Otto* toe, geschreven met Kathy en Peter Pfister, over de ontsnappingen van hun ouders uit Frankrijk; de emotionele impact van hun indrukwekkende boek klinkt door in Edouards reis. Ik kan het iedereen aanbevelen.

Verder ben ik het Camp des Milles Memorial dankbaar, en iedereen die heeft bijgedragen aan het levend houden van dit deel van de geschiedenis. Ook de vele mensen die mijn onderzoek op verschillende plekken zo comfortabel als thuis hebben gemaakt, en veel interessanter, in het bijzonder Robin en David Young, die me hun prachtige Parijse appartement aanboden om te logeren, en Thomas Chase, die me daar enorm heeft geholpen.

De zeer getalenteerde Adrienne Defendi heeft me geholpen met de passages over fotografie. Mynda Barenholtz hielp met het onderzoek. Brenda Rickman Vantrease en Jenn DuChene lazen voor me.

Ik ben veel dank beschuldigd aan mijn vier broers – Pat, Mike, Mark en Dave Waite – omdat ze onze ouders door een moeilijke tijd hielpen terwijl ik dit boek schreef, en aan mijn vader en mijn moeder omdat ze me altijd door dik en dun hebben gesteund.

Mijn zoons, Chris en Nick, boden morele steun. Door gewoon kalm en zelfstandig hun gang te gaan stelden ze mij in staat om de zorgen van een moeder opzij te zetten en woorden op papier te krijgen.

Het gezelschap van mijn geweldige levenspartner, Mac Clayton, maakte de onderzoeksreisjes naar Frankrijk als altijd een stuk leuker, ook al smolt het ijs van Berthillon sneller dan we het konden eten in die lange hittegolf in Parijs. Onvermoeibaar las hij de ene versie na de andere en kwam steeds met geweldige suggesties. Zonder zijn hulp zou ik dit boek nooit binnen dit tijdschema af hebben gekregen. Zijn gezelschap, liefde en geduld hielpen me door de lange dagen van het schrijven midden in een pandemie, die we hopelijk achter ons hebben tegen de tijd dat je dit leest. (Even afkloppen: Nanées bijgeloof is gebaseerd op dat van mij.)